मंटो और मैं

मंटो और मैं

नरेन्द्र मोहन

प्रलेक प्रकाशन प्रा. लि.
Pralek Prakashan Pvt. Ltd.
in Associaton with JVP Publication Pvt. Ltd.

ISBN : 978-93-90500-82-6

पहला पेपरबैक संस्करण : फरवरी 2021

प्रकाशक :
प्रलेक प्रकाशन प्राइवेट लिमिटेड
PRALEK PRAKASHAN PVT. LTD.

वितरक :
जेवीपी पब्लिकेशन प्राइवेट लिमिटेड
JVP PUBLICATION PVT. LTD.
602, आई-3, ग्लोबल सिटी
विरार (वेस्ट), मुम्बई, महाराष्ट्र-401303
दूरभाष : 9833402902 / 7021263557
Email : pralek.prakashan@gmail.com
Website : www.pralekprakashan.com

मंटो और मैं : नरेन्द्र मोहन
Manto Aur Mein : Narendra Mohan

आवरण : कुंवर रवीन्द्र
पुस्तक सज्जा : प्रलेक प्रकाशन प्रा. लि.

Manto Aur Mein : Narendra Mohan
Pralek Prakashan, Mumbai-401303, India, First Edition 2021. Price: 400/-

प्रिय असग़र वजाहत के नाम

दो शब्द

'मंटो और मैं' में छिपा हुआ एक सवाल जो मुझसे अक्सर पूछा जाता है वह यह कि मंटो के साथ आप का क्या रिश्ता है? मैं इस सवाल का कभी ढंग से कोई जवाब नहीं दे पाया। हाँ, सवाल के इई-गिर्द मैं कई अनुमान खड़े ज़रूर करता रहा जैसे दंगों के वक़्त लाहौर में यानी मेरे जन्म के वक़्त (30 जुलाई, 1935) कर्फ़्यू लगा हुआ था और उसके आसपास ही मंटो लाहौर छोड़ बंबई चला गया था। जन्म के वक़्त का सन्नाटा और चीख ताउम्र मेरा पीछा करते रहे और मंटो का भी। बचपन में पिता को मंटो की कहानियाँ पढ़ते हुए देखा था और शायद तभी पिता से होता हुआ मंटो से लगाव का वह बिंब, जिसे मैं तब कतई नहीं समझता था, मेरे अवचेतन की कन्दराओं में जाने-अजाने दाखिल हो गया।

कई सीरतों के मालिक मंटो के साथ अपने बचपन को तानने लगूँ तो दूर की कौड़ी लाना होगा, मगर अमृतसर के गली-कूचों, मंटो की गली वकीलान और अपनी गली राजपुरा, जलियाँवाला बाग़ वगैरह-वगैरह जैसे मंटो की सृजनात्मक मानसिकता में उतरते गए होंगे, वैसे ही मेरी मानसिकता में भी, यह कहना अतिश्योक्ति न होगी। और लाहौर जहां मैं विभाजन के वक़्त युसूफ़ को ज़िस्म पर सैंकड़ों जख़्म करता देखता रहा और जहां बंबई जाने से पूर्व और वहीं 1948 में लौटने पर उसे जिन हौलनाक स्थितियों से गुजरना पड़ा, वह लाहौर क्या महज़ एक शहर- भर रहा हमारे लिए? मंटो और मैं क्या यों ही उसे चलता कर पाए? लाहौर हमारा आना-जाना, खून सनी राहों के बीच न मिल पाना मेरी ज़िंदगी और इतिहास का ऐसा प्रसंग है जिसके बारे में क्या कहा जाए? विभाजन की त्रासदी और विस्थापन ऐसे भयावह संदर्भ हैं जो हम दोनों को अपनी तरह से हाँट करते रहे हैं। संभव है तभी मंटो के बेचैन रूह की एक-आध चिंगारी मुझे छूकर निकल गयी हो।

बहरहाल, सआदत हसन और मंटो, नरेन्द्र मोहन और निंदर कई बार एक वेवलेंथ पर बेशक दिखें, उन की मनोभूमियां, द्वंद्व-संघर्ष, रचना-क्षण, रचना-प्रक्रिया, अनुभव फलक और सादगी में से कई ध्वनियां गुंजाने वाला शिल्प कुछ अलग ही है। वह 42 साल 8 महीने सात दिन ज़िंदा रहा और इतनी छोटी-सी अवधि में उर्दू में ही नहीं, भारतीय भाषाओं और विश्व की कई भाषाओं में उसने कथा-शीर्ष छू लिया। ऐसे लेखक क्या कभी मरा करते हैं? किसी एक भाषा के लेखक होते हुए भी क्या वे सभी भाषाओं के लेखक नहीं हो जाते हैं? मैंने

एक लंबी उम्र पायी और अपनी रचनाओं, आत्मकथाओं और विभाजन संबंधी कार्यों से जाना-पहचाना गया, यह बात और है कि मंटो की तरह मुझे पाताल में गिरा देने वाले मिले हैं तो आसमान में चढ़ा देने वाले भी, हालांकि मुझे ऊंचाइयों से डर लगता है। जो हो, पंख फैलाने और उड़ान भरने की लगातार कोशिश करता ही हूँ- मंटो के साथ मेरा रूह का रिश्ता जो है।

मंटो की राह निराली है। उस राह पर चलना आसान नहीं है, तो भी अलग-अलग राहों से चलते हुए हम एक राह पर आ खड़े हुए हैं- मानवीय हो पाने की चाह के साथ, वास्तविक अर्थ में स्वाधीन हो पाने की तलाश में। यह तो है ही कि पूरा मंटो न एक किताब में आ सकता है, न एक विचार में समा सकता है। एक सुनिश्चित ढांचे और सांचे में लदी-फदी सोच उसकी खोज में सहायक नहीं हो सकती। सामाजिक-ढांचे की कुरुपताओं, विद्रूपताओं और विसंगतियों को जिस सादगी और निर्ममता से उसने उघाड़ा है, उसे एक खुली, बेधक, मानवीय दृष्टि से ही अर्जित किया जा सकता है। परम्परा का अंधानुकरण करने वाले, जंग खायी नैतिकता के पंक में लिथड़े हुए, मज़हबी और वैचारिक कठमुल्ले वहाँ से खाली हाथ लौटते देखे गए हैं। ध्यान दीजिए, सादगी के शिल्प में त्रासद-हास्य के साथ व्यंग्य, विसंगति, विडम्बना का विधान *'सियाह हाशिए'* की ही नहीं, मंटो के समस्त साहित्य की विलक्षणता है। पाठक देखेंगे कि इस पुस्तक में समय-समय पर प्रकाशित मेरी रचनाओं और लेखों ने रूपाकार ग्रहण किया है। मंटो और मैं इसी सोच और विन्यास में ढले हुए हैं।

मंटो पर काम करते हुए उन के ख़तों और संस्मरणों (जिन्हें प्रायः ख़ाके कह दिया जाता है) के साथ मैं गहरे में जुड़ा रहा हूँ। मंटो की मानसिक उधेड़बुने, हलचलें, बेचैनियाँ ओर अन्य कई पहलू ख़तों और संस्मरणों में नुमायां हुए हैं। मंटो और उनके समय के लेखकों, कलाकारों; अभिनेताओं और फिल्मकारों की मानसिकता को झलकाने वाले ये अनूठे दस्तावेज़ हैं। इन में से ज़्यादतर का उपयोग चूंकि मैं मंटो की जीवनी *'मंटो ज़िन्दा है'* और कई अन्य रचनाओं में कर चुका हूँ, इसलिए उन पर बात करने का यहाँ मुझे कोई औचित्य नहीं लगा।

प्रलेक प्रकाशन के श्री जितेन्द्र पात्रो के प्रति आभार कि उन्होंने *'मंटो और मैं'* की पांडुलिपि तत्काल स्वीकार की और देखते-देखते वह प्रकाशित हो गयी।

प्रिय पाठकों, हमेशा की तरह इस बार भी आपकी प्रतिक्रियाओं की प्रतीक्षा रहेगी।

मोबाइल : 9818749321 **नरेन्द्र मोहन**

239-डी, एम.आई.जी. फ्लैट्स, राजौरी गार्डन, नई दिल्ली-110027

अनुक्रम

मंटो : बक़लम खुद	**11-49**
सआदत हसन	13
मेरी शादी	18
ज़हमत-ए-महर-ए-दरख़्शाँ	32
मंटो और मैं	**51-73**
मंटो और मैं	52
अदब है और यही कशमकश. . .	63
मंटो : कहानियाँ	**75-114**
मंटो की कहानी-कला	77
मंटो और विभाजन	88
रोज़ एक कहानी और मंटो	103
मंटो की कहानियाँ : जलियाँवाला बाग़ का संदर्भ	107
सियाह हाशिए : त्रासद हास्य और व्यंग्य से लबरेज़ लघुकथाएँ	110
मंटो : नाटक और रंगमंच	**115-143**
मंटो का नाट्य-कर्म	117
तानाशाहों के आखिरी दिन	125
मंटो और रंगमंच	134
बातचीत	**145-189**
एक बेचैन रूह का नाम है मंटो	147
मंटो : विभाजन के अंधेरे में चीख	153
मंटो तुम कब आओगे?	169
अफ़सानानिगार के रहस्य को जानने की मुहिम	180

परिशिष्ट-एक **191–208**
मंटो पर केंद्रित पाँच कविताएँ 193

परिशिष्ट-दो
पंडित नेहरू के नाम पंडित मंटो का पहला ख़त 202

परिशिष्ट-तीन
मंटो पर केन्द्रित पुस्तकें 208

मंटो : बक़लम ख़ुद

(क) सआदत हसन

(ख) मेरी शादी

(ग) ज़हमत-ए-महर-ए-दरख़शाँ

सआदत हसन

मंटो के विषय में अब तक बहुत लिखा और कहा जा चुका है। उसके पक्ष में कम और विपक्ष में ज्यादा। ये विवरण अगर दृष्टिगत रखे जाएँ तो कोई बुद्धिमान व्यक्ति मंटो के विषय में कोई सही राय कायम नहीं कर सकता। मैं यह लेख लिखने बैठा हूँ और समझता हूँ कि मंटो के विषय में अपने विचार व्यक्त करना बड़ा कठिन काम है। लेकिन एक दृष्टि से आसान भी है। इसलिए कि मुझे मंटो के निकट रहने का सौभाग्य मिला है और सच पूछिए तो मैं मंटो का सहजन्या हूँ।

अब तक इस व्यक्ति के विषय में जो लिखा गया है मुझे उस पर कोई आपत्ति नहीं है, लेकिन मैं इतना समझता हूँ कि जो कुछ इन लेखों में बताया गया है, वह वास्तविकता से परे है। कुछ इसे शैतान कहते हैं, कुछ गंजा फरिश्ता। जरा ठहरिये, मैं देख लूं, कहीं वह कमबख्त सुन तो नहीं रहा। नहीं-नहीं, ठीक है। मुझे याद आ गया। कि यह वक्त है जब वह पिया करता है। उसको शाम छः बजे कड़वा शरबत पीने की आदत है।

हम इकट्ठे पैदा हुए और खयाल है कि इकट्ठे ही मरेंगे, लेकिन यह भी हो सकता है कि सआदत हसन मर जाए और मंटो न मरे और सदा मुझे यह डर बहुत दुख देता है। इसीलिए मैंने उसके साथ अपनी दोस्ती निभाने में कोई कसर उठा नहीं रखी। अगर यह जीवित रहा और मैं मर गया तो ऐसा होगा कि अण्डे का खोल तो बचा हुआ है और उसके अन्दर की जर्दी और सफेदी लुप्त हो गई।

अब मैं अधिक भूमिका में नहीं जाना चाहता। आपसे साफ कह देता हूँ कि मंटो ऐसा वन-टू आदमी है, मैंने अपनी ज़िन्दगी में कभी नहीं देखा। जिसे यदि जमा किया जाए तो वह तीन बन जाए। त्रिकोण के विषय में उसका ज्ञान काफी है, लेकिन मैं जानता हूँ कि अभी इसकी ज़रूरत नहीं हुई। ये संकेत ऐसे हैं कि जिन्हें केवल सुविज्ञ ही समझ सकते हैं।

यूं तो मंटो को मैं उसके जन्म से ही जानता है। हम दोनों ने इकट्ठे एक ही समय 11 मई, 1912 को जन्म लिया किन्तु उसने सदा यह कोशिश की कि

स्वयं को कुछ भी बनाए रखे, जो एक बार अपना सिर और गर्दन भीतर छिपा ले तो आप लाख ढूंढ़ते रहें, इसका पता नहीं मिले। लेकिन मैं भी आखिर उसका हूँ। मैंने उसकी प्रत्येक गतिविधि का पर्यवेक्षण कर ही लिया।

लीजिए, अब मैं आपको बताता हूँ कि यह वैशाखनन्दन कहानीकार कैसे बना? लेखक, रचनाकार बड़े लम्बे-चौड़े लेख लिखते हैं। अपने व्यक्तित्व का प्रमाण देते है। शोपेनहावर, फ्रायड, हीगल, नेत्शे, मार्क्स का उल्लेख करते हैं, मगर वास्तविकता से कोसों दूर रहते हैं। मंटो का कथानक दो विरोधी तत्वों के संघर्ष का परिणाम है। उसके पिता, खुदा उन्हें माफ करे, बड़े कठोर थे और उसकी माँ अत्यन्त दयावान। इन दोनों पाटों के बीच पिसकर यह गेहूँ का दाना किस रूप में बाहर निकला होगा, इसका अनुमान आप लगा सकते हैं।

अब मैं इसके स्कूल के जीवन की ओर आता हूँ। वह बहुत बुद्धिमान बालक था और अत्यन्त नटखट। उस समय उसका कद अधिक से अधिक 3 फुट 6 इंच होगा। वह अपने पिता की आखिरी संतान था। उसे अपने माँ-बाप की मुहब्बत तो प्राप्त थी, लेकिन उसके तीन बड़े भाई, जो उम्र में उससे बहुत बड़े थे और विलायत में शिक्षा पा रहे थे, उनसे उसको कभी भेंट करने का अवसर ही नहीं मिला था, इसलिए कि वे सौतेले थे। वह चाहता था कि वे उससे मिलें, उससे बड़े भाइयों जैसा व्यवहार करें, लेकिन उसे यह व्यवहार उस समय मिला जब साहित्य-संसार उसे बहुत बड़ा कहानीकार स्वीकार कर चुका था।

अच्छा, अब उसकी कहानीकारी के विषय में सुनिए, वह अव्वल दर्जे का फ्रॉड! पहली कहानी उसने *'तमाशा'* शीर्षक के अन्तर्गत लिखी जो जलियाँवाला बाग़ की खूनी दुर्घटना के विषय में थी। यह उसने अपने नाम से नहीं छपवाई। यही कारण है कि वह पुलिस के चंगुल से बच गया।

इसके बाद उसके उर्वर मस्तिष्क में एक लहर पैदा हुई कि वह और अधिक शिक्षा प्राप्त करे। यहाँ यह कहना रुचिकर होगा कि उसने इण्टर परीक्षा दो बार फेल होकर पास की थी, वह भी थर्ड डिवीजन में। और आपको यह सुनकर भी अचम्भा होगा कि वह उर्दू के पर्चे में नाकाम रहा।

अब लोग कहते है कि वह उर्दू का बहुत बड़ा साहित्यकार है और मैं यह सुनकर हंसता हूँ, इसलिए कि उर्दू उसे अब भी नहीं आती। वह शब्दों के पीछे ऐसे भागता है जैसे कोई जाली शिकारी तितलियों के पीछे। वे उसके हाथ नहीं आतीं। यही कारण है कि उसके लिखने में सुन्दर शब्दों की कमी है। वह लट्ठमार है लेकिन जितने लट्ठ उसकी गर्दन पर पड़े हैं उसने बड़ी खुशी से सहन किए हैं।

उसकी लठ्ठबाजी लोकोक्ति के अनुसार जाटों की लट्ठबाजी नहीं है। वह

बाजीगर और फकैत है। वह एक ऐसा आदमी है जो साफ और सीधी सड़क पर नहीं मिलता बल्कि तने हुए रास्ते पर चलता है। लोग समझते हैं, अब गिरा, अब गिरा, लेकिन वह कमबख्त आज तक कभी नहीं गिरा- शायद गिर जाए औंधे मुंह कि फिर न उठे। लेकिन मैं जानता हूँ कि मरते वक्त वह लोगों से कहेगा कि मैं इसलिए गिरा था कि भवन की निराशा समाप्त हो जाए।

मैं इसके पूर्व कह चुका हूँ कि मंटो अव्वल दर्जे का 'फ्रॉड' है। इसका अन्य प्रमाण है कि वह प्राय: कहा करता है कि वह कहानी नहीं सोचता, स्वयं कहानी उसे सोचती है- यह भी फ्रॉड है। यद्यपि मैं जानता हूँ कि जब उसे कहानी लिखनी होती है तो उसकी वही हालत होती है जब किसी मुर्गी को अण्डा देना होता है। वह अण्डा छुपकर नहीं देता, सबके सामने देता है। उसके यार-दोस्त बैठे होते हैं, उसकी तीन बच्चियाँ शोर मचा रही होती हैं और वह अपनी विशेष कुर्सी पर उकडू बैठा अण्डे देता जाता है, जो बाद में चूं-चूं करते अफ़साने बन जाते हैं। उसकी पत्नी उससे बहुत नाराज है। वह उससे प्राय: कहा करती है कि तुम कहानी लिखना छोड़ दो और कोई दुकान खोल लो, लेकिन मंटो के मस्तिष्क में जो दुकान खुली है, उसमें मनियारी के सामान से भी अधिक सामान मौजूद है। इसलिए वह प्राय: सोचा करता है कि वह कभी कोई स्टोरेज अर्थात शीतघर न बन जाए जहाँ उसके तमाम विचार और भावनाएं जम जाएँ।

मैं यह लेख लिख रहा हूँ और मुझे डर है कि मंटो मुझसे नाराज़ हो जाएगा। उसकी हर चीज़ सहन की जा सकती है लेकिन नाराज़गी नहीं सही जा सकती। नाराजगी होने पर वह शैतान बन जाता है, लेकिन केवल कुछ मिनटों के लिए और ये कुछ मिनट अल्लाह की पनाह. . .

कहानी लिखने के विषय में वह नखरे ज़रूर दिखाता है लेकिन मैं जानता हूँ, क्योंकि उसका हमज़ाद हूँ, वह फ्रॉड कर रहा है। उसने एक बार स्वयं लिखा था कि उसकी जेब में अनगिनत कहानियाँ पड़ी होती हैं। वास्तविकता इससे उलटी है।

जब उसे कहानी लिखनी होगी तो वह रात को सोचेगा। उसकी समझ में कुछ नहीं आएगा। सुबह पांच बजे उठेगा और अखबारों से किसी कहानी का रस चूसने का ख्याल करेगा, लेकिन उसे नाकामी होगी। फिर वह गुसलखाने में जाएगा। वहाँ वह अपने शोर-भरे सिर को ठंडा करने की कोशिश करेगा कि वह सोचने के योग्य हो सके, लेकिन नाकाम रहेगा। फिर झुंझलाकर अपनी पत्नी से बेकार का झगड़ा शुरू कर देगा। वहाँ से भी नाकामी होगी तो पान लेने चला जाएगा। पान उसकी मेज पर पड़ा रहेगा, लेकिन कहानी का कथानक उसकी समझ में फिर भी नहीं आएगा। अन्त में वह प्रतिकार स्वरूप कलम या पेंसिल

हाथ में लेगा। *'786'* लिखकर जो पहला वाक्य। उसके मस्तिष्क में आएगा उसकी कहानी का श्रीगणेश कर देगा। *'बाबू गोपीनाथ', 'टोबा टेकसिंह', 'हतक', 'मम्मी', 'मोजेल'*- ये सब कहानियाँ उसने इसी 'फ्रॉड' तरीके से लिखी हैं।

यह अजीब बात है कि लोग उसे बड़ा विधर्मी, अश्लील व्यक्ति समझते हैं और मेरा भी ख्याल है कि वह किसी हद तक इस कोटि में आता है। इसलिए प्राय: वह बड़े गन्दे विषयों पर कलम उठाता है और ऐसे शब्द अपनी रचना में प्रयोग करता है जिन पर आपत्ति की गुंजाइश भी हो सकती है। लेकिन मैं जानता है कि जब भी उसने कोई लेख लिखा, पहले पृष्ठ के शीर्ष पर *'786'* अवश्य मिला जिसका मतलब है 'बिस्मिल्ला'। और यह व्यक्ति जो खुदा को न मानने वाला नज़र आता है, कागज पर मोमिन बन जाता है। परन्तु वह कागजी मंटो है जिसे आप कागजी बादाम की तरह केवल अंगुलियों से तोड़ सकते हैं अन्यथा वह लोहे के हथौड़ों से भी टूटने वाला आदमी नहीं।

अब मैं मंटो के व्यक्तित्व की ओर आता हूँ जो कुछ ही शब्दों में बयान कर देता हूँ- वह चोर है, झूठा है, विश्वासघातक और भीड़ इकट्ठी करने वाला है।

उसने प्राय: अपनी पत्नी की गफ़लत से लाभ उठाते हुए कई-कई सौ रुपये उड़ाए हैं। इधर आठ सौ लाकर दिए और चोर आंख से देखता रहा कि उसने कहाँ रखे हैं और दूसरे दिन उनमें से एक हरा नोट गायब! उस बेचारी को जब अपने उस नुकसान का पता लगा तो उसने नौकरों को डाँटना-डपटना शुरू कर दिया।

यूं तो मंटो के विषय में मशहूर है कि वह साफ-साफ कहने वाला है, लेकिन मैं इससे सहमत होने के लिए तैयार नहीं। वह अव्वल दर्जे का झूठा है। शुरू-शुरू में उसका झूठ उसके घर चल जाता था, इसलिए कि उसमें मंटो का एक विशेष 'टच' होता था, लेकिन बाद में उसकी पत्नी को पता चल गया कि अब तक उसे विशेष बात के विषय में जो कुछ कहा जाता था, झूठ था। मंटो झूठ खूब खुलकर बोलता है, लेकिन मुसीबत है कि उसके घरवाले अब यह समझने लगे हैं कि उसकी हर बात झूठी है। उस तिल की तरह जो किसी औरत ने अपने गाल पर सुरमे से बना रखा है।

वह अनपढ़ है- इस दृष्टि से कि उसने कभी मार्क्स का अध्ययन नहीं किया। फ्रायड की कोई पुस्तक आज तक उसकी दृष्टि से नहीं गुजरी। हीगल का वह केवल नाम ही जानता है। हैवल व एमिस को वह नाममात्र से जानता है। लेकिन मजे की बात यह है कि लोग, मेरा मतलब है कि आलोचक यह

कहते हैं कि वह तमाम चिन्तकों से प्रभावित है। जहाँ तक मैं जानता हूँ मंटो किसी दूसरे के विचारों से प्रभावित होता ही नहीं। वह समझता है कि समझाने वाले सब चुगद है। दुनिया को समझाना नहीं चाहिए, उसको स्वयं समझना चाहिए।

स्वयं को समझा-समझाकर वह एक ऐसी समझ बन गया है जो बुद्धि और समझ के परे है। कदाचित् वह ऐसी ऊटपटांग बातें करता है कि मुझे हंसी आती है।

मैं आपसे पूरे विश्वास के साथ कह सकता हूँ कि मंटो, जिस पर अश्लील लेख के विषय में कई मुकदमे चल चुके हैं, बहुत शीलपसन्द है। लेकिन मैं यह भी कहे बिना नहीं रह सकता कि वह एक ऐसा पायदान है, जो स्वयं को झाड़ता-फटकता रहता है।

मेरी शादी

मैंने कभी लिखा था कि मेरी ज़िन्दगी में तीन बड़े हादसे हैं। पहला मेरी पैदाइश का, जिसकी तफ़सीलात का मुझे कोई इल्म नहीं। दूसरा मेरी शादी का। तीसरा मेरे अफ़साना-निगार बन जाने का। आखिरी हादसे पर मैं चूंकि चला आ रहा हूँ, इसलिए इसके बारे में कुछ कहना समय के पूर्व होगा।

वे लोग जो मेरी ज़िन्दगी के अन्दर झांककर देखना चाहते हैं, उनकी खातिर मैं अपनी शादी की दास्तान बयान करता हूँ। यह ज्यों-की-त्यों नहीं होगी, क्योंकि कुछ घटनाएँ मुझे अपने दिल में गोल करनी पड़ेंगी।

मैं पहले इस हादसे की पृष्ठभूमि पेश करता हूँ ताकि तफ़सीलात उभर आएं। सन् मुझे याद नहीं। शायद 12-13 वर्ष पूर्व जब अलीगढ़ यूनिवर्सिटी से मुझे इसलिए बाहर निकाल दिया गया था कि मुझे तपेदिक का रोग है। मैं अपनी बहन से कुछ रुपये लेकर अपनी सेहत ठीक करने की खातिर बटोत (जम्मू और काश्मीर के बीच एक गाँव) चला गया। यहाँ तीन महीने ठहरने के बाद मैं वापिस अपने शहर अमृतसर में आया तो मुझे मालूम हुआ कि मेरी बहन के लड़के की मृत्यु हो गई है।

वह बम्बई ब्याही हुई थी। कुछ दिन अमृतसर रहकर वापिस बम्बई चली गई।

यहाँ पर मैं बताना ज़रूरी समझता हूँ कि मैं पिता की छाया से वंचित था। बहन की शादी पर जो जमा-पूंजी थी, वह मेरी सरल और नेकदिल माँ ने मेरे बहनोई के हवाले कर दी थी।

अब यह हालत थी कि हम दूसरों के मोहताज़ थे। मेरे दो बड़े भाई हमें चालीस रुपये माहवार दिया करते थे।

अमृतसर आते ही मेरा दिल व दिमाग बहुत परेशान हो गया। जी चाहता था कि कहीं भाग जाऊँ या आत्महत्या कर लूं। मजबूत इरादे का मालिक होता तो निश्चय ही मैंने स्वयं को हलाक कर लिया होता। इसलिए जब बम्बई से साप्ताहिक 'मुसव्विर' के मालिक मिस्टर नजीर ने मुझे खत लिखा कि मैं बम्बई

आकर उनके पर्चे का सम्पादन संभाल लूं तो मैंने फौरन बोरिया-बिस्तर बांधा और बम्बई चल दिया। मैंने यह भी न सोचा कि माँ अमृतसर में अकेली रह गई है।

मिस्टर नजीर ने मुझे चालीस रुपये माहवार पर नौकर रख लिया। जब मैं उनके दफ्तर में सोने लगा तो उन्होंने किराये के तौर पर दो रुपये तनख्वाह में से काटने शुरू कर दिए। इसके बाद जब उन्होंने मुझे इम्पीरियल फिल्म कम्पनी में मुंशी की हैसियत से अर्थात संवाद लेखक, चालीस रुपये माहवार पर नौकर करवा दिया तो मेरी तनख्वाह आधी यानी बीस रुपये कर दी जिसमें से दो रुपये दफ्तर को रिहायश के लिए इस्तेमाल करने के सिलसिले में काटे जाते रहे।

यह वह जमाना था जब अत्यन्त उन्नति के बाद इम्पीरियल फिल्म कम्पनी पतनोन्मुख थी। इसके मालिक सेठ आर्देशर ईरानी, जो एक साहसी आदमी थे, सिर तोड़ कोशिश में लगे थे कि उनकी कम्पनी की हालत सँभल जाए।

स्पष्ट है कि ऐसी डगमग हालत में कर्मचारियों को तनख्वाह वक्त पर नहीं मिलती थी। सेठ आर्देशर ने एक और जुल्म किया कि हिन्दुस्तान में पहली रंगीन फिल्म बनाने का श्रेय प्राप्त करने के लिए बाहर से 'सिने कलर प्रोसेस' की मशीन मंगवा ली। वह इसके पूर्व हिन्दुस्तान का सबसे पहला 'टॉकी', 'आलमआरा' प्रस्तुत करने का श्रेय प्राप्त कर चुके थे।

कम्पनी पर जब बोझ पड़ा तो उसकी आर्थिक स्थिति और भी कमजोर हो गई, मगर ज्यों-ज्यों काम चलता रहा। कुछ एडवांस के तौर पर मिल जाया करता था, शेष हिसाब में जमा रहता था।

संयोग ऐसा हुआ कि रंगीन फिल्म की डायरेक्शन मिस्टर मोती बी० गडवानी के सुपुर्द हुई जो प्रशिक्षित थे और मुझे पसन्द करते थे। उन्होंने मुझसे कहानी लिखने के लिए कहा, जो मैंने लिख दी और उन्होंने पसन्द की, मगर एक पेच आन पड़ा कि वह सेठ को कैसे कहे कि पहली रंगीन फिल्म की कहानी का लेखक एक मामूली मुंशी है। बहुत सोच-विचार के बाद यह तय हुआ कि अच्छे दाम वसूल करने की खातिर कहानी पर किसी मशहूर व्यक्ति का नाम दिया जाए।

ऐसा कोई व्यक्ति मेरे मित्रों के दायरे में नहीं था, लेकिन जब मैंने चारों तरफ़ नज़र दौड़ाई तो मुझे बहुत दूर शान्ति निकेतन में प्रोफेसर जियाउद्दीन (स्वर्गीय) दिखाई दिए, जो टैगोर यूनिवसिटी में छात्रों को फारसी पढ़ाते थे।

मैंने उनको खत लिखा। चूंकि वह मुझसे प्यार करते थे, इसलिए वह हमारे इस फ्रॉड में शामिल हो गए।

कहानी चुनांचे उन्हीं के नाम से पेश हुई और बहुत बुरी तरह नाकाम रही। कम्पनी की हालत और भी खराब हो गई। इस दौरान मिस्टर नजीर की सिफारिश से मुझे सौ रुपये माहवार पर फिल्म सिटी में नौकरी मिल गई। कारदार साहब कलकत्ता से बम्बई आए तो 'फिल्म सिटी' ने एक फिल्म के लिए उनसे अनुबन्ध कर लिया। कहानियाँ माँगी गई। उनमें एक मेरी भी थी जो मियाँ कारदार ने पसन्द की और उस पर काम भी शुरू कर दिया। मगर कुदरत को कुछ और ही मंज़ूर था।

सेठ आर्देशर को पता चल गया कि मैं 'फिल्म सिटी' में हूँ। यद्यपि इनकी वह पहली सी साख थी लेकिन अपने तमाम समवयस्क प्रोड्यूसरों पर उनका रौब और दबदबा वैसे का वैसा कायम था। फिल्म सिटी के मालिकों को डांट पिलायी और मुझे कान से पकड़कर वापस इम्पीरियल फिल्म कम्पनी में भेज दिया गया और साथ ही मेरी कहानी भी।

अब मेरी तनख्वाह 40 की बजाय 80 कर दी गयी और वायदा किया गया कि मुझे मेरी कहानी पर मुआवजा अलग से मिलेगा। उस कहानी की डायरेक्शन हाफिजजी (रत्नबाई वाले) के सुपुर्द की गयी।

जब मैं 'फिल्म सिटी' में नौकर हुआ था तो मैंने 'मुसव्विर' के दफ्तर में रहना छोड़कर पास ही एक निहायत गलीज़ चाली में एक खोली नौ रुपये माहवार पर ले ली थी। उसमें इस कदर खटमल थे कि छत पर से बारिश के कतरों की तरह गिरते थे।

इस दौरान मेरी माँ बम्बई आ गयी थीं और अपनी लड़की के पास ठहरी थीं। जब वह पहली बार मुझसे मिलने के लिए उस गलीज खोली में आयीं तो उनकी आँखों में आंसू आ गए।

मेरे और मेरे बहनोई के संबंध तनावपूर्ण थे। अब उसे खुदा बक्शे मगर उसका चरित्र बहुत ही खराब था। मैं चूंकि नुक्ताचीनी करता था, इसलिए उसने अपने घर में मेरा दाखिला बन्द करा दिया था और मेरी बहन पर यह पाबन्दी लगा दी थी कि वह मुझसे नहीं मिल सकती।

मैं अपनी माँ के आँसुओं का ज़िक्र कर रहा था जो इसलिए उनकी आँखों से निकले थे उनका बेटा, जो लाड़-प्यार में पला था, अब जमाने की गर्दिश से ऐसी गन्दी जगह में रहता है। उसके पास कपड़े नहीं। रात को मिट्टी के तेल का लैम्प जलाकर काम करता है।

वह जब रोती रहीं तो मैं बहुत तेज प्रकार की मानसिक और आध्यात्मिक यातना से ग्रस्त रहा। जो दिन बीत गए हैं उनकी याद मेरे नजदीक हमेशा व्यर्थ रही है। और फिर रोने-धोने का क्या मतलब है। मुझे हमेशा 'आज' से मतलब

है। गुजरे हुए कल या आने वाले कल के बारे में कभी नहीं सोचता। जो होना था, हो गया; जो होने वाला है, हो जाएगा।

रोने से निपटकर मेरी माँ ने बड़ी गम्भीरता से पूछा, 'सआदत, तुम ज़्यादा क्यों नहीं कमाते?'

मैंने जवाब दिया, 'बीबीजान, ज्यादा कमाकर क्या करूंगा? जो कुछ कमा रहा हूँ, मेरे लिए काफी है।'

उन्होंने मुझे ताना दिया, 'नहीं, बात असल में यह है कि तुम ज्यादा कमा नहीं सकते- ज्यादा पढ़े-लिखे होते तो अलग बात थी।'

बात ठीक थी, लेकिन मेरा पढ़ने में जी नहीं लगा था। तीन बार एन्ट्रेंस में फेल होने के कारण जब कॉलेज में दाखिल हुआ तो मेरी आवारगी और भी ज्यादा बढ़ गयी, और एफ०ए० के इम्तहान में दो बार नाकाम रहा। अलीगढ़ गया तो वहाँ इस आधार पर निकाला गया कि मुझे तपेदिक है।

इन कटु अनुभवों को महसूस करने के बावजूद मैंने बात को हंसी-मजाक में टालने की कोशिश की, 'बीबीजान, मैं जो कुछ कमाता हूँ मेरे अपने लिए काफी है- घर में बीवी होती तो आप देखतीं मैं कैसे कमाता हूँ। कमाना कोई मुश्किल काम नहीं। आदमी ऊंची शिक्षा के बिना भी ढेरों रुपया प्राप्त कर सकता है।'

यह सुनकर माँ ने अचानक मुझसे यह सवाल किया, 'शादी करोगे?' मैंने ऐसे ही कह दिया, 'हाँ क्यों नहीं।'

'तो इस इतवार को तुम माहिम आओ। फुटपाथ पर खड़े रहना, मैं तुम्हें देख कर नीचे आ जाऊँगी।' माँ ने यह कहकर मेरे सिर पर हाथ फेरा, 'तुम्हारी शादी का बन्दोबस्त हो जाएगा- इन्शा अल्लाह- लेकिन देखो, अपने बाल कटवा कर आना।'

मैंने बाल न कटवाए। रात को मैंने कन्वेस शू पर पालिश कर दी थी। डबल रेट पर धुलवायी हुई सफेद पतलून पहनकर मैं इतवार को सुबह 'माहिम' में 'इनिंग लिटो मेन्शन्स' के पास फुटपाथ पर खड़ा था। माँ तीसरी मंजिल के फ्लैट से बाल्कनी पर इन्तजार कर रही थीं। उन्होंने मुझे देखा तो नीचे आयीं और मुझे साथ चलने को कहा।

बीस-पच्चीस गज के फासले पर एक बिल्डिंग थी- जाफर हाउस- माँ ने उसकी दूसरी मंजिल के फ्लैट का दरवाजा खटखटाया जो नौकरानी ने खोला, हम अन्दर दाखिल हुए।

माँ जनाने में चली गयीं। मेरा स्वागत एक गोरे-चिट्टे अधेड़ उम्र के आदमी ने किया। मर्दाने में बड़ी मुहब्बत और बड़े खुलूस। तपाक से बैठाया और फौरन

बेतकल्लुफ़ हो गए। उन्होंने मुझसे और मैंने उनसे एक-दूसरे की रुचियों और कामकाज के बारे में पूछताछ की।

वह सरकारी नौकर थे। पुलिस के महकमे में 'फिंगर प्रिंट स्पेशलिस्ट'। तनख़्वाह वाज़बी थी। कई बच्चों के बाप थे। रेस और फ्लश के रसिया। क्रॉस वर्ड सपजल्स बड़ी नियमितता से हल किया करते थे, मगर कोई इनाम हासिल नहीं कर सके थे।

मैंने उनको अपने सारे हालात बता दिए। यह भी कह दिया कि ऐसी फिल्म कम्पनी में मुलाज़िम हूँ जहाँ तनख़्वाह नहीं मिलती। सिर्फ सांस का आवागमन जारी रखने के लिए कभी-कभी एडवांस के तौर पर कुछ मिल जाता है।

मुझे ताज़्जुब है कि मैंने जब उनको बताया कि ऐसी पतली हालत में भी हर शाम को बीयर की एक बोतल ज़रूर पीता हूँ तो उन्होंने बुरा न माना।

मेरी हर बात को उन्होंने बड़े गौर से सुना। जब मैं जाने के लिए उठा तो मलिक हसन साहब मेरी किताबे-ज़िन्दगी के तमाम ज़रूरी पृष्ठों का अध्ययन कर चुके थे।

जब हम वहाँ से निकले तो माँ ने मुझे बताया कि ये लोग अफ्रीका से आए हैं। तुम्हारे भाइयों को अच्छी तरह से जानते हैं और उन्होंने दस-बारह वर्ष पूर्वी अफ्रीका में बैरिस्टरी की थी) उनके यहाँ एक लड़की है, जिसका विवाह करना चाहते हैं। कई रिश्ते आ चुके हैं, मगर इनको पसन्द नहीं आए। असल में कोई कश्मीरी घराना चाहते हैं- मैंने उनसे तुम्हारी बात की है- और कोई बात पोशीदा नहीं रखी।

रही-सही जो कसर रह गयी थी, वह माँ ने पूरी कर दी थी। लेकिन मैं सोचने लगा कि यह सिलसिला क्या है- अगर वे लोग मान गए (हालांकि मुझे इसका यकीन नहीं था, इसलिए कि मुझमें ऐसी कोई बात नहीं थी कि वे मुझे अपनी लड़की देते) तो क्या सचमुच मुझे शादी करनी पड़ेगी और-और फिर ढेरों रुपये भी कमाने पड़ेंगे?

मलिक साहब ने मुझे दूसरे इतवार को खाने पर बुलाया था। मैं वायदे के अनुसार वहाँ पहुँचा तो उन्होंने मेरी बड़ी आवभगत की।

खाना आया। मुर्ग था, कोफ्ते थे, साग का सालन भी था और धनिये, पुदीने और अनारदाने की चटनी- हर चीज़ स्वादिष्ट थी, लेकिन गर्म मसाला और मिर्चें इस कदर कि खुदा बचाए। मेरे पसीने छूट गए, लेकिन धीरे-धीरे मैं आदी हो गया।

दो-तीन इतवार के बाद जब उन लोगों में घुल-मिल गया तो मेरी माँ ने

मुझे बताया कि उन्होंने मेरा रिश्ता कबूल कर लिया है। जब मैंने यह सुना तो चकरा गया। मैं तो शादी के इस किस्से को सिर्फ एक मज़ाक समझ रहा था। इसके अलावा मुझे बिलकुल यकीन नहीं था कि मुझे कोई होशमंद अपनी लड़की देगा। मेरे पास था ही क्या। एन्ट्रेंस पास, वह भी थर्ड डिवीजन में। नौकरी ऐसी जगह जहाँ तनख़्वाह की बजाय एडवांस मिलता था और पेशा फिल्म और पत्रकारिता। ऐसे लोगों को शरीफ आदमी कब मुंह लगाते थे।

एक गन्दी खोली हासिल करने के लिए मुझे कितने जतन करने पड़े थे। मकान मालिक को मालूम हो गया था कि मैं फिल्म कम्पनी में काम करता हूँ। बड़ी सिफारिश के बाद वह अन्ततः राजी हुआ था।

मैं सख्त परेशान हुआ। मैं यह खबर सुनने के लिए बिलकुल तैयार नहीं था। मेरा मानसिक सन्तुलन उस वक्त और भी ज्यादा बिगड़ गया, जब माँ ने कहा कि उन्होंने बात पक्की कर दी है। मैंने उनसे कुछ न कहा और दिन-रात उठते-बैठते इस सोच में गर्क़ रहने लगा कि यह मुसीबत जो मैंने खुद ली है इससे छुटकारा कैसे होगा।

बहुत सोच-विचार के बाद मैं इस नतीजे पर पहुँचा कि अब सोच-विचार बिलकुल व्यर्थ है। यह सोचकर जो हो सो हो मुझे अपनी किश्ती मझधार में डाल देनी चाहिए।

मैंने यह फैसला तो कर लिया, मगर निक़ाह की रस्म के लिए रुपया कहाँ से आए? यह सवाल बहुत ही परेशान करने वाला था। कम्पनी से अब एडवांस मिलना भी बन्द हो गया था। इधर माँ ने तारीख निश्चित कर दी थी।

मैंने कई बार सोचा कि बम्बई से भाग जाऊं, लेकिन किसी अलौकिक शक्ति ने मेरे पाँव जकड़कर रखे थे। एक ही सूरत थी कि मैं सेठ आर्देशर से मिल और उनसे अपने विवाह के खर्चों के लिए कुछ रुपये माँगे।

कम्पनी की तरफ़ मेरे करीब-करीब डेढ़ हजार रुपये निकलते थे। अगर ये मिल जाते तो समझिए मेरी सब परेशानी दूर हो जाती- बल्कि ऐश हो जाती।

मैं आर्देशर साहब से मिला। उनको इतनी फुर्सत नहीं थी कि मेरी दास्तां को गौर से सुनते। टहलते-टहलते जो कुछ मैंने कहा विवशतापूर्वक सुना। अन्त में मुझसे कहा, 'देखो, कम्पनी की जो हालत है वह तुम जानते हो- अगर हालत अच्छी होती तो हम तुम्हारी शादी कर देते।'

यह सही है कि जब कम्पनी की हालत अच्छी थी तो वह अपने नौकरों की उदारता से आर्थिक सहायता किया करते थे। बड़े उपकारी थे, मगर अब उनका हाथ इस कदर तंग था कि उन्हें इस अहसास से बढ़ी उलझन होती थी कि वे किसी व्यक्ति की मदद नहीं कर सकते।

मेरी मायूसी का अन्दाज़ा आप लगा सकते हैं- मैं चलने लगा तो उन्होंने मुझे आवाज़ दी और पास बुलाकर कहा, 'मैं सिर्फ इतना कर सकता है कि तुम्हें ज़रूरी चीज़ें ले दूं। दफ्तर जाओ, हाफिज को बुला लाओ।'

मैं हाफिज जी को उनके पास लेकर गया, तो उन्होंने दुकानों का पता उनको बताया। एक चिट पर कुछ लिखकर दिया और कहा, 'मुंशी मंटो को अपने साथ ले जाओ- और जो कुछ इसे चाहिए ले दो।'

मैं हाफिज जी के साथ हो लिया। हम मोटर में एक बजाज की दुकान पर पहुंचे। वहाँ से दो साड़ियाँ लीं, सेठ आर्देशर के व्यक्तिगत एकाउंट में। दूसरी दुकान जोहरी की थी। वहाँ से एक आदमी मेरे साथ कर दिया गया, क्योंकि मैं चाहता था कि लड़की खुद अपने लिए जेवर पसन्द करे।

मैं और जौहरी का आदमी दोनों जाफर हाउस पहुंचे। लड़की की माँ को जिनको में खालाजान कहता था, जौहरी के आदमी ने कुछ जेवर दिखाए। उन्होंने सिर्फ एक हीरे की अंगूठी, मोती की बूटियाँ (कानों के जेवर), एक पेंडल, दो कलाई चूड़ियाँ पसन्द की। मैंने खालाजान पर बहुत जोर दिया कि वह चन्द और जेवरात भी रख लें, मगर वह मुझ पर अधिक बोझ डालना नहीं चाहते थे। काश, मैंने उनसे कह दिया होता कि खालाजान, ऐसा मौका मुझे फिर कभी नहीं मिलेगा। मुझे कम्पनी से डेढ़ हजार रुपया लेना है- जाते चोर की लंगोटी न छोड़िए। मगर अफसोस कि इस रकम से मुझे सिर्फ चार-पांच सौ रुपये वसूल हुए, क्योंकि कम्पनी मेरे निक़ाह होने के फौरन बाद खत्म हो गई।

अब नजीर साहब ने मेरी माहवार तनख़्वाह फिर चालीस रुपये कर दी जिससे कुछ ढारस हुई कि शाम को बीयर की बोतल का सिलसिला जारी रहेगा।

निक़ाह मेरे लिए जाहिर है बहुत खतरनाक साबित हुआ। कम्पनी से जो रुपया देना था वह अलग गर्क हुआ और घुटना अलग जख़्मी हुआ।

इसकी दास्तां भी सुन लीजिए- बम्बई में कोई दोस्त था न प्रियजन। बहन थी, वहाँ मेरा हुक्का-पानी बन्द था। मुझे सारे काम खुद ही करने थे। चन्द आदमियों को सपना दी थी कि मेरा निक़ाह हो रहा है। छुहारे और इलायचीदाने खरीदने थे। बाल कटवाने थे और बस पर सवार होकर मोर्चे पर जाना था।

शाहजहाँ महल होटल के मालिक सैयद फ़ज़ल शाह को रस्मे-निक़ाह में सम्मिलित होने की दावत देकर जब लौट रहा था तो पथरीले फर्श पर मेरा पांव फिसला और इस ज़ोर गिरा कि बेहोश हो गया।

मैं ज़िन्दगी में सिर्फ तीन बार बेहोश हुआ हूँ। सबसे पहले अपने निक़ाह पर, सैयद फ़ज़ल शाह 'मरहूम' को शामिल होने की दावत देने पर, दूसरी बार अपनी माँ की अचानक मौत पर, फिर अपने लड़के का निधन होने पर।

यह गिरकर बेहोश हो जाना अच्छा शगुन नहीं था। चोट इतनी अधिक तेज थी कि जब मुझे होश आया और मैं सीढ़ियां उतरने लगा तो मेरी चुटीली टांग ने चलने से इन्कार कर दिया। बड़ी मुश्किल से मार्केट तक पहुँचा। दर्द इतना था कि हर कदम पर बिलबिला उठता।

खैर, छुहारे और इलायचीदाने लिए माहिम पहुँचा। जाफर हाउस की सीढ़ियाँ जैसे-तैसे तय की और निक़ाह की महफिल में जा पहुंचा। पन्द्रह-बीस लोग मौजूद थे। मैं गावतकिये का सहारा लेकर बैठ गया। जख्मी टांग दुहरी नहीं होती थी। इसलिए उसे अलग लेटे रहने दिया। गोया यह बड़ी बदतमीजी थी, मगर जब काजी मरघे (अजीब-व-गरीब नाम है) ने मुझे दो जानूं बैठने के लिए कहा तो जी कड़ा करके और दर्द की सारी टीसें पीकर उनका हुक्म मानना ही पड़ा।

एजाब-ब-कबूल की रस्म खत्म हुई तो मेरी जान में जान आई। टांग सीधी की, दर्द के कई घूंट पिए। मुबारकबादी वसूल की और लंगड़ाता-लंगड़ाता अपने घर पहुंचा। मिट्टी के तेल का लैम्प रोशन किया और खटमलों वाली खाट पर लम्बा पसरकर सोचने लगा कि सचमुच मेरा निक़ाह हो गया है- मैं आप से सच अर्ज करता हूँ कि जेब में छुहारे और इलायचीदाने होने और घुटने की चोट के बावजूद मुझे यकीन नहीं आता या कि मेरी ज़िन्दगी का इतना बड़ा हादसा हो चुका है।

मैं करीब-करीब शादीशुदा था। फ़र्क सिर्फ़ इतना था, मेरी बीवी मेरी नौ रुपये की खोली में मौजूद नहीं थी। कानून की रू से मैं जब भी चाहता उसे अपने साथ चलने को कह सकता था, लेकिन इतनी हिम्मत कहाँ थी? उसे खिलाता कहाँ से? सामने वाले ईरानी होटल से और वह भी उधार! रखता कहाँ? खोली में तो एक अतिरिक्त कुर्सी के लिए भी जगह नहीं थी।

ज़ाहिर है कि बीवियाँ नहाती भी हैं, मगर वहाँ तो कोई गुसलखाना ही नहीं था। दो मंजिला बिल्डिंग थी जिसमें चालीस खोलियाँ थीं। इन सबके निवासियों के परस्पर प्रयोग के लिए सिर्फ दो गुसलखाने थे जिनके दरवाजे पता नहीं कब के गायब हो चुके थे। मुझे इस अहसास से बड़ी उलझन होती थी कि मेरा निक़ाह हो चुका है। और एक लड़की के साथ मुझे आज नहीं तो कल शौहर की हैसियत से ज़िन्दगी गुजारनी होगी। इसके पूर्व मैंने कोई तजुर्बा नहीं किया था। मुझे बिलकुल मालूम नहीं था कि बीवी क्या होती है और शौहर क्या होता है?

मेरी ज़िन्दगी में दो-तीन लड़कियां ज़रूर आई थीं, मगर वे नौकरानियां थीं। उनसे मेरा टकराव ऐसे ही हुआ था जैसे सड़क पर दो राह चलते अन्धे

एक-दूसरे से टकराकर इस मुठभेड़ से मुक्ति पाकर अपनी-अपनी राह लें। मैं ईमानदारी से महूसस कर रहा था कि मैं सब कुछ बन सकता हूँ लेकिन शौहर नहीं बन सकता। यह पत्रकारिता और कहानी लिखने वाला मामला नहीं था।

वक्त गुजरता गया- मैंने कोशिश की और सरोज मूवीटोन नामी फिल्म कम्पनी में एक सौ रुपये माहवार पर नौकर हो गया। यह कम्पनी तो शायद मेरे आगमन की प्रतीक्षा में थी। अभी दो माह भी न गुजरे होंगे कि उसका दिवालिया फिर गया। अब तो मुझे यकीन हो गया कि मेरा निक़ाह मेरे लिए मनहूस साबित हुआ है।

लेकिन स्वर्गवासी सरोज मूवीटोन के चलते-पूर्जे मालिक सेठ नानूभाई देसाई ने कुछ ऐसी तिकड़म लड़ाई कि एक मालदार मारवाड़ी को फांस लिया और सरोज मूवीटोन का नाम हटाकर 'हिन्दुस्तान सिने टोन' के नाम से नयी फिल्म कम्पनी बड़ी कर दी।

इसके लिए मैंने अपनी दूसरी फिल्मी कहानी 'कीचड़' शीर्षक से लिखी जो बाद में 'अपनी नारियाँ' जैसे बेढंगे और बेतुके नाम से पेश हुई और कामयाब रही।

यह फिल्म अभी आधी भी तैयार नहीं हुई थी कि मारवाड़ी सेठ चांदी के सट्टे में अपनी सारी दौलत गंवा बैठे। यहाँ तक कि अपनी शानदार मोटर भी, जिसका रंग बैदाग सफेद था- मैंने इसका रिश्ता भी निक़ाह से जोड़ा। मुझे यकीन था कि चन्द दिनों में ही इस नयी कम्पनी का दिवालिया ज़रूर पिटेगा। लेकिन नानभाई देसाई ने किसी न किसी तरह इधर-उधर से कर्ज लेकर फिल्म पूरी कर ही ली।

मेरा निक़ाह हुए करीब-करीब दस महीने हो चुके थे कि मुझे एक शर्मनाक हादसे से दो-चार होना पड़ा। मेरा एक बेवकूफ दोस्त आशिक था- अनपढ़, काहिल, खुशामदी लेकिन नृत्य-कला में प्रवीण। मुझे खुश करने के लिए एक शाम उसने मुझे बीयर पिलायी। थोड़ी-सी खुद भी पी और बहकने लगा। चहकते हुए वह मुझे एक रोस्त की मोटर में बैठाकर एक लड़की के पास ले गया जो उसके कहने के मुताबिक उसकी शार्गिद थी।

जब उसके दरवाजे पर दस्तक दी तो अन्दर से किसी नारी-स्वर ने पूछा, 'कौन है?'

आशिक ने कहा, 'आशिक।'

अन्दर से एक मोटी गाली बाहर निकली, 'आशिक की।'

आशिक को जो गुस्सा आया तो वह दरवाजे को तोड़कर अन्दर दाखिल हो गया। मैं उसके पीछे गया। वह एक नौकर को बुरी तरह पीट रहा था।

मैं घटना संक्षिप्त करता हूँ। दूसरे रोज़ जब आशिक गिरफ़्तार हुआ तो उसने पुलिस वालों से कहा कि मेरे साथ एक और आदमी था।

चुनांचे मुझे भी गिरफ़्तार कर लिया गया। माहिम में मेरी ससुराल को इसका कारण पता चल गया। मैं बहुत परेशान हुआ कि अब किस मुंह से उन लोगों के पास जाऊं। मेरी विवाहिता ने मेरे विषय में यकीनन बहुत बुरी राय कायम की होगी- वह ज़रूर रोती होगी कि किस बदमाश से मेरा पल्ला बांध दिया गया है, उससे छुटकारा हासिल करना भी मुमकिन नहीं।

मैंने बहुत देर तक बड़ी ईमानदारी से खुद को अपनी विवाहिता की पोजीशन रखकर गौर किया और इस नतीजे पर पहुंचा कि मैं खालाजान से साफ-साफ कह दूं कि अगर इस घटना के बाद, जो वाकई बहुत शर्मनाक है, आप मुझे अपनी बेटी देना मुनासिब ख्याल न करें तो मैं तलाक देने के लिए तैयार हूँ। मगर जब मैंने उनसे अपने इन विचारों को प्रकट किया तो उन्होंने मुझसे कहा, 'तुम पागल हो जो ऐसी बातें सोचते हो। हमें तुम्हारी बेगुनाही का यकीन है।'

मेरे सीने का बोझ हल्का तो हो गया मगर मेरे इस वहम में और बढ़ोतरी हो गयी कि निक़ाह मेरे लिए अभिशाप बनकर आया है। कम्पनी की हालत बहुत पतली हो चुकी थी। अब तनख्वाह के बदले एडवांस मिलना शुरू हो गया था। मेरी कहानी का पारिश्रमिक अलग से अदा होना था, मगर कोई सूरत नज़र नहीं आती थी कि यह मुझे मिलेगा।

इधर माँ ने मेरी ससुराल के अनुरोध पर विदाई की तारीख नियत कर दी। एक वर्ष के करीब हो गया था निक़ाह हुए। वे लोग इन्तजार करते-करते तंग आ गये थे। मुझे कोई जल्दी नहीं थी, बल्कि यूं कहिए कि मेरी दिली ख्वाहिश थी कि रुखसती की नौबत न आए। मैं बहुत भयभीत था कि मुझसे घर बार नहीं चलाया जा सकेगा और एक शरीफ लड़की की सारी उम्र बगैर किसी कसूर के क्लेश में कटेगी- मगर दिन नियत हो चुका, जो मेरे लिए रोज़-ए-कयामत था।

साप्ताहिक 'मुसब्बिर' की हालत बहुत अच्छी हो गयी थी। अब उसका दफ्तर बेहतर जगह पर बदल गया था। टेलीफोन मौजूद था। मिस्टर नजीर के पास एक छोटी-सी कार थी जिसमें वह इधर-उधर घूमकर विज्ञापन प्राप्त करते थे।

हम दोनों का निवास अब इस दफ्तर में था। मैं हर इतवार माहिम जाता। कभी-कभी दरवाजे की दराजों में से अपनी बीवी की एक झलक देख लेता और रात का खाना खाकर जब वापस घर आता, तो सोते वक्त अपने आप पर लानत भेजता कि मैंने क्यों शादी का यह खेल खेला जबकि मुझे इसमें इस कदर फिसड्डी निकलना था। मगर अब क्या हो सकता था! 'न खाये बने न छोड़े बने'

वाला मामला था।

विदाई की तारीख में जब केवल दस रोज़ बाकी रह गए तो मैं चौंका। एकदम उठा और दफ्तर के पास ही यानी उसी बिल्डिंग में एक फ्लैट 35 रूपये माहवार पर ले लिया। चालीस मुझे मिस्टर नजीर से मिलते थे। मैंने उनसे कह दिया, हर माह किराया अदा कर दिया करें। अब गोया मुझे पांच रुपये माहवार पर अपनी बीवी का पेट पालना था।

मैंने फ्लैट को अच्छी तरह साफ किया। उसके चोबी फर्श और दरवाजे जो बेहद गन्दे थे, सोडा कास्टिक से साफ किए और ताला लगाकर सीने में एक धुंधली आशा लिए नानूभाई देसाई की सेवा में हाजिर हुआ। अपनी कहानी के मुआवजे और अपनी तनख्वाहों के बकाया का तकाज़ा किया सेठ साहब ने मुझे साफ जवाब दे दिया कि वह मुझे डेढ़िया भी नहीं दे सकते।

मैंने जब यह टका-सा जवाब सुना तो मैं भन्ना गया। गुस्से में आकर मैंने सेठ को गालियां तक दीं। नतीजा यह हुआ कि मुझे बाहर निकाल दिया गया-मैंने फौरन बाबूराव पटेल (एडीटर फिल्म इंडिया) को फोन किया। सारा हाल सुनाकर मैंने उनसे कहा कि अगर नानूभाई ने मेरा हिसाब न चुकाया तो मैं भूख हड़ताल कर दूंगा। मेरा यह फैसला अटल था।

बाबूराव जो मेरे हठ से वाक़िफ था, बहुत परेशान हुआ। उसने नानूभाई को टेलीफोन किया और उससे कहा कि अगर मंटो ने भूख हड़ताल शुरू की तो सारा प्रेस उसका साथ देगा। इसलिए उसे चाहिए कि फौरन उसके साथ समझौता कर ले।

टेलीफोन पर तो कोई फैसला नहीं हुआ, लेकिन जब बाबूराव नानभाई से उसके दफ्तर में मिला तो मुझे बुलाया गया। नानूभाई ने मुझसे माफी माँगी। मैंने उससे। आखिर फैसला यह हुआ कि मैं आधी रकम पर राजी हो जाऊँ इसलिए कि कम्पनी की हालत नाजुक है।

मुझे नौ सौ रुपये का एक पोस्ट डेटेड चैक दिया गया। चन्द रोज़ गुजरने के बाद जब मैंने नानूभाई देसाई को फोन किया कि तारीख आ गयी है और मैं चैक कैश कराने जा रहा हूँ तो उसने कहा, पहले मुझसे मिल लो।

मैं उससे मिला तो उसने मुझसे बड़े दुःख-भरे लहजे़ में कहा कि बैंक में रुपया नहीं है। क्या ऐसा नहीं हो सकता कि मैं पांच सौ रुपये नकद पर राजी हो जाऊँ? मैं फौरन राजी हो गया। हालांकि मेरी हक हलाल की कमाई के अठारह सौ रुपयों में से पहले नौ सौ हुए और अब पांच सौ। लेकिन मैं मजबूर था। विदाई में अब सिर्फ चार दिन बाकी थे।

मैंने कम्पनी की मोटर ली, मगर उसमें सिर्फ पेट्रोल पम्प तक जाने के

लिए ही पेट्रोल था। मैंने अपनी गिरह से पेट्रोल डलवाया और ड्राइवर से कहा, सीधे मार्केट चलो। पांच सौ रुपये जेब में थे। मैंने उनसे अपनी दुल्हन के लिए साड़ियाँ वगैरा खरीदीं। जब घर पहुंचा तो जेब करीब-करीब खाली थी और घर तो बिलकुल खाली था। टूटी हुई कुर्सी तक न थी।

मेरे वहाँ एक बुजुर्ग दोस्त थे- हकीम मुहम्मद अबु-तालिब अलश्क अजीम आबादी। बड़े नाजुक आदमी थे। मैंने जब उनसे जिक्र किया कि दुल्हन ला रहा हूँ मगर घर खाली है तो वह मुझे फर्नीचर की एक दुकान पर ले गए। उसका मालिक उनको अच्छी तरह जानता था। चुनांचे मुझे आसान किस्तों पर कुछ सामान मिल गया। मिसाल के तौर पर लोहे के स्प्रिंगों वाली दो चारपाइयाँ, बर्तन वगैरा रखने की एक अल्मारी, एक सिंगार-मेज (यह सेकण्ड हैण्ड था), एक लिखने वाला मेज, और अपने लिए एक कुर्सी-वगैरा-वगैरा।

जब मैंने यह सामान फ्लैट में सजाने की कोशिश की तो मुझे बड़ी मायूसी हुई। दो जहाजी साइज के कमरे थे। उनमें यह फर्नीचर दिखायी ही नहीं देता था। चुनाचे मैंने दो मोढ़े खरीदे और वे भी एक कोने में जमा किए जो दूसरे फर्नीचर की तरह गुम हो गए।

इधर-उधर से मुझे जो चीज़ मिली, मैंने कहीं न कहीं लगा दी। हर चीज़ लगाने के बाद मैं कमरे पर नज़र डालता और खुद को यह फरेब देने की कोशिश करता कि अब फ्लैट भरा-भरा नज़र आता है।

क़यामत का दिन आखिर आ पहुंचा। सुबह मुसव्विर के दफ्तर में बैठा था। माँ मेरे पास आ गयी थी। उनसे मैं यह कहकर आया था कि बारात का बन्दोबस्त करने जा रहा हूँ।

मिस्टर नजीर ने विभिन्न लोगों के नाम रुक्के भेज दिए थे जिनमें से प्राय: फिल्म लाइन से संबंधित थे। मेरी बारात गोया एक फिल्मी बारात थी। मियाँ कारदार, नूर मुहम्मद चार्ली, और मिर्जा मुशर्रफ, बाबूराव पटेल और पहली रंगीन फिल्म की हीरोइन पद्मादेवी- ये सब शामिल हो रहे थे।

बाबूराव पटेल को जब मालूम हुआ था कि मंटो के घर में सिर्फ उसकी माँ है जिसे अकेले मेहमानों की खातिर-तवज्जो करनी पड़ेगी तो उसने पद्मादेवी को हमारे घर पर भेज दिया था कि वह मेरी माँ का हाथ बंटाए।

मैंने किराये पर कुर्सियाँ मंगवा ली थीं और पास वाले इरानी रेस्तरां से विम्टो की बोतलें। इस पर जो खर्च उठा वह मैं इत्मीनान से अदा कर सकता था। इसलिए मुझे इस तरफ़ से कोई परेशानी होने वाली नहीं थी। लेकिन मैं इस तकलीफ़ व सोच में ग़र्क था कि घर-बार चलेगा कैसे?

मैं दफ्तर में आकर बैठा ही था कि माहिम से मेरी बहन का टेलीफोन

आया। उसने मुझसे कहा, कहो क्या हाल है- मैंने जवाब में आगा हश्र का मशहूर फिकरा दुहराया, 'शेर लोहे के जाल में है, अजब मखमसे में गिरफ़्तार हूँ। बारात की तैयारियां कर रहा हूँ, लेकिन जेब में सिर्फ चार आने हैं। चार आने में सिगरेट की डिबिया आएगी, दो पैसे की माचिस- चलो किस्सा पाक।'

वह बेचारी मेरी मदद करने के लिए मजबूर थी। उसके शौहर ने तो उसको इतनी इजाजत भी नहीं दी थी कि वह विदाई की रस्म में शरीक होती और अपने भाई को दूल्हा बना हुआ देखती। फिर भी उसने मुझसे कहा, 'सआदत, मैं तुम्हारी वारी जाऊँ। ज़रा की ज़रा मोटर मेरे घर के सामने रोकना- मैं तुम्हें देखना चाहती हूँ।

मैंने और ज़्यादा गुफ़्तगू न की क्योंकि वह बहुत भावुक हो रही थी। टेलीफोन का सिलसिला बन्द करने के बाद मैं उठा और पड़ोस के सैलून में बाल कटवाए- हमाम में गुसल किया- यह सब उधार!

शाम तक मैंने सिगरेट की डिबिया फूंक डाली। अब मेरी जेब में एक माचिस थी, वह भी आधी।

कपड़े तब्दीली करके मैंने वह सूट पहना जो मुझे ससुराल से मिला था, टाई दाँधी, आईने में जब मैंने अपनी शक्ल देखी तो एक कार्टून-सा नज़र आया। मैं खूब हँसा।

बत्तियां जलने से पहले-पहले सारे बाराती जमा हो गए। पद्मादेवी और मेरी माँ ने सबकी खातिर-तवज्जो की। इसके बाद यह काफिला, जो दस-पन्द्रह मोटरों पर शामिल था, माहिम की तरफ़ रवाना हुआ।

मैं नानूभाई देसाई की मोटर में था, बग़ैर सेहरे के। सिर से नंगा, बालों की लम्बाई मुनासिब थी। जब हम जाफर हाउस के करीब पहुंचे तो मैंने ड्राइवर से कहा, थोड़ी दूर आगे ले जाए। बाहर फुटपाथ पर मेरी बहन खड़ी थी। उसकी आँखों में आंसू तैर रहे थे। जब उसने मेरे सिर पर मुहब्बत का हाथ फेरा, दुआएँ और मुबारकबाद दी तो मैं जल्दी से वापस मोटर में बैठ गया और ड्राइवर से कहा कि बैक करे।

खालाजान ने ऊपर खुले टैरेस पर दावत का इन्तज़ाम किया था जो बहुत अच्छा था। रफ़ीक गजनवी, डाइरेक्टर नन्दा और आगा खलश काश्मीरी के दरम्यान बड़ी पुरलुत्फ नोक-झोंक होती रही। सबने डटकर खाया क्योंकि खाना बहुत उम्दा और लजीज था। काश्मीरियों की रिवायत के ऐन मुताबिक।

खाना खाने के बाद खुशगप्पियाँ शुरू हुई। आगा खलश साहब ने एक पुरमज़ा नज़्म पढ़ी जो उन्होंने तत्काल कही थी। यह सिलसिला खत्म हुआ तो मुझे नीचे बुलाया गया और दुल्हन को मेरे सुपुर्द कर दिया गया।

यह सब मुझे एक ख्वाब-सा मालूम होता है। दिमाग में न जाने कितने विचार ऊपर-तले आ रहे थे। दुल्हन मेरे साथ थी। मैंने उसका हाथ पकड़ा और लरजती आवाज़ में कहा, 'चलो भई।'

हम नीचे उतरे। बिल्लीमोरिया ने अपनी कार पेश की। माँ मेरे साथ थीं। पहले उन्होंने दुल्हन को बिठाया, इसके बाद आप बैठी। फिर मुझे अन्दर आने को कहा- वह मेरे और दुल्हन के दरमियान थीं। घुटनों पर मखमली जुजदान में लिपटा हुआ कुरान था। मेरी और दुल्हन की गर्दन हारों से लदी-फंदी थी। मोटर स्टार्ट हुई तो माँ ने होठों ही होठों में कोई आयत पढ़नी शुरू कर दी। मैं अब किसी कदर संभल चुका था। मेरा दिल चाहता था कि दुल्हन से जरा छेड़खानी करूं, मगर माँ बीच में बैठी थी और कलाम-पाक पढ़ रही थीं- मेरी यह शरीर ख्वाहिश वहीं की वहीं सर्द हो गयी।

मुझे मालूम नहीं रास्ता कैसे और कितने अर्से में कटा। बस एकदम घर आ गया। वह बिल्डिग जो बहुत ही पुराने ढंग की थी, जिसके ढांचे में लकड़ी ज़्यादा और ईटें कम इस्तेमाल हुई थी। इसके विषय में मशहूर था कि किसी जमाने में यह बम्बई काबड़ा आलीशान होटल हुआ करता था। इसे हिज हाईनेस सर आगा खाँ ने एक दोस्त से शर्त में जीता था।

माँ दुल्हन के साथ ऊपर फ्लैट में चली गयीं। मैंने अपने दोस्तों का शुक्रिया अदा किया इतने में मिर्ज़ा मुशर्रफ उस ट्रक में आ पहुंचा जिसमें दुल्हन का दहेज था। खाने-मेज, स्प्रिंगों वाला पलंग, तिपाइयाँ, सोफा सेट और संदूक वगैरा।

यह असबाब उतरवाया तो मिर्जा मुशर्रफ का ट्रक वाले से किराये पर झगड़ा हो गया जो काफी देर तक जारी रहा। मिर्जा मुशर्रफ ने अपने मसखरेपन का जी भरकर प्रदर्शन किया। आखिर जब यह झगड़ा निपटा और सारा सामान फ्लैट पर पहुंच गया और अस्थायी तौर पर इधर-उधर टिका दिया गया तो मियां मुशर्रफ ने जाते हुए मेरे कान में कहा, 'मुन्ने, देखो हमारी नाक कट न जाए कहीं।'

मैं थककर चूर-चूर था। हलक सूखकर लकड़ी हो रहा था। इसलिए मसखरे मिर्जा के इस मजाक का कोई जवाब न दे सका दूसरे दिन मैंने महसूस किया कि मेरे अस्तित्व का एक-चौथाई हिस्सा शौहर में तब्दील हो चुका है। इस अहसास से मुझे बहुत इत्मीनान हासिल हुआ- मुझे बाहर बाल्कनी में एक रस्सी तनी नज़र आने लगी जिस पर पोतड़े और लंगोट टगे हुए थे।

ज़हमत-ए-महर-ए-दरख़शाँ

बम्बई छोड़कर कराची से होता हुआ लगभग 7 या 8 जनवरी, 1945 को यहाँ लाहौर पहुंचा। तीन महीने मेरे दिमाग की अजीब-ब-गरीब हालत रही। समझ में नहीं आता था कि मैं कहाँ हूँ। बम्बई में हूँ या कराची में अपने दोस्त हसन अब्बास के घर बैठा हूँ या लाहौर में हूँ जहाँ कई रेस्तराओं में कायदे आजम फण्ड जमा करने के सिलसिले में नाच और गाने की महफिलें अक्सर जमती हैं।

तीन महीने तक मेरा दिमाग कोई फैसला न कर सका। ऐसा मालूम होता था कि पर्दे पर एक साथ कई फिल्में चल रही हैं। आपस में गडमड। कभी बम्बई के बाजार और उसकी गलियाँ। कभी कराची की छोटी-छोटी तेज रफ्तार ट्रामें और गधा गाड़ियाँ और कभी लाहौर के शोर भरे रेस्तरां- समझ में नहीं आता था कि मैं कहाँ हूँ। सारा दिन कुर्सी पर बैठा ख्यालों में खोया रहता।

आखिर एक दिन चौंका क्योंकि जो रुपया बम्बई से अपने साथ लाया था, कुछ तो घर में और कुछ घर से दूर क्लिफ्टन बार में खत्म हो चुका था। अब मुझे कतई तौर पर मालूम हो गया कि मैं लाहौर में हूँ जहाँ कभी-कभी अपने मुकदमों के सिलसिले में आया करता था और करनाल शाप से बहुत-सी खूबसूरत चप्पलें खरीदकर अपने साथ ले जाया करता था।

मैंने सोचना शुरू किया कि अब क्या काम किया जाए। सोच-विचार के बाद मालूम हुआ कि बंटवारे के बाद फिल्मी कारोबार को लगभग लकवा मार गया है। जिन फिल्म कम्पनियों के बोर्ड नज़र आते हैं वे उन बोडों तक ही सीमित है- बहुत अफसोस हुआ। एलाटमेंटों का बाजार गर्म था। मुहाजिरीन और गैर मुहाजिरीन धड़ाधड़ अपने गुण-व-असर से कारखाने और दुकानें एलाट करा रहे थे। मुझे सलाह दी गई मगर मैंने इस लूट-खसोट में हिस्सा न लिया।

उन्हीं दिनों मालूम हुआ कि फैज अहमद फैज और चिराग हसन हसरत मिलकर एक दैनिक पत्र नयी तर्ज पर प्रकाशित करने का इरादा कर रहे हैं। मैं उन महानुभावों से मिला। अखबार का नाम 'इमरोज़' था जो आज हरेक की जबान पर है। पहली मुलाकात पर अखबार की डमी तैयार की जा रही थी। दूसरी

मुलाकात हुई तो 'इमरोज़' के लगभग चार पर्चे निकल चुके थे। अखबार का गेटअप देखकर मन बहुत खुश हुआ। मन में उकसाहट महसूस हुई कि लिखूं, लेकिन जब लिखने बैठा तो दिमाग को खाली पाया। कोशिशों के बावजूद हिन्दुस्तान को पाकिस्तान से और पाकिस्तान को हिन्दुस्तान से अलग न कर सका। बार-बार दिमाग में यह उलझन पैदा करने वाला सवाल गूंजता:

क्या पाकिस्तान का अदब अलग होगा? अगर होगा तो कैसे होगा? वह सब कुछ जो अखण्ड हिन्दुस्तान में लिखा गया है, उसका मालिक कौन होगा? क्या उसको भी बांटा जाएगा? क्या हिन्दुस्तानियों और पाकिस्तानियों की बुनियादी समस्याएँ एक जैसी नहीं? क्या उधर उर्दू बिलकुल नष्ट हो जाएगी? यहाँ पाकिस्तान में उर्दू क्या शक्ल प्राप्त करेगी? क्या हमारी स्टेट मजहबी स्टेट है? स्टेट के तो हम हर हालत में वफादर रहेंगे मगर क्या हमें हुक्क़ूमत पर नुक्ताचीनी की इज़ाज़त होगी? आज़ाद होकर क्या यहाँ के हालात फिरंगी शासन के हालात से अलग होंगे?

आसपास जिधर भी नज़र डालता था असन्तोष ही असन्तोष दिखाई देता था। कुछ लोग बेहद खुश थे क्योंकि उनके पास एकदम दौलत आ गई थी, लेकिन इस खुशी में भी असन्तोष था जैसे वह बिखरकर एकदम हवा हो जाने वाली है। अक्सर गमगीन और चिन्तित थे क्योंकि वे लुट-पिटकर आए थे-मुहाजिरों के कैम्प देखें जहाँ खुद असन्तोष के रोंगटे खड़े देखे। किसी ने कहा अब तो हालात बहुत बेहतर है। कुछ अर्से पहले के हालात दयनीय थे। मैं सोचने लगा अगर यह हालात की बेहतरी है तो खराबी मालूम नहीं कैसी होगी। मतलब यह कि अफरा-तफरी का वातावरण था। एक का कहकहा दूसरे की आह से आलिंगनबद्ध था। एक की ज़िन्दगी दूसरे की मौत की हालत से दो-चार थी। दो धाराएँ बह रही थीं। एक धारा ज़िन्दगी की, एक मौत की। इनके मध्य खुशी थी जिस पर भूख-प्यास और भरपेट शराबनोशी साथ-साथ चलती थी। वातावरण में मुर्दनी छाई हुई थी। जिस तरह गर्मियों के शुरू में आसमान पर निरुद्देश्य उड़ती हुई चीलों की चीखें उदास होती हैं इसी तरह 'पाकिस्तान ज़िन्दाबाद' और 'कायदे आजम ज़िन्दाबाद' के नारे भी कानों को उदास-उदास लगते थे। रेडियो की लहरें स्वर्गीय इकबाल का एक आहंग कलाम दिन-रात अपने कन्धों पर उठा-उठाकर उकता गई थीं। फीचर प्रोग्राम कुछ इस किस्म के होते थे कि मुर्गियाँ किस तरह पाली जाती है? जूते कैसे बनाए जाते हैं? बागबानी क्या है? रिफ्यूजी कैम्पों में कितने आदमी आए और कितने गए? लगभग तमाम पेड़ नंगे-बुच्चे थे। सर्दियों से बचने के लिए गरीब शरणार्थियों ने उनकी छाल उतारकर अपनी खाल गर्म की थी। टहनियां काट-काटकर अपने पेट की आग

ठंडी की थी। इन नंगे-बुच्चे पेड़ों से वातावरण और भी दिल तोड़ने वाली हद तक उदास हो गया था। बिल्डिंगों की तरफ़ देखता था तो ऐसा महसूस होता था, शोक में हैं। उनके वासी भी शोकग्रस्त थे। देखने में हँसते थे, खेलते थे, कोई काम मिल जाता था तो वह भी करते थे मगर जैसे यह सब कुछ शून्य में हो रहा था। एक ऐसे शून्य में जो लबालब होने पर भी खाली था।

मैं अपने प्यारे दोस्त अहमद नदीम कासमी से मिला। साहिर लुधियानवी से मिला। इनके अलावा और लोगों से भी मिला। सबको मेरी तरह दिमागी तौर पर लकवा मार गया था। मैं यह महसूस कर रहा था कि यह जो इतना जबरदस्त भूचाल आया है शायद इसके कुछ झटके ज्वालामुखी पहाड़ में अटके हुए हैं। बाहर निकल आएँ तो वातावरण की नोक-पलक ठीक होगी और फिर सही तौर पर मालूम हो सकेगा कि परिस्थितियां क्या हैं।

सोच-सोचकर मैं दुखी हो गया था। चुनांचे आवारागर्दी शुरू कर दी। व्यर्थ सारा दिन घूमता रहता। खुद खामोश रहता मगर दूसरों की सुनता रहता बेमतलब की बातें, बेजोड़ दलीलें, अर्ध राजनीतिक बहसें-इस आवारागर्दी से यह फायदा हुआ कि मेरे दिमाग में जो दर्द-व-गुबार उड़ रहा था धीरे-धीरे बैठ गया और मैंने सोचा कि हल्के-फुल्के लेख लिखने चाहिए। चुनांचे मैंने 'नाक की किस्में' और 'दीवारों पर लिखना' जैसे सामान्य लेख 'इमरोज़' के लिए लिखे जो पसन्द किए गए। धीरे-धीरे हास्य अपने आप व्यंग्यपूर्ण रंग धारण कर गया। यह तब्दीली मुझे बिलकुल महसूस न हुई। मैं लिखता गया और मेरी कलम से 'सवाल पैदा होता है' और 'सवेरे जो कल आँख मेरी खुली' जैसे तेज और तुंद लेख निकल गए। जब मुझे इस बात का अहसास हुआ कि मेरी कालम ने आसपास छाई हुई धुंध में टटोल-टटोलकर एक रास्ता तलाश कर लिया है तो मुझे खुशी हुई-दिमाग का बोझ भी किसी कदर हल्का हो गया। मैंने जोर-शोर से लिखना शुरू कर दिया- लेखों का यह संग्रह बाद में 'तल्ख, तुर्श और शीरी' शीर्षक से छपा।

तबीयत अफ़साने की तरफ़ नहीं जाती थी- साहित्य की इस विधा को मैं बहुत संगीन समझता हूँ इसलिए अफ़साना लिखने से संकोच करता था। इन्हीं दिनों मेरे प्यारे दोस्त अहमद नदीम कासमी जो लगभग ऊटपटांग चीजें लिखकर तंग आ गए थे, रेडियो पाकिस्तान, पेशावर से अलग होकर लाहौर चले आए और उन्होंने 'इदारा-करीग-ए-उर्दू' के सहयोग से एक मासिक पत्रिका 'नुक़ूश' जारी की। उनके बार-बार कहने के बावजूद मैं 'नुक़ूश' के पहले कुछ अंकों के लिए कोई कहानी न लिख सका। जब वह नाराज़ हो गए तो मैंने पाकिस्तान में अपना पहला अफ़साना 'ठंडा गोश्त' लिखा।

कासमी साहब ने यह अफ़साना मेरे सामने पढ़ा। वह खामोश पढ़ते रहे

मगर मुझे उसकी प्रतिक्रिया मालूम न हो सकी। अफ़साना खत्म करने के बाद उन्होंने मुझसे अफसोस भरे लहजे में कहा, 'मंटो साहब, माफ कीजिए। अफ़साना बहुत अच्छा है। लेकिन 'नुकूश' के लिए बहुत गर्म है।

कासमी साहब से कभी बहस नहीं होती थी। इसलिए मैंने खामोशी से अफ़साना हाथ से ले लिया और उनसे कहा, 'बहुत बेहतर, तो मैं आपके लिए दूसरा अफ़साना लिख दूंगा। आप कल शाम तशरीफ़ ले आइएगा।'

कासमी माहब जब दूसरे दिन शाम को तशरीफ़ लाए तो मैं अपने दूसरे अफ़साने की अन्तिम पंक्तियाँ लिख रहा था। मैंने कासमी साहब से कहा, 'कुछ मिनट आप बैठिए मैं अफ़साना खत्म करके आपको देता हूँ।'

इस अफ़साने की अंतिम पंक्तियाँ चूंकि बहुत ही महत्वपूर्ण थीं इसलिए कासमी साहब को काफी देर तक इंतज़ार करना पड़ा। जब अफ़साना पूरा हो गया तो मैंने अफ़साना उनके हवाले कर दिया, 'पढ़ लीजिए। खुदा करे आपको पसंद आ जाए।'

कासमी साहब ने अफ़साना पढ़ना शुरू किया। अन्तिम पंक्तियों तक पहुंचे तो मैंने नोट किया जैसे किसी ने उनको झिझोड़ दिया है- अफ़साना खत्म करने के बाद वे कुछ न बोले। मैंने उनसे पूछा, 'कैसा है?'

कासमी साहब पर अफ़साने का असर अभी तक छाया हुआ था। उन्होंने संक्षेप में कहा, 'अच्छा है मैं लिए जाता हूँ।' और आप रुखसत लेकर चले गए।

'खोल दो' कासमी साहब की पत्रिका 'नुकूश नं. 37' में प्रकाशित हुआ। पाठकों ने पसन्द किया। हरेक की प्रतिक्रिया एक जैसी थी। आखिरी पंक्तियाँ सबको झिझोड़कर रख देती थीं। लेकिन एकदम हम सबको झिझोड़कर रख देने वाली दुर्घटना सामने आई। सरकार को यह अफ़साना जन सामान्य की शान्ति भंग करने वाला दिखाई दिया। चुनांचे हुक्म हुआ, 'नुकूश' का प्रकाशन छः महीने तक बन्द रहे। अखबारों में, सरकार के इस कदम के खिलाफ़ रोष में बहुत कुछ लिखा गया मगर निषेध का हुक्म अपनी जगह कायम रहा।

मैंने एक दिन कासमी साहब से मुस्कराकर कहा, 'अगर आप ठंडा गोश्त छापते तो शायद यह बिजली आपके आशियाने पर न गिरती।'

काफी दिन गुज़रने पर *'अदब-ए-लतीफ़'* के उप-सम्पादक मेरे पास आए और *'ठंडा गोश्त'* ले गए- अफ़साने की किताबत हो गई, कापियाँ जम गई, प्रूफ निकल आए। गलतियाँ ठीक करके जब वापस प्रेस में गया तो किसी की नज़र ठंडा गोश्त वाली कापी पर पड़ी- उसने अफ़साना पढ़ा तो छापने से इंक़ार कर दिया- कहरे-दरवेश बर जाने-दरवेश- इस अफ़साने के बग़ैर ही पर्चा छापा गया।

चौधरी बरकत अली साहब कोयटे में थे। वापस आए तो उन्होंने *'अदब-ए-लतीफ़'* के दूसरे अंक में *'ठंडा गोश्त'* छपवाने की कोशिश की मगर नाकाम रहे, अफ़साने का मुसव्वदा मुझे वापस दे दिया गया।

इस दौरान कराची से मुमताज शीरीं के अनेक खत आ चुके थे कि मैं उनके *'नया दौर'* के लिए कोई अफ़साना भेजूं। मैंने उठाकर *'ठंडा गोश्त'* उनको भेज दिया। काफी देर के बाद जवाब आया, 'हम देर तक सोचते रहे कि इसे छापा जाए या नहीं। अफ़साना बहुत अच्छा है। मुझे बहुत पसन्द है लेकिन डर है कि सरकार के कोप के शिकार न हो जाएँ।' *'ठंडा गोश्त'* वहाँ से भी ठंडा होकर वापस मेरे पास पहुंच गया। मैंने सोचा, अब इसे किसी रिसाले में नहीं छपवाना चाहिए।

छः महीने का समय पूरा नहीं हुआ कि सरकार ने *'नुकूश'* पर से 'न छापो' वाली कैद हटा दी। चुनांचे मैंने *'नया इदारा'* के लिए एक संग्रह तैयार किया जिसका शीर्षक मैंने *'नमरूद की खुदाई'* रखा। इसमें *'खोल दो'* के साथ मैंने *'ठंडा गोश्त'* भी शामिल कर दिया मगर कुदरत को कुछ और ही मंजूर था।

अजीजी आरिफ अब्दुल मतीन रिसाला *'जावेद'* के एडीटर नियुक्त हुए तो मेरे पीछे पड़ गए कि मैं उनको *'ठंडा गोश्त'* का मुसव्वदा छापने के लिए दे दूं। काफी देर मैंने टालमटोल की। आखिरकार उनके बहुत ज़िद करने पर मैंने 'नया इदारा' के मालिक चौधरी नजीर अहमद साहब को एक चिट लिख दी:

'ये *'जावेद'* वाले अपना पर्चा ज़ब्त करवाना चाहते है। बराहेकरम इनको 'ठंडा गोश्त' का मुसव्वदा दे दीजिए।'

आरिफ माहब अफ़साने का मुसव्वदा ले आए और उन्होंने *'जावेद'* के विशेषांक मार्च 1949 में छाप दिया।

पर्चा छपकर मार्केट में आ गया। अन्दरूनी और बाहरी एजेंसियों में बंट गया यहाँ तक तो खैरियत रही। एक महीना गुजर गया। मैं सन्तुष्ट हो गया कि अब *'ठंडा गोश्त'* पर कोई आफत न आएगी। मगर प्रेस ब्रांच की बागें अभी तक चौधरी मुहम्मद हसन साहब (अब स्वर्गीय) के हाथ में थीं। यद्यपि बढ़ापे के कारण उनके हाथ बहुत कमजोर हो चुके थे मगर उन्होंने जोर का एक झटका दिया और पुलिस की मशीनरी हरकत में आ गई।

मैंने एक रोज़ उड़ती-उड़ती सुनी कि छापा पड़ा है और पुलिस *'जावेद'* के विशेषांक की प्रतियाँ उठाकर ले गई है। मैंने जान-पहचान के कुछ लोगों से पूछा। किसी ने इस खबर की पुष्टि की तो किसी ने कहा, 'अजी हटाइए, यह जावेद वालों का पब्लिसिटी स्टंट है।' इस दौरान 'जावेद' के मालिक नसीर अनवर का रुक्का मिला।

मंटो साहब!

एक खबर सुनिए। आज पुलिस ने दफ्तर 'जावेद' पर छापा मारा। तलाशी लेने पर बचे-खुचे कुछ पर्चे अपने क़ब्जे में ले लिए। बाकी पर्चों की जांच-पड़ताल हुई तो डिस्पैच रजिस्टर ने बता दिया कि तमाम पर्चे हिन्द व पाक के विभिन्न स्टेशनों पर सप्लाई हो चुके हैं।

रजिस्टर से तमाम एजेंसियों के पते नोट कर लिये गये और आगामी समाई का हिसाब-किताब बन्द कर दिया गया। यह कार्रवाई गिरफ्तारी का पूर्व रूप है। और मुझे यकीन है कि हम जल्दी ही मुलजिमों के कठघरे में होंगे- एक और बात बताने योग्य है कि एक स्थानीय 'इदारा इस छापे को स्टंट और प्रोपेगण्डा कहता है। मुझे हैरत है कि ऐसा क्यों है? खैर इसकी पुष्टि अपने आप हो जायेगी। मुझे तो यह कहना है कि अब जरा वहीं चलें जहाँ तीन बार सजा पाने पर आप बरी करार दिये गये थे। मेरा खयाल है कि यह बार आखिरी बार होगी।

खबर की पुष्टि हो गयी। मामला प्रेस एडवाइजरी बोर्ड के सामने पेश हुआ जिसके कन्वीनर कर्नल फैज अहमद फैज एडीटर 'पाकिस्तान टाइम्स' थे । इसमें 'जावेद' मालिक नसीर अनवर भी मौजूद थे। उनकी जबानी इस मीटिंग की संक्षिप्त मारंवाई सुनिये:

'पाकिस्तान टाइम्स' के दफ्तर में प्रेस एडवाइजरी बोर्ड की मीटिंग थी। फैज अहमद फैज कन्वीनर थे। मीटिंग में एफ.डब्ल्यू. बस्टन (सिविल मिलिटरी गजट), मौलाना अख्तर अली (जमींदार), हमीद निजामी (नवाये वक्त), वकार अम्बालवी (सफीना) और अमीनुद्दीन सहराई (जदीदे-निजाम) शामिल थे। चौधरी मुहम्मद हुसैन ने 'जावेद' का विशेषांक पेश किया। आपने सबसे पहले पहले पर्चे के विद्रोहात्मक और शान्ति भंग करने वाले लेख और नज़्म गिनवाये। 'गुलामी से आज़ादी तक', 'रक्स-ए-बिस्मिल', 'सलाब-एचीन'- ये थीं नज़्में। लेखों में से 'लोरेंग से फ्लैटी तक', 'खेड़ा बहादुर की जय' और 'चीन कितनी दूर' है पर बहस की गयी। फैज हकूमत द्वारा लगाये गये इल्जाम की तरदीद करते रहे। बाकी सदस्यों ने हाँ में हाँ मिलायी और यू यह राजनीतिक इल्जाम टल गया लेकिन नजला *'ठंडा गोश्त'* पर गिरा। फैज साहब ने जब उसे अश्लील नहीं करार दिया तो मौलाना अख्तर अली गर्ज उठे, 'नहीं, नहीं, अब ऐसा अदब पाकिस्तान में नहीं चलेगा।' जनाब सहराई ने इस पर खुशी ज़ाहिर की। वकार साहब ने अफ़साने को मलऊन व मतऊन करार दिया। हमीद निजामी ने 'नवाये वक्त' का साथ दिया और जब एफ.डब्ल्यू. बस्टन को चौधरी साहब ने अंग्रेजी में 'ठंडा गोश्त' समझाया तो मुझे बेअख़्तियार हंसी आ गयी। कहने लगे, 'इस कहानी की थीम यह है कि हम मुसलमान इतने बेशर्म हैं कि सिखों ने हमारी मुर्दा लड़की

तक नहीं छोड़ी। मुझे हँसी तो आ गयी थी लेकिन जब चौधरी साहब गलत अनुवाद पर डटे रहे तो मुझे बहुत अफसोस हुआ। मैंने लाख समझाया। फैज साहब ने भी हर तरह से इत्मीनान दिलाया लेकिन फैसला यह हुआ कि अब अदालत ही इसका फैसला करे।

चुनांचे कुछ दिन बाद मैं, नसीर अनवर और आरिफ अब्दुल मतीन गिरफ्तार कर लिए गए। गिरफ्तार करने बाले सब-इंस्पेक्टर चौधरी खुदाबख्श थे। अत्यन्त शरीफ। कई दिन मेरे मकान के चक्कर काटते रहे। उन दिनों मैं अक्सर बाहर होता। आखिर एक दिन मुझसे मिलने में कामयाब हो गए। बड़े सभ्य तरीके से पेश आये और कहा, 'कल सुबह किसी दोस्त के साथ थाना सिविल लाइन्स में तशरीफ ले आइएगा, ताकि आपकी जमानत हो जाए।' इससे पहले कई बार मुझे पुलिस के आदमियों से पाला पड़ चुका था। चौधरी खुदाबख़्श साहब का नर्म रवैया मुझ पर बहुत प्रभावकारी हुआ।

दूसरे दिन सुबह मैं थाने में हाजिर हो गया। मेरे दोस्त शेख सलीम ने दस्तख़त किए और हम मुकदमे के पहले मोर्चे से फारिग हो गए।

आरिफ अब्दुल मतीन बहुत ही परेशान थे। उनका हलक खुश्क हुआ जाता था। यह हैरत की बात है क्योंकि वह कम्युनिस्ट पार्टी के सक्रिय कार्यकर्ता हैं। अदालत से खुदा मालूम क्यों इतने डरे हुए थे। जो भी हो सम्मन जारी हुए। सुनवाई की तारीख मुकर्रर हुई और हम तीनों जिला में हाजिर हुए।

मेरे लिए यह जगह कोई नयी जगह नहीं थी। अपने पिछले तीन मुकदमों के सिलसिले में मैं यहाँ कई बार आ चुका था और धूल फांक चुका था। नाम तो जिला कचहरी है लेकिन बेहद गलीज जगह है। मच्छर, मक्खियाँ, कीड़े, मकोड़े-हथकड़ियों और बेड़ियों की झंकारें- निहायत ही दकियानूस टाइपराइटरों की उकता देने वाली टप-टप-तीन टांगों वाली कुसियां जिनकी पीठ का बेंत ही गायब है- दीवारों पर से पलस्तर उबड़ रहा है- बाग है जिसका लान गरीब मैले-कुचले काश्मीरी के सिर की तरह गंजा है- बुर्का पहने औरतें नंगे धूल भरे फर्श पर आलती-पालथी मारे बैठी हैं- कोई गन्दी गालियाँ बक रहा है, कोई बिसूर रहा है- अन्दर कमरों में मजिस्ट्रेट साहबान निहायत ही वाहियात मेजों के पास बैठे मुकदमों की सुनवाई कर रहे हैं। पास में दोस्तयार बैठे हैं। सुनवाई के दौरान उनसे भी गुफ़्तगू जारी है।

शब्द जिला कचहरी की सही तस्वीर नहीं खींच सकते- यहाँ की आब-व-हवा अलग, यहाँ का माहौल अलग, यहाँ की जबान अलग-अजीब-ब-गरीब जगह है यह। खुदा इससे दूर ही रखे।

आपको नकल लेनी हो तो दरख़्वास्त के साथ 'पहिये' लगाने पड़ेंगे। कोई

मिसल देखने के लिए निकलवनी हो तो भी पहिये लगाने पड़ेंगे। किसी अफसर से मिलना हो तो भी 'पहिये' लगाने पड़ेंगे। अगर काम तुरन्त कराना हो तो पहियों की तादाद बढ़ जाएगी- गौर से देखने की ज़रूरत नहीं, अगर आपकी आँखें सिर्फ देख सकती हैं तो आपको जिला कचहरी में हर अर्जी पहियों पर चलती नज़र आएगी। एक दफ्तर से दूसरे दफ्तर तक चार पहिये। दूसरे दफ्तर से तीसरे दफ्तर तक जाने के लिए आठ पहिये, और यह सिलसिला बढ़ता जाएगा- अगर आप आदतन मुजरिम नहीं तो आपके दिल में जबरदस्त इच्छा पैदा होगी कि कोई आपके पहिये लगा दे और धक्का दे ताकि आप जिला कचहरी से बाहर निकल जाएं।

वकील का सवाल सामने था। अदालत में हाजिर होने से पहले जनाब तसद्दुक हुसैन खालिद से मुलाकात हुई। आपने मेहरबानी का कमाल करते हुए कहा कि वह हमारे मुकदमे की पैरवी करने में खुशी महसूस करेंगे। चुनांचे उनको ही तकलीफ दी गयी।

वालिद साहब आये। हम मुलजिम मियाँ ए.एम. सईद, पी.सी.एस. मजिस्ट्रेट दर्जा अब्बल की अदालत में पेश हुए। मियाँ साहब पहले किसी जमाने में कप्तान के पद पर नियुक्त थे मगर उनसे बन्दूक लेकर अदब-ब-इन्साफ की तराजू उनके हाथ में दे दी गयी थी। छोटी-छोटी तेज आंखें, छरैरा बदन, रंग सांवला-कुर्सी पर बड़े रौब से बैठे थे। हम मुल्जिम सलाम करके कठघरे में खड़े हुए तो आप हमारी तरफ़ से बगैर मियाँ तसद्दुक हुसैन खालिद की तरफ़ मुखातिब हुए। एक बार फिर जमानतें हुई। इसके बाद दूसरी सुनवाई की तारीख मिल गयी। हमने मियाँ सईद साहब को सलाम किया और अदालत से बाहर निकल आए।

जून का महीना था। सबके हलक खुश्क थे। मगर आरिफ अब्दुल मतीन का हनक तो बिलकुल लकड़ी हो रहा था- काश वहाँ कोई पार्टी मेम्बर होता।

हमने दो-तीन पेशियाँ इसी तरह भुगतीं- मौसम जालिमाना हद तक गर्म हो चुका था लेकिन कहरे-दरवेश, बर जाने-दरवेश 'आवाज़ पड़ने तक' अदालत के बाहर खड़े रहते; क्योंकि डर लगा रहता कि अगर हम इधर-उधर हो गए तो मजिस्ट्रेट का कहर हम पर गिर पड़ेगा। शुरू ही से उनका रवैया बहुत सख्त था। ऐसा महसूस होता था कि वह पहले ही से अपने मन में हमारे खिलाफ फैसला कर चुके हैं।

मियाँ खालिद ने मुझसे कहा, 'क्यों न हम इस अदालत से अपना मुकदमा किसी और अदालत में लगवा लें। मजिस्ट्रेट का रवैया साफ विरोधात्मक है।'

मैंने कहा, 'मियाँ साहब, छोड़िए। दूसरी अदालत में मुकदमा ले गये तो क्या हमें वहाँ लड्डू-पेड़े खिलाएंगे. . .रहने दीजिए मुकदमे को यहीं।'

मियाँ खालिद मान गए। चुनांचे हमने दो-तीन पेशियाँ भुगतीं। इस्तगासे की तरफ़ से मिस्टर मुहम्मद याकूब वल्द गुलाम कादिर, मैनेजर कपूर आर्ट प्रेस, लाहौर, शेख मुहम्मद, तुफैल हलीम, असिस्टेंट सुपरिन्टेण्डेण्ट, डी.सी. ऑफिस, लाहौर, सैयद जियाउद्दीन अहमद, अनुवादक प्रेस ब्रांच, पंजाब गवर्नमेंट तथा कुछ और हजरात रस्मी तौर पर पेश किए गए।

सैयद जियाउद्दीन ने कहा, 'मेरी राय में *ठंडा गोश्त* तमाम का तमाम अश्लील है।'

मियाँ खालिद के एक सवाल का जवाब देते हुए उन्होंने कहा, 'जहाँ तक लेखक की कोशिश का संबंध है, वह नेक है मगर लिखने का ढंग और शब्दों का प्रयोग गलत है।'

मियाँ खालिद ने गवाह से एक और सवाल किया, 'क्या लेखक को अपने पात्र के मुंह में ऐसे शब्द नहीं डालने चाहिए जो उसका सही चरित्र पेश करें।'

सैयद साहब ने जवाब दिया, 'जिस किस्म का पात्र हो वैसे ही शब्द इस्तेमाल करने चाहिए'- आपने यह भी माना कि लेखक का काम यह है कि वह अच्छे-बुरे पात्रों को अलग-अलग पेश करे।

इस्तगासा की गवाहियाँ खत्म हुई। मजिस्ट्रेट माहब ने कायदे के मुताबिक। रस्मी तौर पर हमसे कुछ सवाल किए, जिनका संक्षिप्त जवाब दिया गया। यह सिलसिला अदालती भाषा में 'इस्तफ्सार मुलजिम बिना हलफ' कहलाता है और कुछ इस तरह का होता है:

अदालत का सवाल : आप पर इल्ज़ाम है कि आपने *'ठंडा गोश्त'* लेख के लेखक की हैसियत से जो कि रिसाला 'जावेद' के विशेषांक में छपवाने के उद्देश्य से 'नसीर अनवर प्रिंटर व पब्लिशर सह मुलजिम और आरिफ अब्दुल मतीन और नसीर अनवर एडीटर रिसाला मज़कूर को, जो कि अश्लील था, दिया। यह जर्म ताजीराते-हिन्द की दफा 292 की परिभाषा में आता है। क्यों न आपको इस जुर्म की सजा दी जाए।

जवाब (जो खालिद साहब ने मेरी तरफ़ से दिया) मैंने अफ़साना *'ठंडा गोश्त'* जावेद में छपवाने के उद्देश्य से दिया लेकिन वह अश्लील नहीं था और न मैं उसे अश्लील समझता हूँ। यह अफ़साना सुधारवादी ही है।

अदालत का सवाल : मुकदमा क्यों बनाया गया?

जवाब : पुलिस बेहतर जानती है। उसका नैतिक और सुधार का दृष्टिकोण हमसे भिन्न है।

अदालत का सवाल : कुछ और कहना चाहते हैं? जवाब : इस मौके पर नहीं।

अब हमसे सफाई के गवाहों की सूची पेश करने के लिए कहा गया। यह सूची हमने पहले ही तैयार कर रखी थी। चुनांचे फौरन पेश कर दी गयी। मियाँ सईद साहब मे जब 32 नाम देखे तो नाराज हो गए। कहा, 'मैं इतनी भीड़ नहीं बुला सकता।'

मियाँ खालिद ने जिद्द की कि हर गवाह अपनी जगह पर बहुत महत्वपूर्ण है।

मियाँ सईद अपने अन्दाज़ में मजाक उड़ाने की कोशिश में मुमताज शीरी साहिबा का नाम पढ़ते हुए बोले, 'यह मुमताज शान्ति कौन है?' अदालत के आदमी मियाँ साहब के इस मजाक पर हंसे, हम होंठ भीचे खामोश रहे।

बड़ी मुश्किलों के बाद मजिस्ट्रेट साहब दर्जा अव्वल चौदह गवाह बुलाने पर राजी हुए।

चुनांचे सूची में निशान लगा दिए गए।

सम्मन जारी हुए- मैं किसी गवाह से न मिला क्योंकि मैं चाहता था कि हरेक मेरे अफ़साने के विषय में अपनी निष्पक्ष राय दे ताकि मुझे सही पोजीशन मालूम हो सके।

जिन गवाहों के पास सम्मन पहुंच गए थे उनको सुबह-सवेरे अदालत में हाज़िर होना पड़ता था- मैं बेहद शर्मिंदा था क्योंकि गरीब काम-काज छोड़कर कई-कई घंटे खड़े रहते थे। हम तो मुलजिम थे लेकिन उनकी हालत भी हम जैसी थी। हम अन्दर कटघरे में खड़े रहते थे और वे अदालत के बाहर लोहे के सीखचों के साथ लगे इन्तज़ार करते रहते थे कि उन्हें कब आवाज़ पड़ती है।

मेरे दोस्त शेख सलीम की हालत दयनीय थी। सुबह-शाम पीने का आदी। सारा वक्त जमुहाइयां लेता रहता था। आखिर उससे यह परेशानी बरदाश्त न की गयी- वह छोटी-सी बोतल में ह्विस्की भरकर ले आता और थोड़ी-थोड़ी देर के बाद पीता रहता। साहित्य से उसका दूर का भी रिश्ता नहीं लेकिन जब वह दूसरों से बातें करता तो यही कहता, 'आखिर अश्लीलता क्या है? मंटो का अफ़साना *'ठंडा गोश्त'* मैंने पढ़ा नहीं लेकिन यह अश्लील नहीं हो सकता- मंटो एक आर्टिस्ट है।'

हमारी तरफ़ से पहले गवाह सैयद आबिद अली आबिद एम.ए., एल.एल. बी., प्रिंसिपल दयालसिंह कॉलेज, लाहौर थे। आपने बयान देते हुए कहा, 'मैंने रिसाला जावेद में *'ठंडा गोश्त'* पढ़ा है। यह एक साहित्यिक कृति है 'मंटो साहब की मैंने सभी रचनाएँ पढ़ी है। प्रेमचन्द के बाद जो कहानीकार मशहूर हुए हैं उनमें सआदत हसन मंटो को एक विशेष स्थान प्राप्त है 'इस अफ़साने से ईशर सिंह के चरित्र का प्रगटतम असर यह है कि उसने जो नाजायज हरकत की उसकी

सजा उसे कुदरत की तरफ़ से मानसिक नपुंसकता के रूप में मिल गयी।'

अदालत के एक सवाल पर आबिद साहब ने कहा, 'वली से लेकर गालिब तक वह चीज़ जिसे अश्लील कहा जाता है, लिखते चले आए हैं। वह लिटरेचर कभी अश्लील नहीं होता जो एक बार लिट्रेचर करार दिया जा चुका हो।'

इस्तगासे की तरफ़ से सवाल किया गया, 'साहित्य साहित्य के लिए होता है।'

आबिद साहब ने जवाब दिया, 'मैं पहले कह चुका है कि अदब ज़िन्दगी की आलोचना है। और इसमें इस सवाल का जवाब शामिल है। हर माकूल इन्सान की कथनी और करनी का मतलब होता है लेकिन तमाम इन्सान माकूल नहीं होते, प्रत्येक कथनी और करनी सोसाइटी की नज़रों में अच्छी या बुरी हो सकती है। अच्छे और बुरे काम जांचने के लिए अनगिनत पैमाने होते हैं।'

इस्तगासे के एक और सवाल के जवाब में आबिद साहब ने कहा, 'यह अफ़साना मेरे सब बच्चों और बच्चियों ने पढ़ा है। मेरी एक लड़की जो फोर्थ ईयर में पढ़ती है, उससे कई बार सेक्स पर एकेडमिक बहस हो चुकी है जो इसकी कथावस्तु का अंश है।' फिर आपने कहा, 'खास आदमियों से जो कि साहित्यिक रुचि के हैं, इस अफ़साने के विषय में मेरा विचार-विमर्श हुआ है। सबने इसको बहुत सराहा है।'

सफाई के दूसरे गवाह मिस्टर अहमद सईद प्रोफेसर मनोविज्ञान, दयाल सिंह कॉलेज, लाहौर थे। आपने अपने बयान में कहा कि अफ़साना *'ठंडा गोश्त'* अश्लील नहीं है। इसमें एक बहुत बड़ी यौन समस्या है- उनके नजदीक अश्लील शब्द की कोई बुनियाद ही नहीं- दूसरे शब्दों में अश्लीलता एक सापेक्ष चीज़ है, मानसिक रूप में बीमार लोगों पर *'ठंडा गोश्त'* पढ़ने पर बुरा असर हो सकता है।

तीसरे गवाह थे डॉक्टर खलीफा अब्दुल हकीम, एम.ए., एल.एल.बी.। पी-एच.डी., भूतपूर्व डायरेक्टर ऑफ एजुकेशन, काश्मीर। आपने अपने बयान में कहा, 'इन्सानी वासना के अन्दर जो अच्छा-बुरा है, साहित्यकार का यह काम है कि वह उसका इस ढंग से पेश करे कि जिससे मानव-जीवन की वास्तविकताएँ समझने में मदद मिल सके- बुरे पात्र को इस अन्दाज से पेश करे कि उसकी बुराई देखकर नफरत पैदा हो. . .।'

खलीफ़ा साहब ने अपने बयान में यह भी कहा, 'विवादग्रस्त अफ़साने के पात्र ईशरसिंह से अत्यन्त घृणा और नफरत पैदा होती है। यह पात्र बिलकुल सही है। ऐसे पात्रों पर खास विवरणों के तहत शारीरिक स्थिति दुरुस्त होने के

बावजूद नपुंसकता आ सकती है. . .।'

इन तीनों गवाहों के बयान एक पेशी में हुए। चूंकि ये काफी लम्बे थे और एक-एक शब्द खुद मजिस्ट्रेट साहब को लिखना पड़ता था, इसलिए वह झुंझला-मुंझला जाते। थे। कई बार तो आपने तंग आकर कहा, 'मैं मजिस्ट्रेट हूँ या मुहर्रिर।' लेकिन तो भी उन्हें अपना फर्ज अदा करना ही पड़ता था।

इस पेशी में बड़ी दिलचस्प बात हुई। मेरे हाथों में सिगरेट का डिब्बा था, शायद कैरावन ए का। मजिस्ट्रेट साहब की नज़र पड़ी तो आपने मुझे एक बहुत बड़ी डॉट पिलाई, 'यह घर नहीं है, अदालत है।' मैंने विनयपूर्वक कहा, 'लेकिन हुजूर, मैं पी तो नहीं रहा हूँ. . .'

आपने और ज़्यादा गर्म होकर कहा, 'खामोश रहो, डिब्बा अपनी जेब में रखो।'

मैंने उनका हुक्म माना- मजिस्ट्रेट साहब दर्जा अव्वल ने मेज पर से अपना सिगरेट टिन उठाया और एक सिगरेट सुलगाकर पीना शुरू कर दिया और मैं मुलजिमों के कठघरे में खड़ा बिखरा हुआ धुआं पीता रहा।

अगली पेशी पर मियाँ तसद्दुक हुसैन खालिद तशरीफ न आए क्योंकि उनके घर में कोई बीमार था। हमें तारीख मिल गई। इस तारीख पर मियां साहब फिर तशरीफ लाए कि उनका लड़का विलायत से वापस आ रहा था और वह उसके स्वागत के लिए कराची चले गए थे। हम सख़्त उलझन में पड़ गए। मैंने मजिस्ट्रेट साहब से विनती भी कि हमें तारीख दे दी जाए- इसलिए कि हमारा वकील मौजूद नहीं है आपने इससे इंक़ार कर दिया और हुक्म दिया कि कार्रवाई शुरू हो।

मैं बहुत सटपटाया। गवाह को आवाज़ दी गई। डॉ. सईद अल्लाह, एम. ए., एल.एल.बी., पी-एच.डी., एस.सी. (इन दिनों पाकिस्तान एअर फोर्स के विलियन आफीसर) तशरीफ लाए। अब मैं सोचने लगा कि क्या करूं। मगर शायद लिए कि खानदान के सब बुजुर्ग वकील और बाप सब- जज थे, दो बड़े भाई बैरिस्टर, इस लिहाज से खून में किसी कदर कानून घुला हुआ था। मैंने मियाँ तसद्दुक हुसैन साहब खालिद की जगह संभाल ली और अपने गवाह नं. 4 डॉ. सईद अल्लाह साहब से ब्यान दिलवाना शुरू कर दिया। बात-बात पर मजिस्ट्रेट साहब मुझे टोकते, 'तुम इ तरह सवाल नहीं कर सकते. . .तुम यह बात नहीं पूछ सकते!' मैं डटा रहा।

डॉक्टर साहब का बयान आधा खत्म हुआ था कि अदालत के कमरे में चार नौजवान वकील, काले-काले कोट पहने, बड़े चुस्त, बड़े बांके दाखिल हुए और बाहर सईद अल्लाह साहब के पास खड़े हो गए। एक जिसकी पतली-पतली

मूंछ थीं और जिसका रंग बाकी तीन के मुकाबले में कुछ सांवला था, मेरे साथ कठघरे के साथ सटकर खड़ा हो गया। थोड़ी देर बाद जब मुझे सांस लेने का मौका मिला तो उसने मेरे कान में कहा, 'मंटो साहब, क्या हम आपके मुकदमे की पैरवी कर सकते हैं?'

मैंने कुछ न सोचा और कहा, 'जी, हाँ। आप मुकदमे की पैरवी कर सकते हैं, चुनांचे पतली-पतली मूंछों वाले इस नौजवान ने पैरवी शुरू कर दी। मजिस्ट्रेट साहब ने उससे पूछा, 'आप कौन?'

वकील ने मुस्कराकर जवाब दिया, 'हुजूर, मैं इनका वकील हूँ। क्यों मंटो साहब?'

मैंने स्वीकृति में सिर हिला दिया- कार्रवाई शुरू हुई। उस वकील के बाकी और साथी भी हिस्सा लेने लगे। उनकी सरगर्मी में बड़ा दिलकश लड़कपन था- जो कॉलेज के ज़िन्दादिल विद्यार्थियों में होता है।

मजिस्ट्रेट भन्ना गए। आपने उन तीन से पूछा, 'आप हजरात क्यों बीच में बोल रहे हैं. . .'

उन्होंने जवाब दिया, 'हुजूर, हम मुलजिमों के वकील हैं। क्यों, मंटो साहब?'

मैंने पहले की तरह स्वीकृति में सिर हिला दिया।

डॉक्टर सईद अल्लाह साहब ने अपने बयान में जो कुछ कहा मैं उसे संक्षेप में पेश करता हूँ। आपने फरमाया : *'ठंडा गोश्त'* पढ़ने के बाद मैं खुद ठंडा गोश्त बन गया। नपुंसकता और शिथिलता, यह था इसका असर। यह अफ़साना वासना हर्गिज पैदा नहीं करता। ईशरसिंह का चरित्र पेश करने के लिए लेखक ने दो-तीन बार गाली इस्तेमाल की है। शायद कलाकार ने इसे मुनासिब समझा हो। मगर गाली की शक्ल उसने इस तरह बदल दी है कि गाली मालूम नहीं होती अगर वह गाली, जो ईशरसिंह ने इस्तेमाल की है, गाली भी रहती, तब भी मेरे नजदीक अफ़साना अश्लील न होता। गाली अश्लील भी हो सकती है और अश्लील नहीं भी हो सकती अगर कलाकार सही कलाकार है तो वह गाली को अनावश्यक रूप से कभी इस्तेमाल नहीं करता। इस अफ़साने में गाली का इस्तेमाल कलात्मक है. . .।'

प्रोसीक्यूटर साहब बड़े 'संक्षिप्त' किस्म के आदमी थे। बहुत बाँके, कजकुलाह। गर्दन में हल्का शानदार खम। आँखों पर रिमलैस चश्मा, जिसे वह बार-बार अपनी नाक से उतारते और जमाते रहते थे। आपने मजाक के रूप में कुछ कहा तो डॉक्टर सईद अल्लाह साहब बरस पड़े। इस जोर से कि दूसरे कमरे में सूफी तबस्सुम साहब कुर्सी पर से उछलकर बाहर निकल आए। उस समय

मामला टल गया।

प्रोसीक्यूटर साहब ने जिनका नाम शायद मुहम्मद इकबाल था, डॉक्टर साहब से पूछा, 'मजमून के भावों की दृष्टि से विभिन्न साहित्यकारों को विभिन्न संज्ञाएँ दी गई। जैसे राशद अलबेरी को मसव्वर-ए-गम (गम-शोक का चितेरा), इकबाल को मसव्वर। ए-हकीक़त (वास्तविकता का चितेरा) और ख्वाजा हसन निजामी को मसव्वर-ए-फितरत (प्रकृति का चितेरा) कहा गया है, आप?'

डॉक्टर साहब ने इकबाल साहब की बात काटकर कहा, 'मैं ठंडा गोश्त के लेखक को मसब्बर-ए-हयात (ज़िन्दगी का चितेरा) की संज्ञा दूंगा।'

अब कर्नल फैज अहमद फैज, एडीटर 'पाकिस्तान टाइम्स' की बारी आई। आपने अपने बयान में कहा, 'मेरी राय में अफ़साना अश्लील नहीं है। एक अफ़साने के अलग-अलग शब्दों को अश्लील या श्लील कहने के कोई अर्थ नहीं है। अफ़साने की विवेचना करते वक्त कुल मिलाकर तमाम अफ़साना ध्यान में रखना चाहिए। केवल नग्नता किसी चीज़ के अश्लील होने की दलील नहीं। मैं समझता है कि इस अफ़साने के लेखक ने अश्लील लेखन तो नहीं किया लेकिन साहित्य के उच्च तकाजों को भी पूरा नहीं किया है, क्योंकि इसमें ज़िन्दगी की बुनियादी समस्याओं का सन्तोषजनक विश्लेषण नहीं।

जिरह के जवाब में फैज साहब ने कहा : 'मेरी पप्पियाँ ले रहे थे।' अगर विषय वस्तु का तकाजा हो तो मैं ऐसे शब्दों का इस्तेमाल उचित समझता हूँ। 'मुंह भर-भर के बोसे लिए', 'चूस-चूसकर उसका सारा सीना थूक से लथेड़ दिया- ये शब्द पार्लिमेंटरी नहीं हैं लेकिन साहित्यिक मान्यता से उचित हैं।'

फैज़ साहब के बाद सूफी गुलाम मुस्तफा साहिब तबस्सुम, प्रोफेसर गवर्नमेंट कॉलिज, लाहौर तशरीफ लाए। आपने अपने बयान में कहा, 'अफ़साना ठंडा गोस्त' लोगों के चरित्र को खराब नहीं करता। हो सकता है इसके कुछ वाक्य अलग से अश्लील हो। आज मानव की विषय-वासना को साहित्य की विषय-वस्तु बनाकर हमारे लिटरेचर का रुझान सही दिशा की तरफ़ जा रहा है।'

जिरह का जवाब देते हुए सूफी साहब ने फरमाया, 'कोई अफ़साना या साहित्यिक कृति अश्लील नहीं हो सकती, जब तक कि लिखने वाले का उद्देश्य साहित्य लेखन है। अदब-अदब के नाते कभी अश्लील नहीं होता।'

इकबाल साहब ने अपनी नाक पर से कई बार जल्दी-जल्दी रिमलैस चश्मा उतारा और जमाया। वह सूफी साहब को घेर-घारकर अपने मतलब की बात कहलवाना चाहते थे मगर सूफी साहब 'स्कूल का बच्चा' नहीं थे। वह बीस वर्ष से उस्तादी करते चले आए थे। इकबाल साहब के जाल में न फंसे। एक बार तो आपने साफ कह दिया, 'देखिए साहब, आप लाख उलट-फेर करें

लेकिन मैं वही कुछ कहूँगा जो मुझे कहना है।'

इकबाल साहब ने सवाल किया, 'अगर किसी लेख, अफ़साने या साहित्यिक कृति के परिणाम अनैतिक हों और लेखक का उद्देश्य अनैतिक न हो तो आप उस अफ़साने को अश्लील कहेंगे या नहीं?'

साफ ज़ाहिर था कि इकबाल साहब क्या चाहते हैं। सूफी साहब ने मुस्कराकर जवाब दिया, 'नहीं, इसलिए कि इसमें पढ़ने वालों के अपने मानसिक रुझान भी शामिल होगा, न कि लेखक का मतलब- साहित्य का सृजन लेखक अपनी प्रवृत्ति से मजबूर होकर करता है और यह सृजन औरों के लिए भी होता है।'

इकबाल साहब ने एक और सवाल किया, 'अगर इस रचना से लोगों के चरित्र पर बुरा असर पड़े तो उसकी जिम्मेदारी साहित्यकार पर होगी या नहीं?'

सूफी साहब ने जवाब दिया, 'वह इस जिम्मेदारी से मुक्त है।' इकबाल साहब ने दुखी होकर पूछा, 'आखिर अनैतिक लेखन क्या है?'

सूफी साहब ने जवाब दिया, 'वह लेखन जिसके लिखनेवाले का मक़सद केवल चरित्र हनन करना हो।'

इकबाल साहब ने नाक पर अपना रिमलैस चश्मा जमा दिया और गर्दन को थोड़ी टेढ़ी करके जिरह बन्द कर दी।

डॉक्टर आई. लतीफ, हैड ऑफ दि साइकोलॉजी डिपार्टमेंट, एफ.सी. कॉलिज, मौर को बुलाया गया- मैंने उनका नाम सुना था। लेकिन उन्हें देखा कभी नहीं था। सूफी साहब के बयान के दौरान मियाँ सईद साहब के पास बैठे थे और रिसाला 'जावेद' का नम्बर उनके हाथ में था। मैंने उनकी तरफ़ गौर नहीं किया था। जब बयान देने लगे तो मैंने उन्हें गौर से देखा। काला रंग। सबसे पहले मुझे उनकी तीखी मूंछें नज़र आई।

आपने रिसाला एक तरफ़ रखा और कहना शुरू किया, 'मैंने '*ठंडा गोश्त*' अभी पढ़ा है। यह एक गलत रिसाले में छपा है। मेरा मतलब है यह अफ़साना एक पापुलर रिसाले में नहीं छपना चाहिए था। अगर यह किसी साइंटिफिक रिसाले में केस हिस्ट्री के तौर पर मर्दी और नामर्दी के पक्ष-विपक्ष में छपता तो इस पर अश्लीलता का इलजाम नहीं लागू हो सकता था।. . .जिन शब्दों की तरफ़ इशारा किया गया है, बोलने में मैं उनको बुरा समझता हूँ लेकिन केस हिस्ट्री में ये शब्द बहुत महत्व रखेंगे।'

खुदा मालूम क्या बात हुई, डॉक्टर लतीफ ने एकदम पूछा, 'मिस्टर मंटो कौन हैं. . .?'

मैंने कहा, 'ज़नाब, यह खाक़सार है।'

डॉक्टर साहब की तीखी मूंछे थरथराई। आपने मुझसे कुछ न कहा और बयान देने में मशगूल हो गए।

वकील साहब ने मेरे कान में कहा, 'मंटो साहब, आपका यह गवाह तो होस्टाइल हो गया है। अब आप इस पर जिरह कर सकते हैं।'

मैने कहा, 'हटाइए।'

लेकिन वकील साहब ने जिरह कर ही दी। उसके जवाब में डॉक्टर लतीफ साहब ने कहा, 'अफ़साना ऐसे रिसाले में, जिसको हर बच्चा, बूढ़ा, लड़का-लड़की पढ़ सके, नहीं छपना चाहिए था क्योंकि ऐसी बातें, जो भावनाओं को भड़काने वाले प्रभावों को कबूल करने वाली हों, यह अफ़साना पढ़कर भड़केंगी।'

जिरह खत्म हुई तो डॉक्टर लतीफ साहब मेरे पास आए। उन्होंने हाथ मिलाया और कहा, 'आपने मुझे गवाही के लिए बुलाया था तो कम-से-कम मिल तो लिए होते।'

मैंने मुस्कराकर जवाब दिया, 'इंशा अल्लाह, मुलाकात का सौभाग्य हासिल करूंगा।'

डॉक्टर साहब ने फिर हाथ मिलाया और चले गए।

अब मैं इन चार नौजवान वकीलों के विषय में कुछ कहना चाहता हूँ जो बड़े नाटकीय अंदाज़ में मेरे मुकदमे में दाखिल हुए थे। पतली-पतली मूंछों, तीखी नाक और सांवले रंग वाले शेख खुर्शीद अहमद थे। कॉफी हाउस उनके बिना अधूरा है। दूसरे तीन थे : मिस्टर मजहर उल हक, मिस्टर सरदार मुहम्मद इकबाल और मिस्टर एजाज मुहम्मद खाँ। आप लोगों को बार-रूम में मालूम हुआ कि मैं खुद अपना केस डील कर रहा हूँ और परेशान हैं तो ये मेरी मदद के लिए चले आए- मैंने उनका बहुत-बहुत शुक्रिया अदा किया।

शेख खुर्शीद अहमद ने कहा, 'इसकी कोई ज़रूरत नहीं. . .लेकिन दाद दीजिए कि मैंने आपका 'ठंडा गोश्त' अफ़साना पढ़ा क्या, देखा तक नहीं।' हम सब खूब हंसे। शेख ने कहा, 'और मैं शर्त लगाने के लिए तैयार हूँ कि मिस्टर इकबाल ने भी यह अफ़साना अभी तक नहीं पढ़ा है।'

हमारी तरफ़ से सात गवाह अब तक पेश हुए थे। शेष गवाहों को बुलवाने के लिए जब शेख खुर्शीद साहब ने अदालत से दरख़्वास्त की तो वह रद्द कर दी गई। मजिस्ट्रेट साहब ने इस ख्याल से कि हमारा पलड़ा वजनी है अदालत की तरफ़ से चार गवाह तलब किए। मौलाना ताजवर नजीब आबादी, आगा शोरश काश्मीरी, अब सईद बज़्मी और डॉक्टर मुहम्मद दीन तासीर।

हमने कई तारीखें भुगतीं। मगर ये हजरात जमा न हुए। आखिर एक तारीख

पर सब आ गए। ताजवर साहब से अलेक-सलेक हुई तो आपने लेक्चर शुरू कर दिया कि मैं ऐसे गलीज, अश्लील और वाहियात अफ़साने लिखता क्यों हूँ- मैं खामोश सुनता रहा। इसलिए कि मौलाना के साथ बहस करना व्यर्थ था।

आग़ा शोरश बड़े पुरशोर तरीके पर मिले। अब सईद बज़्मी ने मुझसे एक सिगरेट लिया और सुलगाकर टहलने लगे- आवाज़ पड़ी तो हम अदालत में हाजिर हुए। कार्रवाई शुरू हुई। पहले गवाह अदालत की तरफ़ से शम्स-उल-उलेमा मौलाना एहसान अल्लाह या ताजवर नजीब आबादी, प्रोफेसर दयाल सिंह कॉलेज, लाहौर थे। आपने फरमाया, *'ठंडा गोश्त'* किसी मस्जिद में या किसी मजलिस में सामूहिक हैसियत में सुनना पसन्द नहीं किया जा सकता। अगर कोई पढ़े तो अपना सिर सलामत लेकर न जा सके। चालीस वर्षीय साहित्यिक जीवन में ऐसा ज़लील और गन्दा मजमून मेरी गजर से नहीं गुजरा है।'

मैंने मौलाना से कुछ सवाल किए तो आपने जवाब में कहा, 'यह अफ़साना मैंने पहली बार दयालसिंह कॉलेज में पढ़ा लेकिन पूरा नहीं पढ़ा। थोड़ा-सा पढ़ा और वाहियात समझकर बन्द कर दिया । मसनवी गुलजार-ए-नसीम में बकावली और साज-उल-मुल्क की शादी का जिक्र चरित्र के खिलाफ है। 'फसाना-ए-अजायब, मसनवी बहार-ए-इश्क और अल्फ लैला में जो अश्लील अंश हैं वे अश्लील हैं। हिकायत चानुम-ओ कनीज का जिक्र मसनवी मौलाना रोम में आता है लेकिन मैंने नहीं पढ़ा। यौन प्रेरणा का पहलू मसनवी मौलाना रोम में नहीं हो सकता।

जी चाहता था कि मौलाना को खूब सताऊँ मगर मैंने मुनासिब ख्याल न किया और कुछ सवाल और करके उनको छोड़ दिया- अब आगा शोरश काश्मीरी वल्द आगा निजाम उद्दीन एडीटर साप्ताहिक 'चट्टान' मूंछों के अन्दर मुस्कराहटें बिखेरते तशरीफ लाए। मेरी तरफ़ देखकर आप खुलकर मुस्कराए और बयान देना शुरू कर दिया।

आपने फरमाया, 'जहाँ तक मेरी जानकारी और भावनाओं का संबंध है मैंने गोश्त गोश्त से अच्छा प्रभाव प्राप्त नहीं किया। मैं जिस समाज और घराने से संबंधित हूँ उसके दृष्टिकोण से ऐसा मजमून अपने पर्चे में नहीं छापूंगा। मेरी चिन्तन पद्धति इसे गवारा नहीं करती।'

इस्तगासे के एक सवाल का जवाब देते हुए आगा साहब ने कहा, 'इससे बदचलन पाठक को प्रेरणा मिलती है- उन लोगों को जिनके मन का रुझान खास तौर पर बदकारी की तरफ़ प्रेरित हो. . .।'

हमारी तरफ़ से आगा साहब पर कोई जिरह नहीं की गयी- अबु सईद बज़्मी एडीटर 'एहसान', लाहौर पेश हुए तो आपने अफ़साने को अनैतिक करार

दिया। उन्होंने कहा, 'अफ़साना मानी व मतलब की वजह से एतराज के काबिल है।'

मैंने बड़ी नर्मी से पूछा, 'क्यों हजरत, यह बताइए, क्या इसी अदालत में आपके ख़िलाफ इज़्ज़त हतक का मुकदमा चल रहा है?'

आपने जब 'जी, हाँ।' कहा तो मजिस्ट्रेट साहब ने हैरत से पूछा, 'मेरी अदालत में?'

बज़्मी साहब ने फिर जवाब दिया, 'जी, हाँ।'

मजिस्ट्रेट साहब ने कलम से सिर खुजाकर पाइप सुलगाया और अपने काम में लग गए।

आखिरी गवाह मंजानिबे अदालत पेश हुए यानी डॉ. तासीर साहब, प्रिंसिपल इस्लामिया कॉलेज, लाहौर।

आपने अपने बयान में कहा, 'कहानी अदबी लिहाज़ से निकृष्ट है लेकिन है अदबी। निशान लगाए हुए कुछ शब्द इस कहानी के लिए ज़रूरी है, कुछ गैरज़रूरी। कुछ शब्द ऐसे हैं जिनको नाशाइस्ता कहा जा सकता है। लेकिन मैं अश्लील इसलिए नहीं कहता क्योंकि शब्द अश्लील की परिभाषा के विषय में मुझे ज्ञान नहीं है। मेरे ख्याल में जिन लोगों की प्रवृत्ति बदकारी की तरफ़ है, उनके लिए इस मजमून में वासना की प्रेरणा मौजूद है। जिस व्यक्ति के मन में वासना की भावना न हो उसे इस मजमून से यौन-भावना से कराहट होगी, वासना की प्रेरणा नहीं होगी। *'ठंडा गोश्त'* का मतलब मुर्दा लड़की है। मैं इस कहानी को एक आम यौन कहानी समझता हूँ। यह चरित्र खराब नहीं करती. . .।'

अदालत की तमाम कार्रवाई खत्म हो गयी। अब फैसला बाकी था जो मिया। एम.ए. सईद साहब सुनवाई के दौरान कई बार जबानी सुना चुके थे। शेख खुर्शीद अहमद को यकीन था कि हम सबको जुर्माना होगा।

फैसले की तारीख 16 जनवरी (यही साल) मुकर्रर हुई।

नसीर अनवर बिलकुल बेपरवाह था। सुनवाई के दौरान वह हंसता, मुस्कराता रहा। आरिफ अब्दुल मतीन अलबत्ता सारा वक्त बहुत परेशान रहे। उनकी इस परेशानी का कारण यह भी था कि उनके बूढ़े वालिद बड़े परेशान रहते थे।

जब सफाई की गवाहियाँ खत्म हुई तो मैंने अपना तहरीरी बयान दाखिल किया था। इस तहरीरी बयान को पढ़कर मुझे अच्छी तरह याद है, मजिस्ट्रेट साहब ने फरमाया था, 'यह बयान ही मुलज़िम को सजा देने के लिए काफी है।'

मंटो और मैं

(क) मंटो और मैं

(ख) अदब है और यही कशमकश. . .

मंटो और मैं

'मंटो ज़िंदा है' लिखते हुए मैंने मंटो को जाना-पहचाना ही नहीं हैं, उसे जिया और महसूस भी किया है। किसी लेखक का किसी दूसरे लेखक को इस तरह जीना कि वह करीबी दोस्त की तरह उससे बातें करने लगे, आगे बढ़कर उसे छू सके या वैसा एहसास कर सके, यह शायद किसी और माध्यम से नहीं, जीवनी लिखते हुए ही संभव है। मंटो की जीवनी लिखना, मेरे लिए निश्चय ही, एक बड़ा अनुभव रहा है जो शायद मंटो पर किसी दूसरी तरह से लिखते हुए मुझे हासिल न होता। एक अनोखे रचना-क्षण में मंटो की ज़िन्दगी के बेहद उलझे हुए तारों का एक धुन में जुड़ जाना और अंततः एक सिम्फनी में बदल जाना मेरे लिए मंटो से सीधे साक्षात्कार से कम न था।

'मटो ज़िंदा है' के लेखन अनुभव को बताना जरा मुश्किल ही है। क्या बताऊँ और कैसे? हर कृति की तरह इसमें भी लेखक की लेखन-यात्रा जितनी दिखती है उससे कहीं ज्यादा छिपी रहती है। 'जब जरा गर्दन झुकाई देख ली', जैसा स्मार्ट कथन जुमले के तौर पर ठीक है, जीवनी के केन्द्रीय चरित्र की अपेक्षा, जीवनीकार लुका-छिपा ही रहता है, कभी-कभार बेशक सिर उठा ले। है न अजब और विरोधी-सी बात कि नाटककार की तरह अदृश्य-सा रहते हुए भी वह जीवन-चरित्र की परतों को, एक-एक कर उठाता-गिराता चलता है, छीलता-चीरता रहता है।

मंटो को लेकर दो-चार बातें शुरू में ही शेयर कर लें तो अच्छा होगा। मंटो के शैदाई हैं, मुरीद हैं, घोर प्रशंसक हैं तो घोर विरोधी और निदंक भी हैं। जब मैं जीवनी लिख रहा था तो एक मित्र आए कहने लगे-

'क्या लिख रहे हो?'

'मंटो की जीवनी लिख रहा हूँ।'

'अरे, उस अश्लील, शराबी लेखक की जीवनी! तुम तो वैसे नहीं हो?'

'मैं जो भी हूँ, जैसा भी, लेकिन तुम लेखक की ज़िन्दगी को कभी समझ पाओगे, इस में मुझे शक है,' मैं थोड़ा तैश में आ गया, 'तुम्हीं हो न जो

छिप-छिप कर, चटखारे लेकर मंटो की कहानियाँ पढ़ते रहते हो, ऊपर से तोहमत लगाते हो कि वह अश्लील है, शराबी है। अरे, कुछ तो ग़ैरत दिखाओ. . .और सुनो, लेखक अपनी कृति के केंद्रीय चरित-नायक की तरह होता है 'यह तुम से किसने कह दिया?' मैंने टेढ़ी नज़र से उसकी तरफ़ देखा। मेरे तेवर को भांप कर वह 'अच्छा अच्छा फिर मिलेंगे,. . .कहता खिसक गया।

मैं सोचने लगा दोनों में जुड़ाव के आधार हों, मगर अलगाव के आधार भी क्यों न हो? क्या *'आवारा मसीहा'* के लेखक विष्णु प्रभाकर और जीवनी के चरित-नायक शरत बाबू समान गुण-धर्म के माने जा सकते हैं? इसी तरह मैं और मंटो अलग-अलग सीरतों के मालिक होते हुए भी, एक दूसरे में दाखिल हो गए हों तो क्या आश्चर्य? क्या कई तरह के अन्तर्विरोधों को झेलते हुए, विरूद्धों में संगति बैठाना, कान्ट्रास्ट में समान मनोभूमि या एकतान हो जाने की खोज, सृजनात्मक धरातल पर ज़्यादा आकर्षक और चुनौतीपूर्ण नहीं है?

मेरी सोच की प्रक्रिया चल ही रही थी कि एक और सज्जन आ धमके, 'अरे, क्या मंटो-मंटो चिल्लाते रहते हो? क्या है मंटो? बड़ा सेक्युलर बना फिरता है, आखिर निकला कट्टर मुसलमान- भगोड़ा, अश्क के शब्दों में रणछोड़दास! बम्बई से लाहौर भाग गया। उसे मंटो पर आरोप-दर-आरोप मढ़ते देख मैं खुद को रोक न पाया। मैंने कहा, 'क्या अंट-शंट बोलते रहते हो। अच्छा होता थोड़ा मंटो को पढ़ लेते। जानते हो तक़सीम से पांच महीने बाद जनवरी 1948 में वह बम्बई से लाहौर क्यों चला गया? आखिरी दिनों में दोस्तों के साथ उसे जो तल्ख अनुभव हुए, बैचेन रूह के जिन उतारों-चढ़ावों से वह गुजरा, झूठ और फरेब के लिहाफ़ों को उतारते हुए फ़सादात की गहरी छानबीन करते हुए, दहशत का मारा वह बम्बई से लाहौर क्यों भाग गया, तुम क्या जानो? वह लेखक जो अपनी कहानियों में मज़हब के आधार पर दो राष्ट्रों के सिद्धांत की धज्जियाँ उड़ाता रहा, उस पर कट्टर मुसलमान होने का इल्ज़ाम! आखिर सोचकर बोला करो। तभी एक पढ़ा-लिखा लेखक मेरे पास आया, 'अरे छोड़, वही मंटो है न, जो बम्बई आवास के दिनों में जिन्ना का ड्राइवर रहा।'

मैं उस का मुँह देखने लगा।

वह चालू रहा- हूँ, जीवनी लिखने चला है, इतना भी नहीं जानता कि तंगहाली और फाकामस्ती के दिनों में उसने जिन्ना के यहाँ ड्राइवर की नौकरी की थी। क्या तुमने जिन्ना पर लिखा उसका संस्मरण *'मेरे साहब'* नहीं पढ़ा?'

मेरा माथा ठनका। 'मेरे साहब' जिन्ना पर उसके ड्राइवरों की निगाह से मंटो द्वारा लिखा गया रेखाचित्र है, मैं जानता हूँ, मैंने कहा, 'मगर यार, तुमने डींगबाजी की सारी हदें ही फलांग दीं। बता जरा, इस बात से मंटो जिन्ना का

ड्राइवर और जिन्ना उस का साहब कैसे हो गया? जिस मंटो ने कभी ढंग से साईकल नहीं चलाई वह जिन्ना का ड्राइवर. . .तौबा. . .तौबा!' मैं सोचने लगा कोई लेखक क्या इस कदर पूर्वाग्रहों और कमअक्ली का शिकार हो सकता है? मैं खुद को बड़ा मखबूतलहवास मानता हूँ मगर यह तो मुझसे कहीं ज़्यादा...' और मैं जोर से हँस पड़ा।

इसमें संदेह नहीं कि मंटो में विरोधी धाराओं का अजब मेल है। कश्मीरी पंडित है, साथ ही ठेठ पंजाबी हैं। जुबान तल्ख और नज़र पैनी है तो नज़रिया मानवीय है। गालिब के शब्दों को उधार लेकर कहें तो *'अजब आज़ाद मर्द'* है और वैसा ही लेखक जो न किसी को बख्शता है न खुद को, जो खुदा से भी सीधा टकरा जाता है। उसकी कब्र पर यह कतबा (समाधि-लेख) लिखा है- 'यहाँ सआदत हसन मंटो दफ़न है। उस के सीने में फने अफ़सानानिगारी के सारे इसरारो-रमाज़ दफ़न है। वह अब भी मनो मिट्टी के नीचे सोच रहा है कि वह बड़ा अफ़सानानिगार है कि खुदा।'

ध्यान दे इस समाधि-लेख को देवेन्द्र सत्यार्थी ने क्या खूबसूरत फैटेसीनुमा मोड़ दे दिया :

'मानो मिट्टी के नीचे पहुँचते ही मंटो ने फिर सोचा वह बड़ा अफ़सानानिगार है या खुदा। खुदा ने मंटो के कंधे पर हाथ रखते हुए कहा- 'वह टोबा टेकसिंह तुमने लिखा है?'

मंटो ने कहा- 'लिखा है तो क्या हुआ. . .? अगर तुमने बयालीस बरस आठ महीने और सात दिन उधार दिये तो इस का मतलब यह नहीं कि तुम मेरी कहानी के अच्छे नाक़िद भी हो सकते हो. . .हटाओ यह अपना हाथ।'

खुदा के चेहरे पर अजब-सी मुस्कराहट आई। उसने मंटो के कंधे पर से अपना हाथ उठा लिया और उसकी तरफ़ अजीब-सी नज़रों से देखकर कहने लगा, 'जा, तेरे सभी गुनाह मुआफ किये' और पलट कर चला गया। चंद लम्हों के लिए मंटो बिल्कुल खामोश रहा। वह उसकी तारीफ़ से बिल्कुल खुश न हुआ। वह बड़ा रंजीदा, उदास और खफ़ा-खफ़ा सा नज़र आने लगा-

'साला क्या समझता है? मुझे हरासाँ करता है। उसने मुझे बयालीस बरस, आठ महीने, सात दिन उधार दिये थे। मैंने तो सौगन्धी को सदियाँ दे दीं।'

ऐसे बीहड़ लेखक की जीवनी लिखने का विचार जब मेरे मन में पहली बार आया तो मैं घबरा गया। इसलिए नहीं कि मैं उसे जानता नहीं था। 30-40 सालों में वह मेरा हिस्सा रहा था। मैंने उसकी कहानियों और नाटकों का संपादन किया था, टोबा टेक सिंह कहानी पर *'नो मैंस लैण्ड'* जैसा नाटक लिखा था। विभाजन के सूत्र में हम दोनों जुड़े हुए थे। पंजाबियत, लाहौर और अमृतसर जैसे

शहरों को हमने जिया था। इन तमाम अनुभवों के बावजूद जीवनी लिखने के विचार से मैं सिहर उठा। तब तक मैंने मंटो को टुकड़ों में जाना था। अब मेरे सामने उसे कला-अनुभव में ढालने और लगभग मुकम्मिल रूप में पेश करने की चुनौती थी। दोस्तों, मेरे सामने अंधेरा छा गया। उस अंधेरे में अचानक मेरे हाथ एक चाबी लग गयी जिसे मैंने अंधरे में घुमाया तो अंधेरा सुलगने लगा, तार-तार होकर रोशन हो गया और जीवनी लिखने की राहें मेरे सामने खुलती गयीं। जरा सोचिए, अगर मुझे यह चाबी न मिली होती तो क्या यह जीवन-कथा लिखी जा सकती? जीवनी लेखन ऊर्जा की इस चाबी के बारे में क्या बताऊँ? हो सकता है इस लेख को पढ़ते हुए आप को यह चाबी अनायास मिल जाए?

हर लेखक के लिखने की प्रक्रिया, लेखन-यात्रा, लिखने की अवस्थाएँ और क्षण अपने ही होते हैं। लिखने से पूर्व लेखक के नेपथ्य में पता नहीं कब से तैयारी चल रही होती है। मेरे नेपथ्य में मंटो कब से पड़ा था, कहना मुश्किल है। शायद आप को यह कुछ अजीब-सा लगे कि सबसे पहले मैंने अंतिम अध्याय, उसकी ज़िंदगी के आखिरी कुछ घंटों का बयान *'सो गए दास्तां कहते-कहते'* लिखा। मैं देखकर हैरान था कि आखिरी कुछ घंटों में भी मंटो की ख्वाहिश एक अफ़साना लिखने की थी। अंतिम अध्याय के बाद मैंने पहला अध्याय लिखा और फिर तो यह क्रम चलता ही गया और एक निरंतर तलाश में बदलता गया।

मैंने महसूस किया है कि जीवन-कथा महज़ कथा-वृत्तांत नहीं है। इसमें उस अनुक्रिया का जबरदस्त रोल है जिस में तथ्य और घटनाएँ स्पंदित होती जाती हैं। मैंने उस अंतर्क्रिया को थामे रखकर मंटो-आख्यान के नीचे की परतों में झांकने की कोशिश की है। यह कुछ इस तरह की सृजन-प्रक्रिया है कि वृत्तांत या उसके बावजूद ज़रूरी तोड़फोड़ और डी-कॉन्सट्रक्शन के साथ कथा री-क्रियेट होती चले। इस तरह से जीवन-कथा कहने में खुद मंटो ने मेरी सब से ज़्यादा मदद की है। उसमें दाखिल होने का मतलब ही यह है उस की रचनाओं में दाखिल होना और उन रचना-क्षणों को झेलना जो मंटो और उस की रचनाओं के साथ-साथ सटे नज़र आते हैं। हाँ, यह सच है कि इस सृजन-प्रक्रिया के हिस्से के तौर पर मृत्यु से जन्म, अन्त से प्रारंभ और पुनः अंतिम पड़ाव की तरफ़ की लेखन-यात्रा ने इस जीवनी के अन्दरूनी शिल्प का गुर मेरे हाथ में कुछ यों थमा दिया कि मंटो को ज़िन्दगी-भर के तनावों, संघर्षों और स्मृतियों को सहेजने का मैं माध्यम बन सका। अगले-पिछले, पूर्वापर के संबंध जुड़ते-टूटते, बनते-मिटते रहे, यादें उभरती-बिखरती रहीं और मंटो रफ़्ता-रफ़्ता, हौले-हौले मेरे सामने रेशा-रेशा होता गया और मैंने उसे जीवनी के रूप में

पहचानना शुरू कर दिया।

जीवनी लिखते हुए चार बातें मेरे सामने रही हैं एक, जीवनी से संबंधित सामग्री और स्रोतों की पहचान कैसे हो? उनकी प्रमाणिकता-अप्रमाणिकता की जाँच-परख कैसे करूँ? जो बात कही जाए उसके पुख्ता आधार के लिए हवाले, संदर्भ या संकेत तो चाहिए ही। यह देखना भी ज़रूरी है कि ये हवाले कितने प्रामाणिक हैं? लेखक द्वारा कही गयी बातें, उसकी आत्म-स्वीकृतियों, आत्म-कथन, साक्षात्कार, पत्र, दोस्तों द्वारा कही गयी बातें, लेखकों द्वारा लिखे गए निबंध और पुस्तकें काफी हद तक प्रामाणिक सामग्री मानी जा सकती है, हालांकि उनकी भी परख-पड़ताल चलती रहनी चाहिए।

जहाँ तक स्रोतों की बात है, मुझे भटकना नहीं पड़ा। मंटो जिन शहरों में, जिन गली-कूचों में रहा था, वो मेरे देख-भाले थे। 1919 का जलियाँवाला बाग़ का नरसंहार जैसे मंटो के बचपन का हिस्सा था, वैसे ही मेरा भी। हाँ, रेडियो, टेलीविजन की आरकाइव्ज ने बेहद निराश किया। उसके रेडियो नाटक के ड्राफ्टों की बात छोड़िए। उसके अफ़सानों के किसी संग्रह का कवर डिजाइन तक न मिला। बम्बई के जिन स्टुडियोज में वह वर्षों तक काम करता रहा, जहाँ उसकी पट-कथाएँ फिल्माई गयीं, *'आठ दिन'* जैसी यादगार फिल्म, जिसमें उसने पागल का किरदार निभाया था, उसकी प्रतिलिपि न किसी स्टूडियो में मिली न फिल्म इंस्टीट्यूट पूना के अरकाइव्ज में। हाँ, मंटो के दोस्तों- अबू सईद कुरैशी, हसन अब्बास, बारी अलीग, बृज प्रेमी और उनकी किताबों से उसके बचपन और अन्य घटनाओं को तरतीब देने में ही नहीं, उनमें तारतम्य बैठाने और उनकी पुनर्व्याख्या करने में भी मदद मिली। घटना और स्मृति का तालमेल कुछ इस तरह बना कि उस की आदतें, शौक, पिता और अपनों के साथ उस की तिलमिलाहट, कई सीरतों में बंटा उसका व्यक्तित्व धीरे-धीरे खुलता गया, कई तरह के तूफानों से घिरी उसकी ज़िन्दगी के सूत्र मेरे हाथ लगते गए और इन्हीं के सहारे मैं उसके अदबी सफर की भी निशानदेही कर सका। जलियाँवाला बाग़, भगत सिंह, बारी अलीग और विभाजन चार ऐसे केन्द्रीय सूत्र हैं जिन से उसकी भावनात्मक और बौद्धिक मानसिकता निर्मित हुए है। घटना, शोध और स्मृति के त्रिविध आयामों में प्रवेश करते हुए जीवनी लेखन मेरे लिए सहज होता गया।

दो, संलग्नता के बावजूद तटस्थता कैसे अर्जित करें? दोनों को एक साथ निबाहना कठिन रचना-कर्म है, खासतौर पर जब मंटो जैसी शख्सियत पर लिखना हो। वह कमबख्त एक बार आपको पकड़ ले तो फिर छोड़ता नहीं। आप उसका विरोध करें या पैरवी, एक बार उसे पढ़ना शुरू करेंगे तो पढ़ते ही जाएंगे और इस खतरे को मैंने जीवनी लिखते हुए भी शिद्दत से महसूस किया है और

उससे पार पाने की कोशिश की है। मैंने जब भी थोड़ा फासला बना कर उसे देखने जाँचने की कोशिश की, वह बीच में आ टपका। उसकी टेढ़ी नज़र से बचना और उस से दूरी बनाए रखना मेरे लिए मुश्किल हो गया। उसकी नज़र लेखक की बेसरोकारी को गहरे सरोकार में बदलती जाती है। एक-दूसरे को काटती-पीटती, धंसती-उभरती कोलाज पेंटिंग- जैसी रंग-परतों में मैं दाखिल हुआ हूँ। मैं उन में डूबा हूँ तो एक ताजगी-भरे एहसास के साथ उन से बाहर भी आया हूँ। उस से जूझते हुए मैंने पाया है कि आप उस के पक्ष में या विपक्ष में जा सकते हैं, उस से तटस्थ रह पाना मुश्किल ही है।

तीन, वृत्तांत के साथ कैसा सलूक किया जाए कि वह खुद बोलने लगे? जीवनी लिखते हुए वृतांत से बचा नहीं जा सकता लेकिन अतिरिक्त कथन और अतिरेक जीवनी को ले डूबता है। घटनाओं और चरित्रों में विवेकपूर्ण संतुलन साधे बिना वृत्तांत अपना आशय और मंतव्य गवां बैठता है। बहुत कुछ निर्भर करता है वृत्तांत की प्रस्तुति पर। वृत्तांत अगर अभिधा की ध्वनियों के साथ है, जैसा कि अक्सर नाटक में भी होता है तो उसकी मार दूर तक होगी और कई तरह के इमेजिज की चमक से वृत्तात सजीव होता रहेगा। मंटो की जीवनी लिखते हुए मैंने वृतांत के साथ इसी ढंग का सलूक करने की कोशिश की है।

चार, जीवनी के ज़रिए इतिहास और इतिहास के ज़रिए जीवनी का पुनः सृजन कैसे हो? मेरी कोशिश रही कि मैं मंटो के जीवन-आख्यान के ज़रिए इतिहास के घटनाक्रम की पड़ताल करूँ। मंटो के ज़रिए उसके अफ़सानों और अन्य रचनाओं के ज़रिए इतिहास को नए सिरे से समझ सकूं, संभव हो तो इतिहास में छूटी हुई खाली जगहों को भर सकूँ।

दोस्तों, यह सच है कि मंटो की रचनाओं को, उन चार बातों के साथ जिनका अभी उल्लेख किया गया, उसकी ज़िन्दगी के साथ डी-कोड किये बिना कुछ हासिल होना मुश्किल है। मैंने वही रास्ता अपनाया हैं। मंटो की जीवन-कथा और उसके कथा-साहित्य में गहरा तालमेल है। इस तालमेल के आधार पर मंटो की रचना-मानसिकता और मनोविज्ञान के कई अछूते पहलू सामने आ सकते हैं। उसकी ज़िन्दगी और रचनाएँ एक वेवलेंथ पर आती दिख सकती हैं, मगर दोनों को एक समझने की भूल नहीं की जानी चाहिए। मंटो का कलाकार बड़ा बेपरवाह लगता है पर है बड़ा सजग और निर्मम। ध्यान दें, मंटो ने वेश्याओं की ज़िन्दगी के एक बड़े हिस्से को, डार्क मैटर पर चढ़े हुए रहस्य के पर्दे को बड़ी बेबाकी से उठा दिया है। नयी तरह से सोचने और खोजने की बात यह है कि हम उस प्राणदायक केन्द्रीय कण को कैसे पकड़ें या खोलें जो मंटो की रचना-सृष्टि में सांस ले रहा है, जो आज भी उसे ज़िंदा रखे हुए है। यह बात

और है कि एक पुलक-भरे क्षण में वह कण मेरी पकड़ में आया और छूट गया, मगर उस छोटे से वक़्फ़े में उसकी कहानियाँ, नाटक, खाके, निबन्ध खतूत मैंने आलोकित होते देखे। उनमें एक ही सृजनात्मकता की कौंध थी, बिना किसी फाँक के। वह कण देखते-देखते गायब ज़रूर हो गया मगर तभी मैंने मंटो के पूरे साहित्य और ज़िन्दगी को कुछ इस तरह देख लिया जैसे वह कोई पेड़ हो और वह पेड़ मेरे भीतर उग आया हो। आप की बताईए कि क्या कोई अपने भीतर उगे पेड़ को टहनियों, पत्तों या तने के रूप में अलग-अलग करके देख सकता है? पता नहीं आप को लगे न लगे पर मेरे लिए यह जीवनी अन्दर से बाहर की तरफ़ एक पेड़ की तरह उगी है- मंटो की ज़िन्दगी, उसकी रचना-दृष्टि और रचना-सृष्टि के प्रतीक के रूप में। दरअसल, यह प्रतीक नहीं, एक constituting (विधायक) मेटॉफर है- उस क्षण और कण की सशरीर उपस्थिति। इस मेटॉफर को पाने में मेरी जितनी मदद खुद मंटो ने, उसके अफ़सानों और दूसरी रचनाओं ने की, उतनी किसी और ने नहीं।

जीवनी-लेखन यात्रा में मैंने अपने आलोचक को काबू में रखना ही बेहतर समझा है। अगर मैं उसे छूट देता तो बड़ी गड़बड़ होने का अंदेशा था जैसा कि मैं कई जीवनियों में देख चुका था। अपने वक्त के आलोचकों से कहीं बेहतर मंटो खुद अपनी कहानियों का आलोचक है। यह बात मुकदमों के दौरान दिये गये उसके तहरीरी बयानों से ही नहीं, निबन्धों और खतों से भी उजागर होती है। आधुनिकतावादी और प्रगतिवादी दोनों किस्म के आलोचकों ने उसे कोसा-लताड़ा। वे उसे कभी लेखकीय बिरादरी से बाहर करते रहे, कभी अंदर, मगर उसने डटकर लोहा लिया। दोस्तों, आलोचना के जिन दुर्दिनों से हम आज गुज़र रहे हैं, उससे ज्यादा बुरे दिन मंटो ने झेले थे और हार नहीं मानी थी। इसे कमतर न समझियेगा कि उसने अपने वक्त के आलोचकों को ठेंगा दिखाया और उनकी दखलंदाजी के बिना पाठकों की चेतना में उतर गया।

'मंटो ज़िन्दा है' लिखते हुए मैं डिस्टर्ब हुआ हूँ तो नया कुछ करने और पाने की खुशी के दौरों से भी गुज़रा हूँ, गहरे गम और अवसाद के लंबे दौर भी मुझ पर तारी हुए हैं। मंटो के तनावों और संघर्षों की भीतरी तहों में भी उतरा हूँ। मुझे लगा लेखक के नाते वे तनाव और संघर्ष मेरे भी हैं, मेरे ही क्यों हर लेखक के हैं जैसे दोस्ती और दुश्मनी के तनाव अहमद नदीम कासमी के साथ, एक-साथ दोस्ती-द्वेष के जैसे इस्मत चुगताई, देवेन्द्र सत्यार्थी और अश्क के साथ, न खत्म होने वाले तनावपूर्ण संबंधों की एक लंबी श्रृंखला जुड़ी है मंटो के साथ। एक थे आगा शोरिश काश्मीरी जिसने *'ठंडा गोश्त'* के खिलाफ़ गवाही दी थी। आखिरी दिनों में मंटो लाहौर के कॉफी हाउस में बैठा था-

कहकहे-दर-कहकहे। मंटो ने शोरिश काश्मीरी का कंधा झिंझोड़ते हुए कहा-

'उठो।' शोरिश काश्मीरी ने ऐतराज़ किया- नहीं उठा।

'एक गाली, दो गाली तीन गाली और फिर।'

'मंटो ने कहा ऐस तो मैं मर जांदा ते अच्छा सी।'

तीन दिन बाद मंटो का इंतकाल हो गया।

कहते हैं आगा शोरिश काश्मीरी यों ही बेमतलब कॉफी हाउस के अन्दर-बाहर आता-जाता रहता और 'ऐस तो मैं मर जांदा ते अच्छा सी, बड़बड़ाता रहता।

मंटो को मैंने निजी ज़िन्दगी में कसकते-तड़पते देखा है और उस कसक और तड़प को अपने किरदारों का कलात्मक ढंग से हिस्सा बनाते देखा हैं। मैंने विभाजन के अंधेरे में उनकी चीख सुनी है और उस हौलनाक एहसास को अफ़सानों में ढालते वक्त उसकी गज़बनाक हालत देखी है। मैंने उसे पागलखाने में देखा है और वहीं से वह इतिहास के पागलपन में उतर गया- *'टोबा टेक सिंह'* के बिशनसिंह के पागलपन में- 'हिन्दुस्तान ऑफ दि पाकिस्तान ऑफ दी दूर फिट्टे मुँह।' दोस्तों, यह मंटो का ही टोबा टेकसिंह नहीं है हर लेखक का टोबा टेकसिंह है- किसी का कम किसी का ज़्यादा।

एक और संदर्भ लें- एक दिन जब अहमद नदीम कासमी मंटो से कहानी माँगने आया तो मंटो ने उसी दिन लिखित कहानी *'ठंडा गोश्त'* उसे थमा दी। कासमी ने कहानी पढ़ी और कहा- *'नुकूश'* के लिए यह कुछ ज़्यादा ही गर्म है। मंटो ने कहा तुम कल आना तुम्हें दूसरी कहानी दूंगा। कासमी अगले दिन पहुंचा। मंटो ने उसे कुछ लम्हें रुकने के लिए कहा। वह कहानी पूरी कर रहा था और उसके अंत पर अटका हुआ था। पाँच मिनट, दस मिनट, और मंटो ने कहानी कासमी के हाथों में दे दी। कासमी ने पढ़ी और अन्त पढ़कर सिहर उठा। कहानी थी *'खोल दो'* और उसका अन्तिम वाक्य था, 'डॉक्टर सिर से पैर तक पसीने में गर्क़ हो गया।' यह कहानी जब नुकूश में छपी तो बड़ा हो-हल्ला हुआ और छह महीनों के लिए नुकूश को बन्द कर दिया गया। दोस्तों, कहानी में आए ब्यौरे मेरे लिए स्मार्ट कथन नहीं है। इस कहानी के अंत को पढ़ते हुए एक पल मुझे लगा मैं डाक्टर हूँ जो सराजुद्दीन से कहता है, *'खिड़की खोल दो'*। दूसरे पल मुझे लगा मैं सकीना हूँ जो बेजान हाथों से इजारबन्द खोलती है और सलवार नीचे सरका देती है। तीसरे पल मैं सराजुद्दीन में बदल जाता हूँ और खुशी से चिल्लाता हूँ- 'ज़िन्दा है, मेरी बेटी ज़िन्दा है', और चौथे पल मुझे लगा, मैं ही वह डॉक्टर है जो सिर से पैर तक पसीने में गर्क़ हो गया। ये चारों पल जैसे ही जुड़ने लगे मुझे लगा मैं मंटो के आसपास हूँ। उसकी काया और रूह में प्रवेश

कर गया हूँ। और बीस बरस पहले *त्रिवेणी* में मायाकृष्णाराव का मंटो की कहानी *'खोल दो'* पर परफार्ममेंस देखकर मैं स्तब्ध रह गया। बूढ़े सराजुद्दीन की पीड़ा को, अपने हम मज़हब रजाकारों द्वारा बलात्कार किये जाने के बाद की सकीना की वहशत और दहशत को माया कृष्णा राव ने बड़े कौशल से दृश्यों और गतियों में मूर्त कर दिया है। बीस बरस बाद भी वह नृत्य मेरे सामने वैसे ही नुमायां हो जाता है और कहानी के नये-नये अर्थ मेरे सामने खुलने लगते हैं। ऐसे ही क्षणों में मंटो की ज़िन्दगी और कहानियाँ मेरे लिए एक दूसरे में घुलती गयी हैं। *'खुशिया'* कहानी के साथ भी यही हुआ। कुछ लोगों ने जब इसे बनावटी कहानी कहा तो मंटो ने तिलमिला कर कहा, 'मैं हूँ वो खुशिया।' सत्यार्थी ने कहा, 'काश मैं खुशिया होता।'

आज 21वी सदी के दूसरे दशक में कहानी पढ़ने के बाद जब मैं यह कहता हूँ- 'मैं खुशिया हूँ तो उसकी ध्वनियों के अर्थ विस्तार को आप समझ सकते हैं।'

मंटो की ऊबड़-खाबड़, संकटों और चुनौतियों भरी ज़िन्दगी के उतारों-चढ़ावों में एक अन्तर्निहित लय है जिसे मैंने महसूस किया है और ऐसा करते हुए खुद को भी करीब से पहचाना है। यही वजह है कि यह जीवनी बनते-बनते बनी है और लेखक के लिए एक कला-फार्म प्राप्त करती गयी है। पता नहीं क्यों मुझे लगता रहा कि कोई है जो बराबर मुझे कोंच रहा हो कि लिख और मैं लिखता गया। इस अर्थ में लें तो मैं एक निमित्त नहीं तो और क्या है? इस जीवनी को लिखते हुए मैं महसूस कर रहा हूँ कि हिन्दी उर्दू का एक बहुत बड़ा लेखक और पाठक समुदाय बराबर मेरे साथ रहा है। इस ने मंटो के साथ मेरी पहचान इस कदर गहरा दी कि मैं हाथ बढ़ाकर उसकी हरारत महसूस कर सका।

मंटो की शाहकार (शिखर) कहानियों की खूब चर्चा होती है जैसे- *'खोल दो', 'ठंडा गोश्त', 'टोबा टेक सिह', 'हतक' 'खुशिया'* वगैरह-वगैरह, मगर बहुत-सी कहानियाँ अनदेखी रह जाती है। उनका कहीं कोई नोटिस ही नहीं लिया जाता। मुझे लगता है कि उन कहानियों के चर्चा के केन्द्र में आने से पाठ-पुनर्पाठ के बाद उनका एक नया पाठ तैयार हो सकता है। इसी तरह उन ख़तों से जो सैकड़ों की संख्या में है, उसकी ज़िन्दगी के कई अनछुए पहलू झलक मारते दिखते हैं। चचा साम के नाम उसके नौ खत अमेरिकन राजनीति और कूटनीति का कच्चा चिट्ठा तो खोलते ही हैं, पाकिस्तान की अमेरिकापरस्ती पर भी रोशनी डालते हैं। ये खत मंटो की राजनीतिक सूझ-बूझ और दूरदर्शिता के सूचक हैं। इन ख़तों में मंटो की कलम जितनी सच तब थी, उससे कहीं ज्यादा सच का खुलासा वह आज कर रही है और *'पंडित नेहरू के नाम पडित*

मंटो का खत' जी हाँ चौंकिए नहीं, दोनों पंडित, दोनों काश्मीरी. . .खैर बात छोड़िए, बात निकलेगी तो दूर तलक जाएगी, और अभी मंटो ने अपनी गिरफ्त से मुझे छोड़ा कहाँ है? इस ख़त पर मंटो किसी और लेखन-यात्रा में मुझसे लिखवा ही लेगा।

और आख़िर में मंटो की जीवनी लिखने के कई दिनों बाद तक खुशी और राहत महसूस करता रहा, थकावट भी। एक दिन मैंने थके-थके स्वर में सुमन (बेटी) से कहा- 'बहुत दिन हो गए, क्यों न आज एक पेग ले ही लूँ। उसने कहा- 'क्यों नहीं पापा एक आध पेग तो ले ही लीजिए, पिछले छह महीनों से तो मंटो ही पी रहा था। और हम ठठाकर हँस पड़े।

अदब है और यही कशमकश...

हिन्दुस्तान में अपनी कहानियों पर चले मुकदमों के अलावा, पाकिस्तान में अपने दो अफ़सानों *'ठंडा गोश्त'* और *'ऊपर, नीचे और दरम्यान'* पर चले दो मुकदमों (1950-1953), से मंटो बुरी तरह हिल गया था, बेज़ार हो गया था। अपने को सँभालने की वह जितनी कोशिश करता उतना ही बिखरता जाता। इस तरह के दबावों-तनावों में उस का शराब पीना बढ़ गया और वह शराब के बिना रह न पाता। एक बोतल वह गुसलखाने में रखता ताकि तलब होने पर उस के काम आ सके। परिवार के लोगों के सामने तो पीता ही था, अब छिप-छिप कर भी पीने लगा। शराब ने उस की हालत अख़्तर शीरानी और मीराजी जैसी बना दी। दिल और दिमाग में तालमेल बैठाना उस के लिए मुश्किल होता गया। आख़िर, अप्रैल, 1952 में उसे मनोचिकित्सा के लिए पागलखाने दाखिल होना पड़ा। यहाँ रहते हुए उस ने पागलों की हरक़तों का बड़ा गहरा और सूक्ष्म अध्ययन किया जो उस के बहुत काम आया, खास तौर पर *'टोबा टेकसिंह'* कहानी लिखते हुए। पागलखाने में कई दिन उस का इलाज चला। वहाँ रहते हुए उस ने कोई बेज़ा हरक़त की हो, ऐसा कोई हवाला नहीं मिलता।

घर लौटने पर उस ने कुछ दिन परहेज़ रखा लेकिन जल्द ही शराब पीने की अपनी पहली मंजिल को छू लिया। दिनोंदिन उस का व्यवहार बेमेल और अटपटा होने लगा। लगातार शराब ने उस के फेफड़ों को खराब कर दिया और वह जिगर के पीलिये (सिरासिस ऑफ द लिवर) से पीड़ित हो गया। 1953 के अंतिम महीनों में उसे दोबारा दिमागी इलाज के लिए मेंटल अस्पताल में दाखिल होना पड़ा। लैंग के शब्दों में, हो सकता है *'पागलपन'* वास्तव में पागल संसार में जीवित रहने के लिए उसे एक विवेकात्मक विमुखता का प्रतीक लगा हो। डॉक्टरों की निगरानी और कुछ दिनों के उपचार के बाद वह सामान्य स्थिति में आ पाया लेकिन पागलखाने से बाहर आने पर वह चीख पड़ा, 'छोटे पागलखाने से निकल कर बड़े पागलखाने में आ गया हूँ।' डॉक्टरों ने उसे चेतावनी दी कि अगर वह शराब नहीं छोड़ेगा तो उस की जान को खतरा है।

डॉक्टरों के अनुरोध पर उस ने वचन दिया कि वह शराब पीना छोड़ देगा। घर आ जाने पर दो महीने तक उस ने शराब से तौबा की मगर और ज़्यादा दिन वह शराब से परहेज न कर सका। उस के बाहरी संपर्क टूटते गए और वह खुद से पराया और अकेला होता गया। एक बार मई, 1953 में कराची से पेशावर आते वक़्त लाहौर में जब अबू सईद कुरैशी उससे मिलने के लिए आया तो लम्हा भर के लिए वह जैसे उसे भी पहचान न सका। उसकी आँखों से पता चल रहा था कि वह वहाँ नहीं है। सईद को देख कर वह ठिठक गया। इतने में उस की बहन ने कहा, 'सआदत, सईद आया है'। 'आ. . .आ. . .आ. . .ख्वाजा', उस का चेहरा चमक उठा और आंखें जो कहीं खलाओं (शून्य, सूने आसमान) में देख रही थीं, यकायक सईद के चेहरे पर उतर आई। सईद की नज़रें उस गिलास पर गड़ गयीं जो मंटो के हाथ में था। वह समझ गया कि मैं क्या सोच रहा हूँ लेकिन उसने मुझे बोलने का मौका न दिया- 'ठीक है यार, सब ठीक है'- उसकी फटी-फटी गुलाबी आँखें गिला कर रही थीं कि 'तू भी नासेह (उपदेशक) बन गया। इसी से भाग कर तो मैंने यहाँ पनाह ली है, तुझ से मुझे बेहतर सलूक की तवक्को थी।[1] उसे दु:ख था कि लोग उस की तकलीफ़ को नहीं समझ रहे। उस की बेबसी को नहीं समझ रहे। ऊपरी नज़र से देखने वालों पर उसे इसीलिए अफ़सोस होता। दिनोदिन वह और ज़्यादा पीने लगा। अपने में रमने लगा। अपने भीतर फँसता गया और दुनिया वालों की निगाह में पागल होता गया। कृश्न चन्दर ने ठीक ही लिखा है: 'क्या हुआ अगर वह पागलखाने चला गया है। इस सनकी और पागल समाज में मंटो जैसे होशमंद का पागलखाने जाना कोई अचम्भे की बात नहीं।[2] इस सब के बावजूद यह उस की प्रतिभा का कमाल ही था कि वह लगातार कभी औसत तो कभी शाहकार कहानियाँ लिखता रहा। उस की शिखर कहानियाँ *'खोल दो', 'ठंडा गोश्त'* और *'टोबा टेकसिंह'* इसी अवधि में प्रकाशित हुई।

मंटो की हालत को बदतर होता देख दोस्त उस से कतराने लगे। उस ने अपनी बेबसी पर दोस्तों को गाल बजाते, तंज से अपनी तरफ़ देखते, करीब से गुजरते देखा। वह उन का बर्ताव देख तड़प उठा। अपने परम मित्रों को जब वह अपने से कन्नी काटते, अपने विरोध में खड़े देखता तो अवसादग्रस्त हो जाता और आत्म-पराया महसूस करता। इस मनोदशा में उसे एहसास हुआ, 'न दोस्ती न तकल्लुफ़, न दिलबरी न खुलूस/किसी का कोई नहीं आज सब अकेले हैं। (साहिर लुधियानवी)। अपने प्रति कुछ लोगों की और हुकूमत की उल्टी-सीधी

---

1. मंटो : अबू सईद कुरैशी, पृ.29
2. मंटो मेरा दुश्मन : अश्क, कृष्णचन्दर का लेख, पृ. 286

प्रतिक्रियाओं और रवैयों को उस ने अपने खास अन्दाज़ में लपेटते हुए, तीखे सवाल उठाते हुए एक जगह लिखा है, 'मुझे आप अफ़सानानिगार की हैसियत से जानते हैं और अदालतें एक फ़हशनिगार की हैसियत से। हुकूमत मुझे कभी कम्युनिस्ट कहती है और कभी मुल्क का बहुत बड़ा अदीब। कभी मेरे लिए रोजी के दरवाज़े बन्द किये जाते हैं, कभी खोले जाते हैं, कभी मुझे ग़ैर-ज़रूरी इंसान करार दे कर मकान बाहर का हुक्म दिया जाता है, कभी मौज में आ कर यह कह दिया जाता है कि नहीं, तुम मकान के अन्दर रह सकते हो। मैं पहले भी सोचता था, अब भी सोचता हूँ कि मैं क्या हूँ? इस मुल्क में जिसे दुनिया की सबसे बड़ी इस्लामी सल्तनत कहा जाता है, मेरा क्या मुकाम है, मेरा क्या उपयोग है? आप इसे अफ़साना कह लीजिए, मगर मेरे लिए यह तल्ख़ हक़ीकत है कि मैं अभी तक खुद को अपने मुल्क में जिसे पाकिस्तान कहते हैं और जो मुझे बहुत अज़ीज़ है, अपना सही मुकाम तलाश नहीं कर सका। यही वजह है कि मेरी रूह बेचैन रहती है। यही वजह है कि मैं कभी पागलखाने में और कभी अस्पताल में होता हूँ।'[1] हुकूमत और मुल्लाई मानसिकता वाले लोगों द्वारा कभी कम्युनिस्ट और कभी अश्लील लेखक करार दिये जाने पर वह बेहद खफ़ा हो गया था। इनके द्वारा लगाए गए इल्ज़ामों को झेलता, एक जगह से दूसरी जगह हड़काये जाने से वह बेहद तंग आ चुका था। उस की बेचैनी की वजह यह थी कि उस से वह स्पेस छीनी जा रही थी जहाँ बिना किसी बाधा के स्वतंत्रतापूर्वक पढ़-लिख सके। एक के बाद एक पाँच मुक़दमों ने उसकी कमर तोड़ दी, उसे अकेला ही नहीं बदहवास भी कर दिया, एक हद तक आत्म-विस्मृत भी। उसे कभी पागलखाने, कभी अस्पताल पहुँचा दिया और अपने ही मुल्क़ में वह अपना मुक़ाम तलाश करता रहा।

दोस्तों की 'मेहरबानियों' ने ही नहीं, आर्थिक मुसीबतों-मजबूरियों ने भी उसे गहरे शन्य और सन्नाटे में ढकेल दिया। बम्बई के दंगों की दहशत का मारा वह लाहौर आया था अपने घर में सक़ून की तलाश में, सोचता हुआ कि यहाँ हालात अच्छे होंगे मगर यहाँ भी उस ने वैसे ही हालात देखे तो क्षुब्ध हो उठा। उन दिनों अपने क्षोभ और गुस्से को उसने हल्के-फुल्के व्यंग्य-विधान में *'सियाह-हाशिये'* की लघु कहानियों में व्यक्त किया था जिन पर जाने-अनजाने, नया मुल्क मिलने के जोश या झोंक में गर्वीले आलोचकों का एक समुदाय, एक टोला उस पर टूट ही पड़ा। पाकिस्तान के प्रगतिशील लेखक संघ ने उस का बॉयकाट किया जो उसे हमेशा चुभता रहा। वामपंथी दोस्तों की बदगुमानियों से

---

1. ऊपर, नीचे और दरम्यान : मंटो, पृ. 31-32

वह परेशान हुआ। मगर उनके अटपटे रवैयों पर उस ने उन्हें बख्शा नहीं, आड़े हाथों लिया।[1]

उस दौर के प्रगतिशीलों से उसे शिकायत थी कि ये लोग कम्युनिस्ट एजेंड के तहत उस की नियत पर शक कर रहे हैं। इसी लेख में उस ने आगे लिखा है : 'मुझे गुस्सा था कि इन लोगों को क्या हो गया है- ये कैसे तरक्कीपसंद है, जो तनज़्ज़ुल (नपुंसकता) की तरफ़ जाते हैं, यह इन की सुर्खी कैसी है, जो सिपाही की तरफ़ दौड़ती है, यह इन की मज़दूर दोस्ती क्या है, जो मज़दूर को पसीना बहाने से पहले ही मज़दूरी के मुतालबे (हक्र की माँग) पर उकसा रही है, यह इन की सरमाए के खिलाफ मेहनत की मुबारज़त (लड़ाई) किस किस्म की है कि यह खुद सरमाए से मुसल्लह (हथियारबंद) होना चाहते हैं और अपने महबूब हथियार दस्ती और हथौड़ा अपने मुख़ालिफ़ों के हाथ में दे रहे हैं, यह इन का अदब में किस किस्म का इज़्तिहाद (कोशिश करना, रास्ता निकालना) है कि ग़ज़ल को मशीन और मशीन को ग़ज़ल बनाने के मंसूबे सोचे जा रहे हैं।'[2]

मंटो के इस कथन में पाकिस्तान के प्रगतिशील लेखक संघ की मज़दूर पक्षधरता और पूँजी विरोधी प्रतिबद्धता के दावों के बावजूद विचार और अमल के बीच का उन का फासला, दोगलापन और दोहरापन (जिसे वह हल्के-फुल्के ढंग से 'फ्रॉड' कहता था) बरदाश्त न था। 'यह अजीब सितमजरीफ़ी है', मंटो ने एक जगह लिखा है कि हमारे यहाँ के वही सियासी रहनुमा सरमाये की लानत से दुनिया को आज़ाद कराने की सोच में रहते हैं जो खुद बड़े सरमाएदार होते हैं, लेकिन हमारे यहाँ मास के चेलों के लिए शायद यह ज़रूरी है कि खुद सरमाएदार हों। मार्क्स अगर आज ज़िंदा होता तो इस किस्म की इश्तिराक़ियत से समानता, साम्यवाद को रोमानी इश्तिराक़ियत का नाम देता।[3] मंटो को यह दोमुहापन सख्त नापसंद था और इस का उस ने दो-टूक शब्दों में इजहार किया।

वास्तविकता से आँख मूंद कर सिद्धांतों का ढोल पीटने वालों में वह न था। किसी भी किस्म का फ्रॉड उसे नामंजूर था, इसीलिए उस ने साफ़-साफ़ लिखा- 'मुझे गुस्सा था उन के आए दिन के मनशूरों (लेखों) पर, उन की तवील-तवील (लम्बे-लम्बे) क़रारदादों (प्रस्तावों) पर, उन के मुख़्तलिफ़ बयानों पर जिन का मसला बराहे-रास्त रूस के क्रेमलिन से बम्बई की खेतवाड़ी में आता था और वहाँ से मैकलोड रोड पहुँचता था-रूस के फलाँ शायर का यह

1. दस्तावेज़ : चार, बलराज मेनरा, शरद दत्त, पृ. 165
2. वही
3. मंटो : अबू सईद कुरैशी, पृ. 183

बयान है, रूस के फलों दानिशवर ने यह दानिशमंदाना बात कही है- मुझे ग़ुस्सा आता था कि यह लोग उस ख़ित्ता-ए-अर्ज़ (भू-भाग) की बात क्यों नहीं करते, जिस पर कि खुद साँस लेते हैं- अगर हम ने दानिशवर पैदा करने बंद कर दिये हैं तो इस बाँझपन का इलाज क्या सुर्ख तुमरेजी (बीजारोपण) ही बाकी रह गया है।[1] जाहिर है कि वह पाकिस्तान के प्रगतिशील लेखक संघ की उपेक्षा, भर्त्सना और बहिष्कार से बेचैन हुआ, लेकिन घबराया नहीं। हाँ, खिन्नता और विषाद ने उसे मानसिक तौर पर ज़रूर घेर लिया। ऐसी मनःस्थिति में भी उस ने सृजनात्मक और वैचारिक आधारों पर उन प्रगतिशील लेखकों की कलाई खोलने में ज़रा भी संकोच नहीं किया जो कहते कुछ हैं, करते कुछ और ही हैं। उस ने किसी व्यक्ति, न पार्टी, न किसी संघ के अंकुश को माना। उस ने न प्रगतिशीलों को बख्शा, न प्रतिक्रियावादियों को। दोनों के परस्पर विरोधी रवैयों को महज़ सैद्धांतिक आधार पर नहीं, गहरे सरोकार और संवेदना से उघाड़ा और उन के अन्तर्विरोधों को उन्हीं की आँखों में तीर-सा चुभा दिया। गुस्से का इज़हार करते हुए ही नहीं, बौद्धिक स्तर पर गहरी उदासी झेलते हुए उस ने एक कलाकार के विरोध, गुस्से और अवसाद को जुबाँ दी।[1]

प्रगतिशीलों में कृश्न चन्दर जैसे लेखक अपवाद ही थे जो मंटो की कहानियों के भीतर गहराई तक उतर सके और उसकी बेचैन और बेकरार आत्मा का जायजा ले सके। कृश्न चन्दर ने लिखा है-

'प्रकट रूप में वह प्रगतिशीलों से खुश नहीं था, न अप्रगतिशीलों से, न पाकिस्तान से, न हिन्दुस्तान से, न चचा साम से, न रूस से। न जाने उस की बेचैन और बेक़रार आत्मा क्या चाहती थी। उसकी जुबान बेहद तल्ल थी। शैली थी तो कसैली और कँटीली, नश्तर की तरह तेज और बेरहम, लेकिन आप उस की गाली को, उस की कड़ी बातों को, उस के तेज, नुकीले, कँटीले शब्दों को जरा-सा खुरच कर तो देखिए, अन्दर से ज़िन्दगी का मीठा-मीठा रस टपकने लगेगा। उस की नफ़रत में मुहब्बत थी, नग्नता में आवरण, चरित्रहीन औरतों की दास्तानों में उसके साहित्य की सच्चरित्रता छिपी थी।'[2]

मंटो में, निश्चय ही अदम्य रचनात्मक ऊर्जा और क्षमता थी। हालात से तंग आ कर वह कई बार अफ़साने लिखना छोड़ने की बात करता, मगर दूसरे ही पल बुरे दिनों से लड़ने के संकल्प के साथ वह और ज़्यादा तेजी और शिद्दत से कहानियाँ लिखनी शुरू कर देता। उस का लेखन प्रबल वेग से, अनेक धाराओं में प्रवाहित होता रहता। विपरीत परिस्थितियों में भी उस ने साहित्यिक बिरादरी

1. दस्तावेज़ : चार, बलराज मेनरा, शरद दत्त, पृ. 165
2. मंटो मेरा दुश्मन : अश्क, कृष्ण चन्दर का लेख, पृ. 288-289

से मुँह नहीं मोड़ा। वह अपनी कहानियाँ महफिलों-संगोष्ठियों में पढ़ता रहा। उस के लेखन की गति। उस की सक्रियता बढ़ती ही गई।

लाहौर की प्रसिद्ध साहित्यिक संस्था 'हल्का-अरबाबे-ए-जीक' एक ऐसी संस्था थी जहाँ लेखक हर हफ्ते मिल-जुलकर बैठते और अपनी रचनाओं का पाठ करते। पाठ के बाद उन पर जम कर चर्चा होती। इस संस्था के कार्यक्रमों में मंटो की लगातार शिरकत रही और वहाँ वह 1950-1954 तक अपनी कोई न कोई रचना-कहानी, नाटक या संस्मरण सुनाता रहा। 3 सितम्बर और 24 सितम्बर, 1950 को उस ने वहाँ क्रमशः *'नंगी आवाज़ें'* और *'खालिद मियाँ'* कहानियाँ पढ़ीं। *'यज़ीद'* कहानी का वाचन इसी संस्था में उसने 8 अक्तूबर, 1950 को किया था और दो अफ़साने *'बिस्मिल्लाह'* और *'ख़ुदफरेब'* एक जनवरी, 1951 को पढ़े थे। 1951 में उस ने दो संस्मरणों *'मुरली की धुन'* (12.8.1951) और *'तीन गोले'* (4.1.51) का वाचन किया था। इसी साल उस ने एक कहानी *'उन्नीस सौ उन्नीस की एक बात'* (14.10.51) और एक नाटक *'इस मझधार में'* (20.1.51) पढ़े। इसी *'हल्क़े'* में *'मोजेल'* कहानी का पाठ उस ने 2 मार्च, 52 को, *'साहबे करामात'* का 25 मई, 1952 को, *'सरकंडो के पीछे'* का 7 अक्तूबर, 52 को किया था। 1953 में उसने सिर्फ तीन कहानियाँ *'इज़्ज़तो-नामूस'* (1.12.53) *'मोचना'* (24.5.53) और *'फ़रिश्ता'* (20.12.53) का पाठ किया। 1954 में उस ने सिर्फ दो कहानियाँ *'हल्क़े'* में पढ़ीं और वे थीं- *'दूदा पहचान'* (14.3.54) और *'शाहदौले का चूहा'* (30.5.54) जब कि इस वर्ष (1954) में, बलराज मेनरा और असदुल्लाह की बातचीत को आधार[1] मानें तो मंटो ने लगभग सौ अफ़साने लिखे जिन में से चार अफ़साने अदबे लतीफ (लाहौर) फोजा हराम दा (अप्रैल, 1954), मेहताब खाँ (जून, 1954) शाहदौले का चूहा (जुलाई, 1954), हाफिज हसनदीन (सितम्बर, 64) में प्रकाशित हुए और चार अफ़साने, *'चारा', 'सुरमा', 'काली कली'* और 'राजो' मृत्यु के बाद 'नुक़ूश' में प्रकाशित हुए। सवाल यह नहीं है कि 1954 में मंटो ने सौ कहानियों या उससे कम या ज़्यादा लिखीं, बड़ी बात इस तथ्य को रेखांकित करना है कि गिरती हुई शारीरिक हालत के बावजूद मंटो की रचनात्मक सक्रियता और लेखकीय बिरादरी में उसकी भागीदारी निरन्तर बनी रही।

उस के लिए यह एक तकलीफ़देह एहसास था कि उसकी कहानियों में व्यक्त बेचैनी और बेक़रारी को, उस की भावनात्मक, मानसिक और ज़हनी कसमसाहट, तड़प, संघर्ष और निरोल सच की अभिव्यक्ति को देखने-पहचानने वाला इस या उस खेमे में कोई नहीं था। उस ने खेमेबंदी से अलग रह कर, सभी

1. दस्तावेज़ : दो, बलराज मेनरा, शरद दत्त, पृष्ठ 321

खेमों की नाराज़गी मोल ली थी। ग़ुलाम होना उस के स्वभाव में नहीं था और रचना की राह पर चलते हुए स्वाधीन होने के अर्थ को पाने में खतरे ही खतरे थे। मंटो खतरों से खेलता रहा। उन्हें गले लगाता रहा। न ज़िन्दगी ने, न तारीख ने उसे इंसाफ दिया मगर बाद में अफ़सानों ने उसे नयी ज़िन्दगी दी और तारीख ने भरपूर इंसाफ दिया।

मंटो की मनोदशाएँ एक-दूसरे से जुड़ती-लिपटती *'ओवर लैप'* करती जाती हैं। उन्हें ले कर कोई सरलीकरण करना या जल्दी में निष्कर्ष देना सही न होगा। उस का आक्रोश कैसे विद्रोह में ढलता है और प्रतिपक्ष को कैसे खदेड़ता है, इस का एक उदाहरण *'ज़ैबे कफ़न'* की ऊपर उद्धृत पक्तियों में देखा जा सकता है लेकिन यही आक्रोश और विरोध जब भीतर की तरफ़ मुड़ा तो अकेलेपन और अवसाद में बदल गया। पत्नी और बच्चों की हालत को देख उसका गुस्सा उदासी में तब्दील हो गया और ग़मज़दा हालत में उसने कहा, 'मेरे दिल में अब सारा गुस्सा आफ़सुर्दगी में तब्दील हो गया है। मैं बहुत मलूला-मगमूम हूँ। जो कुछ मैंने देखा है और जो कुछ मैं देख रहा है, उस में मेरी अफ़सुर्दगी मुमहिल (यका हुआ) होती जा रही है- मेरी मौजूदा ज़िन्दगी दु:खों से भरी है। दिन-रात मशक्कत करने के बाद भी बड़ी मुश्किल से इतना कमाता हूँ जो मेरी रोज़मर्रा की ज़रूरतों को पूरा कर सके। यह तकलीफ़देह एहसास हर वक्त मुझे दीमक की तरह चाटता रहता है कि अगर आज मैंने आंखें मीच ली तो मेरी बीवी और तीन कमसिन बच्चियों की देखभाल कौन करेगा? मैं फ़हशनवीस, दहशतपसंद, सनकी, लतीफ़ाबाज और प्रतिक्रियावादी सही लेकिन मैं एक बीवी का ख़ाविंद और तीन लड़कियों का बाप हूँ- उन में से अगर कोई बीमार हो जाए और मौजू व मुनासिब इलाज के लिए मुझे दर-दर भीख मांगनी पड़े तो मुझे बड़ी कोफ़्त होती है।[1] हमीद अख़्तर के *'मंटो ज़िन्दा है'* नामक खाके से भी बच्चियों और बीवी के भविष्य के बारे में उसकी चिन्ता का पता चलता है।

वक़्त जैसे-जैसे बीतता गया, उस के नजरिये में अजीबोग़रीब परिवर्तन होता गया। पारिवारिक संदर्भ उसे कांचने लगे, तकलीफ़ देने लगे। अवसाद या डिप्रेशन की हालत में वह अपनी प्यारी बच्चियों और प्रिय पत्नी को भुला देने और उन से मुंह मोड़ लेने के बारे में सोचने लगा। मंटो के नोकर गुलाम रसूल (जो वर्षों तक दिन-रात मंटो के साथ रहा था, जिस ने उस की दिनचर्या और शख़्सीयत को बड़े करीब से देखा था) ने अपने लेख *'मेरे आक़ा'* में एक जगह लिखा है, 'मंटो को अपनी बेगम और अपनी तीन बच्चियों से बहुत प्यार था,

1. दस्तावेज़ : बलराज मेनरा, शरद दत्त, पृष्ठ 321

मगर मैंने उन की ज़िन्दगी के आखिरी तीन-चार सालों का ध्यानपूर्वक और बारीकी से अध्ययन किया तो मैं इस नतीजे पर पहुँचा कि वह अपनी तीन भोली-भाली लड़कियों को प्यार नहीं करना चाहते थे। वह बीवी, बच्चियों को बिलकुल भुला देना चाहते थे।'[1]

मंटो के पास कोई मध्यम मार्ग नहीं था। कचोटते-कसकते दुःखों की बेला में वह कैसे राहत पाए? तड़पने-जूझने के बावजूद उसे ऐसा कुछ न दिखता था जो उसे सहारा दे सके। लोग तो एक मुकदमे में ढेर हो जाते हैं, वह पाँच-पाँच मुकदमों की चक्की में पिसा था। तंगदस्ती ने और मुकदमों के जानलेवा चक्करों ने उसे एक शून्य से भर दिया था। इस शून्य को वह कैसे भरे? इसे भरने के लिए उस के पास शराब और लेखन दो ही रास्ते थे। दोनों में से कोई भी रास्ता वह छोड़ नहीं सकता था। दोनों उस के लिए शायद एक-दूसरे के पूरक बन चुके थे। उसके लिए एक-दूसरे का बदल नहीं हो सकता था। इसे उस की बेबसी कहें या आत्महंता प्रवृत्ति, इन दोनों को साथ लिए वह ज़िन्दगी के आख़िर तक चलता रहा। शराब को वह सभी कष्टों से निज़ात का ज़रिया मानने लगा। एक बार टायफाएड से ग्रस्त अपनी लाड़ली बेटी की दवा के लिए उस ने कर्ज लिया मगर दवाई के बजाय व्हिस्की ले आया। वह एक प्रकार के आत्म-छलावे में जीने लगा था। कई बार शराब छोड़ने की कोशिश करता लेकिन तत्काल उसकी चपेट में आ जाता। मौलाना सलाहुद्दीन अहमद के कथनानुसार उसके कई पैसे वाले निठल्ले दोस्त उसे घेरे रहते और उसे पिलाते रहते। ये लोग मंटो की रोशनी में चमकना चाहते थे ताकि कल वे कह सकें कि हम ने मंटो के साथ शराब पी है। उन की सोहबत में मंटो ज़िस्मानी और रूहानी खुदकुशी करने पर तुला था। ज़ाहिर है सफ़िया इस से तंग आ जाती, लेकिन उसे समझ में न आता कि वह क्या करे?

सफ़िया दुःखों-संतापों से घबराने वाली औरत नहीं थी। कई बार वह तल्ख़ हो उठती लेकिन सब्र से काम लेती। एक जगह वह कहती है, 'अब उन का लिखना-पढ़ना सिर्फ शराब ही के लिए रह गया है। इसलिए मैं उन से कहती हूँ कि लिखना छोड़ दें। कोई दुकान खोल लें। इस से उन का पीना तो खत्म हो जाएगा।'[2] अजब हाल था, मंटो न लिखना छोड़ सकता था, न शराब। सफ़िया को ही मंटो की शराबनोशी से तालमेल बैठाना पड़ा। उस ने एक राह निकाली। उस ने खुद अपनी देखरेख में मंटो के लिए शराब का एक पैमाना मुक़र्रर किया और प्रकाशकों, पत्रिकाओं के संपादकों के पास जा कर तयशुदा मानदेय या

1. दस्तावेज़ : चार, बलराज मेनरा, शरद दत्त, पृष्ठ 167
2. नकूश, अफ़साना नवंबर 1968, पृ. 220-221

एकमुश्त रकम वसूल कर लेती।[1] लेकिन यह सिलसिला भी ज़्यादा दिन न चल पाया। मंटो खुद प्रकाशकों के चक्कर लगाता ताकि पैसों की वसूली हो। चचा साम के नाम आठवें ख़त 22 अप्रैल, 1954 में मंटो ने इस तरफ़ संकेत किया है, 'यह खत नामुकम्मल छोड़ रहा हूँ कि मुझे अपने पब्लिशर से अपनी नई किताब की रॉयल्टी वसूल करनी है। वह दस रोज़ से वादे कर रहा है। मेरा ख़याल है, आज वह दस रुपये तो ज़रूर देगा।

आख़िरी दिनों में, यों तो मंटो ठीक-ठाक दिखता, काम-काज भी करता रहता, दोस्तों से मिलना-जुलना भी चलता रहता मगर कुछ अजीब-सा महसूस करता रहता। उसे लगता जैसे कोई उस का पीछा कर रहा हो। पलट कर देखता तो कुछ नहीं। वह एक काम करता-करता दूसरे काम में व्यस्त हो जाता और पहले वाला काम भूल जाता। उसके ज़हन में अजीबोगरीब तसवीरें उभरती रहतीं। उस के भांनजे हाफ़िज़ जलाल ने मंटो की इस अवस्था का उल्लेख इस प्रकार किया है-

'उन्हें तरह-तरह के वहम होने लगे और उन्होंने बहकी-बहकी बातें शुरू कर दीं। एक बार इस से पहले भी ऐसा वहम हो चुका था। वे रात को अपने बिस्तर से उठ बैठते और ख़याली शक्लें देखकर उन से बातें शुरू कर देते। यह देख कर हमारे होशोहवास-तवाजुन (संतुलन) दरहम-फरहम (उलट-पुलट) हो गया है।'[2]

दरअसल, यह दिमाग़ी उलट-पुलट उतना नहीं था जितना अपने भीतर की तरफ़ मुड़ना। बचपन में जो बॉयस्कोप वह देखता रहा, अब वह उसके मन-मस्तिष्क में चलने लगा जहाँ वह अनन्त तसवीरें देखता एक-दूसरे में गुंथी हुई, एक-दूसरे में उलझी हुई। वह उन्हें उलटता-पलटता, कभी वे उसे उलटती-पलटती जातीं। यह क्रिया-अन्तर्किया का मामला था जिसमें वह लिपटता जाता और पहचान पाने की कोशिश करता कि वह कौन है, क्या है? देखते-देखते तसवीरें आपस में गड्मड् होने लगतीं और कोलाज पेंटिंग में तब्दील होने लगतीं। उनमें उसे अपने काश्मीरी बाप-दादाओं के सर उचकते दिखते, कभी अमृतसर की गलियाँ, अपने पिता की कठोर, घूरती आँखें, जलियाँवाला बाग़, हसन अब्बास, अबू सईद कुरैशी, बृज प्रेमी, बम्बई की चालें, फिल्मी स्टूडियो, माँ का प्यार से लबालब चेहरा, दिल्ली का ऑल इंडिया रेडियो और कश्मीरी गेट, दिल्ली का वह कब्रिस्तान जहाँ उसका आरिफ दफ़न पड़ा है... और इधर के लाहौर की दिल दहला देने वाली तसवीरें. . .और टोबा टेकसिंह

1. मंटो मेरा दोस्त, मुहम्मद असदुल्लाह, पृ. 35
2. दस्तावेज़ : मंटो, पृ. 355-356

खट. . .खट-खट बॉयस्कोप बंद हो गया है। उस के भीतर मूरतें, सूरतें, आवाज़ कहीं कुछ नहीं है उसकी आवाज़ भर्राने लगी है, चीन में बदलने लगी हैं. . . क्या मैं हूँ, हाँ, मैं ही हूँ जो आज भी नो मैंस लैंड पर औंधे मुँह पड़ा हुआ है- पगला दरवेश, एक पागल फ़रिश्ता!

यह वह दौर था जब मंटो के गिर्द कई तरह के साये मँडराते रहते और उसके दिमाग में कई तरह के विरोधी विचार परस्पर टकराते रहते। वह एब्सर्डिटी का शिकार हो चुका था। अपनी मौत के पन्द्रह दिन पहले मंटो माल रोड लाहौर स्थित रोज़नामा 'आफ़ाक़' के दफ्तर में अली सूफ़ीयान आफाक़ी से मिलने के बाद, दफ्तर की निचली सीढ़ियों पर बैठ गया। अली सूफ़ीयान भी उसके पास आ बैठा। आफ़ाक़ी साहब ने उन लम्हों को अपने लेख सआदत हसन मंटो में इस प्रकार दर्ज किया है:

मंटो कहने लगे, 'तुम म्यूजिक सी आवाज़ सुन रहे हो?'

'नहीं तो।'

'गौर से सुनो। मेरे कान में म्यूजिक बज रहा है। हर वक़्त बजता रहता है, चुप रहो, सुनने दो।'

यह कह कर वो ख़ामोश हो गए जैसे कान लगा कर कुछ सुन रहे हों। फिर अचानक नाराज़ हो कर खड़े हो गए-

'तुम ने उन लड़कों को देखा। मुझे छेड़ रहे हैं।'

मैंने हैरान हो कर देखा- सामने फुटपाथ पर दो लड़के अपनी राह जा रहे थे।

'ये मुझे क्यों छेड़ते हैं?' वो गुस्से में बोले, 'मुझे क्यों तंग करते हैं।'

मैं खामोशी से उनका चेहरा देखता रहा जिस पर ज़र्दी छा रही थी। चंद लम्हें बाद उठ कर खड़े हो गए-

'मैं चलता हूँ।'

मैं कुछ दूर उन के साथ गया। शाम का अँधेरा फैलने लगा था और माल रोड पर रोशनियाँ जल गयी थीं। रोड के नजदीक पहुँच कर वो रुक गये।

'अच्छा तुम जाओ। मैं म्यूजिक सुनता चला जाऊँगा', इतना कहा और रोड की तरफ़ चले गये। मैं ख़ामोश खड़ा उन्हें देखता रहा। यही मेरी उनसे आख़िरी मुलाक़ात थी।"[1]

इन दिनों मंटो अजब हाल में था। हर चीज़ और परिस्थिति के प्रति, पढ़ने-लिखने को लेकर भी वह यों तो सजग-सचेत रहता तो भी एक अलग तरह की कैफ़ियत उस पर हावी रहती और वह कुछ करता-करता कुछ और करने

1. अली सूफ़ीयान आफ़ीकी : सआदत हसन मंटो, आफ़ाक, लाहौर

लगता। एक तरफ़ देखता-देखता कुछ और देखने लगता। कुछ न होने पर भी कुछ होने का आभास, अदृश्य में दृश्य, दृश्यमान दुनिया में से एक और दुनिया उसे निकलती दिखती- और कठोर यथार्थ के सामने एक फैंटेसी यथार्थ की कठोरता और क्रूरता को और भी उजागर करती। वह एक फ़कीर-सा लगता-सब कुछ दाँव पर लगा कर सच को पाने के लिए तड़पता।

'फ्रॉड' जैसे जुमलों की जगह अब 'अनलहक' ने ले ली थी। दरअसल वह अक्खड़ और फक्कड़ कलन्दराना प्रवृत्ति की गिरफ़्त में था। कलन्दरों की तरह वह नमाज-रोज़ा का पाबन्द नहीं था। कलन्दरों की तरह 'अनलहक़' उस का तकियाक़लाम बन गया और वह सूलियों पर निडर नाचने लगा था। काल्पनिक शक्लों से उसके बहकी-बहकी बातें करने, अचानक किन्हीं 'सायों' या वहमों से घिर जाने को कह दृष्टियों से देखा-ऑका जा सकता है। हाँ, इसे इस तरह भी देखा जा सकता है कि वह अपनी साइकी को दो टुकड़ों में बँटा हुआ महसूस कर रहा था और इस तरह दो भाग हुए हिन्दुस्तान और पाकिस्तान को वह 'अनलहक़' कहकर एक ही अखंडित सच का तसव्वुर कर रहा था। मज़हब के आधार पर दो राष्ट्रों के सिद्धांत की खिल्ली उड़ाने वाली उसकी कहानी *'टोबा टेकसिंह'* की उस हरक़त को भी यहाँ देखा जा सकता है, 'ओ पड़ दी गिड़ गिड़ दी, एक्स दी बेध्याना दी, मुंग की दाल ऑफ दी पाकिस्तान एण्ड हिन्दुस्तान ऑफ दी दुर फिट्टे मुँह' को भला कैसे भुलाया जा सकता है?

एक बार कासमी को उसने बम्बई से (फरवरी, 1939) लिखा था, 'जिस रोज़ मुझे मालूम हो गया कि मैं क्या हूँ तो मौत को बुलाने में कोई पशोपेश न करूँगा।' उसका जीवन-संघर्ष और रचना-संघर्ष यह जानना ही था कि वह क्या है? आज वह मौत के रू-ब-रू था मगर उस में मौत का कोई डर नहीं था। दो बार पागल हो जाने पर वह मौत को ठीक सामने से और भीतरी दरवाजे से भी झाँक कर देख आया था। आखिरी दिनों में वह पहचान गया था कि वह क्या है और उसे मौत को बुलाने में जरा भी झिझक न हुई थी।

उसे एहसास हो गया था कि वह ज़िल्लत की ज़िन्दगी बसर कर रहा है और इस के लिए वह खुद जिम्मेदार है। वह समझौते नहीं कर सकता था, सच को छोड़ दोगलापन स्वीकार नहीं कर सकता था। 'कथनी' और 'करनी' में फर्क़ नहीं कर सकता था और ऐसा किये बिना ज़िल्लत के एहसास से छुटकारा मुमकिन न था। इसलिए वह जब भी कोशिश करता, बुरी तरह विफल होता। उस के लिए ये गहरी आत्म पीड़ा के दिन थे। इस पीड़ा में से उसे कोई चिंगारी फूटती नहीं दिख रही थी। जहाँ से उम्मीद थी वहाँ अँधेरा पसरा पड़ा था। अँधेरे के सुलगने के इंतजार में वह जूझता रहा और अन्ततः खुद के खिलाफ होता गया।

मंटो : कहानियाँ

(क) मंटो की कहानी-कला

(ख) मंटो और विभाजन

(ग) रोज़ एक कहानी और मंटो

(घ) कहानियाँ : जलियाँवाला बाग़ का संदर्भ

(ङ.) सियाह हाशिए : त्रासद हास्य और व्यंग्य

मंटो की कहानी-कला

मंटो ने खुद के बारे में *'सआदत हसन'* में लिखा है : 'वह शब्दों के पीछे ऐसे भागता है जैसे कोई जाली शिकारी तितलियों के पीछे। वे उसके हाथ नहीं आतीं। यही कारण है कि उसके लिखने में सुन्दर शब्दों की कमी है। वह लट्ठमार है, जितने लट्ठ उसकी गर्दन पर पड़े है, उसने बड़ी खुशी से सहन किए हैं।'

मंटो ने *'एक खत'* कहानी में एक जगह लिखा है- 'मुझे यह कितना बड़ा इत्मीनान है कि मैं जो कुछ महसूस करता हूँ, वही ज़बान से बयान करता हूँ।'

संवेदना और अभिव्यक्ति की ऐसी सच्चाई, लापरवाही और एकतानता विरले लेखकों में होती है। भाषा और शिल्प को तराशने और सजाने में उनकी दिलचस्पी नहीं होती। रचना के भीतरी दबावों से, कहानियों की अन्दरूनी सच्चाइयों से, भाषा और शिल्प एक खास अन्दाज़ में दमकने लगते हैं। ऐसे लेखक लीकों पर नहीं चलते, बंधी-बंधाई विचार-सरणियों का अनुसरण नहीं करते। वे अपना रास्ता खुद बनाते हैं- अपने अनुभवों और विचारों के बल पर। बाहरी आधार और आसरे उन्हें बेकार लगते है। वे अनुभव और परिस्थिति को एक दूसरे में ढालते हुए, दोनों को टकराव में नियोजित करते हुए कहानियाँ लिखते हैं। ऐसे लेखक शुरू से आखिर तक अपने से संवाद और जिरह करते रहते है, आत्म-संघर्ष और आत्मालोचना के लम्बे दौरों में से गुजरते हैं। मंटो की कहानियाँ इस बात की गवाही देती हैं।

मंटो उर्दू के सर्वाधिक महत्वपूर्ण, चर्चित और विवादास्पद लेखक हैं। इस एक लेखक को लेकर जितनी चर्चाएँ उठी है, उतनी अन्य किसी लेखक को लेकर नहीं। मंटो की खासियत यह है कि उसने नये विषयों पर ही नहीं लिखा, नये अन्दाज़ेबयाँ और नज़रिये से भी लिखा, जिससे उसके साहित्य की एक अलग बानगी और पहचान सामने आई है। इस बानगी और पहचान ने उन्हें अपने समय का ही नहीं, आज के समय का भी एक बड़ा कहानीकार बना दिया है।

मंटो की कहानियाँ पाठकों की अन्तश्चेतना को बुरी तरह झकझोरने

वाली, तिलमिला देने वाले विचारों तक ले जाने वाली और गहरी बेचैनी पैदा करने वाली हैं। पर यह बेचैनी महज़ व्यक्तिगत नहीं है। मुल्क और कौम की बेचैनी से जुड़ी हुई है। मंटो ने एक जगह लिखा है, 'अदब दर्जा हरारत है अपने मुल्क का, अपनी कौम का। वह उसकी सेहत और बीमारी की खबर देता रहता है।' मंटो के अफ़साने इम सेहत और बीमारी की ख़बर देते हैं- अपने खास अन्दाज़ में। उनकी बेचैनी कहानियों की मार्फत पाठकों तक सीधे पहुंचती है और पाठक उत्तेजित और विह्वल हो जाते हैं। मंटो की कहानियों में यह बेचैनी पहचान के संकट के विभिन्न रूपों में मुखर हुई है।

मंटो ने जो कुछ लिखा है, उसे पूरी तरह से जाना ही नहीं, जिया भी है। कृष्णा सोबती का कहना सही है : 'मंटो का सरमाया-कथ्य, मुफ्त के माल की तरह सिर्फ़ यहाँ-वहाँ से देख-सुनकर ही हथियाया हुआ नहीं है, वह दरअसल टोह-टाह के, टनटना के देखा-भाला हुआ पहले हाथ का माल है। हक का, कीमत अदा कर खरीदा हुआ। कोई भी जो इन्सान की रूहों पर चढ़े गिलाफों को उतारेगा, उधेड़ेगा, दिल-दिमाग पर तनी कनातों में झांकेगा- उन्हें बांह चढ़ाकर खींचेगा, वह बदले में खुद भी झंझोड़ा जाएगा। नंगा किया जाएगा। नाप लिया जाएगा। मंटो के साथ ऐसा ही हुआ।' कथ्य का जो सरमाया मंटो के पास था, उसे उसने मेहनत से खुद कमाया था, खतरों से भिड़कर जुटाया था और उसे फरादिली से अपने लेखन के जरिये लुटाया भी था। मंटो ने ज़िन्दगी से जूझते और टकराते हुए अनुभव और विचार अर्जित किए थे। उनके कथ्य में, इसीलिए कोई दुर्बोधता नहीं है। उनके पास सुन्दर शब्दों की कमी बेशक हो, उनकी भाषा में कथ्य को झलकाने की अद्भुत शक्ति है। कहानी कहते हुए वे चाहे कहीं का कहीं पहुंच जाएं, उनकी आँख अपने कथ्य और संवेदना पर एकाग्र रहती है। मंटो इस शैली के उस्ताद है। उनकी कहानियाँ औरत-मर्द के रिश्तों से संबंधित हों या यौन व्यवहारों से, विभाजन से संबंधित हों या समाजार्थिक विसंगतियों से, मंटो की यह खास शैली हर जगह मिलेगी।

मंटो की कहानियों की यह खास शैली क्या है? यह खास शैली महज़ लटका या युक्ति या अन्दाज़ेबयां नहीं है। इस शैली पर मंटो के समूचे रचना-व्यक्तित्व की छाप है। यह शैली है चीजों की परतों को चीरते हुए, परदों को हटाते हुए, मुलम्मों को उघाड़ते हुए, सीधे-सीधे सच्चाई तक पहुंचने की और उसे स्पष्ट, दो टूक, बेबाक ढंग से अभिव्यक्त करने की। एक करीबी और दबंग दोस्त की तरह मंटो स्थितियों, घटनाओं और पात्रों के भीतर इतने अनायास और तेजी से प्रवेश कर जाते है कि पाठक चकित रह जाते है या झटका महसूस करते है जिसे मंटो 'धचका' कहते हैं। यह 'धचका' कहानियों के अन्त में खास तौर

पर महसूस होता है। उनके रचना-व्यक्तित्व की गहरी, अमिट छाप यहाँ देखी जा सकती है। कहानियों के अन्त में वे कोई नसीहत या निष्कर्ष कभी नहीं देते। कहानी में उभर रहे संघर्ष या द्वन्द्व का सरलीकरण या समाहार करने में भी उनकी दिलचस्पी नहीं है। वे कहानियों के अन्त में प्रचलित नैतिकता का निषेध करते हैं और पाठवीय प्रत्याशाओं को बुरी तरह झकझोरते हैं।

मंटो के किस्सागो रूप की चर्चा अक्सर की जाती है। यह सही है कि किस्सागोई उन्हें खूब आती है, पर वे उसके गुलाम नहीं बने हैं। उर्दू की किस्सागोई की परम्परा से अलग वे किस्सागोई की नयी परम्परा का सूत्रपात करते हैं। किस्सागोई का लाभ वे उठाते हैं पर उस हद तक ही जहाँ उसके ज़रिये पात्रों की मानसिकता को उघाड़ने में मदद मिलती हो या कहानी की संवेदना में इजाफ़ा होता हो। कथा-रस के अभ्यस्त पाठकों को कई बार लगता है कि कहानी खत्म हो गई है और मंटो उसे बेकार खींच रहे हैं। पर, दरअसल, ऐसा नहीं है। मंटो कथा-प्रसंगों को उतना ही तानते हैं जितना ज़रूरी हो- स्थिति के पीछे की हरक़तों को पकड़ने के लिए या चरित्र की भीतरी दुनिया को उजागर करने के लिए। मंटो की कहानियों में फालतू ब्यौरे शायद ही कहीं मिलें। ब्यौरों को पात्रों की मानसिक दशाओं और यथार्थ स्थितियों के अंकन के साथ वे इस कुशलता से सम्बद्ध कर देते हैं कि कहानी का फलक और प्रभाव बढ़ जाता है।

मंटो की खास शैली के साथ-साथ आइए उनकी कहानी की रचना-प्रक्रिया को भी समझ लिया जाए। मंटो ने कहानी लेखन का प्रारम्भ *'तमाशा'*[1] कहानी से किया था जो जलियाँवाला बाग़ के खूनी हादसे से प्रेरित है। इस कहानी में घटना को स्थूल ढंग से चित्रित नहीं किया गया है बल्कि एक बच्चे (खालिद) की मानसिकता के ज़रिये दमनकारी प्रवृत्तियों को बेनकाब किया गया है। खालिद की अबोध जिज्ञासाएं और प्रतिक्रियाएँ इन प्रवृत्तियों की क्रूरता को उभारने में और भी सहायक रही हैं। *'सन् 1919 की बात'* कहानी में भी यही संदर्भ है। इसमें इतिहास की घटनाओं के सहारे कहानी बुनने की कला देखी जा सकती है। कहानी कहने का यह ढब मंटो के जमाने में प्रचलित था। प्रेमचन्द ने ऐसी बहुत-सी कहानियाँ लिखी थीं- ऐतिहासिक तथ्यों और घटनाओं पर आधारित। मंटो ने भी ऐसा किया है अपने खास लहज़े और शैली में जैसा अन्य कहानियों में, वैसा इस तरह की कहानियों में भी, वे कुछ ऐसा पेंच डालते हैं कि कहानी

---

1. अपने रेखाचित्र 'बारी साहब' में मंटो ने लिखा है- 'मेरा सबसे पहला मौलिक अफ़साना 'तमाशा' के शीर्षक के 'ख़ल्क' से उसी अंक में प्रकाशित हुआ था। मैंने उस पर अपना नाम नहीं दिया था, इस डर से कि लोग मज़ाक उड़ायेंगे। (गंजे फरिश्ते)

की घटनाएं नये अर्थों का बोध कराने लग जाती है। *'नया कानून'* कहानी में इसे देखा जा सकता है। इसमें मंगू कोचवान के ज़रिये लेखक ने आज़ादी की लड़ाई के दिनों की आम आदमी की मानसिकता और उसकी प्रतिक्रियाओं को व्यक्त किया है। नये कानून के इन्तज़ार के साथ-साथ वह आज़ादी के सपने देखता है और अंग्रेजों के प्रति उसकी नफरत और भी तीव्र हो जाती है। पूरे परिवेश में परिवर्तन देखने की उसकी आकांक्षा और परिवेश का हू-ब-हू वैसा, पूर्ववत बने रहना, नये कानून के बारे में उसका उत्साह और कानून में, असल में, वही पुराना ढर्रा बने रहना स्थिति की विडम्बना के साथ-साथ चरित्र की विडम्बना को भी उघाड देते है। स्थितियों की विडम्बना को पकड़ने, आक्रोश को झलकाने और तेज व्यंग्य करने की मंटो की विशेषताएँ इस ढंग की कहानियों को महत्त्वपूर्ण बना देती हैं। ऐसी ही एक कहानी है *'स्वराज्य के लिए'*। इस कहानी में मंटो की जीवन-दृष्टि और सौन्दर्य-बोध महात्मा गांधी की जीवन-दृष्टि और नैतिकता-बोध के ठीक विरोध में है। कहानी में एक स्थल पर वे लिखते हैं : 'झोपड़ी में रहना, आराम के बदले सख्त काम करना, खुदा की तारीफ़ गाना, कौमी नारे लगाना- यह सब ठीक है पर यह क्या कि इन्सान के उस कुदरती जज्बे को, जिसे सौन्दर्य प्रेम कहते हैं, आहिस्ता-आहिस्ता मुर्दा कर दिया जाए। वह इन्सान क्या जिसमें खूबसूरती और हंगामों की तड़प न रहे। ऐसे आश्रमों, मदरसों, विद्यालयों और मूलियों के खेत में क्या फर्क़? इस कहानी में आज़ादी की लड़ाई के दिनों के मार्मिक ब्यौरों को गुलाम अली और निगार के संबंधों के साथ बड़ी कलात्मकता से विन्यस्त किया गया है। मंटो की कई कहानियाँ उनके आत्मद्वंद्व और आत्मसंघर्ष को प्रतिफलित करती हैं। इनका एक धरातल वैयक्तिक-मानसिक है तो दूसरा सामाजिक-राजनीतिक। एक धरातल तक सीमित रह जाने वाली कहानियाँ उस क्षेत्र की सच्चाई तो व्यक्त करती हैं लेकिन ऐसी कहानियाँ जिनमें एक धरातल दूसरे धरातल में खुला है यानी वैयक्तिक-मानसिक किस्म का अन्तर्द्वन्द्व और आत्मसंघर्ष सामाजिक-राजनीतिक स्थितियों से जुड़ गया है या सामाजिक-राजनीतिक किस्म का संघर्ष वैयक्तिक-मानसिक द्वन्द्वपूर्ण प्रक्रियाओं को झलकाने लगा है वहाँ कहानियाँ अनुभव की विशिष्टता और विश्वसनीयता से बांधती हैं। *'दो कौमें'*, *'एक खत'*, *'दो गड्ढें'*, *'नारा'* और *'खाली बोतलें खाली डिब्बे'* शीर्षक कहानियाँ वैयक्तिक-सामाजिक और मानसिक-राजनीतिक संदर्भों के तनाव की अभिव्यक्ति एक बड़े और संगत अनुभव के तौर पर करती हैं।

इसमें सन्देह नहीं कि मंटो ने अपने समय के अन्य लेखकों की तरह अपनी कहानियों के पात्रों और स्थितियों का विवेचन-निरूपण करने के लिए

मनोविज्ञान से लाभ उठाया है। लेकिन उनकी कुछ कहानियाँ सीधे-सीधे मनोवैज्ञानिक स्थितियों को लेकर लिखी गई है और उनके ज़रिये संबंधों के पल-पल बदलते मनोविज्ञान को उजागर किया गया है। मनोवैज्ञानिक स्थितियों और ग्रंथियों को पेश करने की उनकी शैली कहीं अमूर्त है *(फुंदने)*, कहीं मूर्त *(सुरमा)* और कहीं व्यक्तियों के सम्बन्धों में आश्चर्यजनक साहचर्य ढूंढने वाली *(मुस्टेन वाला)*। इसी तरह *'मंतर'* और *'टूटू'* कहानियों की रचना बच्चे के मनोविज्ञान को केन्द्र में रखकर की गई है। 'मंतर' कहानी में बच्चे की मानसिकता उसके मनोजगत की सच्चाइयों और कल्पनाओं को धीरे-धीरे खोला और उघाड़ा गया, है तो 'टूटू' में टूटू की काल्पनिक उपस्थिति पति-पत्नी के संबंधों को बनाती-ढहाती हुई कहानी में शुरू से आखिर तक बनी रही है।

मंटो की कहानी-कला के इस दौर के बाद उनकी रचना-प्रक्रिया में जबरदस्त बदलाव आया जिसका एक सिरा औरत-मर्द के सम्बन्धों और वेश्याओं के चित्रण से जुड़ा हुआ है तो दूसरा बंटवारे की त्रासदी से। औरत-मर्द के सम्बन्धों को लेकर मंटो की एक कहानी है *'सड़क के किनारे'*। यह उनकी अलग ढंग की कहानी है- कथ्य और शिल्प दोनों दृष्टियों से। औरत की अन्तरंग ज़िन्दगी को, पुरुष और परिवेश के साथ उसके रिश्ते को जिस बेबाकी से छीलकर रखा गया है, वैसा बेबाक दृष्टिकोण उर्दू-हिन्दी की कम कहानियों में मिलेगा। मर्द, औरत के यौन और प्रेम सम्बन्धों के अलग-अलग रूपों और दबावों को पेश करते हुए मंटो ने यौन और प्रेम सम्बन्धी औरत की सुक्ष्मानुभूतियों और उसकी परिणतियों के यातनाप्रद पहलुओं को इस कहानी में कलात्मक सूक्ष्मता से उभारा है। 'यही दिन थे- आसमान उसकी आँखों की तरह ऐसा ही नीला था जैसा आज है', वाक्य को कहानी में कई जगह दोहराया गया है और इससे कहानी के मूल आशय को सघन बनाने की कोशिश की गई है।

मंटो ने सेक्स को बतौर सेक्स के पेश नहीं किया है। सेक्स की उन्होंने पड़ताल की है चरित्रों के ज़रिये, चरित्रों की पड़ताल की है यौन प्रवृत्तियों के धरातल पर और इन दोनों की पड़ताल की है मनोविज्ञान के सहारे। सेक्स, चरित्र और मनोविज्ञान को उनकी कहानियों में अलगाया नहीं जा सकता। *'ढ़ाढ़स'* कहानी में मंटो मेक्स को मनोविज्ञान के हिस्से के तौर पर चरित्र की खूबियों, विचित्रताओं और विडम्बनाओं के साथ पेश करते है और ऐसा करते हुए कहानी की बलि नहीं चढ़ने देते। *'मंत्र'* कहानी में धर्म की आड़ में यौन प्रवृत्तियों के घातक खेल की ओर संकेत है। *'बू'* कहानी में यौन अनुभवों को बड़ी बारीकी से पकड़ने की कोशिश की गई है। यह ठेठ निखालिस यौन अनुभव की बू है। घाटन लड़की के जिस्म की बू नेरेटर को पूरी चेतना को जकड़े हुए है क्योंकि

उसका प्रकृति से करीबी रिश्ता है। उस अनुभव के बरक्स अपनी पढ़ी-लिखी पत्नी की खुशबू उसे बांध नहीं पाती। यह कहानी पूरी मानसिकता को घेर लेने वाले यौन अनुभव की बारीकियों को बड़ी सहजता से खोलती चलती है। यौनाकर्षण के अबूझ से शुरुआती दौर और समलैंगिक अनुभव की कहानी *'धुआं'* को भी मंटो की यौन दृष्टि के संदर्भ में समझा जा सकता है। यौन की स्वस्थ प्रवृत्तियाँ हों या विकृतियां, वह महज़ शरीरी नहीं है, अनुभव और अन्तश्चेतना के धरातलों से जुड़ी हुई है। यौन कैसे मानवीय अनुभव और अस्मिता का हिस्सा बनता है और मानवीय अनुभव और अस्मिता यौन अनुभव के साथ कितनी गहराई से जुड़े हुए है, इसे समझना हो तो *ब्लाउज, ऊपर, नीचे और दरमियान, चुगद, शिकारी औरतें* आदि कहानियाँ पढ़ जाइए। ये कहानियाँ यौन संबंधों के अलग-अलग और दिलचस्प पहलुओं को खोलने वाली हैं।

वेश्या जीवन से संबंधित मंटो की कहानियों में भी यौन प्रसंग आए है, पर ये प्रसंग उस जीवन की विद्रूपता और असलियत को खोलते चलते है। वेश्या उनके लिए एक समस्या के रूप में नहीं है जिसका हल किया जाना चाहिए या जिसके सुधार के उपाय किए जाने चाहिए। वह उनके लिए जीती-जागती मानवीय इकाई है जिसे समझा जाना चाहिए। वेश्या जीवन से जुड़ी कहानियों में वे उन तमाम प्रसंगों को अपने खास रवैये से पेश करते हैं। यह रवैया वेश्या की ज़िन्दगी के अंधेरे, अज्ञात या कम ज्ञात को भी बड़ी बेरहमी और बेबाकी से प्रस्तुत कर देता है। वेश्या की ज़िन्दगी का कोई कोना मंटो की नज़र से छिपा नहीं रहा है। उनके दृष्टिकोण की सर्च-लाइट में हर कोना कुछ इस तरह प्रकाशित हुआ है कि वह सामूहिक मानवीय ज़िन्दगी के एक अनिवार्य और त्रासद हिस्से के तौर पर सामने आया है।

मंटो में अहं के प्रताड़ित होने के बाद की स्थिति को अपनी कई कहानियों में- खास तौर पर वेश्या जीवन से जुड़ी कहानियों में, अलग-अलग प्रसंगों और संदर्भों में उठाया है। इस ढंग की स्थिति के सैकड़ों शेड्स, मानवीय व्यवहारों के वैविध्य के साथ उनकी कहानियों में मिलेंगे। एक तरफ़ *'हतक'* कहानी की सुगन्धी है तो दूसरी तरफ़ काली सलवार की सुल्ताना, एक तरफ़ *'मम्मी'* कहानी की मम्मी है तो दूसरी तरफ़ *'बाबू गोपीनाथ'* कहानी के बाबू गोपीनाथ, एक ओर *'खुशिया'* कहानी का दलाल खुशिया है तो दूसरी ओर *'डरपोक'* कहानी का जावेद, एक और *'सो कण्डल पावर का बल्ब'* की औरत है तो दूसरी ओर *'हारता चला गया'* की गंगूबाई। *'हतक'* कहानी ही लें। कहानी की सुगन्धी सेठ द्वारा उपेक्षित होने पर अपने अस्तित्व को नगण्य ठहराए जाने की यातना और दंश को झेलती है। उसकी खीझ और आक्रोश इसी का परिणाम

है। उसका प्रताड़ित अंत और उससे लिपटी संवेदनाएं जिस अन्दाज़ में सामने आई हैं, उससे चरित्रगत त्रासदी ही नहीं, अस्तित्वगत त्रासदी भी सामने आती है। मानव मन की गहरी पहचान मंटो को है जिससे वे *'हतक'* में मनोवैज्ञानिक गुत्थियाँ सुलझाने के बजाय मानवीय पहलुओं को तीव्रता से उभारने में संलग्न हुए हैं। *'खुशिया'* कहानी में भी केंद्रीय मनोभाव *'हतक'* वाला ही है- दलाल खुशिया वेश्या कान्ता द्वारा नाचीज़ समझे जाने पर उससे बदला होता है। यह ठीक है कि खुशिया वैसा जटिल और विभिन्न परतों में लिपटा चरित्र नहीं है जैसा कि सुगन्धी, लेकिन मनोदशा वैसी ही है।

मंटो ने वेश्याओं के जीवन और उनके संपर्क में आने वाले मर्दों को कई तरह से उलट-पुलटकर देखा है। *'काली सलवार'* की सुल्ताना के संपर्क में खुदाबख्श भी आता है। और शंकर भी। मंटो ने दोनों के साथ उसके संबंधों को अलग-अलग धरातल पर पेश किया है। *'काली सलवार'* तो शंकर के ज़रिए सुल्ताना को मिल गयी पर यह सलवार अनवरी की थी और अनवरी को बुन्दे मिल जाते हैं जो कि सुल्ताना के थे। इस तरह संबंधों की सीवने उधड़ती चलती हैं और स्थिति की विसंगति और विडम्बना उजागर होती जाती है। मंटो ने ऐसे चरित्रों के मनोविज्ञान को कुशलता से निरूपित किया है। एक ओर सेक्स और मनोविज्ञान के धरातल पर, दूसरी ओर नैतिकता से जुड़े प्रश्नों के बीच रखकर मानव मन की परतों को उघाड़ना इन कहानियों की बहुत बड़ी विशेषता है।

'ऊपर, नीचे और दरमियान' तथा कुछ अन्य कहानियों को लेकर मंटो पर अश्लीलता और नग्नता के आरोप लगाए गए थे और उन्हें यौन-भावनाग्रस्त लेखक कहा गया था। इस तरह के आरोप मंटो के प्रति सरासर ज़्यादती हैं। यह सही है कि मंटो उपमाओं और प्रतीकों के जंगल में नहीं भटकते और उनसे यथार्थ पर पर्दा नहीं डालते, यौन प्रवृत्ति को नहीं छिपाते पर इसका यह अर्थ नहीं कि उन्हें अश्लील लेखक करार दिया जाए। एक स्थल पर अपनी कैफ़ियत देते हुए उन्होंने लिखा है : 'मैं हंगामा पसन्द नहीं हूँ और लोगों के ख्यालात में हैजान पैदा करना नहीं चाहता। मैं उस तहज़ीब और तमद्दुन और सोसाइटी की चोली क्या उतारूँगा जो है ही नंगी। मैं उसे कपड़े पहनाने की कोशिश भी नहीं करता क्योंकि यह मेरा काम नहीं, दर्जियों का काम है। लोग मुझे स्याह कलम कहते हैं, लेकिन मैं स्याह तख्ती पर काले चाक से नहीं लिखता। मैं सफेद चाक का इस्तेमाल इसलिए करता हूँ कि तख्ता-स्याह की स्याही और स्पष्ट हो जाए।'

मंटो की दुनिया और उसके पात्र मध्य वर्ग और निचले तबके के हैं, लेकिन जिस दुनिया को उन्होंने अपनी कहानियों में लिया है, उसके हर कोने को, रग-रेशे को उन्होंने गहराई और बारीकी से पेश किया है। यह दुनिया मुख्य

तौर पर दलालों, वेश्याओं, शराबियों, बदमाशों, भड़वों और गुंडों की दुनिया है जिनकी मंटो ने एक्स-रे रिपोर्ट दी है अपनी ज्यादातर कहानियों में। पीड़ित, दलित, उपेक्षित और लांछित वर्ग के लोगों को उन्होंने पूरी आत्मीयता से इन कहानियों में उठाया है। इन पात्रों को उन्होंने पूरी मानवीयता से, मानवीय कमजोरियों और क्षमताओं सहित चित्रित किया है। इन कहानियों में गहरी मानवीय दृष्टि के साथ-साथ तीव्र आक्रोश और प्रतिकार है। इनमें एक और स्वप्न है और दूसरी ओर दु:स्वप्न। मंटो दोनों से अपनी कहानियों को बुनते हैं और कहानी-कला का उत्कर्ष रचते हैं। आग़ा बाबर ने संगत सवाल उठाया है : 'उसके अफ़सानों में हरारत और रोशनी कहाँ से आती थी?' और इसका जवाब देते हुए वे कहते हैं : 'यह हरारत और रोशनी उस रूहानी तजुर्बे से आती थी जो जान खपाने और लहू जलाने से हासिल होता है।' हरारत और रोशनी, स्वप्न और दु:स्वप्न, असंतोष और विद्रोह उनकी सर्जनात्मक प्रेरणा के हिस्से हैं और रचना-प्रक्रिया के अविच्छिन्न अंग।

कई बार मंटो एक चरित्र को कई पात्रों के ज़रिए पेश करते हैं, उसके बारे में खुद कुछ नहीं कहते, कुछ संकेत देते चलते हैं जिससे उस चरित्र के 'रहस्य' को जानने की जिज्ञासा बनी रहती है। आम तौर पर एक व्यक्ति अच्छा या सच्चरित्र मान लिया जाता है और उसके आचरण के ब्यौरे भी उसे पुष्ट करते-से लगते हैं तो भी लगता है उस चरित्र की पोल खुलेगी और पोल खुलती भी है लेकिन पाठकों की उम्मीदों को अक्सर झकझोरती हुई- चरित्र एक ऐसे बिन्दु से पेश हो जाता है कि हतप्रभ हो जाना पड़ता है। *'मेरा नाम राधा है'* ऐसी ही एक कहानी है जो राजकिशोर और नीलम के चरित्रों की शारीरिक और मनोवैज्ञानिक वास्तविकता को कहानी के अन्त में खोल देती है। *'मम्मी'* कहानी में मम्मी के मानवीय पक्ष को बड़ी शिद्दत से उभारा गया है। मम्मी के चरित्र के साथ फिल्मी दुनिया का माहौल, इस दुनिया का टुच्चापन और कमीनगी, उससे जुड़े लोगों की फूहड़ विकृतियाँ, मामूलीपन और असंगतियाँ प्रत्यक्ष हुई है। *'बाबू गोपीनाथ'* कहानी में गोपीनाथ के अनैतिक-से दिखने वाले चरित्र के नैतिक और मानवीय पक्ष को बड़ी तीव्रता से उभारा गया है। विसंगतियों और अन्तविरोधों-भरे जटिल चरित्रों की शुरुआत मंटो ने ऐसी कहानियों से ही की थी। *'बाबू गोपीनाथ'* कहानी हो या *'मम्मी'*, ऐसी कहानियों का 'मैं' ज़्यादातर मंटो ही है, पर इस 'मैं' को वे बख्शते नहीं। वे उसे एक ऐसे चरित्र के रूप में पेश करते हैं जो कहानी के पात्रों और स्थितियों से जुड़ा हुआ है भी और नहीं भी, यानी उसकी दृष्टि के आयाम में पात्र और स्थितियों आती हैं, पर वह खुलता नहीं, इस हद तक बिल्कुल नहीं कि वह हस्तक्षेप करता हुआ नज़र आए। मंटो

ने इस *'मैं'* की प्रतिक्रियाओं को अपने पक्ष की कैफ़ियत के तौर पर प्रयुक्त नहीं किया है, बल्कि जहाँ कहीं ऐसी कैफ़ियत बनती नज़र आई है, अपनी दृष्टि के तेज नश्तर से उसे काट दिया है। *'बाबू गोपीनाथ'* और *'मम्मी'* कहानियों के अन्त को इस दृष्टि से देखा जा सकता है। *महमूदा, दूदा पहलवान, मम्मद भाई, मैडम डीकॉस्टा और जानकी, 'तरक्की पसंद'* का हरेन्द्र परमार्थी, ऐसे ही चरित्र हैं जो इकहरे और सपाट न होकर जटिल और बहुआयामी है। इनमें एक तरह की विचित्रता और विलक्षणता है लेकिन मानवीय पक्ष पर मंटो की अटूट आस्था की वजह से ये चरित्र जितने विलक्षण है उतने ही मानवीय भी।

नैतिकता के प्रचलित चालू प्रतिमानों का विरोध करने के बावजूद मंटो गहरे अर्थों में नैतिकता से सम्पन्न हैं। सज्जनता-दुर्जनता के सपाट, एकायामी दिखने वाले चरित्रों के दूसरे पक्षों को उन्होंने उघाड़ा है। *'मेरा नाम राधा है'* में नीलम का चरित्र और *'बाबू गोपीनाथ'* में बाबू गोपीनाथ का चरित्र उदाहरण के लिए देखे जा सकते है। मोपासां की कहानियों की तरह मंटो की कहानियाँ यह एहसास दिलाती है कि यद्यपि ज़िन्दगी में बुराई और कुरूपता है लेकिन मानवता फिर भी सुन्दर है।

मंटो की कुछ कहानियों की बानगी और पहचान अलग ढंग की है। उदाहरण के तौर पर *'शहदौले का चूहा'* और *'शहीदसाज'* देखी जा सकती हैं। *'शहदौले का चूहा'* कहानी का विन्यास जहां फैन्टेसी का है, वहीं *'शहीदसाज'* कहानी का पैटर्न व्यंग्यात्मक है। *'शहदौले का चूहा'* कहानी अंधविश्वासों से ग्रस्त मानसिकता को, उससे उबरने के मानवीय प्रयत्न और उसकी करुण त्रासद परिणति को पाठकों के सामने उभरती है। सलीमा को अपना गुलगूथना बना सा बेटा, जिसके दाहिने गाल पर तिल था, *शहदौले* साहब के मज़ार पर उनके सेवकों को देना पड़ा। बाद में अपने बेटे को *शहदौले* के चूहे के रूप में रूपांतरित हुआ देखकर उसका हृदय टीसने लगता है। स्नेह, करुणा और फिर अन्तहीन वेदना में सलीमा अस्तित्व का अर्थ खो बैठती है। सामान्य कथा को *शहदौले* के चूहे की फैटेसी विभिन्न अर्थ-आयामों में रूपायित कर देती है। इसी तरह *'शहीदसाज़'* कहानी शैली-शिल्प की दृष्टि से अपने व्यंग्यात्मक विधान और तेवर की वजह से मंटो की कहानियों में अलग से पहचानी जा सकती है। व्यवस्था की भ्रष्टता को मंटो ने व्यंग्य के औज़ार से जिस कुशलता और कलात्मकता से इस कहानी में छीला है, उतना बहुत कम सध पाता है।

'खुदा की कसम' कहानी में मंटो ने एक स्थल पर लिखा है: 'और पत्रकार, कहानी-लेखक और कवि अपनी कलम उठाए शिकार में व्यस्त थे। लेकिन कहानियों और कविताओं का एक सैलाब था जो उमड़ा चला आ रहा

था। कलमों के कदम उखड़-उखड़ जाते थे, सब बौखला गए थे। इन शिकारी लेखकों को भगाई गयी औरतों में कहानियों नहीं दिखती थीं।' इन पंक्तियों में मंटो ने अपने समय के, अपने में डूबे, वास्तविक संदर्भों से कन्नी काटने वाले पत्रकारों और कहानीकारों पर व्यंग्य ही नहीं किया है, नयी उभरती हुई विषयवस्तु की तरफ़ भी संकेत किया है जिसे लेखक रचना-कर्म संबंधी अपनी पुरानी आदतों की वजह से रचनाओं में बांध नहीं पा रहे थे। जिन कहानी लेखकों का मंटो ने ज़िक्र किया है, वे वही है जिन्हें ज़िन्दा जागती, हाड-माँस की विषय-वस्तु दिखाई नहीं देती। अपने में कैद और कृत्रिम ढंग से अनुभूतियों का तम्बू तानने वाले ऐसे लेखकों की विभाजन के दिनों में बुरी हालत हुई थी। उन्हें समझ नहीं आता था कि वे उस दुनिया को कहानियों में कैसे बाँधे जिनका एक सैलाब-सा उमड़ा चला आ रहा था। यह निश्चय ही अभिव्यक्ति का संकट था: 'कलमों के कदम उबड़-उखड़ जाते थे, सब बौखला गए थे।' ऐसे बौखलाए हुए लेखक कछुआ धर्म निभा रहे थे और अभिव्यक्ति के उस संकट का सामना नहीं कर पा रहे थे जो उनके ऐन सामने था। मंटो ने इस संकट का सीधे-सीधे सामना किया था और इस तरह अपनी कहानी को ही नहीं, उर्दू कहानी को भी एक नयी दिशा दी थी।

मंटो के लिए बंटवारा महज़ एक विषय या घटना नहीं था। विषय और घटना से बढ़कर उनके लिए यह एक जीवित संदर्भ था- सन् 1857 के बाद की कौमी ज़िन्दगी का एक बहुत बड़ा अनुभव, एक जख्म जो उनकी कहानियों में लगातार रिसता रहा। यह संदर्भ और अनुभव ताउम्र उनके कथाकार का पीछा करता रहा और वे उस हौलदार अनुभव को अफ़सानों में ढालते रहे। बंटवारा उन की अन्तश्चेतना का हिस्सा बनता गया। इसने उनके कथाकार को बुरी तरह झकझोर दिया। यह एक बड़ा हादसा ज़रूर था, लेकिन हादसे से कहीं बढ़कर उनके लिए यह एक संकट था जिसमें उन्होंने खुद को अचानक घिरा हुआ महसूस किया था। यह संकट बाहरी भी था और भीतरी भी- पूरे अस्तित्व को चुनौती देने वाला, अन्तरात्मा को झुलसाने वाला, सामाजिक-राजनीतिक-सांस्कृतिक संदर्भों को तार-तार कर देने वाला, पागल बना देने वाला। मंटो ने इस संकट को जितनी तीव्रता में झेला उतना उस समय का कोई और लेखक शायद ही झेल पाया हो।

हम जानते है झेलना और झेले हुए को रचना का हिस्सा बनाना दो अलग बातें हैं। झेलने की आड़ लेकर अक्सर लेखक निजी अनुभवों की स्वायत दुनिया में रमने लगते हैं और वास्तविक संदर्भों को धुंधलाने की छूट ले लेते हैं। इस तरह संदर्भ गायब हो जाता है और रह जाती है निजी अनुभवों की उधेड़बुनें। मंटो

ऐसा नहीं करते। वे एहसास की तीव्रता को, झेलने की ऊष्मा को वास्तविक संदर्भों से जोड़कर, वस्तुस्थिति पर बराबर नज़र रखकर, जिस तरह कलात्मक संतुलन को अर्जित करते हैं, वह उनकी ही ख़ासियत है। इसके लिए एक मुख्य तरीका जो वे अपनाते हैं वह है, कथा के भीतरी आशयों को ध्वनित करने वाली प्रतीक सत्ता का विधान। व्यक्तियों और जगहों को प्रतीक सत्ता में ढालने में वे माहिर हैं। *'टोबा टेकसिंह'* कहानी का रचना-विधान गहन और जटिल है। इसमें उन्होंने प्रतीकों को अभिव्यक्ति के सज्जा उपकरणों के तौर पर नहीं, कहानी के भीतरी विन्यास में से उभरता दिखाया है। इसमें शब्दों की मार दूर तक है। यहाँ बंटवारे के कारण निर्मित पागल की मन:स्थिति के फोकस में बंटवारे को देखा गया है। तर्कसिद्ध ऐतिहासिक प्रक्रिया को अतार्किक होकर देखने की यह कथादृष्टि सांझी संस्कृति और मानवीयता के प्रश्न को बड़ी तीव्रता और तल्खी से सामने लाती है। इस कहानी में टोबा टेकसिह ऐसी अद्‌भुत प्रतीक सत्ता में ढल गया है जो समूची संस्कृति को क्रूर राजनीतिक सत्ता के बरक्स खड़ा कर देती है। कहानी में दो देशों के बीच की जगह- *'नो मैंस लैंड'* भी प्रतीक में ढलती दिखती है। यह वह जगह है जहाँ राजनीतिक क्रूरता का शिकार टोबा टेकसिह चीखता है और पछाड़ खाकर गिर पड़ता है। इसी तरह *'टिटवाल का कुत्ता'* के अलावा *'यज़ीद'*, *'खोल दो'*, *'ठंडा गोश्त'*, *'नंगी आवाज़े'*, *'मोजेल'* आदि कहानियाँ विभाजन के विभिन्न प्रश्नों को उजागर करने वाली हैं। इन कहानियों की बाहरी-भीतरी जाँच, परख-पड़ताल और विश्लेषण के लिए देखिए इसी पुस्तक में मेरा आलेख *'मंटो और विभाजन'*।

मंटो का साहित्य अपने समय और उस समय के लेखन के लिए, साहित्यिक बहसों और चर्चाओं के लिए ही चुनौतीपूर्ण नहीं था, आज भी और आज के हिन्दी, उर्द लेखन के लिए, आज की साहित्यिक बहसों और चर्चाओं के लिए भी चुनौतीपूर्ण है बनावट, कलाबाजी, लफ़्फ़ाजी और छद्म के खिलाफ, आडम्बर और पाखंड को उधेड़ने वाला। मंटो ने न आधुनिकतावादी सांचा कबूल किया, न प्रगतिवादी। वह ज़िन्दगी की ज़ुराब के धागे को एक सिरे से पकड़कर उधेड़ता रहा और उसके साथ हम उधड़ते चले गए।

मंटो और विभाजन

मंटो ने विभाजन को कैसे स्वीकारा या अस्वीकारा, उसकी विसंगति और विद्रूप को कैसे झेला या आत्मसात किया और कहानियों में किस रूप में उतारा, इस पर बात करने से पहले कई बातों पर (जिन्हें मंटो के साथ जोड़ दिया जाता है) बात कर ली जाए।

आइए, पहले यह जानने की कोशिश करें कि विभाजन के ठीक पहले का हिन्दुस्तान उसके लिए क्या था? इसे उसने किस रूप में देखा-पहचाना? जहाँ तक मंटो की जीवनचर्या, घटनाएं और उसके विचार गवाही देते हैं, विभाजन पूर्व का हिन्दुस्तान उसके लिए जातियों, धर्मों, सम्प्रदायों, तहज़ीबों और भाषाओं का मिलन बिन्दु था, जिसके विभिन्न रंगों को उसने अपनी रोज़मर्रा की ज़िन्दगी में देखा ही न था, दिल की गहराइयों से महसूस भी किया था। जालियाँवाला बाग का नरसंहार, विभाजन तक की घटनाओं की जांच उस के भीतर चलती ही रहती थी। यह तो तय है कि साम्प्रदायिक भावना उसमें लेश मात्र भी न थी- रिश्तों में, न दोस्ती में, विचारों, व्यवहारों और आचरणों में भी नहीं। साम्प्रदायिक हिंसा का खंडन करते हुए तब तक वह कई लेख और अफ़साने लिख चुका था। उस दौर की ब्रिटिश कूटनीतियों, कांग्रेसी और मुस्लिमलीगी चालों-कुचालों पर उसकी कड़ी नज़र रहती थी। इस या उस पक्ष के नेताओं के बयानों को अपने विवेक के आधार पर रद्द करने का उसमें साहस था। वह यह सोच भी नहीं सकता था कि मज़हब के आधार पर हिन्दू-मुसलमान को अलग-अलग कौमें मानकर कोई इस मुल्क में से एक और मुल्क खड़ा कर देगा। इसीलिए उसकी मृत्यु के वर्षों बाद उसका दोस्त अहमद नदीम कासमी जब यह जुमला कसता है कि 'मंटो पाकिस्तान की मोहब्बत से सरशार (लबरेज़) होकर लाहौर तशरीफ़ लाए'[1], तो मुझे बड़ी हैरत हुई।

आज जब मंटो को देशों और भाषाओं की सीमाओं से परे विश्व बिरादरी

1. शमशेर हैदर मलिक शजर, नोयदुल हसन (संपादक) ' अहमद नदीम कासमी के साथ इन्टरव्यू, सआदत हसन मंटो- पचास साल बाद, पृ. 207

का हिस्सा माना जा रहा है तब पाकिस्तान के कई अदीब और इंटलेक्चुअल पता नहीं क्यों उसे पाकिस्तानी बनाने पर बज़िद है। वह उसे इस तरह से पेश करने पर तुले हैं जैसे वह पाकिस्तान के निर्णय का हिमायती रहा हो।

और बातों के अलावा इन लोगों ने अगर मंटो की कहानियाँ, खास तौर पर कश्मीर संदर्भ से जुड़ी *'टिटवाल का कुत्ता'* और *'आखिरी सैल्यूट'* ध्यान से पढ़ी होती तो उन्हें मंटो जैसे कलाकार का दृष्टिकोण साफ-साफ नज़र आ जाता। इन कहानियों में न वह हिन्दुस्तानी मंटो है, न पाकिस्तानी मंटो। उसकी वफादारी न हिन्दुस्तान से है, न पाकिस्तान से। उसकी वफादारी इंसानियत से है। उसकी दृष्टि में, एहसास में मज़हब का, रंग का, नस्ल का, देश/राज्य का कोई भेदभाव नहीं दिखता है। ऐसे लेखक को आप ही बताइए, हिन्दुस्तानी या पाकिस्तानी कठघरों में कैसे बांधा जा सकता है?

यह सच है कि बंटवारे से दो-तीन महीने पहले मंटो ने अपनी बीवी और बच्चों को लाहौर भेज दिया था। उन दिनों यह आम और स्वाभाविक-सी बात थी। परिवार के लोगों का और खुद मंटो का उधर आना-जाना लगा ही रहता था। इतनी सी बात को कोई पाकिस्तानपरस्त मंटो के पाकिस्तान प्रेम के हवाले के तौर पर पेश करे तो क्या अजीब नहीं लगेगा? सोचने की बात यह भी है कि उन दिनों किसी के ख्वाबों-ख्याल में भी न था कि लाहौर पाकिस्तान में चला जाएगा। ध्यान दें कि 14 अगस्त, 1947 तक यह सुनिश्चित नहीं था कि लाहौर पाकिस्तान का हिस्सा बनेगा कि हिन्दुस्तान का। पाकिस्तान के लिए मोहब्बत के ज़ज़्बे में वह लाहौर चला गया और परिवार को वहाँ सुरक्षित पहुंचा दिया, ऐसे लचर फतवे देने वालों के लिए क्या कहा जाए?

ग़ौर कीजिए, दो कौमों के सिद्धांत के आधार पर मुल्क के दो टुकड़े होने के बाद भी मंटो ने फौरन पाकिस्तान का रूख नहीं किया था। बम्बई के उसके इन पांच महीनों के आवास का कोई खास आकलन नहीं किया गया है। लाहौर जाने पर मकानात एलॉट होने की बात दोस्तों के बीच, खासतौर पर इस्मत चुगताई से पता नहीं उसने किस मूड में कही होगी मगर लोग-बाग इसे ले उड़े जब कि सच यह है कि वहाँ जाने पर इस तरह की एलॉटमेंट में उसने कोई खास दिलचस्पी नहीं ली। पाकिस्तान जाने से पहले मंटो की इस्मत से ही नहीं, बलवंत गार्गी से भी बातचीत हुई थी। बम्बई से पाकिस्तान जाने का इरादा ज़ाहिर करते हुए उसने गार्गी से कहा था, 'मेरे दोस्त मुझसे पूछते हैं कि मैं पाकिस्तान क्यों जा रहा हूँ? क्या मैं डरपोक हूँ, मुसलमान हूँ लेकिन ये मेरे दिल की बात नहीं समझ सके। मैं पाकिस्तान जा रहा हूँ कि वहाँ की सियासी हरामज़दगियों का पर्दाफाश कर सकूँ और इसमें सन्देह नहीं कि पाकिस्तान जाकर उसने हक़ूमते

वक्त की सियासी हरामज़दगियों का पर्दा चाक किया और इस्लाम की हिफ़ाजत के नाम पर मुल्लई ज़हनीयत के सियासतदानों ने जो रज़्मतपसन्दाना (साम्प्रदायिक) कानून बनाए थे, उन की धज्जियाँ उड़ा दी।

यही वह दौर था जब मंटो रोज़मर्रा के काम करता, दोस्तों से मिलता-जुलता हुआ भी अपने फ्लैट में निपट अकेला हो गया था। अकेलेपन के बारे में उसने बलवन्त गार्गी और अन्य मित्रों से शेयर भी किया था। लाहौर से सफ़िया के खत उसे आते रहते जिनमें वह उसे पाकिस्तान, खासतौर पर लाहौर के हालात के बारे में लिखती रहती, बेशक ज़्यादा तफ़सील से नहीं, यह सोचते हुए कि वह नाहक परेशान होगा। अबू सईद कुरैशी बंटवारे के एक-दो महीने बाद जब अमृतसर गया और उसने वहाँ अपने और मंटो के घर को मलबे के ढेर में तब्दील हुआ देखा तो उसने मंटो को इसकी इत्तिला दी। मंटो का बेचैन हो जाना स्वाभाविक था। ऐसे दहशतनाक दृश्य वह बम्बई में भी देखता रहा था और बुरी तरह विचलित हुआ था। यही वह वक्त था जब दंगों की दहशत को उसने अपनी त्वचा पर रेंगते महसूस किया था। अशोक कुमार के साथ बम्बई की दंगाग्रस्त आबादियों से गुजरते हुए और अपने दोस्त श्याम के साथ दंगा पीड़ित लोगों से घिरे हुए, कत्ल किये जाने के भय के मनोविज्ञान को उसने तभी जाना था।

15 अगस्त 1947 को हिन्दुस्तान आज़ाद हो गया और आज़ाद होने के उसी क्षण में एक मुल्क के दो टुकड़े हो गए- हिन्दुस्तान और पाकिस्तान। मंटो के शब्दों में, 'हिन्दुस्तान आज़ाद हो गया था। पाकिस्तान अस्तित्व में आते ही आज़ाद हो गया था। इंसान राज्यों का गुलाम था। हठधर्मी का गुलाम, मज़हबी जुनून का गुलाम, पशुता और बर्बरता का गुलाम। परिणामस्वरूप दोनों तरफ़ दंगों का, हिंसा और भयावह साम्प्रदायिकता का काला दौर शुरू हुआ जो लगभग छह महीने तक दोनों मुल्कों में चलता रहा। आज़ाद हिन्दुस्तान में, बम्बई में मंटो लगभग पांच महीने रहा मगर हर पल डरा-सहमा जैसे मौत उसका पीछा कर रही हो।' मंटो ने शायद इसीलिए 1947 का ज़िक्र *'तक़सीम'* और *'बंटवारे'* के ताल्लुक से किया, आज़ादी के ताल्लुक से नहीं। यह कैसी 'आज़ादी' थी, जो 'तकसीम' के साथ आई थी, भयावह दंगो में बिंधी हुई। यह कैसी तकसीम थी जिसे आज़ादी कहा जा रहा था? राजनीति के काले बवंडर में आज़ादी और तक़सीम को एक साथ आता देख एक शोकान्तिका के मिले-जुले रंगज़र्रों को देखकर तक़सीम, आज़ादी और दंगों के सम्मिलित प्रभाव को ग्रहण करते हुए उसने लाहौर से चाचा साम के नाम पहले खत (16 दिसम्बर 1951) में गहरी अन्तर्वेदना से लिखा:

'मेरा मुल्क हिन्दुस्तान से कट कर क्यों बना, यह तो आपको अच्छी तरह

मालूम है। यही वजह है कि खत लिखने की जसारत कर रहा हूँ क्योंकि जिस तरह मेरा मुल्क कटकर आज़ाद हुआ, यह बात तो आप जैसे हमादान आलिम से छिपी हुई नहीं होनी चाहिए कि जिस परिंदे को पर काट कर आज़ाद किया जायेगा, उसकी आज़ादी कैसी होगी?' मुल्क के कट कर बनने और कटकर अलग होने के सादे से कथन से मंटो ने 'आज़ादी' के बखिये उधेड़ दिये हैं। मुल्क के कटकर आज़ाद होने से जुड़ा है हर बाशिंदे का मुल्क से कटकर आज़ाद होना, अपनी जगहों, अपनी जड़ों से उखड़ना। कटने के साथ ही जुड़ा हुआ है एक बड़े पैमाने पर लाखों लोगों का तबादला, मुल्क के अंग-प्रत्यंग का कटना, खून से लथपथ होना और उसी के साथ जुड़े हुए हैं खून-खराबे, क़त्लो-गारत और विस्थापन के भयावह दृश्य।

मंटो बड़ी उलझन में हिन्दुस्तान से पाकिस्तान पहुंचा था। उसके सामने पहला सवाल यह था कि वह पाकिस्तान की नयी हु.कूमत के दौर में, नये हालात में खुद को कैसे ढाले? उसे समझ नहीं आ रहा था कि वह कहाँ है, किस मुल्क में है? कल तक जो लाहौर हिन्दुस्तान में था जहां उसने कुछ महीने पहले अपने बीवी-बच्चों को भेजा था, आज वह किस बिनां पर पाकिस्तान है, यह उसके दिल-दिमाग में अंट नहीं पा रहा था। बरसों पहले ज़िन्दगी के शुरुआती दौर में अमृतसर से होते हुए जिस लाहौर में वह आया था और जहां वह कुछ महीने तक आता-जाता रहा, वह लाहौर अगर तब हिन्दुस्तान में था तो छोटे से अरसे में वह पाकिस्तान कैसे हो गया? हिन्दुस्तान में, बम्बई में दंगों की जिस हैवानियत से दहशतज़दा होकर उसने पाकिस्तान में, लाहौर में पनाह ली थी, उसी लाहौर के जलते-झुलसते घरों को वह देखता तो उसे बम्बई के जलते-झुलसते घर याद आ जाते। मंटो के लिए बंटवारा सचमुच एक हौलनाक अनुभव था। इस हौलनाक अनुभव से, उस वक्त, इस तरफ़ से उस तरफ़ और उस तरफ़ से इस तरफ़ के जो लोग गुजरे, उनमें कई भाषाओं के लेखक भी शामिल थे जिन्होंने बेहतरीन कहानियाँ और उपन्यास लिखे। सवाल है कि मंटो इस अनुभव से कैसे गुज़रा और उसने ऐसी अविस्मरणीय कहानियाँ कैसे लिखीं जो भारतीय उपमहाद्वीप की साइकी का अभिन्न हिस्सा बन गयीं?

आइए इस पर थोड़ा विचार करें कि यह कैसे संभव हुआ? उसकी कहानी कला में ऐसी क्या बात है जो उसे दूसरों से अलगाती है?

मंटो ने खुद के बारे में 'सआदत हसन' में लिखा है : 'वह शब्दों के पीछे ऐसे भागता है जैसे कोई जाली शिकारी तितलियों के पीछे। वे उसके हाथ नहीं आती। यही कारण है कि उसके लिखने में सुन्दर शब्दों की कमी है। वह लट्ठमार है, जितने लट्ठ उसकी गर्दन पर पड़े हैं, उसने बड़ी खुशी से सहन किये हैं।'

मंटो लट्ठमार है, मुंहफट और तल्ख ज़ुबान बेशक है लेकिन बेहद संवेदनशील भी है। उसकी गर्दन पर ताउम्र लट्ठ पड़ते रहे, इससे भला कौन वाकिफ़ न होगा? ऐसे आदमी को सुन्दर शब्द मिलें न मिलें, वह सही शब्द पाने की बेचैनी में भागता रहता है और उसकी कीमत चुकाता है। महसूस किये हुए को इस तरह शब्दों में बयान करना कि वह कला बन जाए, क्या छोटी बात है? बाहरी सच और अन्दरुनी सच के द्वंद्व और ताप से तनी यह कला मंटो की खास अपनी है, जिसके तहत बंटवारे का बाहरी हादसा उसके लिए एक अन्रूनी वारदात बन जाता है। इस कला में मंटो की मामूली दिखने वाली भाषा एक खास अंदाज़ में दमकने लगती है।

मंटो की कहानी कहने का अंदाज़ अपना ही है। कहानी कहते हुए वह कहीं का कहीं पहुँच जाएँ, उसकी आंख अपने कथ्य और संवेदना का एकाग्र रहती है। न शब्दों का आतंक न शब्दों की फिजूलखर्ची, न मिलावट, न समझौता। वह यथार्थ को यथार्थ-रूप में, विद्रूप को विद्रूप रूप में दिखाता है। मंटो में देखे और झेले हुए को ठोक बजाकर पेश करने का दम-खम है। मंटो इस शैली का उस्ताद है। इस पर उसके समूचे व्यक्तित्व की छाप है। कई कहानियों के अंत में मोपासां और चेखव का प्रभाव माना जाता है मगर यहाँ भी मंटो अपनी मंटोयत के साथ है। न कोई सरलीकरण न समाहार। वे कहानियों के अंत को तमाम तरह की संभावनाओं के प्रति कुछ इस तरह खुला छोड़ते हैं कि प्रचलित नैतिकता अंतिम साँस लेती दिखती है।

कथ्य और कला के इस बेहद नाज़ुक संतुलन के साथ मंटो विभाजन को लेकर जिस प्रकार खुद से लड़ता रहा, आत्म संवाद और जिरह करता रहा और जिस तीव्रता से हादसे को रूह की गहराइयों तक ले गया, वैसा शायद अन्य कोई लेखक न कर पाया। विभाजन जैसे मंटो की रूह में कील की तरह ठुका हुआ है। इसीलिए *टोबा टेकसिंह, खोल दो, ठंडा गोश्त, मोजेल, डार्लिंग, गुरमुख सिंह की वसीयत, रामखेलावन सौ कैंडल पावर का बल्ब, 'मूतरी' यज़ीद, टिटवाल का कुत्ता, आखिरी सैल्यूट, खुदा की कसम, शरीफन, स्याह हाशिए* जैसी कहानियाँ उस कील की ही नहीं है, उससे पैदा होने वाले जख्म की भी है। ये कहानियाँ राजनीतिक और सामाजिक वहशीपन का शिकार हुए लोगों की तकलीफ़ों की कहानियाँ-भर नहीं हैं, उस वहशीपन से जूझने की चेतना पैदा करने वाली, माननीय पक्ष को दर्दमंदी के साथ पेश करने वाली कहानियाँ भी हैं। इन कहानियों में मंटो ने उन जगहों की निशानदेही की है जहां इंसान सच के साथ अकेला रह जाता है।

मंटो के लिए बंटवारा महज़ एक विषय या घटना नहीं था। उसके लिए

यह एक जलता हुआ संदर्भ ही न था- कौमी जिंदगी का एक दहला देने वाला अनुभव था। यह संदर्भ और अनुभव ताउम्र उसके कथाकार का पीछा करता रहा और वह उस हौलनाक अनुभव को वह अफ़सानों में ढालता रहा। बंटवारा उनकी अन्तश्चेतना का हिस्सा बनता गया। इसने उसके कथाकार को बुरी तरह झकझोर दिया। यह एक बड़ा हादसा ज़रूर था, लेकिन हादसे से कहीं बढ़कर यह उसके लिए एक ऐसा संकट था जिसमें उसने खुद को अचानक घिरा हुआ महसूस किया था। यह संकट बाहरी भी था और भीतरी भी- पूरे अस्तित्व को चुनौती देने वाला, अन्तरात्मा को झुलसाने वाला, सामाजिक-राजनीतिक-सांस्कृतिक संदर्भों को तार-तार कर देने वाला, पागल बना देने वाला। मंटो के लिए यह भयंकर अलगाव का वक्त था जिसके पीछे साम्प्रदायिक दंगों के दौरान पैदा हुई पैशाचिक हिंसा का जबरदस्त रोल था। इस त्रासद बिन्दु पर वह मानवीय क्षति के तीव्र एहसास से गुज़रने लगता है। *'सहाय'* कहानी को ही ले जिसकी पृष्ठभूमि में दंगे हैं, दंगों से बनी मानसिकता है। इस कहानी में दंगों से पैदा हुए सदमे और उनसे जुड़ी प्रतिक्रियाओं की छानबीन की गयी है। दंगों में आत्मीय जनों के मरने की खबरें आपसी संबंधो को उलट-पुलट देती है। मोहब्बत में रसे-बसे दोस्त एक दूसरे के खिलाफ़ खड़े हो जाते हैं। एक संवाद अंश देखिये: 'जुगल मुमताज से कहता है : मैं सोच रहा हूं कि हमारे मुहल्ले में दंगा शुरू हो जाए तो मैं क्या करूंगा? मुमताज ने उससे पूछा- क्या करोगे? जुगल ने बड़ी संजीदगी के साथ जवाब दिया, मैं सोच रहा हूं मैं तुम्हें मार डालूँ।'

इस कहानी का मंटो द्वारा लिखित रेखा-चित्र 'मुरली की धुन' (ताजी का श्याम) के साथ आश्चर्यजनक साम्य है- संवेदनात्मक और वैचारिक धरातलों पर ही नहीं, संवादों की बनावट के धरातल पर भी। रेखा-चित्र का एक अंश इस प्रकार है:

'काफी समय होने पर जब विभाजन होने पर हिन्दु-मुसलमानों में खूनी जंग जारी थी और दोनों ओर से हजारों आदमी रोज़ मरते थे, श्याम और मैं रावलपिंडी से भागे हुए एक सिख परिवार के पास बैठे थे। उसके सदस्य अपने ताजा जख़्मों की दुखद दास्तान सुना रहे थे जो बहुत ही दर्दनाक थी। श्याम उससे प्रभावित हुए बिना न रह सका। वह हलचल जो उसके दिमाग में मच रही थी, उसे मैं अच्छी तरह समझता था। जब हम वहाँ से रूख़सत हुए तो मैंने श्याम से कहा, 'मैं मुसलमान हूँ। क्या तुम्हारा जी नहीं चाहता कि मुझे कत्ल कर दो?'

श्याम ने बड़ी गम्भीरता से जवाब दिया: 'इस वक़्त नहीं लेकिन उस वक़्त जब कि मैं मुसलमानों के ढाये हुए जुल्मों की दास्तां सुन रहा था, तुम्हें कत्ल कर सकता था, श्याम के मुँह से यह सुनकर मेरे दिल को जबरदस्त धक्का लगा।

उस वक़्त शायद मैं भी उसे कत्ल कर सकता था मगर बाद में जब मैंने सोचा और उस वक़्त मैंने ज़मीन और आसमान का फ़र्क महसूस किया तो उन फसादों की भी मनोवैज्ञानिक पृष्ठभूमि मेरी समझ में आ गयी जिसमें रोजाना सैकड़ों बेगुनाह हिन्दु और मुसलमान मौत के घाट उतारे जा रहे हैं। इस वक्त नहीं, उस वक्त हाँ, क्यों? आप सोचिये तो आपको इस क्यों के पीछे इंसान की फितरत में इस सवाल का सही जवाब मिल जायेगा।

इस में संदेह नहीं कि रेखा-चित्र की संवेदना और मंटो के सरोकार *'सहाय'* कहानी में सीधे-सीधे उतरे हैं। मंटो की अनेक कहानियाँ उनकी आत्मकथा का आभास देती है और वास्तव में वे हैं भी। आत्मकथा को कहानी में ढालने की कला जितनी मंटो को आती है उतनी कला का दावा उर्दू, हिन्दी के कम कहानीकार कर सकते हैं। *'सहाय'* कहानी आत्मकथात्मक अंश को कहानी में ढालने की कला का अन्यतम उदाहरण प्रस्तुत करती है।

बम्बई से लाहौर पहुंचने पर मंटो शरणार्थी कैंपों की बदहाली देखकर कांप उठा था। उसने महसूस किया था कि वह खुद मुहाजिर है, वैसे ही जैसे उधर से आए हुए लोग इधर और इधर से गये हुए लोग उधर मुहाजिर हैं। मुहाजिर होने का यह एहसास उसे तोड़ता सताता रहा। *'यज़ीद'* संग्रह की भूमिका *'ज़ैबे कफन'* में वह लिखता है, 'मुल्क के बंटवारे से जो इन्कलाब बरपा, उससे मैं एक अरसे तक बागी रहा और अब भी हूँ। लेकिन बाद में इस खौफ़नाक हकीक़त को मैंने तस्लीम कर लिया, मगर इस तरह की मायूसी को मैंने अपने पास तक न आने दिया। मैंने उस खून के समुद्र में गोता लगाया जो इंसान ने इंसान की रगों से बहाया था और चन्द मोती चुन कर लाया अर्के इन्फियाल के (ग्लानि के आंसू) और मशक्कत के जो उसने अपने भाई के खून के आखिरी कतरा बहाने में सर्फ़ की थी।' यही आंसू *'स्याह हाशिये'* की कहानियों में दाखिल हो गए। यही वे खून सनी राहें थी जिन से होकर वह इधर आया था और इधर भी खून से लथपथ रास्तों को देख वह संतप्त हो उठता। बंटवारे में बंटे-कटे और बेहाल लोगों की चीख पुकार उसे सुनाई देती रहती और देश के नाम पर उसे बेगानापन सालने लगता। अपनी आंखों के ठीक सामने लूटपाट, खूरेज़ी, आगजनी और बलात्कार के स्याह हाशिये में क्रूरता और करूणा, कोमलता और वज्रता के द्वंद्व को जब वह अपने खास अन्दाज़ में वह देखता तो बम्बई की वैसी ही खौफ़नाक यादें उसके दिल-दिमाग से टकराने लगतीं। तेजी से घूमते इन भयावह स्याह हाशियों को उसने गहरी अनुभूति और कलात्मकता से *सफाई पसंदी, हैवानियत, जूता, कसर नफीसी, करामत, मुनासिब कार्रवाई, सदके उसके, तक़सीम* आदि लघुकथाओं में बांधा है। इनमें झुंझलाहट, आक्रोश और दर्दमंदी

के साथ व्यंग्य की तेज धार है। एक-एक त्रासदायी पहलू को, विस्थापन के दुखते-कचोटते अनुभव को एक-एक टुकड़े में, जैसे-एक-एक दृश्य में, पूरी एक कथा-शृंखला में समेटा है। वहशीपन और क्रूरता के भीतर से इंसानी एहसास को टोहने की मंटो की कोशिश, निचली सतहों तक झांककर विसंगतियों की हास्य-व्यंग्यपूर्ण नाटकीय प्रस्तुति मंटो की कहानी-कला और इन्सानपरस्ती का दस्तावेज़ है। इन कहानियों की प्रगतिशील आलोचना के जवाब में मंटो ईंट का जवाब पत्थर से दे सकता था लेकिन वह खामोश रहा और अपनी दानिशमंदी का परिचय दिया। मोहम्मद हसन असकरी ने ठीक ही लिखा है, 'दंगों के विषय में जितना भी लिखा गया है उसमें अगर कोई चीज़ इंसानी दस्तावेज़ कहलाने की अधिकारी है तो ये अफ़साने हैं।'

'ज़ैबे कफ़न' का ज़िक्र आया तो आइए *'यज़ीद'* कहानी पर भी एक नज़र डाल लें। इस कहानी में राजनीतिक और सांस्कृतिक बोध प्रखर और कलात्मक ढंग से उजागर हुआ है। मंटो का विचार था कि दोनों तरफ़ की जनता दो हिस्सों में बंटकर भी सांस्कृतिक धरातल पर एक है। इसी विचार को कहानी के शुरू के ब्यौरों में गया है। करीमदाद के जीना के साथ संदर्भ को पूरे गांव के सूने माहौल से जोड़कर जिस तरह बयान किया गया है उसे मंटो के शब्दों में देखिए, 'दंगों के बाद करीब-करीब एक बरस से सारा गांव कब्रिस्तान-सा बना हुआ था। जब करीमदाद की बारात चली और खूब धूम-धड़क्का हुआ तो गांव के कई आदमी सहम-सहम गए। उनको ऐसा महसूस हुआ कि करीमदाद की नहीं किसी भूत-प्रेत की बारात है। करीमदाद के दोस्तों ने जब उसको यह बात बताई तो वह हंसा। हंसते-हंसते ही उसने एक दिन इसका ज़िक्र अपनी नई-नवेली दुल्हन से किया तो वह डर के मारे कांप उठी। कहानी का विन्यास करते हुए मंटो ने बंटवारे के ऐन बाद के हिन्दुस्तान और पाकिस्तान के तत्कालीन राजनीतिक संदर्भों-संबंधों, गांव के आमलोगों में जंग की अफवाहों और हिन्दुस्तान द्वारा दरिया बंद करने की खबरें सुनकर उनकी गुस्सैल प्रतिक्रियाओं और करीमदाद की राजनीतिक सामर्थ्य का अच्छा उपयोग किया गया है। कहानी की खूबी यह है कि दोनों देशों की सांस्कृतिक एकता की दुहाई दिये बिना वह अपने मंतव्य को यज़ीद जैसे धार्मिक संदर्भ को दो देशों की राजनीतिक परिस्थितियों में जिस कला से पेश करता है, वह यज़ीद जैसे संदर्भ के बहुअर्थी प्रतीक में ढलने की कला का भी उदाहरण है। कहानी के अन्त में करीमदाद कहता है, 'ज़रूरी नहीं यह वही यज़ीद हो, उसने पानी बंद किया था, यह खोलेगा।' बंटवारे की तल्ख हकीकत को अन्ततः तस्लीम करने के बावजूद, मंटो दिल से बंटवारे को स्वीकार नहीं कर पाया था। करीमदाद का अंतिम वाक्य मंटो की निजी ख्वाहिश

की तरफ़ संकेत करता है। ऐसे लेखक को क्या पाकिस्तानी लेखक करार देना युक्तिसंगत है, खास तौर पर इस आधार पर कि उसने अपनी ज़िन्दगी के पांच सात साल पाकिस्तान में बिताए।

मंटो की शिखर कहानियाँ *'टोबा टेक सिंह'*, *'खोल दो'*, *'ठंडा गोश्त'* उस अवधि में लिखी गयीं कहानियाँ हैं जब मंटो सचमुच पागल हो गया था, दो बार उसे पागलखाने में दाखिल होना पड़ा था। बाहर व्याप्त पागलपन को, दहशत के अनगिन रूपों को इन्हीं दिनों उसने अपने अंतरंग का हिस्सा बनते देखा था। *'टोबा टेक सिंह'* कहानी ही लें जो विभाजनजन्य मंटो की मनोदृष्टि के कई पहलुओं को एक साथ खोलती है। इसमें शब्दों की मार बहुत दूर तक है। तर्क सिद्ध ऐतिहासिक प्रक्रिया को अतार्किक होकर देखने की यह कथा-दृष्टि सांझी संस्कृति और मानवीयता के प्रश्न को बड़ी तीव्रता और तल्खी से सामने लाती है। *'टोबा टेकसिंह'* और ज़मीन का वह टुकड़ा जिसका कोई नाम नहीं, महज़ शब्द नहीं है। ये कौमों, जातियों और संस्कृतियों के आर-पार ले जाते हैं जहां निपट एक मनुष्य है जड़ों के साथ दरख्त-सा निश्चल। रिल्के के शब्दों में, 'दरख्त जिसे में देखता रहा, मेरे भीतर उगने लगा है।' शब्दों को थोड़ा बदलकर कहें तो कहानी पढ़ते हुए एक दरख्त-सा हमारे भीतर उगने लगता है और उसके साथ विभिन्न संदर्भ, अर्थ और उनकी अनुगूंजें हमारी चेतना में लिपटती जाती हैं और हम देखते हैं समूची संस्कृति और विरासत को अपने में समाये, विद्रूपता और विसंगति के दौरों से गुज़रता हुआ टोबा टेकसिंह क्रूर राजनीतिक सत्ता के बरक्स खड़ा हो जाता है, दरख्त-सा गुमसुम, चुपचाप जैसा कि अभी हमने संकेत किया है। इस कहानी में ज़मीन का वह टुकड़ा जिसका कोई नाम नहीं यानी *'नो मैंस लैंड'* वह जगह है जहां राजनीतिक दुष्चक्रों का शिकार टोबा टेक सिंह चीखता है और पछाड़ खाकर गिर पड़ता है। उसकी चीख के साथ दो राष्ट्र का सिद्धांत बेदम हो जाता है। लगता है जैसे अँधेरा अपनी तमाम परतों के साथ चीखने लगा हो, सन्नाटा हिलने लगा हो और उस चीख की अनुगूंज हमारे आसपास फैलती हुई हमारे भीतर से उठने लगी हो। ध्यान दें, यह चीख अपने ही घेरे में दुबके और सहमे हुए व्यक्ति की नहीं है। उस व्यक्ति की है जो घेरे से बाहर आने के लिए अपने व्यक्तित्व को कई संदर्भों और अर्थों में पहचानने की कोशिश करता है।

मंटो बंटवारे से जुड़े ऐतिहासिक तथ्यों को नहीं उठाता। यह उनका तरीका नहीं है। घटना कैसे पूरी मानसिकता को घेर लेती है, मानवीय व्यवहारों को किस हद तक प्रभावित करती है, कैसे एक अन्दरुनी वारदात बन जाती है- इसका गहरा मनोवैज्ञानिक चित्रण इस ढंग की कहानियों में किया गया है। *'खोल दो'*

कहानी भी बंटवारे के ब्यौरे नहीं देती बल्कि बंटवारे के क्रूर परिणामों को झेलने से बनी पात्रगत मन:स्थिति को ऐसी तल्खी से उभारती है कि बंटवारे की मानव विरोधी भूमिका एहसास के रूप में उभरनी शुरू हो जाती है। बूढ़ा सराजुद्दीन अपनी जवान इकलौती बेटी सकीना को ढूंढ़ता फिरता है। आखिर उसे सकीना मिलती है अस्पताल में। डॉक्टर के सराजुद्दीन से यह कहने पर कि *'खिड़की खोल दो'* सकीना के मुर्दा जिस्म में जुंबिश हुई। बेजान हाथों से उसने अज़ारबन्द खोला और सलवार नीचे सरका दी। बुढ़ा सराजुद्दीन खुशी से चिल्लाया, 'ज़िन्दा है- मेरी बेटी ज़िंदा है।' डॉक्टर सिर से पैर तक पसीने में ग़र्क को गया। डॉक्टर के साधारण से वाक्य की जो प्रतिक्रिया सकीना पर हुई, वह उसकी अकथनीय यातना के इतिहास को- अपने ही हम-मजहब रज़ाकारों द्वारा बार-बार बलात्कार किये जाने के तथ्य को एक ऐसे बिन्दु पर तान देती है कि हमारे आचरण और व्यवहार की नंगई उघड़ आती है। मुमताज शीरी ने इसीलिए *'खोल दो'* को जबरदस्त अफ़साना माना है। उनके शब्दों में *'खोल दो'*, 'फसादात' पर लिखे गये बेहतरीन अफ़सानों में से एक है। इस के अंत का प्रभाव इतना ज्यादा है कि अफ़साने के दूसरे सारे ब्यौरे महत्वहीन और भूल जाने लायक मालूम होते हैं।' सराजुद्दीन की अंतिम प्रतिक्रिया और डॉक्टर का सकीना की हरकत को देखकर पसीने से गर्क हो जाना बंटवारे से जुड़े स्वप्न और दु:स्वप्न, कृति और विकृति पर सार्थक टिप्पणियां हैं।

विभाजन जैसी घटना के परिणामस्वरूप मानवीय आचरण को, मनोविकारों और मनोदशाओं को किस हद तक अपनी गिरफ़्त में ले लिया था, *'ठंडा गोश्त'* कहानी उस ओर संकेत करती है। इस कहानी पर अश्लीलता का आरोप लगा था। मुकदमा भी चला। मंटो ने अपनी सफाई में तहरीरी बयान देते हुए कहा था, असल बात यह थी कि ईशर सिंह एक जबरदस्त वासना संबंधी शॉक का शिकार हो जाता है जिसके कारण उसकी मर्दानगी को लकवा सा मार गया था। वह लूटमार के दौरान कत्ल-व-गारत करने के बाद एक नौजवान मुस्लिम लड़की को उठा लाया था कि बदले के लिए वह इससे सहवास सुख प्राप्त करे, मगर जब उसने ऐसा करना चाहा तो उसे मालूम हुआ कि लड़की तो दहशत के मारे उसके कंधों पर ही मर चुकी है। उसके सामने एक ठंडी लाश पड़ी थी। इसका ईशरसिंह पर इतना भयानक असर पड़ा कि वह सहवास की दृष्टि से नामर्द हो गया।

कह दिया जाता है कि *'ठंडा गोश्त'* कहानी यौन मनोविज्ञान के एक बिन्दु के इर्द-गिर्द घूमती है। पर इतना कहना काफी नहीं है और न ही कहानी को पूरी तरह समझना है। यौन मनोविज्ञान के जिस बिन्दु की चर्चा की जाती है,

उसके पीछे कहानी में विभाजन की विभीषिका का एक बहुत बड़ा संदर्भ काम कर रहा है। लड़की के लाश में तब्दील होने के सच को दंगों की दहशत से कैसे अलगाया जा सकता है? ध्यान देने की बात है कि लड़की दहशत के मारे उसके कंधों पर दम तोड़ती है और ईशरसिंह के सहवास सुख प्राप्त करने की नीयत से लड़की की ठंडी लाश पर झुकने से उसकी मर्दानगी गायब हो जाती है। ठीक है कि कत्ल-व-गारत ने, लूटपाट ने ईशरसिंह पर कोई असर नहीं किया था। यह सचमुच एक दर्दनाक तस्वीर है कि बर्बरता और हैवानियत की तमाम हदें पार करने के बावजूद उसमें इंसानियत की संवेदना बची रही।

इस दृष्टि से मंटो की कहानी *'टिटवाल का कुत्ता'* से जरा गुज़र जाइए: 'मोर्चा संभाले हिन्दुस्तानी और पाकिस्तानी एक कुत्ते के भौंकने की आवाज़ चपड़ झुन झुन सुनते हैं। इधर के लोगों को शक है कि कहीं यह पाकिस्तानी तो नहीं और उधर के लोगों को शक है कि कुत्ता हिन्दुस्तानी तो नहीं। इसी चक्कर में कुत्ता दोनों तरफ़ की गोलियों का शिकार बनकर दम तोड़ देता है। एक जवान अपने बूट की एड़ी से ज़मीन खोदते हुए कहता है, 'अब कुत्तों को भी या तो हिन्दुस्तानी होना पड़ेगा या पाकिस्तानी। टिटवाल के कुत्ते की तरह क्या आम हिन्दुस्तानी और आम पाकिस्तानी को कल की तरह आज भी राजनीतिक वहशीपन का शिकार बने रहना पड़ेगा? मंटो ने कौम और जाति से जुड़े तिलमिला देने वाले ऐसे प्रश्न अपनी कहानियों में खड़े किये हैं जो आज नए रूपों में नए विमर्श की माँग करते हैं।

हिन्दुस्तान में और पाकिस्तान में भी, विभिन्न भाषाओं में विभाजन की त्रासदी को लेकर अनेक कहानियाँ लिखी गयीं, मगर मंटो की बात ही और है। वे चित्रण करते हुए स्थिति या पात्र को बाहरी और भीतरी तौर पर सामने ला खड़ा करते हैं। उनके शब्दों से गहरी बेचैनी झांकने लगती है। इससे पहले कि शब्दों से लावा फूटने लगे, वे हमें बाहरी-भीतरी विसंगति और विद्रूप का हिस्सा बना देते हैं और साम्प्रदायिकता और राष्ट्रवाद पर पुनर्विचार के लिए प्रेरित करते हैं। *'नंगी आवाज़ें'* कहानी में बंटवारा ऊपर से कहीं नहीं दिखता लेकिन वह इस तरह की कहानियों के भीतर दुबक कर बैठा हुआ है और पात्रों के व्यवहारगत आचरणों और हरक़तों में उभर आया है। इस कहानी में शरणार्थियों की एक कालोनी का चित्रण है जहां लोग पशुओं-सा जीवन बिताने पर विवश हैं और टाट के परदों की आड़ में यौन संबंध स्थापित करते हैं। पर भोलू क्या करे? आसपास की नंगी आवाज़ें उसकी मानसिकता को बुरी तरह झकझोर देती है और वह अपनी पत्नी से यौनसंबंध कायम नहीं कर पाता। पत्नी उसे नपुंसक करार देती है। उसका संतुलन बिगड़ जाता है। अब वह नंग-धडंग, बाजारों में घूमता फिरता

है। कहीं टाट लगा देखता है, तो उसे उतार कर टुकड़े-टुकड़े कर देता है। उसकी यह प्रवृत्ति व्यवस्था के प्रति उसक आक्रोश और विद्रोह को व्यक्त करती है। भोलू के व्यवहार और मानसिकता को पूरे माहौल का गलाज़त के संदर्भ में ही समझा जा सकता है।

विभाजन को न्यायसंगत ठहराने के लिए दंगों की राजनीति को जिस तरह बढ़ावा दिया गया था, मंटो उसके सरासर विरोध में था। विभाजन के बाद दंगों को जिस क्रूरता से अंज़ाम दिया गया, उसे मंटो ने नजदीक से देखा था। दंगों के दौरान व्यक्ति का व्यवहार और आचरण कैसे बदलता है, उसका मनोविज्ञान किन विरोधी ध्रुवों को छूने लगता है, इसे उसने अपने दोस्तों एवं संबंधियों की प्रतिक्रियाओं में झलकता देखा था। घटनाओं और प्रसंगों में लिपटे हुए क्रूर से कोमल से कठोर, एक साथ मानवीय और अमानवीय, लगाव और अलगाव के जिन अद्भूत रूपों से वह गुजरा, उनका कथात्मक विन्यास *'गुरमुख सिंह की वसीयत', 'शरीफन'* और *'रामखेलावन'* जैसी कहानियों में हुआ है। *'गुरमुख सिंह की वसीयत'* और *'शरीफन'* दहशतनाक प्रसंगों की मार्मिक कहानियाँ हैं। इनमें जहां भयावह दंगों के बीचोंबीच मानवीय उपस्थिति और सरोकार को रेखांकित किया गया है वहीं *'रामखेलावन'* कहानी में दंगों से निर्मित माहौल और मानसिकता तथा उसके तीव्र प्रतिरोध का चित्रण हुआ है धोबी रामखेलावन और नैरेटर के ज़रिए : 'रामखेलावन ने वार करने के लिए डंडा उठाया- एकदम उसकी आंखें सिकुड़ीं और फैली। डंडा हाथ से गिरा। उसने करीब आकर मुझे गौर से देखा और पुकारा, 'साब', फिर वह अपने साथियों की ओर देख कर बोला : 'यह मुसलमान नहीं- यह मेरा साब है, बेगम साब का साब। वह मोटर लेकर आया था- डॉक्टर के पास ले गया था. . .जिसने मेरा जुलाब ठीक किया था।' दंगों के दिनों में लगाव और अलगाव के जिन जबरदस्त आघातों से मंटो गुजरा था, उनमें बहुत संभव था, वह अपना इंसानी सरोकार गँवा बैठता, लेकिन इन कहानियों से पात्रों का सहानुभूति से लबरेज़ आचरण यह बताता है, विपरीत सी परिस्थितियों में भी उसने मानवीय दृष्टिकोण को तिलांजलि नहीं दी। अमानवीय और पागल बना देने वाले अन्तः बाह्य संघर्षों से गुजर कर एक तरफ़ वह जंग खाई नैतिकता को ध्वस्त करता रहा, दूसरी तरफ़ दंगों की वहशत और दहशत का तीव्रता से विरोध करता रहा।

मंटो को इंसान अपनी असली शक्ल ही में कबूल है चाहे वह कैसी भी हो। वह देख चुका है कि इंसान की इंसानियत बड़ी सख्त जान है कि उसकी बर्बरता भी इस इंसानियत को खत्म नहीं कर सकती। इस दृष्टि से *'मोज़ेल'* कहानी से गुजर जाईए। इस कहानी में मोजेल के चरित्र की विचित्रता पर जोर

बेशक हो, चरित्र के ज़रिये दंगो की सीवने उधड़ने लगती है। वह यहूदी औरत *'मोज़ेल'* जो अपने व्यवहार में निहायत सामान्य-सी लगती है, आगे बढ़कर तरलोचन और उसकी मंगेतर कृपाल कौर को दुश्मनों के चंगुल से बचाती है और उनकी खातिर अपनी जान दे देती है। धार्मिक आडम्बरों, रूढ़ियों और रस्मों को तोड़ती हुई वह एक शिद्दत भरी मानवीय उपस्थिति का एहसास जगाती है। दंगों से बुरी तरह प्रताड़ित अवचेतन उसे धिक्कारता-लताड़ता रहता। वह सोचने लगता कि यहाँ से वह जाए तो कहाँ जाए? अपने तौर पर वह बेहद बेचैन हो जाता। मुल्की, गै़र मुल्की होने के संदर्भ उसे काटते-चीरते रहते। वह साँस लेने की अपनी जगह, अपनी स्पेस तलाशता रहता। वह बुरी तरह विचलित हुआ कि बंटवारे ने हमारे सांस्कृतिक और सामाजिक आधारों को बुरी तरह हिला कर रख दिया है, मानवीय मूल्यों की हमारी धारणाओं को खंडित कर दिया है और हम भौचक्के से अपनी ज़मीन से उखड़े हुए संबंधहीनता और मूल्यहीनता के गहरे गड्ढे में गिरते जा रहे हैं। दूसरे शब्दों में हम अपने पैरों तले की ज़मीन के खिसकने के संकट से गुज़र रहे थे। मंटो ने इस संकट को शिद्दत से महसूस ही नहीं किया था, इसे गहराई से समझा भी। *'सहाय'* कहानी के आरंभ में मंटो ने लिखा है: 'यह मत कहो कि एक लाख हिन्दू और एक लाख मुसलमान मरे हैं, यह कहो कि दो लाख इंसान मरे हैं और यह इतनी बड़ी ट्रेजडी नहीं कि दो लाख इंसान मरे हैं। ट्रेजडी असल में यह है कि मरने से मारने वाले किसी भी खाते में नहीं गये। एक लाख हिन्दू मारकर मुसलमानों ने यह समझा होगा कि हिन्दू मज़हब मर गया है। लेकिन वह ज़िन्दा है और ज़िन्दा रहेगा। इसी तरह एक लाख मुसलमान कत्ल करके हिन्दुओं ने बगलें बजाई होंगी कि इस्लाम खत्म हो गया है। लेकिन असलियत आपके सामने है कि इस्लाम पर एक हल्की सी खरोंच भी नहीं आई- वे लोग बेवकूफ हैं जो समझते हैं कि बंदुकों से मज़हब शिकार किये जा सकते हैं- मज़हब, दीन, ईमान, धर्म, यकीन, विश्वास- ये जो कुछ भी है हमारे ज़िस्म में नहीं आत्मा में होते हैं- छूरे-चाकू और गोली से ये कैसे फ़ना हो सकते हैं?' यह सरल, सीधी और सद्‌भावनापरक इंसानियत का बयान नहीं है। यह इंसानियत हैवानियत के साथ है बल्कि उसके बावजूद है। यह मानवीय दृष्टि उन्होंने संकट को झेलते हुए अर्जित की है जो उनकी सभी कहानियों में मिलेगी।

मंटो के लिए तक़सीम और तक़सीम से जुड़ी कहानियाँ घटनाओं या दुर्घटनाओं का आकलन-भर नहीं हैं, इतिहास का एक जलता हुआ टुकड़ा है जो उसकी रूह में दाखिल हो गया, जिसने उसे बुरा तरह झुलसाया, तड़पाया, कभी-कभी धधकाया भी। रूह को जख्मी कर देने वाली यह तकलीफ उसका

ताउम्र पीछा करती रही, उसके चेतन-अवचेतन को बार-बार घेरती रही और वह इंसान के लिए बची-खुची गुंजाइश को बचाये रखने के लिए कहानियाँ लिखता रहा। उस भयावह परिवेश में भी उसने मानवीय आचरण और सरोकार को ओझल नहीं होने दिया। शब्दों में छिपी धमके और अनुगूंजे यहाँ मानवीय तकलीफ के रेश-रेशे में जज्ब हो गयी हैं। भयावह सच, सन्नाटे और चीख को जिन रूपों में मंटो ने उन दिनों महसूस किया था, वह इन कहानियों के बोध और बुनतर का हिस्सा हैं। इन कहानी में उसका टीटमेंट अलग है। हर कहानी दूसरी से जुदा है। इन कहानियों में उस ने खुद को कहीं भी दोहराया नहीं है, न वस्तु में, न शिल्प में, न भाषा में। मंटो ने कहीं गहरे में अपने भीतर एक ही सभ्यता और संस्कृति के संस्कारों और सरोकारों को ढहते हुए महसूस किया था और अपनी उस पीड़ा को उसने बड़ी शिद्दत, प्रामाणिकता और तटस्थता से इन कहानियों में एक बड़े फलक का हिस्सा बना दिया। एक दुर्घटना बाहर, वही दुर्घटना रूपांतरित होकर भीतर शब्दों में प्रवेश करती, उच्च कोटि के अफ़साने का रूप धरती, एक बड़ी त्रासदी को हमारे अन्दरुनी कोने तक ले जाती हमें आन्दोलित करती। मंटो की कहानियों में यह पीड़ा सन्नाटे के साथ है- एक बड़ी त्रासदी का एहसास कराती। यह एक चीख है विभाजन के अंधेरे में, जिसकी सैंकड़ों ध्वनियों को उसकी कहानियों में सुना जा सकता है। विभाजन पर जो साहित्य लिखा गया, पेंटिंग और फिल्म या वृत्तचित्र बनाए गए, जो छवि-चित्र उकेरे गए, उनमें मंटो के अफ़साने खुद-ब-खुद फोकस में आ जाते हैं, रेखांकित हो जाते हैं। कई बार मैं सोचता हूँ क्या टोबा टेकसिंह को शब्दों में चित्रित पाब्लो पिकासो की *'गोरेनिका'* नहीं कहा जा सकता? क्या यह विभाजन की त्रासदी का एक समूचा चित्र नहीं है? क्या सतीश गुजरात की विभाजन संबंधी पेंटिंग सीरीज़ को देखते हुए *'टोबा टेकसिंह', 'खोल दो'* की मन:स्थितियां और शब्द-बिम्ब याद नहीं आ जाते? सतीश गुजराल की पार्टीशन सीरीज की पेंटिंग्ज को देखना मेरे लिए कला और इतिहास का एक मिला-जुला अनुभव रहा था। अभी कुछ दिन पहले उनकी आत्मकथा में उन पेंटिंग्ज के प्रिंट्स देखे तो मुझे पेटिंग्ज याद आ गयीं। उन्हें देखने के बाद मुझे लगा कि सतीश ने रेखाओं और रंगों में विभाजन की बात को, दहशत और उसके अनेक रूपाकारों को मानवीय तकलीफ़ के रेशे-रेशे को जिस तरह अभिव्यक्त किया है, वह लेखकीय सरोकारों से जुड़ता है। लेखकों ने शब्दों में छिपी धमकों और अनुगूंजों से जो व्यक्त किया है, उसे सतीश की रेखाओं और रंगों में सुना जा सकता है। खूरंजी, बलात्कार के हादसों को ही नहीं, लुट-पुट जाने के, सब कुछ खो जाने के बाद की दारुण और हौलनाक हालत की अन्दरूनी परतों को, सतीश ने धंसती और सिकुड़ती हुई रेखाओं और रंगों की

बुनतर में पेश किया है। ऐसी कलाकृतियों और कहानियों के सामने इतिहास बहुत पीछे छूट जाता है, कभी-कभी अधूरा और अदना-सा लगता है और दूसरे ही पल मंटो और उनके साथी कहानीकारों की स्मृतियों का कथा-सिलसिला इस तरह चलना शुरू हो जाता है कि इतिहास की खाली जगहें भरती दिखती हैं। हमारे विचार में मंटो की कहानियों को लेकर इस तरह की बहस की शुरूआत की जा सकती है।

आज के वक़्त में जब हम विभाजन की खाई को भयानक रूप में चौड़ा होते हुए, नरक की गहराईयों में धंसता हुआ देख रहे हैं और विस्थापन के कई सिलसिलों से खुद को घिरे महसूस कर रहे हैं तो विभाजन और मंटो की याद आती ही है। साम्प्रदायिक दंगों की दहशत और दुश्मनी को, मंटो की तरह, एक बड़े फलक पर बेशक नहीं लेकिन ज्यादा विविध धरातलों पर, अपने घरों की चौखटों तक फैला हुआ हम देख रहे हैं। कहना न होगा कि तमाशाई बढ़ गए हैं और बुरी तरह उलझे हुए खूनी माहौल में फटकार कर सच कहने वाला एक भी नहीं है। इमरजेंसी के दौर के दमन के काले धब्बे, 1984 की वीभत्स त्रासदी, बाबरी मस्जिद का ध्वंस, गुजरात के दंगे और छोटे बड़े महानगरों और कस्बों में रोज़-ब-रोज़ होते फ़साद, लगतार फैलते स्याह हाशिए आखिर हमें किस तरफ़ धकेल रहे हैं? इन पर छुट-पुट कहानियाँ, उपन्यास, कविताएँ ज़रूर लिखी गयीं, लेकिन आप ही बताइए क्या *'टोबा टेक सिंह'*, *'खोल दो'*, *'टिटवाल का कुत्ता'*, *'शरीफन'*, *'नंगी आवाज़ें'*, *'आखिरी सैल्यूट'* जैसी बड़ी रचनाएँ लिखी गयीं? पाकिस्तान जाकर जैसे मंटो ने उस वक्त के हुक्मरानों की सियासती हरामज़दगियों और कट्टर मज़हबी मानसिकता को साहस से तार-तार किया, क्या वैसा साहस हमारे वक्त के लेखक दिखा पा रहे हैं? दोस्तों, अगर आप सुनना चाहेंगे तो आज भी *'टोबा टेक सिंह'* के बिशनसिंह की आवाज़ सुनाई देगी, 'खोल दो' की सकीना की शर्मसार कर देने वाली हरक़त, दंगों से दहशतज़दा होकर मर्दानगी गवाँ बैठाने वाली ईशर सिंह की मन:स्थिति आपको दिखनी शुरू हो जाएगी। आपको महसूस होने लगेगा कि आप मंटो और उसकी कहानियों के पात्रों से घिर गए हैं। बचाव का और कोई रास्ता नहीं है, सिवा सामना करने के जैसा मंटो ने किया और उसकी कीमत चुकाई। तीखा-सा सवाल यह है कि क्या हम रगों तक खिंच आए साम्प्रदायिक विभाजन का सामना करने के लिए, उसकी बेखौफ़ अभिव्यक्ति की कीमत चुकाने को तैयार हैं? दोस्तों, जरा सोचिए, वक़्त रहते कुछ करिए, यह विकट दौर और मंटो हमसे जवाब माँग रहा है।

रोज़ एक कहानी और मंटो

सृजनात्मक लेखन में प्रतिभा बड़ी और बुनियादी चीज़ बेशक है, लेकिन कम कला-क्षमता वाले लेखकों के हाथ में बेजान-सी हो जाती है। ठीक है कि प्रतिभा के बिना कोरा अभ्यास दूर तक साथ नहीं देता और जिसे अभ्यास कहते हैं, देखा जाए तो वह रचना-कौशल ही है। उर्दू में इसे 'मश्के-सुखन'-कहने का अभ्यास या कौशल कहा गया है। इसे शायरी या कथा-कथन की महारत भी कहा जा सकता है। दरअसल, प्रतिभा और अभ्यास मिलकर सृजन को उच्च स्तर तक ले जाते हैं, ले जा सकते हैं।

किसी बड़ी कृति के संदर्भ में यह कहना मुश्किल है कि प्रतिभा का रोल कहाँ खत्म हुआ और अभ्यास या रचना-कौशल ने कहाँ पाँव जमाने शुरू किए। दोनों एक-दूसरे में घुल-मिलकर, मिल-जुलकर ही रचना को सँवारते-निखारते और कृति को आकार देते हैं। यह एक ऐसा खेल है जिसके एक नहीं कई रंग हैं, एक नहीं कई ध्वनियाँ हैं, एक नहीं कई कोण हैं। प्रतिभा और अभ्यास के इस खेल को हर लेखक अपने-अपने तरीके से खेलता है- कभी खुद को तो कभी कृति को केंद्र में रखकर। ऐसे लेखक भी हैं जो अपनी रचना-प्रक्रिया की भनक तक नहीं पड़ने देते- कहते कुछ हैं, दिखाते कुछ हैं और करते कुछ और ही हैं। किसी लेखक की रचना-प्रक्रिया के रहस्यों को इन सबके बीच से ही पाना होता है। यही इसकी जटिलता है। सआदत हसन मंटो जैसे लेखक को लें जिन्होंने प्रतिभा और अभ्यास के इस मिले-जुले और अजीबोगरीब खेल को अपनी शर्तों पर, अपनी तरह खेला है। एक जगह उन्होंने लिखा है कि शराब की तरह अफ़साना लिखने की उन्हें लत पड़ी हुई है। अफ़साना न लिख पाने की सूरत में उन्हें महसूस होता है कि जैसे उन्होंने कपड़े न पहने हुए हों या गुसल न किया हो या शराब न पी हो। मंटो ने जो कालजयी कहानियाँ लिखी हैं, उन्हें देखते हुए उनका यह मानना 'मैं अफ़साना नहीं लिखता, हक़ीकत यह है कि अफ़साना मुझे लिखता है', सही लगता है। देखने की बात यह है कि यहाँ मंटो और अफ़साना एक साथ हैं। अहमियत अफ़साने की ही है, पर मंटो भी कम

नहीं हैं। इसमें शक नहीं कि उन्होंने लगातार लिखते हुए अपनी प्रतिभा और कला को कहानियों में निचोड़ दिया और कहानियों में जहाँ वे सृजन की बुलंदियों को छूते रहे, वहीं औसत, साधारण-सी दिखने वाली कहानियों में भी ज़िंदगी की सच्चाइयाँ गूथते रहे और अफ़सानों में अपने सृजनात्मक व्यक्तित्व के हर पहलू को इस तरह उजागर करते, गोया ज़िंदगी की जुर्राब के धागों को उधेड़ रहे हों।

1990 में मैंने *'सआदत हसन मंटो की कहानियाँ'* और 1991 में *'सआदत हसन मंटो के नाटक'* जैसी दो बड़ी किताबें संपादित की थीं, जिनकी हिंदी और उर्दू के साहित्यिक क्षेत्रों में व्यापक चर्चा रही। पाठकों का एक बड़ा समुदाय इन कहानियों और नाटकों से विचलित, उद्वेलित और प्रेरित होता रहा है। भारतीय भाषाओं और विश्व की कई भाषाओं के रचनाकारों तक जब ये कहानियाँ अनूदित होकर पहुँची तो वे मंटो की कहानी-कला से बेहद प्रभावित हुए। मैं स्वयं उनकी कहानियों से रचनात्मक स्तर पर बिंधा रहा हूँ- कभी *'एक अग्निकांड जगहें बदलता'* जैसी लंबी कविता लिखते हुए तो कभी *'टोबा टेकसिंह'* से प्रेरित होकर *'नो मैंस लैंड'* नाटक लिखते हुए। बहरहाल, मंटो भारतीय उपमहाद्वीप की अंतश्चेतना (साइकी) का स्थायी हिस्सा बन चुके हैं। यह तो है ही कि हम उन्हें बीसवीं शताब्दी के एक बड़े लेखक की हैसियत से आज भी अपने साथ महसूस करते हैं। इसमें संदेह नहीं कि आने वाली पीढ़ियाँ अपने समय और परिस्थिति में उनकी कहानियों के नए पाठ तैयार करेंगी।

विश्व-संदर्भ में और भारतीय संदर्भ में भी कहानीकार के नाते मंटो का जायज़ा लेने की कोशिश उनकी केवल शिखर समझी जाने वाली कहानियों के सहारे संभव नहीं है। इसके लिए ज़रूरी है कि उनकी शिखर कहानियों के साथ-साथ नितांत साधारण समझी जाने वाली कहानियों और उनके ऐसे कथा-दौरों (जब उन पर सर्वाधिक दबाव रहे) को भी ध्यान में रखा जाए। ऐसी कुछ कहानियाँ और दौर जब मेरी नज़र से गुजरे तो मुझे लगा कि इनके ज़रिए मंटो को, उनकी कहानियों, रोजमर्रा की उनकी मन:स्थितियों और रुझानों को एक साथ समझने में रोज़ एक कहानी से मदद मिल सकती है।

मंटो की रचना-प्रक्रिया पर बहुत कम लिखा गया है, उस पक्ष पर तो बिल्कुल नहीं, जब वे रोज़ एक कहानी लिखते थे। रोज़ लिखी जाती ये कहानियाँ बहुचर्चित या बड़ी बेशक न हों, लेकिन रोज़ लिखी जाने की एकमात्र वजह से इनकी तरफ़ ध्यान आकृष्ट होना स्वाभाविक है। मेरे विचार में मंटो के रचना-मन को समझने के लिए अन्य बातों के साथ-साथ इन कहानियों का संदर्भ लेना ज़रूरी है। उनकी कहानियों के दो ऐसे दौर हैं, जब वे रोज़ एक कहानी लिखते थे। आप इन्हें उनकी कहानियों के दो सिलसिले भी कह सकते हैं- पहला

सिलसिला : 23 जुलाई, 1950 से 31 जुलाई, 1950 तक यानी 'गोली' से 'शारदा' तक कुल सात कहानियाँ, और दूसरा सिलसिला : 11 मई, 1954 से 1 जून, 1954 तक यानी 'बाई-बाई' से 'अनारकली' तक कुल उन्नीस कहानियाँ। सवाल है कि ऐसी क्या बाध्यता थी कि उन्हें रोज़ एक कहानी लिखनी ही पड़ती थी? क्या कहानी कहने के भीतरी, रचनात्मक दबाव उनसे रोज़ एक कहानी लिखवाते थे? क्या पत्रिकाओं के तक़ाजों से तंग आकर वे रोज़ कहानी लिखने बैठ जाते थे? क्या बीवी-बच्चों की ज़रूरतों को पूरा करने के लिए या शाम को शराब पीने की तलब उनसे ऐसा करवाती थी? क्या वे इतने खस्ता-हाल हो गए थे कि रोज़ पीने के लिए उन्हें रोज़ कुआँ खोदना पड़ता था? इन सवालों का सीधे-सीधे कोई एक जवाब नहीं हो सकता। संभव है कि कहानी लिखने के भीतरी दबाव और संपादकों के तकाज़े मिलकर उन्हें रोज़ एक कहानी लिखने की तरफ़ धकेल देते हों। जल्दबाजी में किसी निर्णय पर पहुँचने से पहले अच्छा यह होगा कि हम जानें कि मंटो इस बारे में क्या कहते हैं?

'मैं अफ़साना क्योंकर लिखता हूँ' लेख में अपनी रचना-प्रक्रिया की सलवटों को खोलते हुए वे एक जगह लिखते हैं : 'अनलिखे अफ़सानों के दाम पेशगी वसूल कर चुका होता हूँ, इसलिए बड़ी कोफ़्त होती है। करवटें बदलता हूँ। उठकर अपनी चिड़ियों को दाने डालता हूँ। बच्चों को झूला झुलाता हूँ। घर का कूड़ा-करकट साफ करता हूँ। जूते-नन्हे जूते जो घर में जहाँ-तहाँ बिखरे होते हैं, उठाकर एक जगह रखता हूँ। मगर कमबख्त अफ़साना जो मेरी जेब में पड़ा होता है, मेरे जेहन में नहीं उतरता और मैं तिलमिलाता रहता हूँ।' मंटो के इस वक्तव्य से दो बातें बड़ी साफ हैं। एक-अफ़साना उन्हें लिखना ही है क्योंकि अफ़साने के दाम पेशगी वसूल कर चुके हैं। इसीलिए वे अफ़साना लिखने के लिए तड़प रहे हैं, तिलमिला रहे हैं। बाहरी दबावों की वजह से एक नैतिक संकट (अनलिखे अफ़साने के दाम पेशगी वसूल कर चुकना) से उनका घिरे होना उन्हें मजबूर करता है कि वह कहानी लिखें। ध्यान दीजिए, रोटी और कला यहाँ परस्पर उलझे हुए हैं। 'मैं क्या लिखता हूँ' में एक स्थल पर वे कहते भी हैं : 'रोटी और कला का संबंध प्रकटतः अजीब-सा मालूम होता है, लेकिन क्या किया जाए कि खुदावंद ताला को यही मंजूर है। वह खुद को हर चीज़ से निरपेक्ष कहता है-यह गलत है। वह निरपेक्ष और निर्लेप हरगिज़ नहीं है। उसको इबादत चाहिए और इबादत बड़ी ही नर्म और नाजुक-सी रोटी है, बल्कि यों कहिए चुपड़ी हुई रोटी है, जिससे वह अपना पेट भरता है।' रोटी और कला के इस अजीब-से संबंध को अपने स्नायु-तंत्र पर झेलते हुए, रोज़ एक अफ़साना लिखने की मजबूरी को भी मंटो ने एक कलाकार की हैसियत से निभाया है- ईमानदारी

और सच्चाई के साथ, बिना कोई समझौता किए।

एक बार एक दोस्त ने मंटो से पूछा : 'मंटो साहब, आप नावल क्यों नहीं लिखते?' मंटो साहब का जवाब था : 'यहाँ रोज़ पीने को पैसा चाहिए। रोज़ अफ़साना लिखते हैं। मुआवजा मिल जाता है, अब नावेल कौन लिखे?'

यह अजब विरोधाभास है कि जो मंटो पैसे के लिए अफ़साने लिखते थे, उनके लिए पैसे की कोई अहमियत नहीं थी। रोज़मर्रा की ज़रूरतों के लिए उन्हें पैसा चाहिए था, लेकिन आत्म-सम्मान की कीमत पर नहीं। एक बार मंटो ने अमेरिकी पॉलिसी की नुक्ताचीनी करते हुए चचा 'साम' के नाम से कई पत्र लिखे थे, जिससे उन दिनों बवंडर-सा उठ खड़ा हुआ था। तब पाकिस्तान में अमेरिका के हाई कमिश्नर ने मंटो को संदेश भिजवाया : 'अगर तुम हमारे अखबार के लिए लेख लिखो तो तुम्हें एक लेख पर पाँच सौ रुपए पारिश्रमिक दिया जाएगा।' मंटो को समझते देर न लगी कि यह उनको खरीदने की, उनकी जुबान पर ताला लगाने की कोशिश है। आर्थिक परेशानियों से घिरे होते हुए भी उन्होंने साफ इंक़ार कर दिया : 'मंटो फरोख्त नहीं हो सकता।'

मंटो की विसंगतियों और अंतर्विरोधों को, उनकी ज़िंदगी और साहित्य के रिश्तों को समझे बिना यह कहना बेमाने है कि वह ज़िंदगी-भर पीते रहे और बेक़ायदा ज़िंदगी बसर करते रहे। पीने और जीने और लिखने की उनकी परिस्थितियों को सिर्फ सतह पर देखते हुए नहीं समझा जा सकता। उनकी ज़िंदगी की बाहरी-भीतरी सच्चाइयों में दूर तक झाँकते हुए वहाँ पहुँचा जा सकता है, जहाँ ज़िंदगी और मौत एक ही सिक्के के दो पहलू नज़र आने लगते हैं। फैज अहमद फैज ने एलिस के नाम खत में इस तरफ़ संकेत किया है : 'बात यह है कि जब आर्थिक हालत की वजह से फन और ज़िंदगी एक दूसरे से टकरा रहे हों तो दोनों में से एक की कुर्बानी देनी पड़ती है।'

26 कहानियों के ये दो सिलसिले मंटो की कहानी-कला के अंतिम दौर के हैं। दूसरे सिलसिले के छह महीने बाद उनका निधन (18 जनवरी, 1955) हो गया था। यही वह दौर है जब वे बेतहाशा पीने लगे थे, इतनी कि उनका जिगर छलनी हो गया था, लेकिन इसकी उन्हें परवाह नहीं थी। ध्यान दीजिए, इस दौर में वे लगातार लिखते रहे- रोज़ एक कहानी। वे ताउम्र ज़िंदगी को कहानी में और कहानी को ज़िंदगी में ढूँढ़ते रहे।

मंटो की कहानियाँ: जलियाँवाला बाग़ का संदर्भ

सआदत हसन मंटो उर्दू के एक बड़े और निराले कहानीकार तो हैं ही, भारतीय उपमहाद्वीप में उन्हें एक बड़े कहानीकार के नाते मान्यता प्राप्त है। कई अर्थों में वे सरहदों और भाषाओं से परे विश्व कथा-साहित्य के शीर्ष पर खड़े हैं- चेखव और मोपासां के साथ। वे उन लेखकों में से हैं जो अपनी लेखकीय संवेदना, ऊर्जा, मानसिकताा और दृष्टिकोण के बल पर भाषाओं और लिपियों के तंग दायरों से बाहर आ खड़े होते हैं और करोड़ो लोगो की सामूहिक चेतना और भाषाओं का हिस्सा बन जाते हैं। इस बात को इस तरह भी कहा जा सकता है कि वह न पाकिस्तानी, मंटो है, न हिन्दुस्तानी मंटो। उस की वफादारी न हिन्दुस्तान से है, न पाकिस्तान से है, उसकी वफादारी इंसानियत से है। मंटो की दृष्टि में एहसास में, मज़हब में, रंग और नस्ल का, देश और राज्य का कोई भेदभाव नहीं दिखता। विभाजन के बाद उस ने खुद को टोबा टेकसिंह की तरह नो मैंस लैंड में खड़ा महसूस किया था, वह नो मैंस लैंड जो हर लेखक के जीने-मरने की जगह है, किसी की कम, किसी की ज़्यादा।

मंटो ने अपने वक़्त का भरपूर ज़ायज़ा लिया है, सिर्फ़ बाहरी तौर पर नहीं बल्कि भागीदारी निभाते हुए, हस्तक्षेप करते हुए। अपने अफ़सानों में वह घटनाओं की शिनाख्त करता हुआ उन्हें अपनी अंदरुनी दुनिया में इस तरह ले जाता है कि घटनाएं और पात्र नए रूपों में सामने आ जाते हैं। जलियाँवाला बाग़ और विभाजन जैसे हादसों को ही नहीं, कहानियों के चरित्रों को भी वह भीतरी वारदात के रूप में इस तरह आत्मसात करता है कि बाहरी-भीतरी यथार्थ की कई सतहें खुलती जाती हैं। जलियाँवाला बाग़ से जुड़ी कहानियों में वह घटना को ज़िस्म से, ज़हन से, रूह की गहराइयों तक बड़ी तीव्रता से ले गया है।

मंटो ने एक जगह लिखा है, 'अदब दर्जा हरारत है अपने मुहक का, अपनी कौम का। वह अपनी सेहत और बीमारी की खबर देता रहता है।' जलियाँवाला बाग़ संबंधी मंटो की कहानियाँ 'दर्ज़ा हरारत हैं', इस मुल्क का, हमारी कौम का। जलियाँवाला बाग के ब्यौरे तीनों कहानियों में अपनी-अपनी

तरह से आए हैं, जिन्हें यहां इस तरह प्रस्तुत कर रहा हूं।

इसी *'बाग़'* में 13 अप्रैल, 1919 को रौलट एक्ट के विरोध में जब वहाँ शांतिपूर्वक जलसा हो रहा था, डायर ने निहत्थे लोगों पर धुंआधार गोलियां चला दीं। चारों ओर से घनी आबादी से घिरे इस 'बाग़' में बाहर निकलने का कोई रास्ता नहीं था और सैंकड़ों की तादाद में लोग मर गए थे, जख़्मी हो गए थे। बाग़ की सीमारेखा पर बने हुए मकानों की दीवारों पर गोलियों की निशानदेही इसे उजागर करती है। पिछले कुछ वर्षों में उधमसिंह का स्मारक वहाँ खड़ा हो गया है।

वह उधमसिंह जिस ने हिन्दु-मुस्लिम-सिख एकता के लिए अपना नाम राम मुहम्मद सिंह रखा था और जिस ने 13 मार्च, 1940 को कैक्सटन हॉल, वेस्ट मिनिस्टर में जलियाँवाला बाग़ हत्याकांड का बदला लेने के लिए पंजाब के तत्कालीन गवर्नर माइकल ओड्वायर को गोली से मार दिया था। 31 जुलाई, 1940 को उसे फाँसी दे दी गयी थी।

जलियाँवाला बाग़ के संदर्भ की तीनों कहानियों- *'तमाशा', 'दीवाना शायर'* और *'सन् 1919 की एक बात'* में उक्त संदर्भ की चर्चा बार-बार हुई है- अलग-अलग तरह से, अलग-अलग नज़रिए से। दरअसल, यह 'बाग़' मंटो के अवचेतन में कुछ इस तरह दाखिल हुआ कि वह ताउम्र इससे निज़ात न पा सके। जलियाँवाला बाग़ पर लिखी तीनों कहानियाँ उसके अवचेतन में सिमटे हुए अनुभवों को व्यक्त करने वाली हैं। पहली दो कहानियाँ *'तमाशा'* और *'दीवाना शायर'* उनके पहले कहानी-संग्रह *'आतिशपारे'* में संग्रहित हैं। लेखन काल के प्रारंभिक दिनों में वे क्रांतिकारी चेतना से कुलबुलाते रहते थे। चढ़ती जवानी के दिनों में वे बारी अलीग के सपंर्क में आने से अमृतसर में मास्को की कल्पना करने लगे थे। यही वे दिन थे जब वह अपने दोस्तों हसन अब्बास और अबू सईद के साथ बार-बार जलियाँवाला बाग़ पहुँच जाता। यह महज़ एक बाग़ नहीं था, आज़ादी के अर्थ को पाने के बाहरी-भीतरी संघर्ष और शहादत का प्रतीक था। ध्यान दें मंटो की पहली कहानी *'तमाशा'* सात साल के बच्चे के नज़रिए से लिखी गई कहानी है जिस के ज़हन पर जलियाँवाला बाग़ के कत्लेआम के निशान ख़ुदे पड़े हैं। यह कहानी *'खलक'* में प्रकाशित हुई थी जिसमें मंटो ने अपना नाम इसलिए नहीं दिया था कि लोग मज़ाक उड़ायेंगे। उस दौर के मंटो के झुकाव और तनाव ब्रिटिश-साम्राज्य के काले कारनामों से जुड़कर इस कहानी में बड़े सशक्त ढंग से व्यक्त हुए हैं। कहानी में घटना को स्थूल ढंग से चित्रित नहीं किया गया है और न कहीं अतिरंजना है। बल्कि एक बच्चे (खालिद) की मानसिकता के ज़रिए दमनकारी प्रवृत्तियों को बेनकाब किया गया है। खालिद की

अबोध जिज्ञासाएँ और प्रतिक्रियाएँ दमन की क्रूरता को नाटकीयता से उभारने में और भी सहायक रही हैं।

दूसरी कहानी *'दीवाना शायर'* में मंटो ने जलियाँवाला बाग़ के प्रति अपनी तीव्र प्रतिक्रिया और आक्रोश को दीवाना शायर की लहू की शायरी के बहाने जुबां दी है। नेरेटर और दीवाना शायर शुरु में अलग-अलग दिखते हैं पर जैसे-जैसे कहानी आगे बढ़ती है दोनों लगभग एक मनोभूमि पर आ जाते हैं। क्रांतिकारी चेतना में गुथे हुए अन्ततः दोनों जलियाँवाला बाग़ के खूनी हादसे का हिस्सा बन जाते हैं। शायर की आवाज़ के साथ जलियाँवाला बाग़ के खूनी मंजर मूर्त होने लगते हैं- वही खौफ़, लाशें, गोलियों के निशान- गोलियों की सनसनाहट में भागते हुए लोगों की छटपटाहट. . .एक खौफ़ की गिरफ़्त में वह महसूस करता है जैसे, 'घास के सब्ज़ बिस्तर पर बेशुमार लाशें पड़ी हैं'। आवाज़ और बिम्ब का यह संयोजन इतिहास की घटना का जैसे एक जीता-जागता 'विज़्वुल' है। पहली दोनों कहानियों की अपेक्षा यह कहानी 'लायड' जरूर है, मगर यह जलियाँवाला बाग़ के नरसंहार से जुड़े स्थलों और ब्यौरों को इन्कलाबी ज़ज़्बे के साथ पेश करने वाली मंटो की कथा-यात्रा के प्रारंभिक दौर को सूचित करती है।

'सन् 1919 की बात' में भी यही संदर्भ है। इसमें इतिहास की घटनाओं के सहारे कहानी बुनने की कला देखी जा सकती है। कहानी में इतिहास और इतिहास में कहानी कैसे कही जा सकती है, इस का एक अलग ही नमूना मंटो की इस कहानी में देखा जा सकता है। है तो यह दो व्यक्तियों के बीच का नेरेटिव मगर इसकी प्रस्तुति आँखों देखे नेरेटिव जैसी है। जलियाँवाला बाग़ के हादसे के हवाले से। थैला कंजर (मुहम्मद तुफैल) की शहादत, उस की बहनों- शमशाद और अल्मास द्वारा भाई के हत्यारे अंग्रेजों के मुँह पर थूकने जैसी हिमाक़त के एवज़ में गोलियों से उन्हें उड़ा दिया जाना और कहानी के अंत में नेरेटर के शब्द संकेत बहुत कुछ अनकहा कह जाते हैं। जो से कहानी के पाठकों के दिल-दिमाग़ में देर तक गूंजता रहता है। जलियाँवाला बाग़ की स्मृतियों में तनी हुई यह कहानी इतिहास और कला का अद्भुत उदाहरण पेश करती है।

मंटो की कहानियों में सामाजिक-राजनीतिक पाठ के बरक्स कई आशयों-मंतव्यों में सिमटा हुआ एक मानवीय पाठ है जो हमें अपनी ग़िरफ़्त में इस तरह से ले लेता है कि सामाजिक और राजनीतिक पाठ की कलई खुलने लगती है। ध्यान से देखें तो राजनीतिक पाठ के नीचे दोनों से जुड़ा-तना मानवीय पाठ है जिसे मंटो इस रचना-कौशल से उठाते हैं कि राजनीतिक पाठ तार-तार हो जाता है। इस तरह से देखें तो जलियाँवाला बाग़ के संदर्भ की तीनों कहानियाँ राजनीतिक कारगुजारियाँ पर स्वतः एक टिप्पणी बनती जाती हैं।

सियाह हाशिए : त्रासद हास्य और व्यंग्य से लबरेज़ लघुकथाएँ

विभाजन मेरे साथ बचपन से जुड़ा है। विभाजन के दौर के भयावह इमेज़िज़ लगातार मेरा पीछा करते रहे हैं और मैं पीछा छुड़ाने के लिए लगातार लिखता रहा हूँ इसके बारे में- कभी आत्मकथाओं-संस्मरणों में, कभी कविताओं-नाटकों में, निबंधों आलोचनाओं में। और मैं लिखता रहा मंटो पर नाटक, मंटो की जीवनी और करता रहा मंटो पर संपादन कार्य विभाजन की त्रासदी से बाहर आने के लिए, मगर क्या उससे बाहर आ पाया? जितना मैं उससे मुक्त-विमुक्त होने की कोशिश करता उतना ही वह मुझसे और तीव्रता से आ जुडता और मेरा हमज़ाद निंदर मुझे चेताता, किस से मुक्त होना चाहते हो? देखो जरा सांप्रदायिक विभाजन तुम्हारी रगों तक खिंच आया है। घरों की चौखटों पर दस्तक देने लगा है। एक अग्निकांड (1947) से ही नहीं, आज़ादी के बाद निरंतर जगह बदलते अग्निकांडों से तुम घिरे हुए हो। ये तुम्हें कितना झुलसाएँ, यही तुम्हारी शक्ति है। मैं उसका मुँह देखता रह गया। उसकी बात मुझे चुभ गयी। मुझे महसूस हुआ जैसे बचपन के इमेजिज मेरी तरफ़ दौड़ते आ रहे हों। विभाजन का तीर जिगर के पार हो गया होता तो यह खालिश तो न होती।

बहरहाल, एक तार ऐसा है जो मंटो और मुझ में समान रूप में पिरोया हुआ है और वह तार है विभाजन। मंटो और विभाजन पर अलग से बात कर चुका हूँ। यहाँ मंटो की रचना *'सियाह हाशिए'* पर ध्यान केंद्रित करना चाहता हूँ।

सियाह हाशिए पर तीन हिस्सों में बात की जा सकती है- एक, सियाह हाशिए लिखे जाने के ठीक पहले, दो : सियाह हाशिए लिखते हुए, तीन : सियाह हाशिए लिखे जाने के बाद। ये तीनों हिस्से अलग-थलग नहीं है, समय की मेखला में पिरोए हुए हैं आज तक। 1948 का जनवरी का महीना था- 7-8 जनवरी जब मंटो बम्बई के दंगों से दहशतजदा होकर कराची से होता हुआ लाहौर पहुंचा था। यह वह लौहार नहीं था जिसे छोड़कर वह 1934-35 में बम्बई चला गया था और वहाँ से वह किसी न किसी बहाने दोस्तों से मिलने या मुकदमों

के सिलसिले में कोर्ट में पेश होने के लिए कभी अकेला तो कभी इस्मत चुगताई के साथ आता रहता था। वह लाहौर आज उसे एक बेनूर, बेरौनक शहर नज़र आ रहा था। बम्बई के भयावह दंगों की आग से निकल कर वह लाहौर आया था सक़ून की तलाश में लेकिन यहाँ भी वैसे ही हालात देखकर वह तिलमिला उठा था। बम्बई हो या लाहौर दंगों की दहशत से वह दहल उठा था। यहाँ भी खूनसना वैसा ही माहौल था जैसा वह बम्बई में छोड़ आया था। उसे लगता दोनों तरफ़ की खून से लथपथ राहों में वह दो जानवरों के बीच आ पड़ा है। बंटवारे से कटे-बंटे लोगों की चीख-पुकार जैसे उधर वैसे इधर। आँखों के ठीक सामने लूटपाट, ख़ूरेज़ी, आगज़नी, बलात्कार देख वह ज़िस्म से ज़हन तक खाली महसूस करने लगा था। 1948-50 जैसा अन्य लेखकों के लिए वैसे ही उसके लिए भी मोहभंग का जबरदस्त दौर था, हालाँकि 1948 में ही उस ने *'सियाह हाशिए'* जैसी कहानियाँ लिखी हैं।

लाहौर पहुँच कर जिस भौचकेपन और आत्मनिर्वासन का वह शिकार हुआ उससे बाहर निकलना उसके लिए आसान नहीं था। जमा-पूँजी खत्म हो चुकी थी और अब परिवार के साथ गुजर-बसर करना मुश्किल हो गया था। बेचैनी के आलम में तीन महीनों तक उसके दिमाग में खलबली मची रही। लाहौर के जिन फिल्मी स्टेडियोज में उसे काम मिल सकता था, वे बंद पड़े थे। वातावरण में मुर्दनी छायी थी। मुहाज़िरों के कैंपों में वह बदहाली देखता। उसे समझ में न आता कि मेरा मुल्क हिन्दुस्तान से कट कर क्यों बना? इस हाल में मंटो के लिए सबसे पहले खुद से जूझते हुए बाहर आने की ज़रूरत थी ताकि उसका ध्यान लिखने-पढ़ने की तरफ़ मुड़ सके। इसलिए मंटो ने धीरे धीरे हल्के-फुल्के विषयों पर लिखना शुरू किया। इससे उसकी मानसिक जकड़न दूर हुई और वह दंगों के दौर के अपने अनुभवों को लेकर *'सियाह हाशिए'* जैसी लघुकथाएँ लिखने लगा। ये बेंधते व्यंग्य की कहानियों थी त्रासद हास्य की हल्की लक़ीरों के साथ।

दंगों के दौरान और उनके बाद दंगों के जो निशान उसके ज़हन पर खुद गए थे, ये कहानियाँ उनकी इबारत थी शब्दों में- रंग-रेखाओं के बिना जैसे कोई पेटिंग- शब्दों में करवट लेती हुई एक त्रासदी की कथा-शृंखला। तक़सीम की कील ने उसकी रूह को किस कदर छलनी कर दिया था, उसकी पहली निशानदेही थी *'सियाह हाशिए'*। दंगों के हवाले से कहानियाँ लिखते हुए मंटो सघन अंधेरों से बाहर आया था। इन कहानियों ने उसे उदासी में डूबने से बचा लिया, खुदकुशी के किनारे पहुँचे मंटो को उबार लिया। उसे लगा वह वही मंटो है जो हक़ूमत की अंधेरगर्दियों, हरामज़दगियों का पर्दाफाश करने के लिए यहाँ आया है।

'सियाह हाशिए' की कहानियों के रेशे-रेशे में पश्चाताप और ग्लानि, हमदर्दी और करुणा के आँसू समाए हुए हैं। ये इंसान से हैवान बनने, हैवान से इंसान बनने की अंतर्विरोधपूर्ण, विडंबनापूर्ण, व्यंग्यात्मक कहानियाँ हैं। इनमें गहरे सरोकारवाली सरोकारविहीनता हैं। परिस्थिति और चरित्र की निज़ाकत को, उसके भय और त्रास को, विस्थापन के कचोटते अनुभव को, एक-एक टुकड़े में जैसे एक-एक दृश्य में पूरी कथा-शृंखला में मंटो ने समेट लिया है। *'मज़दूरी'* कहानी के आगजनी, लूटखसूट के छोटे-छोटे गतिशील दृश्य- हारमोनियम की पेटी उठाए खुश-खुश गाता जा रहा लड़का, शक्कर की बोरी का बाजार में गिरना, एक शख्स का आगे बढ़कर अपने छूरे से उसका पेट चाक करना, ऊँचे मकान की खिड़की में से मलमल का थान फड़फड़ाता हुआ बाहर निकलना, तड़-तड़ की आवाज़ और गोलियों का इधर-उधर चलने लगना और अंत का यह वाक्य : अच्छा, हज़रत तुम बोरी अपने पास रखती. . .मैं अपनी मजदूरी माँगती . . .चार आने। व्यंग्य की नुकीली धार के साथ ये गतिशील दृश्य मंटो की जादुई कलम का कमाल हैं। इंसानी फितरत की निचली सतहों तक झाँककर मानवीय संवेदना को टोहने की कोशिश इन कहानियों *(सहायता कहानी)* में देखी जा सकती है। झुंझलाहट, आक्रोश दर्दमंदी के साथ विसंगतियों की हास्य-व्यंग्यपूर्ण नाटकीय प्रस्तुति (*'मिसटेक'* कहानी) यहाँ देखने लायक हैं। इनमें न चीखती हरक़त है न धीमी। भीतर तक कचोटती विसंगति के साथ इनमें तिलमिला देने वाला व्यंग्य है (*'तक़सीम'* कहानी) और सीधी-सादी भाषा की ऐसी ध्वन्यात्मकता (*'सफाई पसंदी'* कहानी) जो इन सियाह हाशियों को दूर तक फैला देती है।

मंटो की त्रासद हास्य और व्यंग्य की इन मार्मिक लघु कथाओं की उस वक्त बड़ी सख्त आलोचना हुई। एक तरफ़ प्रगतिवादियों ने कोसा दूसरी तरफ़ प्रतिक्रियावादियों ने। प्रतिक्रियावादियों की सोच कितनी पिछड़ी हुई और दकियानूस है, वह यह जानता था, लेकिन प्रगतिवादियों का कोसना, लताड़ना उसे बुरी तरह अखरा। वह मक्खी पर मक्खी मारने वाला प्रगतिशील नहीं था। वह पार्टी लाइन के बजाय विचार को रोज़मर्रा की ज़िंदगी से खींच कर लाने का हिमायती था। कई प्रगतिशीलों को यह मंजूर नहीं था कि वह तयशुदा विचारधारा से हट कर चले। पाकिस्तान के प्रगतिशील लेखक संघ ने उसका बॉयकॉट किया जो उसे नागवार गुजरा। प्रगतिशीलों का यह गुट (जिसके साथ उसकी खटपट *'बू'* कहानी को लेकर शुरू हो गयी थी), *'सियाह हाशिए'* की लघु कथाओं से बुरी तरह चिढ़ गया। विचारधारा को अगवा करने वाले कठमुल्लाओं के इशारों पर उसका मज़ाक उड़ाने में कोई कसर न छोड़ी गयी। प्रगतिशील आलोचना के

जवाब में *'यज़ीद'* संग्रह की भूमिका *'ज़ैबे कफ़न'* में उसने बड़ी समझदारी, संतुलन और सहिष्णुता से लिखाः मुझे उस वक्त दुख हुआ- 'बहुत बड़ा दुख जब मेरे चंद हमसफरों ने मेरी इस कोशिश *(सियाह हाशिए)* का मज़ाक उड़ाया, मुझे लतीफेबाज, सनकी, नामाकूल और रजअतपसंद कहा गया। मेरे एक अजीज दोस्त ने यहाँ तक कहा कि मैंने लाशों की जेबों में से सिगरेट के टुकडे, अंगूठियों और इसी किस्म की दूसरी चीज़ें निकाल-निकाल कर जमा की हैं। एक अजीज ने मेरे नाम एक खुली चिट्ठी भी शाया की, जो वह बड़ी आसानी से मुझे दे सकते थे। इस खुली चिट्ठी में भी उन्होंने *सियाह-हाशिए* की तज़्हीक (मज़ाक उड़ाते हुए) खुले तौर पर कलमकारी की।' ज़ाहिर है मंटो का इशारा अहमद नदीम कासमी की तरफ़ है मुझे गुस्सा था इस बात का कि अलिफ ने महज़ फैशन के तौर पर एक सक़ीमोह (बीमार) अकीम तहरीक़ की उँगली पकड़ कर बैरुनी सियासत के मस्नूई अबरूं के इशारे पर मेरी नीयत पर शक किया और मुझे उस कसौटी पर परखा जिस पर सिर्फ 'सुर्खी' ही सोना थी (दस्तावेज़ : चार, पृष्ठ-164)।

मंटो ने प्रगतिशीलों की आलोचना और आरोपों का बड़ा माकूल जवाब दिया। बड़ी बात यह है कि *'सियाह हाशिए'* की लघुकथाएँ, बिना कुछ कहे, उन आरोपों को निराधार सिद्ध करती हैं। इन कथाओं के कथ्य में और इनकी भीतरी बनावट में जो व्यंग्य और हँसी भी हल्की-सी रेखाएँ हैं, वे उन आरोपों को इस तरह से धराशायी करती हैं कि देखते ही बनता है। कहानियों की सादी कहन शैली में, नाटकीय अंदाज़ में दूर तक मार करतीं जो ध्वनियाँ हैं, विद्रूप और विडंबना का जो पसारा है, वैसा इससे पहले उर्दू, हिंदी कहानी में शायद ही मिले।

कुछ कहानियों का ज़िक्र हम ऊपर कर आए हैं। यहाँ दो-तीन और लघु कथाएँ देखिए, *'दावते अमल'* कहानी है:

आग लगी तो सारा मुहल्ला जल गया
सिर्फ एक दूकान बच गयी
जिसकी पेशानी पर यह बोर्ड लटका हुआ थाः
यहाँ इमारतसाजी का सभी सामान मिलता है।

भयावह आगजनी का संदर्भ है- पूरा मुहल्ला जलकर राख हो चुका है। मगर देखिए पूरी स्थिति का व्यंग्य, विद्रूप, विडंबना समेटे हुए आख़िरी पंक्ति। इस कहानी में ही नहीं, मंटो की लगभग सभी कहानियों की आख़िरी पंक्ति या पंक्तियाँ पूरी कहानी को नए अर्थों में प्रकाशित कर देती हैं।

इसी तरह 'पठानिस्तान' कहानी देखिए :

'ख़ू एकदम जल्दी बोलो, तुम कौन ऐ?'

'मैं. . .मैं. . .'

'ख़ू शैतान का बच्चा, जल्दी बोलो. . .इंदू ए या मुस्लिमीन?'

'मुस्लिमीन।'

'ख़ू तुम्हारा रसूल कौन ऐ?'

'मुहम्मद खान'

'ठीक ऐ. . .जाओ।'

संवादों में रचित इस कहानी की अंतिम पंक्ति 'ठीक ऐ. . .जाओ' की ध्वनियाँ दंगों के पीछे की मानसिकता और मनोविज्ञान को चीरती विसंगति को उजागर करती जाती है। त्रासद हास्य की पतली-सी रेखा पाठक के चेहरे पर आती-जाती रहती है।

और *'आराम की ज़रूरत'* कहानी की दो पंक्तियाँ देखिए:

'मरा नहीं. . .देखो, अभी जान बाक़ी है।'

'रहने दो यार- मैं थक गया हूँ।'

लगता है ये दो पंक्तियाँ दो संवादों में रचित किसी नाटक का टुकड़ा हो। इंसानी फ़ितरत के दो पक्ष- दंगों की क्रूरता (पहली पंक्ति) और दंगों के बीच इंसानियत की बचा ले जाने की तलब- दूर तक फैल जाती है सादगी-भरे कथन में से व्यंग्य और ध्वनि के प्रसार से। दो पंक्तियों की यह मार्मिक व्यंग्य कथा, लघुकथा विश्व की कुछ चुनी हुई लघु कथाओं में शामिल की जा सकती है।

सियाह हाशिए विभाजन के संदर्भ में लिखी गयी मंटो की कहानियों की पहली दस्तक है विसंगति-व्यंग्य-विद्रूप से लबरेज़। ये रचनाएँ व्यंग्य-लघु कथाओं का वास्तविक प्रारंभ करने वाली हैं। इन सभी कहानियों को एक साथ रख कर देखें तो यह ढीली संरचना वाली एक त्रासद कृति के तौर पर अनुभव की जा सकती है। लघु कथाओं के शिल्प में मानवीय और अमानवीय, क्रूरता और करुणा, कठोरता और कोमलता के विरोधी भावों में तनी *सियाह हाशिए* की छोटी-छोटी कथाएँ सीधे हमारे आज से आ जुड़ती हैं। मुहम्मद हसन असकरी ने ठीक ही लिखा है : 'दंगों के विषय में जितना भी लिखा गया है उसमें कोई चीज़ इंसानी दस्तावेज़ कहलाने के काबिल है तो मंटो के ये अफ़साने हैं।' बड़ी कहानी की विशेषता ही यह है कि वह अपने दौर तक सीमित नहीं रहती, कई दौरों से होती हुई हमारे आज तक आती है और कल तक चली जाती है। *सियाह हाशिए* की लघु कथाएँ आज भी हमारे आसपास मंडराती नज़र आती हैं और कल भी हमारे साथ नज़र आयेंगी।

मंटो : नाटक और रंगमंच

(क) मंटो का नाट्य-कर्म

(ख) तानाशाहों के आखिरी दिन :
मंटो के इतिहास संबंधी नाटक

(ग) मंटो और रंगमंच

मंटो का नाट्य-कर्म

सआदत हसन मंटो उर्दू के ही नहीं, समस्त भारतीय उपमहाद्वीप के एक विशिष्ट और महत्वपूर्ण लेखक है। प्रेमचन्द के बाद उर्दू कहानी को एक नया आयाम और व्यक्तित्व देने वालों में मंटो का नाम अन्यतम है। उनकी कहानी अपनी वस्तु और शैली की वजह से ही नहीं, अपने कथा-विधान और दृष्टिकोण के कारण भी अलग से चमकती हुई दिख जाती है। मंटो की कहानियों को पढ़ने का मतलब है उनकी कहानियों की दुनिया में दाखिल होना, उनके पात्रों से घिरे रहना, उनके कथा-अनुभवों में पूरी हिस्सेदारी निभाना क्योंकि मटो महज़ कहानी नहीं कहते, कहानी के ज़रिए वे ज़िन्दगी के कुछ ज़िन्दा और धड़कते हुए संदर्भों को पाठकीय चेतना का हिस्सा बनाने की कोशिश करते हैं। वे बेहद 'इन्वाल्वड' लेखक हैं और जितने 'इन्वाल्वड' है उतने ही तटस्थ भी। यह एक विरोधाभास लग सकता है लेकिन यह विरोधाभास नहीं, यह उनकी कहानियों की बहुत बड़ी खूबी है।

मंटो को कहानीकार के नाते जितनी लोकप्रियता और स्वीकृति मिली उतनी नाटककार और व्यंग्यकार के नाते नहीं, जबकि उन्होंने उच्चकोटि की व्यंग्य रचनाएँ और नाटक भी लिखे हैं। उनके कहानीकार की गिरफ़्त से सामान्य पाठक और आलोचक इस कदर जकड़ा रहा है कि उनके नाटकों और व्यंग्य रचनाओं की तरफ़ उनका ध्यान ही नहीं गया।

प्राय: कह दिया जाता है कि मंटो के नाटक गहरे सृजनात्मक दबावों की वजह से नहीं लिखे गए बल्कि उनके पीछे व्यावसायिक वृत्ति काम करती रही है। यह सही है कि मंटो एक लम्बे अरसे तक आकाशवाणी में कार्य करते रहे और इस माध्यम के दबावों की वजह से वे रेडियो नाटक लिखने में प्रवृत्त हुए लेकिन क्या इसी से उनके नाटकों को व्यावसायिक करार दिया जाए? दरअसल, रेडियो जैसे माध्यम में सीधे जुड़कर, उसकी अपेक्षाओं को समझते और स्वीकारते हुए उन्होंने अपने लिए रेडियो नाटक में अभिव्यक्ति का एक नया रास्ता तलाश किया। मंटो ने जब रेडियो के लिए नाटक लिखने शुरू किए, उस समय तक उर्दू या हिन्दी में रेडियो नाटक की कोई फार्म या उसका कोई सुस्पष्ट रूप

उभरा नहीं था। मंटो उन पहले लेखकों में से थे जिन्होंने रेडियो नाटक के प्रारंभिक रूप को संवारा, माँजा और निखारा। यह भी ध्यान देने की बात है कि जिस दौर में वे अपनी कुछ महत्त्वपूर्ण कहानियाँ लिख रहे थे, उन्हीं दिनों वे नाटक भी लिख रहे थे। सृजनात्मकता का प्रभाव उनकी कहानियों और नाटकों पर यकसां है। इन नाटकों में उनके संवेदनात्मक और वैचारिक सरोकार मुख्य रूप से वही हैं जो उनकी कहानियों में देखते हैं। जिस तरह उनकी कहानियों में वैयक्तिक, सामाजिक और राजनीतिक विसंगतियां और विद्रूपताएं उभरी हैं, उसी तरह उनके नाटकों में भी। इस पर बहस हो सकती है कि रेडियो नाटक की फार्म को वे कितनी ऊँचाई दे पाए, इसकी सीमाओं और संभावनाओं का वे कैसा उपयोग कर पाए (जिसे हम आगे चलकर देखेंगे), इतना तय है कि इन नाटकों को उनकी सृजनात्मक शक्ति और जीवन-दृष्टि से अलग-थलग रखकर नहीं, उसी के प्रकटीकरण के एक महत्त्वपूर्ण पहलू के रूप में देखा जाना चाहिए।

इसमें शायद दो राय नहीं हैं कि मंटो के नाटक रेडियो नाटक है, रंगमंचीय नाटक नहीं हालांकि कई नाटकों में, अपवादस्वरूप रंगमंचीय अपेक्षाएं पूरी होती देखी जा सकती है। रेडियो नाटक की फार्म की सीमाओं के बावजूद, इन नाटकों से मंटो की नाट्य-प्रतिभा का आभास मिलता है। दृश्यों का कौशलपूर्वक विधान करने की क्षमता का ही नहीं, कार्य-संयोजन की उनकी समझ का भी इन नाटकों से पता चलता है। संवादों का नाटकीय विन्यास और स्थितियों का चुस्त नाटकीय विधान उनके लगभग हर नाटक में मिलेगा। इन नाटकों को पढ़ने से साफ ज़ाहिर है कि रेडियो के लिए लिखने की मजबूरी अगर मंटो के लिए न होती तो वे रंगमंच के लिए भी अच्छे नाटक दे सकते थे।

श्रव्य के ज़रिए श्रोताओं तक दृश्य पहुंचाना रेडियो नाटक के लिए ज़रूरी है जबकि शब्दों में निहित दृश्यों को दर्शकों तक ले जाना रंगमंचीय नाटक के लिए अपेक्षित है। रंगमंचीय नाटक में पात्रों की भूमिकाओं को कल्पित करते हुए लेखक जो रंग संकेत दे सकता है, रेडियो नाटककार को वे सभी संकेत आवाज़ के ज़रिए देने होते हैं ताकि श्रव्य-माध्यम से पात्र मूर्त रूप ले सकें। आवाज़ के ज़रिए रेडियो नाटक में दृश्य खड़े किए जाते हैं और उसी से श्रोताओं के मन में पात्रों को मूर्त रूप देने का प्रयत्न किया जाता है। मंटो के नाटकों में आवाज़ के उतार-चढ़ाव से दृश्य विधान के प्रयत्न तो किए ही गए हैं, आवाज़ की अलग-अलग खासियत बताकर पात्रों की मनःस्थितियों को भी झलका दिया गया है। *'अकेली'* और *'रणधीर पहलवान'* नाटकों में ये विशेषताएं देखी जा सकती है। *'अकेली'* नाटक में पात्रों के व्यक्तित्व को उभारने की दृष्टि से उनकी आवाज़ की खासियत की तरफ़ संकेत किये गये हैं। इसी तरह *'रणधीर*

पहलवान' में पात्रों के परिचय के साथ उनकी आवाज़ों के बारे में भी (जैसे रणधीर पहलवान की आवाज़ 'मोटी और कड़ी' और सावित्री की आवाज़ में ('कंपन') निर्देश दिये गये है। वाणी की इस ढंग की नाट्यधर्मी विशेषता मंटो के प्राय: सभी नाटकों में मिलेगी। ध्वनियों से संगीत के तेज, मद्धम होने के संकेत तो वे देते ही हैं। संवाद, संगीतात्मक ध्वनियों में से कैसे उभरते हैं और संगीतात्मक ध्वनियां संवाद-विधान में कैसे ढल जाती है, इसकी दिलचस्प प्रक्रिया इन नाटकों में देखी जा सकती है। इन नाटकों की रेडियो प्रस्तुतियाँ मंटो ने खुद की थीं, इसलिए निर्देशकीय युक्तियाँ उनके रेडियो नाटक के शिल्प का हिस्सा है। कई नाटकों के बीचोंबीच जो निर्देशकीय नोट दिए गए हैं, इसे प्रमाणित करते हैं जैसे *'रणधीर पहलवान'* में : 'नोट : जब घटा का ज़िक्र आए तो पृष्ठभूमि में बिजली के कड़कने की आवाज़ पैदा की जाए।' इस तरह मंटो अपने नाटकों में लेखकीय भूमिका के साथ-साथ निर्देशकीय भूमिका का निर्वाह करते भी दिखते हैं।

मंटो स्थितियों में निहित व्यंग्य और विडम्बना को उभारते हैं, साथ ही चरित्रों की विडम्बना का बोध भी कराते हैं। ऐसा करते हुए वे एक तरफ़ चरमबिन्दु की रचना करते हैं और फिर उसका निषेध। चरमबिन्दु के साथ इस तरह का नाटकीय सलूक उनकी विशेषता है। इस दृष्टि से *'जेबकतरा'*, *'साड़ी'*, *'इन्तज़ार'* और इन्तज़ार का दूसरा *'रुख'* नाटक देखे जा सकते हैं। *'जेब कतरा'* मंटो का एक प्रसिद्ध, बहुचर्चित नाटक है। यह नाटक अपने एंटी क्लाइमेक्स की वजह से विशेष तौर पर चर्चा का विषय बना था। मंटो इस तरह के चरमबिन्दु की रचना करके मानवीय स्वभाव की विडम्बना को नाटकीय व्यापार में से जिस कलात्मकता से झलकाते हैं, वह उनके नाटकों की मुख्य विशेषता मानी जा सकती है। विमला के बार-बार के अनुरोध पर काशी की जेब काटने की प्रवृत्ति से निजात पाने के लिए अपनी उँगलियाँ कटवा लेना और ठीक ऐसे मौके पर बिमला का परिस्थिति से विवश होकर उसे किसी की जेब काटने के लिए कहना मानवीय स्वभाव और आचरण की विडम्बना को नाटकीय रूप में उभार देता है। स्थिति और चरित्र की विडम्बना को चरमबिन्दु पर तान देना और इस तरह कार्य-व्यापार को आलोकित कर देना मंटो के नाट्य-कर्म का अविच्छिन्न अंग है। उनका एक अन्य नाटक है *'साड़ी'* जिसमें मंटो निहायत मामूली स्थितियों की विडम्बना को इतनी सहजता से खोलते हैं कि देखते ही बनता है। मालती प्यार करती है कवि से लेकिन कवि उसे एक साड़ी भी भेंट नहीं कर पाता। दूसरी ओर सेठ है जो उसके लिए साड़ियों का ढेर लगा देता है। इससे अभिभूत होकर मालती सेठ से विवाह कर लेती है। जो कवि एक साड़ी भी

खरीदकर मालती को नहीं दे पाता, वही अपने शेर सेठ को बेचकर उससे साड़ियाँ खरीदता है। मालती को लगता है कवि शेर नहीं बेच रहा, उसे बेच रहा है- उससे बदला ले रहा है। लेखक एक के बाद एक विडम्बनापूर्ण स्थितियों का दृश्यात्मक संयोजन करता गया है और विडम्बना में अन्तर्निहित पात्रों के निहितार्थों और मनोवैज्ञानिक ग्रंथियों की तरफ़ भी संकेत करता गया है। इसी तरह *'इन्तज़ार'* और *'इन्तज़ार का दूसरा रुख'* नाटकों में इन्तज़ार में पड़े आदमियों की मानसिकता और मनोविज्ञान को रेडियो नाटक के शिल्प द्वारा उदघाटित किया गया है। प्रेम-पात्र से मिलने की बेबसी, तड़प, उसकी मनःस्थिति से जुड़े छोटे-छोटे झूठ और चालाकियाँ और अन्त में प्रेम-पात्र के ठीक सामने पड़ने पर अनदेखा किए जाने का भाव विचलित कर देता है। इससे स्थिति की विडम्बना तो उभरती ही है, चरमबिन्दु का भी निषेध होता है। यह विडम्बनापूर्ण स्थिति परंपरित चरमबिन्दु का निषेध करने में सहायक हुई है।

मंटो के कई नाटकों में व्यंग्य दृष्टि और फार्स का सम्मिलित विधान हुआ है। ऐसे नाटक राजनीतिक-सामाजिक स्थितियों से लेकर व्यक्तिगत स्थितियों तक जुड़े हुए है। व्यंग्य के साथ-साथ हास्य, विद्रूप और क्रीड़ा का विधान *'कमीशन'* और *'बीमार'* नाटकों में देखा जा सकता है। *'कमीशन'* में आधुनिक न्याय प्रणाली पर चुभता हुआ व्यंग्य है। आधुनिक काल में शासकों द्वारा कमीशन-दर-कमीशन बैठाकर न्याय पद्धति का जो विद्रूप खड़ा किया जाता है, यह फार्स नाटक उसी का उदाहरण है। *'बीमार'* नाटक की थीम में कोई नयापन नहीं है, लेकिन हास्य-व्यंग्य की स्थितियों का नाटकीय संयोजन ध्यान आकृष्ट करता है।

प्रेम और यौन संबंधों पर मंटो ने बहुत लिखा है। यह उनकी कहानियों और नाटकों की प्रिय थीम है। प्रेम उनके लिए कोई सरल, इकहरा अनुभव नहीं है, बल्कि एक संपूर्ण अनुभव है। उनकी कहानियों में इन संबंधों के सैकड़ों रूप मिलेंगे। कहानियों में जैसे उन्होंने प्रेम की मिथकीय धारणा को तोड़ा वैसे ही नाटकों में भी। नाटकों में उन्होंने प्रेम और यौन के विभिन्न पक्षों और उनकी जटिलताओं को विभिन्न संदर्भों और कोणों से प्रस्तुत किया है। उनका नाटक *'कबूतरी'* हो या *'टेढ़ी लकीर'*, *'नीली रगें'* हो या *'कमरा नम्बर 9'*, *'अकेली हो या रणधीर पहलवान'*, *'चूड़ियाँ'* हो या *'माचिस की डिबिया'*, *'खुदकुशी'* हो या *'ममता की चोरी'*, *'उसका राम'* हो या *'मुहब्बत की पैदाइश'* या *'ईद कार्ड'*, इनमें प्रेम और यौन संबंधों की कई सामान्य, असामान्य दशाएँ नाटकीय अन्दाज़ में प्रतिफलित हुई हैं। *'कबूतरी'* नाटक में प्रेम के अपूर्व स्वरूप का निरूपण हुआ है। कम्बलपोश का दुर्गी से प्रेम है लेकिन इससे पहले कि वह अपने प्रेम का इज़हार कर सके, दुर्गी का विवाह थानेदार से हो जाता है। थानेदार

को अपनी पत्नी दुर्गी के कम्बलपोश से प्रेम-संबंध का भ्रम होता है और वह दुर्गी पर गोली चला देता है। थानेदार कबूल करता है कि उसने एक कबूतरी को जिसे एक बाज दबोचे हुए था, फायर किया था जबकि दुर्गी ने थानेदार को अपने पर गोली चलाते हुए देख लिया था। यही नाटक का चरम बिन्दु है। कबूतरी मासूमियत और निर्दोषता का प्रतीक है जिसे नाटक का अन्त गहराता है। नाटक के अन्त में कम्बलपोश का यह कहना कि दुर्गी का हत्यारा वह है, उसके प्रेम की पराकाष्ठा को व्यंजित करता है। इस व्यंजना में लेखक ने संगीतात्मक ध्वनियों का अच्छा उपयोग किया है।

औरत-मर्द के विचित्र-से और जटिल संबंधों को लेकर मंटो ने कई नाटक लिखे हैं। *'कमरा नंबर 9'* में असाधारण के प्रति औरत के सहज आकर्षण और समर्पण भावना को बड़े रोचक और कौतूहलपूर्वक ढंग से व्यक्त किया गया है। इसी भाव को *'टेढ़ी लकीर'* नाटक में अपने ही अन्दाज़ में व्यक्त किया गया है। जिस लड़की के साथ जावेद का निक़ाह तय है, उसे ही वह अगवा करके प्रेम के एहसास में ताजगी और तीव्रता महसूस करना चाहता है। जावेद उसी लड़की को अगवा करता है ताकि वह थ्रिल अनुभव कर सके जिसे शादी से जुड़ी रस्में और रूढ़ियाँ खत्म कर देती है। इसी तरह *'नीली रगें'* में औरत-मर्द के रहस्यमय संबंधों और अजनबी औरत के साथ प्रेमानुभूति की विशिष्टता को नाटकीय अभिव्यक्ति प्रदान की गई है। प्रेम-व्यापार सचमुच बड़ा विचित्र है। प्रेमी-प्रेमिका के आपसी रिश्तों, लगावों, तनावों में एक असामान्य किस्म की विचित्रता रहती है। *'मुहब्बत की पैदाइश'* में प्रेमी के असामान्य व्यवहार से प्रेमिका के मन में मुहब्बत पैदा होने की स्थिति का नाटकीय विधान किया गया है। *'खुदकुशी'* भी एक दिलचस्प नाटक है। प्रेमी के साथ शादी न हो पाने की स्थिति में प्रेमिका का खुदकुशी करने का इरादा और फिर प्रेमी जोड़ों के प्रेमानुभवों को सुनकर खुदकुशी के इरादे को स्थगित कर देना इस नाटक की थीम है। औरत और चाचा के बीच के संवाद बड़े सधे ढंग से कथित हैं और उनकी अन्तर्निहित भावनाओं और रवैयों को दर्शाते हैं। खुदकुशी जैसे मारक और घातक अनुभव को मंटो ने एक क्रीड़ा के रूप में प्रस्तुत किया है, यही इस नाटक की अन्तर्निहित नाटकीयता है।

मंटो के नाटकों में प्रेम से जुड़ी लगाव, अलगाव की विषम, विसंगत और तनावपूर्ण स्थितियों को भी नाटकीय कौशल से उभारा गया है। *'अकेली'*, *'चूड़ियां'* और *'सलीमा'* ऐसे ही नाटक है। *'अकेली'* और 'चूड़ियाँ' नाटकों में घटनाएँ अप्रत्याशित रूप से घटित होती है और संभावनाओं-असंभावनाओं के बीच चलते प्रेम संबंधों की विभिन्न मनोदशाएँ-उम्मीद, मायूमी, अकेलापन

व्यंजित हो जाते हैं। मंटो के अधिकांश पात्रों की तरह 'सलीमा' की सलीमा भी एक जटिल चरित्र है। वह अपने ढंग की ज़िन्दगी जीती है- लोगों से निरपेक्ष और एकांत में, विपरीत परिस्थितियों से जूझती हुई मर जाती है। नाटक के अन्त में उसका अनवर के प्रति लगाव ज़रूर झलकता है। लगाव-अलगाव के दंड को झेलते हुए उसका अन्त हो जाता है।

मंटो के कई नाटकों में मानवीय स्वभाव की विभिन्न परतों को उघाड़ा गया है। *'इस मंझधार में'* और *'रूह का नाटक'* में इसे देखा जा सकता है। ट्रेन-दुर्घटना में अमज़द का अपाहिज हो जाना और उसकी पत्नी सईदा का बच जाना, दोनों के संबंधों को कैसे बदल देता है, यह इस नाटक की धुरी है। सईदा और मजीद (अमजद का छोटा भाई) के संबंध एक जटिल स्थिति में नये आयाम जोड़ देते हैं तो अमजद और असगरी के संबंध उन्हें एक त्रासद अन्त की तरफ़ ले जाते हैं। अमजद, सईदा और मजीद को इस स्थिति से निकलने का कोई रास्ता नहीं दिखता, अन्ततः असगरी और अमजद आत्महत्या करके इस स्थिति से उबरते हैं। अपाहिज हो चुके व्यक्ति के संदर्भ में अन्य व्यक्तियों की सोच, उनका द्वंद्व, उनकी भीतरी दुनिया की सच्चाइयाँ, अपाहिज हुए व्यक्ति के दबाव और तनाव नाटक को अर्थवान बना देते हैं। इस नाटक का दृश्य-विधान सिनेमाई और रंगमंचीय दोनों प्रकार का है। दृश्यबंधों को सिनेमाई पटकथा की पद्धति पर रखा गया है। *'रूह का नाटक'* एक अलग तरह का नाटक है जो इंसान की समूची पहचान को अपना विषय बनाता है। इन्सान के बौद्धिक और भावनात्मक पक्षों के बीच निरन्तर एक संघर्ष चलता रहता है। यह संघर्ष अक्सर प्रेम संबंधों और पारिवारिक रिश्तों को लेकर होता है और अन्ततः रूह के अनश्वर अस्तित्व तक ले जाता है। मंटो ने इस नाटक में मानवीय स्वभाव के विभिन्न रूपों और रंगों को मनोवैज्ञानिक धरातलों पर निरूपित करते हुए, उसका बोध कराया है। यह सही है कि पूरे नाटक पर अवधारणाएँ हावी है, तो भी नाटककार ने पहचान के संकट से जुड़े संदर्भों का नाट्यात्मक विन्यास किया है।

पाबन्दियों में घिरा हुआ वजूद और उन्हें झटकने की प्रवृत्ति को लेकर मंटो ने कई कहानियाँ और नाटक लिखे है। इन ढंग की कहानियों की वस्तु मुख्यतः, वेश्याजीवन से संबंधित है। वेश्याओं की जीवन की विसंगतियों और तल्खियों को जिस तरह एक खास ढंग से उन्होंने कहानियों में उतार दिया है, कुछ वैसा ही कौशल उनके नाटकों में मिलता है। *'हतक'* इस थीम पर लिखी उनकी प्रसिद्ध कहानी है। इस कहानी को आधार बनाकर उन्होंने *'हतक'* शीर्षक से नाटक भी लिखा है। कहानी को दृश्यों में बांधने का और नाटकीय संवादों के ज़रिए केंद्रीय पात्र सुगंधी की मन:स्थितियों को खोलने और उन्हें नाटकीय कार्य की तरफ़ ले

जाने की कला इस नाटक में *'हतक'* कहानी से कम नहीं है। इसी तरह *'करवट'* नाटक में वेश्या का सुधार करने की आड़ में मियां का पाखंडपूर्ण व्यवहार और आचरण नाटक के अन्त में जिस तरह खुलता है और सुन्दरी पर उसकी जो प्रतिक्रिया होती है, उससे मध्यवर्गीय मानसिकता तार-तार होकर सामने आ जाती है। इसी तरह क्या *'मैं अन्दर आ सकता हूँ'* नाटक में इस ज़िन्दगी के एक अछूते पहलू को मंटो ने कलात्मकता से पकड़ा है। हर जगह मलक़ीयत, अहं और स्वार्थ से घिरा व्यक्ति महसूस करता है, केवल एक वेश्या का घर है जहाँ कोई पाबन्दी नहीं, जहाँ सभी का स्वागत है, जहाँ होने का एक अर्थ है और चीजों को देखने-परखने में अपनापन है। सभ्य कहे जाने वाले लोगों के परायेपन और समाज के उपेक्षित वर्ग की संवेदनशीलता को लेखक ने नाटकीय स्थितियों में ढालकर अभिव्यक्त किया है।

इन नाटकों में मंटो की संवेदना और सोच का दायरा काफी विस्तृत है- वैयक्तिक सरोकारों, आकांक्षाओं और कुंठाओं से लेकर सामाजिक और राजनीतिक चिन्ताओं और विद्रूपताओं तक। *'जुर्म और सज़ा'* में पाप-पुण्य का प्रश्न उठाया गया है तो *'जर्नलिस्ट'* में अब्दुल बारी जैसे पत्रकार की परेशानियों और तकलीफों को व्यक्तिगत घरातल से राजनीतिक धरातल तक फैलाया गया है।

मंटो ने इतिहास में तानाशाहों के रूप में प्रसिद्ध रहे सुलतानों और शहंशाहों को अपने कई नाटकों का विषय बनाया है। *'ज़नाजे'* संग्रह के सभी नाटकों में कठोर और क्रूर माने जाने वाले शासकों, तानाशाहों के जीवन की लगभग अंतिम झांकियां देने के प्रयत्न किए गए हैं। इनमें मंटो ने मानव नियति और मृत्यु के संदर्भों को आमने-सामने रखकर बड़े से बड़े तानाशाह की बेबसी और अकेलेपन का बोध कराया है। इन नाटकों से पता चलता है कि मंटो ने विश्व इतिहास का गहरा अध्ययन किया था। ऐतिहासिक प्रक्रियाओं की समझ अर्जित की थी और नाटकों में उसका उपयोग किया था। तत्कालीन राजनीति की अन्तर्धाराएँ और संचालन तत्त्व भी किसी न किसी रूप में इन नाटकों में आ जुड़े हैं। इतिहास, राजनीति और शहंशाहों की ज़िन्दगियों के अंतरंग प्रसंग इन नाटकों में घुलमिल गए हैं। *'रासपुतिन की मौत'* हो या *'नेपोलियन की मौत'*, इन नाटकों में तानाशाहों की ज़िन्दगी के आखिरी दौरों की अन्दरूनी दास्तां को, उनके अनुभवों, आकांक्षाओं, सपनों और त्रासदियों को चित्रित किया गया है। लेखक का दृष्टिकोण संतुलित और मानवीय है और उसने उन स्थितियों को उठाया है जिनमें नाटकीयता है। *'बाबर की मौत हो'* या *'टीपू सुलतान की मौत'*, *'शाहजहाँ की मौत'* हो या *'चंगेज खां की मौत'*, *'रासपुतिन की मौत'* हो या *'नेपोलियन की मौत'*, *'तैमूर की मौत'* हो या *'किलोपेट्रा की मौत'*, घटनाओं को नाटकीय

विधान में प्रस्तुत करने का लेखकीय कौशल साफ नज़र आता है। *'तानाशाहों के आखिरी दिन'* अध्याय में हमने इन नाटकों का विस्तृत विवेचन-विश्लेषण किया है।

ये नाटक मंटो की सृजनात्मक शक्ति के एक भिन्न पहलू के परिचायक हैं। जो कहानियों के बल पर पहले से बनी मंटो की मिथ को तोड़ सकते हैं। पुरानी मिथ को पुख्ता भी कर सकते हैं और बिलकुल नयी मिथ बना भी सकते हैं।

तानाशाहों के आखिरी दिन

(मंटो के इतिहास संबंधी नाटक)

लोकशाही और तानाशाही विरोधी शब्द है लेकिन लोकशाही में तानाशाही को घुसपैठ करते अक्सर देखा जा सकता है। ऐसे में भयावह विसंगतियों से दो चार होते हुए मुझे मंटो के इतिहास संबंधी नाटकों और उनमें चित्रित तानाशाहों के आखिरी दिनों की याद आ गयी:

'जानते हो मैंने तानाशाहों के आखिरी दिनों पर नाटक लिखे हैं।' मंटो पता नहीं कहाँ से प्रकट हो गया।

'जानता हूँ- 80 साल पुराने तुम्हारे वे रेडियो नाटक', 'मैंने उदासीनता से मुँह मोड़ते हुए कहा', 'मेरी उम्र जितने पुराने. . .तुम इतिहास में आज ढूंढते फिरते हो।'

'हाँ वही- वह समय और आज। तुमने पहले भी पढ़े होंगे, मगर आज की परिस्थिति और वक्त में उन्हें एक बार फिर पढ़ लो।

'ठीक है' मैंने टालते हुए कहा।

लेकिन मैं खुद को रोक न सका- एक-एक करके वे नाटक पढ़ता गया और उनकी गिरफ़्त में आता गया। एक रील घूमती गयी- तानाशाहों के आखिरी दिनों की रील और मैं हैरान-सा वर्तमान में उनकी परछाइयाँ देखने लगा और अपने लिए मरने का सलीका तलाशने लगा। ये नाटक इसी प्रक्रिया में सामने आए हैं। कहानियाँ हो या नाटक या और कोई रचना, मंटो ने इनसे जूझते हुए सच को हासिल किया है। यह सच न काल्पनिक है न एकपक्षीय, अपनी तमाम विसंगतियों, विडंबनाओं के साथ वह पाठकों, श्रोताओं तक पहुँचता है, मानवीय नियति की अद्‌भुत व्यंजनाएँ और ध्वनियाँ लिए हुए जिसका उस ने तानाशाहो के आखिरी दिनों में नाटकीय धरातलों पर साक्षात्कार किया है। आईए इन में झाँके- इतिहास में ही नहीं, वर्तमान में भी- इतिहास और नाटकों में साथ-साथ। सआदत हसन मंटो कहानी की दुनिया से बड़ी तेजी से आवाज़ की दुनिया में

उतर आया था। बम्बई में रहते हुए आर्थिक परिस्थिति से मजबूर[1] होकर उसने बम्बई रेडियो के लिए लिखीं *'आओ'* और *'तीन औरतें'* की नाट्य शृंखलाएँ और बाद में दिल्ली में रहते हुए सौ से ऊपर नाटक लिखे जो दिल्ली रेडियो से 1940-41 के बीच ब्राडकास्ट हुए। किसी भी लेखक के लिए यह एक रिकार्ड हो सकता है। इन नाटकों पर मैं विस्तार से *सआदत हसन मंटो के नाटक* की भूमिका में लिख चुका हूँ।

यहाँ मंटो के वे नाटक ले रहा हूँ जो तानाशाहों के आखिरी दिनों से संबंधित हैं और जिन्हें यों ही चलता कर दिया जाता है। ये नाटक उनके *'जनाजे'* संग्रह में संकलित है और उस शख्स के नाम हैं, 'जो मेरी मौत पर ऐसा ही मजमून लिखेगा।' चार पंक्तियों में सिमट जाने वाली इस संग्रह की भूमिका इस प्रकार है :

'ज़िंदगी, मौत का दीबाचा (भूमिका) है। इस मजमूअे के मज़ामीन जिसे रेडियो इस्तलाह (शब्दावली) में फीचर कहते हैं, चंद दबाचों की इस्तनामी सतूर (अंतिम पंक्तियों) हैं। क्या अजब कि इन को पढ़कर आप को मरने का सलीक़ा आ जाए।'

यह भूमिका 29 मार्च, 1942 में लिखी गयी थी और 'जनाज़े का प्रथम प्रकाशन 1942 में हुआ था।' ये सभी नाटक 1941-42 के दौरान आल इंडिया रेडियो, दिल्ली से ब्राडकास्ट हुए थे। संग्रह में क्रम से ये नाटक इस प्रकार प्रकाशित हुए हैं:

1. चंगेज खाँ की मौत
2. तैमूर की मौत
3. क्लोपेट्रा की मौत
4. नेपोलियन की मौत
5. बाबर की मौत
6. शाहजहाँ की मौत
7. टीपू की मौत
8. रासपुतीन की मौत

मंटो के इन नाटकों की बात करे या उनके अन्य रेडियो नाटकों की, इनमें

---

1. **'आओ' की भूमिका आओ सुनो'**:
ये ड्रामे रोटी के उस मसले (समस्या) की पैदावार हैं जो हिंदुस्तान में हर उर्दू अदीब के सामने उस वक्त तक मौजूद रहता है जब तक वह मुकम्मल तौर पर ज़हनी अपाहिज न बन जाए। मैं यका था, चुनाँचे मैंने ये ड्रामे लिखे। दाद इस बात की चाहता है कि मेरे दिमाग ने पेट में घुसकर ये चंद मजाहिया (हास्य मूलक) ड्रामे लिखे हैं जो दूसरों को हँसाते रहे हैं, मगर मेरे होठों पर एक पतली सी मुस्कराहट भी पैदा न कर सके। दस्तावेज़-3. पृ.-351

मंटो का शिल्प, शैली और तकनीक उस वक्त के अन्य रेडियो नाटककारों से अलग ही है। मंटो उन दो-चार रेडियो नाटककारों में से हैं जिन्होंने रेडियो के लिए नाटक लिखने की पहल की। मंटो रेडियो नाटक के शिल्प के गहरे अध्ययन के बाद रेडियो नाट्य लेखन के क्षेत्र में आए थे। और भी लोग थे मगर इस मैदान में वे सब से आगे थे, *'जनाज़े'* के नाटक हों या मंटो के और नाटक, वे अलग तरह की तकनीक में पेश किये गये हैं। मंटो ने अपने वक्त में चली आ रही रेडियो तकनीक को सिरे से बदल दिया जिससे कई आलोचक और रूढ़िवादी लेखक उससे खफा थे, मगर उसने परवाह नहीं की और नए प्रयोग करता रहा। *'मंटो के ड्रामे'* की भूमिका में मंटो ने लिखा है, 'इन की तकनीक, *'जैसा कि आपको इन के मुताअले (अध्ययन) से मालूम होगा। मैंने चंद तरीकों से दूर रहने की सई (प्रयत्न) किया है।' मंटो जानता था कि ये तरीके पेशेवर नक़्क़ादो (आलोचकों) और रूढ़िवादी लेखकों को पसंद नहीं आएंगे, मगर उसकी हफगिरी (आलोचना) उस वक्त तक बिल्कुल फिजूल होगी जब तक इन दिक्कतों को दूर करने के लिए नए तरीके ईज़ाद न हों जो रेडियाई ड्रामे लिखने में पेश आती हैं।'*

मंटो ने इन ड्रामों में उस वक्त की ड्रामाई सोच के हिसाब से नयी तकनीक का प्रयोग तो किया ही है, ध्यान देने की बात यह है कि लंबे समय तक हिंदी और उर्दू ड्रामों में मंटो की यह तकनीक अपनायी जाती रही। हाँ, यह ज़रूर है कि 1960 के बाद हिंदी और उर्दू के नए लेखकों ने, नयी परिस्थितियों के दबाव में, कथ्य के अनुसार रेडियो नाटक की तकनीक में परिवर्तन किए है। बहरहाल, बड़ी बात यह है कि मंटो ने अपने समय में नाटकों के शिल्प और तकनीक में जो परिवर्तन किए, वे उनके नाटकों की संरचना में साफ-साफ नज़र आते हैं। *'जनाजे'* के नाटकों को ही लें। इनमें रेडियो नाटक के लिए ज़रूरी नाट्य ध्वनियों का कौशलपूर्ण संयोजन किया गया है। ये ध्वनियाँ केवल भाषायी नहीं है, वे चरित्रों से जा टकराती है और संवादों और भाषा में चुपके से सरक आती है। ये ध्वनियां ऐतिहासिक चरित्रों और देश, काल तक सीमित नहीं रही है, सीधे हमारे समय और समाज से आ जुड़ी है। इन ध्वनियों को सुनते हुए एक बार मुझे लगा कि मंटो ने ये नाटक इतिहास में शहंशाहों के आखिरी दिनों को उजागर करने के बहाने, हमारे समय के शासकों के तानाशाही रवैयों और आखिरी दिनों की इनकी बेबसी, लाचारगी और दारुण अवस्था को गहरे मानवीय सरोकारों से चित्रित किया हो। कोई भी नाटक उठा लीजिए, आप इन ध्वनियों से बच नहीं सकते। नाटकीय शब्द में समायी ये ध्वनियाँ प्रसारण के दौरान जब अभिनेताओं की संवाद अदायगी, अभिनय और संगीत से जुड़ती हैं तो इनकी समकालीन

प्रासंगिकता से बचना मुश्किल हो जाता है। चंगेज खाँ की मौत हो या बाबर की मौत, तैमूर की मौत हो या शाहजहाँ की मौत, कलोपेट्रा की मौत हो या टीपू सुल्तान की मौत, नेपोलियन की मौत हो या रासपुतीन की मौत, नाटकीय शब्द की भीतरी-बाहरी ध्वनियों के तीव्र संघात से उत्पन्न मानवीय संवेदना को आप महसूस कर सकते है। इतिहास से वर्तमान में दाखिल होती ये ध्वनियाँ जब नेरेशन और संवादों के साथ आ जुड़ती है तो नाटक का प्रभाव कई गुना बढ़ जाता है।

ग़ौर करने की दूसरी बात है नेरेशन- घटनाओं और परिस्थितियों का वर्णन विश्लेषण। रंगमंचीय नाटक में वर्णन नाटक को ले डूबता है, मगर रेडियो नाटक चूंकि देखने से नहीं, सुनने से जुड़ा है, इसलिए यहाँ श्रव्य का विशेष महत्त्व है। श्रव्य की शक्ति से ही यहाँ दृश्य खड़ा हो जाता है। प्रत्येक नाटक के शुरू में नाटक के मुख्य किरदार के बारे में आवश्यक सूचनाएँ दी गयी हैं, और नाटक की ऐतिहासिक पृष्ठभूमि या नेपथ्य से जुड़ी घटनाओं के संकेत या ब्यौरे इस प्रकार दिए गए हैं कि नाटक के केंद्रीय पात्र की पृष्ठभूमि से वाक़िफ़ होकर इस पात्र के अंतिम दौर में दाखिल होने के लिए श्रोता तैयार हो जाएं। ये नाटक चूंकि शहंशाहों, सुल्तानों के आखिरी दिनों की व्यथा-कथा से जुड़े हैं, इसलिए यह ज़रूरी है कि प्रारंभ, मध्य भाग और अन्त में घटित घटनाओं को बताते हुए श्रोताओं को केंद्रीय पात्र के आखिरी दिनों तक ले जाने में मानसिक रूप से तैयार कर दिया जाए। इन नाटकों में ये ब्यौरे संक्षेप में बड़ी प्रामाणिकता से दिए गए हैं। तैमूर के लाम-लश्करों, आक्रमणों, उसकी विजय यात्राओं को मंटो ने बड़े सजीव ढंग से प्रस्तुत किया है- पहाड़ों की चोटियां काट-काट कर उन पर आरामगाह बनायी। दरियाओं के रुख बदल डाले- उस बर्बर युद्ध प्रिय आदमी को हम तैमूर लैन या तैमूर लंग के नाम से जानते हैं।' तानाशाहों के चरित्र की विरोधी विशेषताओं और उनके अंतर्विरोधों को वह अपनी प्रारंभिक टिप्पणी में साफ साफ झलका देता है: 'कुछ लोग उसे गर्म-ए-स्याह' भी कहते हैं मगर कुछ ऐसे भी है जो उसे 'शेर-जयां और गितीसतान' के खिताब से याद करते हैं। मशहूर शायर मिल्टन ने गजाजील की शानदार तस्वीर में जो भयानक रंग भरे हैं, मालूम होता है तैमूर के किस्सों पर गौर करने के बाद ही उसकी कलम में बला का जोर आया था। नाटकों में ये बातें इन के प्रारंभ में ही नहीं, बीच-बीच में भी दी गयी हैं, नाटकीय कथा में तारतम्य बैठाने के लिए।

'टीपू सुल्तान की मौत' नाटक में घटनाओं से नेरेशन और उनके नाटकीय विधान का संतुलन रेडियो नाटक के क्रॉफ्ट का हिस्सा है। मंटो दोनों को नाटकीय दृष्टि से तानने में माहिर है। तैमूर की मौत नाटक के बारे में हम पहले ही लिख आए हैं, *'शाहंशाह की मौत'* और *'टीपू सुल्तान की मौत'* में भी यह

संतुलन गजब का है। नेरेशन में दी गयी घटनाएँ इन नाटकों में अनावश्यक नहीं है, एक परिप्रेक्ष्य में उनका बयान किया गया है और फिर ऐसी घटनाओं का संयोजन किया गया है जो नाटकीय संवेदनाओं के विकास में क्रियाशील हों। एक तरफ़ औरंगजेब की फौज, दूसरी तरफ़ दिन-रात उसके जासूसों से घिरा हुआ शहंशाह अपने लोगों से खतोकिताबत तक करने से महरूम कर दिया जाता है। नेरेशन में दी गयी घटनाओं और नाटकीयता में पेश की गयी घटनाओं में जहाँआरा का किरदार क्रूरता और करुणा के स्पंदनों से इस नाटक को लबरेज करता जाता है। टीपू सुल्तान की बात दूसरी है। गद्दारी और वफादारी के बीच झूलती टीपू सुल्तान की वफादारी गहरी करुणा का संचार करती है क्योंकि वह नेपोलियन की तरह अपने आप को दुश्मन के हवाले नहीं करता। वह बहादुर सिपाही की तरह अपनी आज़ादी बरक़रार रखने और अपने मुल्क और प्रजा की इज्जत बचाने के लिए शमशीर पकड़े हुए मरना कबूल करता है।

दरअसल, घटनाओं के निरेशन और उनके संयोजन का यह संबंध इन नाटकों की तकनीक और शिल्प की खूबसूरती है। यह संबंध सूत्र नाटकों की चरित्र संरचना और मूल संवेदना से जुड़ा हुआ है। मंटो ने अपने नाट्य-कौशल से इसे नाटकों का अंदरूनी शिल्प बना दिया है। इसे निश्चय ही मंटो की देन कहा जा सकता है।

इन नाटकों में मंटो की चयन दृष्टि का खास महत्व है। किसी शहंशाह की ज़िंदगी का कौन-सा हिस्सा नाटक के लिए ज़रूरी है, इसका विवेक मंटो के पास खूब है। और इसीलिए वे शहंशाहों के आखिरी दिनों को चुनते है जहाँ मानवीय नियति और त्रासदी के सारे सूत्र बिखरे पड़े हैं। मंटो इसी नाटकीय मोड़ पर नाटक का प्रारंभ करते है जिसके कारण मानवीय संवाद और संताप के विभिन्न पहलू लगातार उभरते चलते हैं और श्रोताओ को अपने साथ बांधते चलते हैं। क्लोपेटा की ज़िंदगी के अंतिम दिनों को मंटो ने बड़े कौशल से नाटकीय संवादों में अभिव्यक्त किया है। संवाद अंश देखिए :

एन्टोनी: ज़िंदगी और मौत के बीच जब एक मुट्ठी भर रेत का फर्क रह जाए तो ऐसी बातें नहीं करनी चाहिए। आओ प्यार, मुहब्बत की बातें करें।

किलोपेट्रा: (फूट फूट कर रोती है) एन्टोनी, एन्टोनी।

किलोपेट्रा: वे मेरी मौत नहीं चाहते ज़िंदगी चाहते है- ज़िंदगी जो लगातार एक मौत हो. . .

एक और अंश:

आयरस: मल्का-ए-मिस्र की तबीयत आज नासाज़ मालूम होती है।

किलोपेट्रा: मल्का ए मिस्र- मेरा मजाक उड़ाती है आतरी! तेरी मटका

से तो वे बाँसुरी बजाने वाली घांघरिया हजार दर्जे बेहतर है जो अपना गला जब चाहे काट सकती है. . .क्या वाकई मैं मल्का हूँ- क्या वाकई मैं मिस्र की वह वीर शासक हूँ जिसकी पलक के इशारे पर हरमशान जैसा बागी नाचा? क्या मैं वही हसीना हूँ जिसकी एक अदा में सीजर को तमाम जंगी दाँव-पेंच भुला दिए- नहीं नहीं, मैं कुछ भी नहीं हूँ। सिर्फ़ एक औरत बाकी रह गयी हूँ जो रोमियो के डर से एक चुहिया की तरह अपने बिल में दुबकी बैठी है।

संवादों के ज़रिए हम चरित्रों के अंतरंग तक पहुँच जाते हैं और उनकी अंतर्वेदना को महसूस करने लगते हैं।

तकनीक के हिस्से के तौर पर नाटकीय निर्देशों को लिया जा सकता है। सूचना को, जानकारी को, मनःस्थिति को नाटकीय अंदाज़ में कैसे पेश करना है, इसकी कला मंटो बखूबी जानते है। रंगमंचीय नाटकों में निर्देश हों न हो, इस संबंध में विवाद हो सकता है पर रेडियो नाटक के लिए निर्देश अनिवार्य हैं। ये निर्देश आवाज़ के ज़रिए चरित्र को श्रोता के सामने मूर्त रूप में पेश कर देते हैं। तैमूर की 'मोटी और डरावनी आवाज़, उसका घबरा कर जागना' यमदूत की पागलपन जैसी हँसी, अंतराल के बाद का उपयोग मनःस्थितियों- मनोवेगों का एक तरह का बिंबात्मक विधान है। नेपोलियन की मौत में भी निर्देशों का विधान श्रव्य को श्रोताओं की चेतना में मूर्त करने की दृष्टि से देखने योग्य है। उसकी मनोदशा के अनुरूप निर्देश इस तरह से बदलते जाते हैं- अचेतनता की स्थिति में आवाज़ ढीली हो जाती है। सख्त लहज़े में बड़े दयनीय लहज़े में बड़बड़ाता हुआ खामोश हो जाता है।

इसी तरह अन्य पात्रों संबंधी निर्देश भी देखे जा सकते हैं।

'नेपालयन की मौत' नाटक में भी संवादों का विधान इस प्रकार का है कि चरित्र की केंद्रीय प्रवृत्तियाँ तो उभरती ही हैं, केंद्रीय संवेदना पर भी प्रकाश पड़ता है। मेन्थालोन से बात करता हुआ नेपोलियन भयावह गहरे अंतर्द्वद्व से घिर जाता है:

नेपोलिन: जोजेफाइन- जोजफाइन- मेरे पास आओ। जब से तुम अलग हुई हो, मैं शोकाकुल रहता हूँ। मेरी याद में तुम्हारे बोसे, तुम्हारे आँसू चमक रहे है। सिर्फ़ तुम्हारी खातिर मैंने इटली पर विजय प्राप्त की। सिर्फ़ तुम्हारी खातिर मैंने दुश्मनों के इक्कीस झंडे छीने। जोजेफाइन-जोजेफाइन- तुम बेबफ़ा निकली। तुम ने अपने आशिक से दगा किया। तुम्हारी- बेवफाई ने कई बार यूरोप के महान विजेता की आँखें अश्रुपूर्ण की है। आह, मेरी बल्यूस्का, तुम औरत नहीं, फरिश्ता हो। तुम्हारी वफा ने हमें बहुत प्रभावित किया है। खुदा की कसम, हम उस औरत को प्रियतम समझते हैं जो हमारे तेज से नहीं, हम से मुहब्बत करती है।

इसी तरह तैमूर की मौत नाटक में भी रेडियो नाटक की अन्य अपेक्षाओं के अलावा जिनका ज़िक्र हम कर आए है, संवादों में भी इतिहास झाँकता है और मानवीय नियति के निशां भी। एक संवाद-अंश देखिए:

सराये खानम (हंसती है) अमीर गौरगान जो आधी दुनिया फतह कर चुका है, कैसे बूढ़ा हो सकता है, और अभी तो आधी दुनिया बाकी है जो हजूर के कदमों की छाप से खाली है।

तैमूर : तुम ठीक कहती हो सराये खानम! आधी दुनिया बाकी है जो हमारे कदमों की छाप से खाली है (हँसता है) जो आदमी एक बार पाँव रकाब में रखता है, उसे काठी पर पहुँचना ही पड़ता है। अभी तो हमने रकाब में ही पाँव रखा है। काठी पर पहुँचना अभी बाकी है।. . .

'चंगेज खाँ की मौत' नाटक हो या टीपू सुलतान की मौत इन में घटनाओं की प्रामाणिक जानकारी और उनका प्रस्तुतीकरण नाटकीयता लिए है। पूर्व-रंग के रूप में घटनाओं का वर्णन नाट्य वस्तु से जुड़ा हुआ है और कथ्य को ध्वनित करता चलता है।

तानाशाह और हास्य एक दूसरे के विलोम है। इसीलिए इन नाटकों में हास्य ढूँढना मुश्किल है। हाँ, जहाँ कहीं दोस्ती का संदर्भ आया है वहाँ हास्य की पतली छाया देखी जा सकता है जैसे बगोस्वी को संबोधित चंगेज़ की ये पंक्तियाँ 'खाकान, तुम्हें अपना अजीज दोस्त यकीन करता है- कुदरत के रंग न्यारे है। मूसा आग लेने गया तो उसे पैगम्बरी मिल गयी। मैं अपने घोड़ों की खोज में निकला तो मुझे तुम मिल गए।

'बाबर की मौत' नाटक अपने कलेवर, प्रस्तुतीकरण और कल्पना में मंटो के शेष नाटकों से थोड़ा अलग है। इसका प्रारंभिक नेरेशन (नोट) रंगमंचीय नाटकों जैसा है। रेडियो नाटक जैसा नहीं। अपने समय के रंगमंच पर टिप्पणी करते हुए वे लिखते हैं- स्टेज पर प्रतिदिन ड्रामे लिखे जाते हैं मगर उनमें से कितने कला की दष्टि से पूर्ण होते हैं. . .किसी ड्रामे का पहला एक्ट शानदार है तो उसका अंतिम एक्ट पहले एक्ट की शान के कदमों में दम तोड़ते नज़र आएंगे। किसी ड्रामे का अंत अच्छा है तो आरंभ बुरा है।'

आगे लिखते हैं- 'क्लाइमेक्स' है तो सस्पेंस नहीं होता। अगर सस्पेंस है तो क्लाइमेक्स नज़र नहीं आएगा. . .दलीलें तितलियों की मानिंद उन ड्रामों में उड़ती नज़र आएंगी।'

नाटककारों में शायद सबसे ज्यादा कमी उन ड्रामों में पायी जाती है जो तारीख ने लिखे हैं- तारीख ड्रामे के तमाम पहलुओं पर बहुत कम ग़ौर करती है। अपने ड्रामों के अंकों पर भी इतिहास अलग अलग नहीं सोचता। लेकिन अगर

उसकी कलम से कोई अच्छा ड्रामा निकल जाए तो सदियों तक उसकी धूम मची रहेगी।

यह ड्रामा जो अब आप पढेंगे, इतिहास का एक पूर्ण ड्रामा है- दृश्य हिंदुस्तान का है- प्लाट है दुनिया को फतह करने का ख्याल। हीरो है बाबर शेर फरगाना- एक बहुत बड़ी सल्तनत का मालिक- मुगलिया खानदान का पहला बादशाह (परदा उठता है।)

जाहिर है कि प्रारंभिक नेरेशन मंटो के अन्य ड्रामों के प्रारंभिक नेरेशन से अलग हैं। यहाँ मंटो अपने समय के रंगमंच का खाका खींचते नज़र आते हैं और तत्कालीन रंगमंच की कमजोरियों की तरफ़ संकेत करते हुए भी। तारीख इतिहास से जुड़े नाटकों के बारे में उनकी बात को गंभीरता से लिया जाना चाहिए और उसकी पड़ताल की जानी चाहिए।

'बाबर की मौत' ड्रामे को वे इतिहास का एक पूर्ण ड्रामा कहते हैं। अगर यह इतिहास का एक पूर्ण ड्रामा है तो *'नेपोलियन की मौत'* कम पूर्ण ड्रामा नहीं है। नोट के अंत में पर्दा उठता है का निर्देश है जबकि रेडियो नाटक में पर्दा उठने का कोई काम ही नहीं होता है।

इस नोट से, मुख्यत: और पर्दा उठने की युक्ति को देखते हुए भी लगता है कि मंटो ने बाबर की मौत को एक रंगमंचीय नाटक की तरह से तरतीब देने के बारे में शायद सोचा होगा और शुरू में और ठीक बीच से बाबर और मीर मुंशी की बातचीत से यह लगता भी रहा मगर रेडियो की बंदिशें उन पर इस कदर हावी रहीं कि वे इसे रंगमंचीय नाटक के तौर पर ढाल न पाए हालाँकि वे अपने समय के रंगमंच से नाखुश थे। अपने रेडियो नाटकों के लिए कास्ट के चयन से लेकर, रिहर्सल से अंतिम रिहर्सल तक वे शामिल रहते थे और शायद इसी का नतीजा है कि उनके नाटकों में जीवंतता और सजीवता है। और पात्र अपने किरदारों को बखूबी निभाते दिखते हैं। खास बात यह है कि उनके ये नाटक, रेडियो नाटक होने के बावजूद केवल श्रव्य या पाठ्य नहीं है, वे मंचित भी हो सकते हैं अगर कोई निर्देशक इस तरफ़ ध्यान दे। *'बाबर की मौत'* में ऐसी अनेक संभावनाएँ है, लेकिन जैसा कि लगता रहा है मंटो मंच की तरफ़ जाते जाते रेडियो नाटक की अपेक्षाओं को पूरा करने में उलझ जाते हैं और घटनाओं का निरेशन करना उनकी मजबूरी बन जाती है। यहाँ भी घटनाओं का पूर्व कथन नाट्य घटनाओं से अलग-थलग नहीं है। जो हो नेरेशन जब भी आयेगा, रंगमंच परास्त हो जाएगा। हालांकि नेरेशन को संभालने वाले प्रतिभाशाली निर्देशकों की इन दिनों कमी नहीं है। मंटो को अगर वक्त मिला होता तो वे शायद इसे रंगमंचीय नाटक में ढालते जिसकी सदियों तक धूम मची रहती।

खैर जो हो, 'बाबर की मौत' एक भरपूर नाटक हैं। पूर्व कथन के रूप में वर्णित घटनाएँ कार्य-व्यापार में शामिल घटनाओं के साथ कभी सीधा तो कभी प्रकारांतर से रिश्ता बनाये रखती है। यह पूर्वापर क्रम को निभाने भर जैसा नहीं है, ऐतिहासिक घटनाओं के साथ नाटकीय सलूक है। इस के साथ जुड़े हुए है संवादों के तार, चरित्रों की रेखाएँ और संवेदनाओं के सूत्र। आखिरी दिनों की बाबर की त्रासद लाचारगी बड़ी मार्मिक है। एक संवाद अंश:

बाबर : हमें याद नहीं कि हमने तुम्हें बुलाया था।

हुमायूँ: जहाँपनाह क्या मुझ से डर गए थे?

स्वप्न, आकांक्षा, डर के सीमांतों से जुड़ती-सी टकराती यह नाट्य रचना देर तक हॉट करती रहती है।

इन नाटकों की घटनाएँ बेशक जानी-पहचानी हों, मगर इनका वस्तु-विन्यास, मानवीय संवेदनाओं की रैंज, संवाद-योजना, भाषा और नाटकीय प्रस्तुति इस कदर अपूर्व है कि श्रोता, पाठक, दर्शक कब उनमें दाखिल हुआ, कब बाहर आया, पता ही नहीं चलता। मंटो की नाट्यकला की यह विशिष्टता ही है कि भाषा में अभिव्यक्त और ध्वनित होते हुए पात्र और संवेदनाएँ इतिहास के अँधेरे से निकल हमारा हिस्सा बन जाते हैं। इन नाटकों को पढ़ते हुए पाठक, दर्शक इतिहास की विरानगी और गहरी उदासी में उतर जाता है, साथ ही विचलित महसूस करता है। उनके आख़िरी दिनों की दुर्दशा, अकेलेपन और निर्वासन को झेलते हुए वह लोकतंत्र के लबादों में ढके हुए अपने समय के तानाशाहों से घिरा हुआ महसूस करता है। नाटक की विशेषता ही यह है कि वह इतिहास को वर्तमान में ला खड़ा करता है और ऐतिहासिक पात्रों में हम अपने वर्तमान के किरदारों को देखने लगते हैं। इतिहास के बादशाहों, सुल्तानों के आखिरी दिनों को मंटो ने नाटकीय शक्ति के साथ इस तरह खड़ा किया है जैसे हम आज के शासकों के आमने-सामने खड़े हो। इतिहास के पात्र जैसे इतिहास के फ्रेम से बाहर आकर नाटकीय ध्वनियों के साथ हमें इस तरह से घेरने लगते हैं कि इतिहास वर्तमान में और वर्तमान इतिहास में गुत्थमगुथ होने लगता है। ये ध्वनियाँ आज तक आती हैं। इन्हें तानाशाही रवैयों पर समीक्षात्मक टिप्पणी के रूप में लिया जा सकता है। 'मौत को करीबतर देखने की शाहजहाँ की आरज़ू', नेपोलियन के साथ सेंट हलेना में हडसन लो की क्रूरता की याद दिला जाती है और हम अपने आसपास झांकने लगते हैं।

मंटो और रंगमंच

मंटो के नाटकों की चर्चा हम कर आए हैं– उन नाटकों का उल्लेख भी जो उन के संग्रह *'जनाज़े'* में हैं और जो तानाशाहों के आखिरी दिनों से संबंधित हैं। कुल मिलाकर मंटो के ये नाटक सौ से ज्यादा हैं जो उस ने आकाशवाणी दिल्ली में अपने 19 महीनों के कार्य-काल में लिखे थे और वहीं से प्रसारित भी हुए। इतनी कम अवधि में इतनी बड़ी संख्या में नाट्य लेखन एक रिकार्ड ही है। निस्संदेह ये रेडियो नाटक हैं लेकिन इनमें कुछ नाटक ऐसे हैं जिनमें रंगमंच संबंधी सूचनाएँ ही नहीं हैं, बंदिश और बानगी भी रंगमंचीय है और जो रंगमंच पर खेले जा सकते हैं। मंचन करते हुए कठिनाइयां आ सकती हैं, कई तरह की चुनौतियाँ भी लेकिन प्रयोग करते हुए उनके भीतर की रंगमंचीयता उजागर हो सकती है। अपने समय के रंगमंच पर टिप्पणी करते हुए *'बाबर की मौत'* नाटक के प्रारंभिक नोट में अपने समय का जो खाक़ा उन्होंने खींचा है और ऐतिहासिक नाटक संबंधी कमजोरियों और शक्तियों की तरफ़ जो उन्होंने संकेत किया है, उससे ज़ाहिर है कि वे तत्कालीन रंगमंच की हालत को जानते ही नहीं हैं, अपने नाटकों में, जहां भी मौका मिले, रंगमंच का विधान करने के प्रति सचेत हैं।

मंटो को बचपन में नाटक खेलने का शौक रहा था। लेकिन वालिद के विरोध की वजह से वह शौक दबा रह गया। तभी से एक रंगकर्मी उसके साथ चलता रहा। जैसे ही उस ने नाटक और कहानियाँ लिखनी शुरू की तो यह रंगकर्मी उसकी कहानियों और नाटकों में झलकने लगा। उसके नाटक बेशक रेडियो नाटक थे मगर उन पर रंगमंच की गहरी छाप है। कुछ नाटक तो सीधे-सीधे रंगमंच पर खेले जा सकते है। *'बाबर की मौत', 'नेपोलियन की मौत'* ही नहीं, *'जनाज़े'* के अन्य कई नाटक और इस *'मँझधार में', 'जेब कतरा'* जैसे दसियों नाटक सफलतापूर्वक रंगमंच पर खेले जा सकते हैं। इसी तरह उसकी कहानियों में जो रंगमंच छिपा है, वह रंगकर्मियों को उकसाता है कि वे इन कहानियों को मंचित करें। नाटकों और कहानियों में आए नेरेशन से दिक्कत पेश

हो सकती है जिसे निर्देशक और अभिनेता कई तरह से संभालने की युक्तियाँ अपनाते हैं। मंटो की कहानियाँ महज़ कथा-वृत्तांत नहीं हैं। आख्यान के नीचे की परतों को जो निर्देशक ऊपरी वृत्तांत से जोड़ लेता है, केवल वही उसे एक उच्च कोटि की प्रस्तुति में ढालने में सफल हो सकता है।

मंटो की कहानियाँ जितनी बड़ी तादाद में रंगमंच पर खेली गयी हैं और निरंतर खेली जा रही हैं उतनी शायद अन्य किसी कहानीकार की नहीं। यह इस बात का सूचक है कि मंटो आज कितना प्रासंगिक है और उसकी कहानियों में कितनी रंगमंचीयता है। दर्शक जब इन कहानियों का मंचन-प्रदर्शन देखते हैं तो वे बुरी तरह विचलित होते हैं। उन्हें लगता है मंटो आज भी उनके साथ खड़े हैं, खड़े ही नहीं है, उनकी पीड़ा, अंतर्व्यथा और प्रतिरोध को वाणी दे रहे हैं। आज के वक्त में जब दर्शक विभाजन की खाई को ज्यादा चौड़ा होता देख रहे हो- नरक की सतहों की ओर लुढ़कता हुआ तो उन्हें मंटो की कहानियों के मंचन को देखते हुए गहरे जुड़ाव का एहसास होता है। *'टोबा टेक सिंह'* के अंत में जब दर्शक गगनभेदी चीख के साथ बिशनसिंह को *'नौ मैंस लैण्ड'* पर पछाड़ खाकर गिरता देखते हैं तो वे स्तब्ध रह जाते हैं, दो कौमों के सिद्धांत के परखचे उड़ते देख। आज के विकट दौर और अमानवीय परिस्थितियों में हम प्रतिरोध को कैसे अभिव्यक्त करें? मंटो की कहानियों के मंचन-प्रदर्शन सीधे सीधे हमें इस प्रश्न के सामने खड़ा करते हैं।

ऊपर हम संकेत कर ही आए हैं कि मंटो बचपन से ही रंगमंच के प्रति आकर्षित थे। 13-14 साल की उम्र में रंग-संगीत और अभिनय के प्रति उसका झुकाव हो चला था। मंटो के वालिद इस तरह के गाने-बजाने के सख्त खिलाफ़ थे, मगर मंटो तो मंटो है। उसने अपने मित्रों के साथ मिलकर अमृतसर में एक नाट्य-क्लब बना लिया। उन दिनों आगा हश्र कश्मीरी अमृतसर में ही थे और मंटो उनसे मिलते रहते थे और उनके नाटकों को मंच पर खेलने के बड़े इच्छुक थे। एक नाटक को वे मंचित कर चुके थे और एक और नाटक की रिहर्सल जोरों पर चल रही थी। तबले और हारमोनियम के साथ गायन की आवाज़ें बुलंद थी। उनके वाज़िद के कानों में ये आवाज़ें पड़ी तो वे आग-बबूला हो उठे और तबले, हारमोनियम और बाकी साजो-सामान तोड़-फोड़ डाले। मंटो के लिए यह एक सदमे से कम नहीं था। एक रंगकर्मी बनने की उसकी इच्छा बुरी तरह कुचल दी गयी। ठीक है कि मंटो रंगकर्मी न बन सका पर रंगकर्म के निशान उस के ज़हन पर ताउम्र बने रहे जो उसके नाटकों, कहानियों की भाषा और संवादों में साफ नज़र आते हैं। इसीलिए पाठकों को उसकी कहानियों में नाटक और नाटकों में कहानियाँ नज़र आने लगती हैं।

मंटो की कहानियों के मंचनों से पहले मैं मंटो पर लिखे अपने नाटक *'नो मैंस लैंड'* और मंटो की जीवनी *'मंटो ज़िंदा है'* के मंचन के बारे में बात कर लूँ। *'नो मैंस लैण्ड'* नाटक मैंने मंटो की मिथक बन चुकी कहानी *'टोबा टेक सिंह'* से प्रेरित होकर लिखा था। इसमें मंटो की दो और कहानियों खोल दो और ठंडा गोश्त का उपयोग भी किया था। मंटो की तीन कहानियों के उपयोग के बावजूद, यह कहानियों का रूपांतर नहीं है। व्याख्या-पुनर्व्याख्या के साथ, इसमें कई नए पात्र, प्रसंग और घटनाएँ आती गयी हैं। कोरस का संयोजन भी नए तरीके से किया गया है। यह नाटक लिख ही रहा था कि नेमि जी का पत्र मिला कि अगर आप कोई नया नाटक लिख रहे हों तो वह आलेख श्रीराम सेंटर की नाटककार कार्यशाला के लिए भेज दें। मैंने यह आलेख उन्हें भेज दिया। कुछ दिन बाद उनका पत्र मिला कि आप इस आलेख के साथ नाटककार कार्यशाला में भाग लें। निर्धारित तिथि पर मैं पहुँच गया। 15-20 नाटककार उपस्थित थे। नेमि जी के अलावा गोविन्द देशपांडे, राजेन्द्र नाथ और कृष्णकांत जैसे निर्देशकों के सामने नाटक पढ़े जाने थे। मैंने दूसरे दिन यह नाटक (तब 'जिंदाबाद-मुर्दाबाद' नाम से पढ़ा जो बाद में 'नो मैंस लैंड' के नाम से प्रकाशित हुआ) पढ़ा। राजेन्द्र नाथ और गोविंद देशपांडे के साथ खुले ढंग से सार्थक बातचीत हुई। नेमि जी ने कोरस पर चर्चा की। तनातनी के मौके भी आए मगर बातों-बातों में रिजाल्व होते गए। कृष्णकांत भी सहज ढंग से बातचीत में हिस्सा लेते रहे। कुछ दिन बाद मुझे पत्र मिला कि आप का नाटक चुन लिया गया है और नाट्य समारोह में कृष्णकांत के निर्देशन में खेला जाएगा। अन्य तीन चयनित नाटक थे *उच्चकों का कोरस* (अविनाश चंद्र मिश्र), *चौबोली* (स्वयं प्रकाश) *गुलाम बादशाह* (नंदकिशोर आचार्य)। तीन पीढ़ियों के बुजुर्ग और युवा पीढ़ी के दर्शकों के सामने श्री राम सेंटर के प्रेक्षागृह में *'नो मैंस लैंड'* खेला गया। प्रयोगशील प्रस्तुति ने दर्शकों को बाँधे रखा। अगले दिन प्रदर्शन पर बातचीत रखी गयी जिसमें नगर से चुने हुए आमंत्रित रंगकर्मी, नाटक प्रेमी और समीक्षकों के साथ अच्छी-खासी चर्चा रही। मैंने शुरू में ही कहा कि निर्देशक की सोच और दृष्टि मंटो की सोच और दृष्टि के अनुरूप अभिनय में प्रतिफलित होती रही है। आखिर में जब बिशनसिंह नो मैंस लैंड पर पछाड़ खा कर गिरता है तो लगता है दो कौमों की थ्योरी के चिथड़े उड़ गए हो। प्रयोगात्मकता ज़रूर कुछ ज़्यादा थी लेकिन प्रकाश योजना के ज़रिए पागलों (जो पागल थे भी और नहीं भी) की विक्षिप्त मनोदशाओं के कई धरातल उजागर होते गए। दरअसल यहाँ मंटो की कहानी थी तो कहानी को नाटक में बदलती सघन अनुभूति कर ताप भी था- रंग-शिल्प, संगीत और प्रकाश योजना के साथ। नाटक के कोरस ने प्रस्तुति में अंधे गायक

की जगह ले ली थी जो प्रस्तुति में कई जगह प्रभावी ढंग से आता है। निर्देशकीय परिकल्पना और लेखकीय परिकल्पना में थोड़ा बहुत अंतर रहता ही है जो यहाँ भी था लेकिन दोनों में कोई विरोध मुझे नहीं लगा। रंगमंचीय डिजाइन, लेखकीय कथ्य और प्रस्तुति बेहद जुड़ी हुई चीज़ें हैं। इन में अगर जरा-सा झोल आ जाए तो प्रस्तुति डोलने लगती है। ऐसा झोल मुझे कई जगह महसूस हुआ।

इसी नाटक की प्रस्तुति अभी दो साल पहले युवा निर्देशिका इफरा काक ने जम्मू में युवा छात्र अभिनेताओं की टीम के साथ की थी। युवा अभिनेताओं को वह नाटकीय भाषा की बंदिशों और संवादों की बारीकियों तक ही नहीं ले गयीं, उन्हें मंटो की सोच का हिस्सा भी बना दिया। पूरी टीम मंटो से चार्ज लगी। स्टेज डिजाइन और सेट मुश्ताक काक साहब ने तैयार किये थे। कहानी में तो पेड़ है ही, स्टेज पर हू-ब-हू एक पेड़ खड़ा कर दिया गया था। ऐसा ही पेड़ कृष्णकांत ने भी प्रस्तुति में खड़ा किया था। यहाँ सेट डिजाइन में थोड़ा अंतर था- मंच पर एक असली पेड़ जिसमें एक पत्ता भी नहीं था और उसके ऊपर से आते दो सफेद लंबे कपड़े। दरअसल इसी के गिर्द कार्य-व्यापार चलता है- कहानी में, नाटक में और प्रस्तुति में भी। यह पेड़ बाहर है तो भीतर भी है पात्रों की चेतना में जैसे कि मंटो की चेतना में भी। यह बाहर से ही लहूलुहान नहीं होता, भीतर से भी लहूलुहान होता है और पात्रों की चेतना में विभाजन के जख्म की तरह रिसता चला जाता है। पेड़ का जड़ों सहित टूटना-उखड़ना एक तरह से ज़मीन से उखड़े हुए लोगों को दिखाना विभाजन का मेटॉफर है। इफरा काक ने दृश्यों और गतियों को यथार्थ और फैंटसी के साथ इस नाटकीय कौशल से बुना था कि लगता रहा विभाजन के दृश्य सामने घटित हो रहे हों। स्टेज डिजाइन और सेट्स से अभिनेताओं तक आती प्रकाश योजना शब्द को कई अर्थ-व्यंजनाओं तक ले जा रही थी। यह एक ऐसा क्षण था कि मुझे लगा कि प्रस्तुति में मंटो के तार एक धुन में जुड़ गए हों और एक सिम्फनी में ढल गए हों।

आत्मकथाओं और जीवनियों का मंचन हिंदी में, भारतीय भाषाओं में और शायद विश्व-भर में बहुत कम हुआ है। हो सकता है वृहदाकार फलक, एक लंबी कालावधि को मंच पर संभालना एक कारण रहा हो, तो भी कभी-कभार आत्मकथाएँ-जीवनियाँ बड़ी प्रस्तुतियों के तौर पर मंचित होती रही हैं। टेकनोलॉजी ने मंचनों-प्रदर्शनों में इधर इतना कुछ जोड़ दिया है कि एक बड़े फलक पर लिखी गयी रचनाओं का मंचन मुश्किल नहीं रहा है, हालाँकि चुनौतीपूर्ण होने के बावजूद ऐसे प्रयोग हुए हैं जो नाट्य के स्वरूप का विस्तार करते गए हैं और उसके शिल्प में अनायास कुछ नया जोड़ते गए हैं। मंटो पर लिखित मेरी जीवन-कथा *'मंटो ज़िंदा है'* जो अनुभव समेटे हुए है, वह मेरे लिए एक

नाट्यानुभूति में ढल गया जब मैंने आर.एस. विकल के निर्देशन में मुंबई के वाई. डब्ल्यू.सी.ए. के ओपेन एयर थियेटर में इसे देखा और दूसरी बार *'काला घोड़ा महोत्सव'* में। इसमें मंटो की भूमिका शूरवीर त्यागी ने, छोटा मंटो की भूमिका दर्शित लहाने ने, हीबा शाह ने मंटो की पत्नी सफ़िया की और मंटो की माँ और इस्मत चुगताई की भूमिकाएँ असीमा भट्ट ने अभिनीत की थीं। मंटो की ज़िंदगी के आखिरी लम्हों से शुरू करके निर्देशक ने मंटो की ज़िंदगी के प्रारंभ और बाद के प्रसंगों को इस नाटकीय अंदाज़ में पेश किया कि मंटो के साथ जुड़े प्रसंग एक एक कर खुलते गए। जीवनी को नाटक की शिल्प-संरचना में जिस कौशल से प्रस्तुत किया गया उससे प्रस्तुति में अद्‌भुत किस्म की नाटकीयता स्वत: आती गयी। नाटक देखते हुए फ्लैश बैक तकनीक नाटकीय घटना-क्रम के साथ अंदरूनी तौर पर जुड़ी महसूस होती रही। जीवन प्रसंगों के साथ कहानियों को गूथते हुए निर्देशक ने मनोशारीरिक अभिनय पद्धति का कलात्मकता से उपयोग किया है जिसके ज़रिए गतियाँ और दृश्य परस्पर मिल कर नाट्यानुभूति को गहराते चलते हैं। हाँ, मंटो की ज़िंदगी का बेहद त्रासद और महत्त्वपूर्ण हिस्सा (पाकिस्तान में मंटो के सात साल और उस दौर के उसके तनाव, अनुभव और कहानियों) इस प्रस्तुति से छूट गया जिसे शायद निर्देशक अगली प्रस्तुति में शामिल करे ताकि मंटो की जीवन-कथा नाट्य और शिल्प की एक विलक्षण बानगी के तौर पर पाठकों की चेतना में उतर जाए।

बहरहाल, हम थियेटर के संदर्भ में मंटो की कहानियों के मंचन की तरफ़ मुड़ते हैं। कुछ कहानियों को कहानियों के तौर पर प्रस्तुत किया गया है देवेन्द्र अंकुर के 'कहानी का रंगमंच' की तर्ज पर तो कई कहानियाँ अपना ही रंगमंच रचती गयी हैं। कई रंगकर्मियों ने मंटो की कहानियों के मंचन के लिए एक आसान-सी युक्ति के तौर पर लिया है तो कई अन्य ने मंटो के प्रति, अपने समय के प्रति इन कहानियों के मंचन को गहरी प्रतिबद्धता से रंगमंच पर उतारा है। मुश्ताक काक ने मंटो की कहानियों को लेकर नाटक तो नहीं लिखे मगर उन्होंने कई कहानियों को कोलाज के रूप में इस तरह हू-ब-हू, बिना किसी परिवर्तन के *'मंटो बकलम खुद'*, *'मैं मंटो हूँ'* में इस तरह पेश किया है कि कहानियों के तनावपूर्ण स्थल रंग-बिंबों में ढलते गए हैं। *'सड़क के किनारे'*, और *'बादशाहत का खात्मा'*, *'टोबा टेकसिंह'* और *'राम खेलावन'* कहानियों की प्रस्तुति में, एक भी शब्द बदले बग़ैर उन्होंने स्टेज डिजाइन ऐसा रखा है कि प्रस्तुति कहानियाँ से जुड़े माहौल को ध्वनित करने लगती हैं। *'मूतरी'* कहानी के प्रयोग में मंटो के साथ एक और किरदार चलता रहता है- सफाई करने वाला- दारू की बोतल और गलास लिए- लगता है जैसे वह मंटो का प्रतिरूप हो। इस

टेकनीक से कहानी में नयी रंग ध्वनियां आ जुड़ी हैं।

शाहिद अलवर का नाटक *'गैर ज़रूरी लोग'* काफी चर्चित रहा है। इसमें मंटो की कई कहानियों के पात्रों को हम शिरकत करते देखते हैं। तेजी से बदलते दृश्यों और कथा गतियों को इफरा काक ने संगीत, प्रकाश और मंच व्यवस्था द्वारा बड़े कौशल से संभाला है। यह एक अलग ढंग का प्रयोग था जिसमें कहानियों को नाटक में तरतीब देने की कोशिश की गयी है। कई जगह यह पैबन्द-सा है। अख्तर अली के नाटक 'बयालीस साल आठ महीने सात दिन' भी खेला गया है। नाम से लगा था कि लेखक ने मंटो की कहानियों की कोई केंद्रीय धुरी तलाश की होगी। कुछ कहानियों को उस ने संवादों में ज़रूर गूथ दिया है। केंद्र में *'तरक्कीयाफता कब्रिस्तान'* कहानी है जिसे लेकर यह कृति व्यंग्य नाटक का रूप लेती गयी है।

कलकत्ता की *'लिटिल थस्पियन'* रंग संस्था ने अजहर आलम और उमा झुनझुनवाला के निर्देशन में मंटो की कई अच्छी प्रस्तुतियाँ दी हैं। कहानियों के दो कोलाज़ खासतौर पर चर्चित हुए हैं- एक है *सहाय, खोल दो, ठंडा गोश्त* कहानियों का, दूसरा कोलाज है- *औलाद, बू, लाइसेंस* और *'खुदा की कसम'* कहानियों का। पहले कोलाज में विभाजन की त्रासद स्थितियों के मार्मिक बिंबों की प्रस्तुति कुछ इस तरह से हुई है कि विभाजन की पीड़ा के दर्दनाक मंज़र कई तरफ़ फैलते नज़र आते हैं। विभाजन और विस्थापन के इमेजिज की नाटकीय अभिव्यक्ति दर्शकों को बाँधे रखती है। यहाँ शॉक ट्रीटमेंट के साथ मानवीय हो पाने की जटिल और भयावह परते हैं। *'ठंडा गोश्त'* कहानी के अंतिम अंश की अजहर और उमा द्वारा अदायगी अभिनय और रंगमंचीयता की दृष्टि से आकर्षक है। ईशर सिंह का किरदार अजहर ने और कुलवंत कौर का उमा ने इस शिद्दत से निभाया है कि विभाजन, सैक्स और दंगों के मनोविज्ञान की अंदरूनी तस्वीर का सामना करते हुए दर्शकों के दिल-दिमाग में खलबली मच जाती है। *'बू'* कहानी से मंटो की एक नयी कथा यात्रा शुरू होती है। यही वह कहानी है जिस पर मुकदमा चला। सज्जाद जहीर ने अश्लीलता को लेकर इस कहानी की आलोचना करते हुए कहा था कि वह कहानी ही क्या जिसमें सुधारवादी नज़रिया न हो। यहीं से प्रगतिशीलों के साथ मंटो की खटपट शुरू हुई। इस कहानी का अजहर द्वारा एकल अभिनय कहानी के पूरे वातावरण और महीन मानसिक परतों को उभारने वाला है। घाटिन लड़की के प्रति नेरेटर का आकर्षण और झुकाव, सम्मोहित करती उस की गंध, यादें और बारिश की आवाज़ सभी अभिनय में इस तरह घुल गए हैं कि कोई फांक नज़र नहीं आती। ऐसी जगहों पर भी मंटो ने और निर्देशक ने हास्य के लिए जगह निकाल ली है।

इन कहानियों के मंचन में नेरेशन को बड़ी सहजता और कलात्मकता से संभाला गया है। कहीं भी स्वर उथला या लाउड नहीं होने दिया गया है- फैसला सुनाने वाला Judgemental तो कहीं भी नहीं। अभिनय ऐसा कि लोगों के दिल-दिमाग में उतरता जाता है। परिस्थिति और मन:स्थिति के अनुकूल अभिनय में नेरेशन का गहरा तारतम्य है। दूसरा कोलाज यौन संबंधों और वेश्या जीवन के सहज मानवीय पहलुओं को बड़े प्रभावी ढंग से अभिनय में उतारता है। पाठ के साथ यहाँ कोई छेड़छाड़ नहीं की गयी है।

उषा गांगुली की रंग संस्था *'रंगकर्मी'* ने मंटो की कहानियों को लेकर ट्रियलॉजी प्रस्तुति की है-

पहला कोलाज: *बदनाम मंटो जिसमें काली सलवार, लाइसेंस* और *हतक* कहानियाँ शामिल है।

दूसरा कोलाज : *'सरहद पार'*, जिसमें *'खोल लो'*, *'टोबा टेकसिंह'*, *'स्याह हाशिए'* जैसी कहानियाँ ली गयी हैं।

तीसरा कोलाज : *'मंटो और मंटो'* जिसमें *'धुआँ'*, *'बू'*, *'ठंडा गोश्त'* और *मंटो के कुछ पत्र* शामिल हैं।

तीनों कोलाज मंटो की कहानियों के तीन महत्त्वपूर्ण पक्ष है जिन्हें बाहरी-भीतरी मुक्ति आकांक्षा का रूपक कह सकते हैं। प्रस्तुतियों से ज़ाहिर है कि कहानियों को उनकी अंतर्वस्तु के आधार पर तीन-तीन, चार-चार कोलाज़ बना कर खेला गया है। पहले कोलाज़ में वेश्या जीवन की विसंगतियों, उसकी सच्चाइयों को पेश करनी वाली कहानियाँ हैं। दूसरे कोलाज में विभाजन संबंधी मंटो की प्रसिद्ध कहानियाँ हैं और तीसरे कोलाज में तीन कहानियाँ वे हैं जिन पर मुकदमें चले, साथ ही मंटो के कुछ पत्र शामिल हैं। तीनों कोलाज की कहानियों का मंचन ढीली संरचना वाले नाटक की बानगी लिए हुए है। यह मंटो को अपेक्षाकृत संपूर्णता में एक बड़े फलक पर प्रस्तुत करने का प्रयत्न है। इस तरह की प्रस्तुति में कहानियों का संपादन होना अपेक्षित था और वह हुआ भी जो कई बार खटकता भी है मगर अच्छी प्रकाश योजना, स्टेज डिजाइन और अभिनय उस तरफ़ ध्यान नहीं जाने देता।

कुलजीत सिंह ने अपनी रंग-संस्था द्वारा मंटो की उन कहानियों, *बू, धुआँ, काली सलवार, ठंडा गोश्त* और *नीचे ऊपर और दरम्यान* जिन पर मुकदमें चले और कहानी *खोल दो* (जिसके प्रकाशन की वजह से *'नुक़ूश'* पत्रिका पर प्रतिबंध लगा) यानी कुल छह कहानियों का समग्र रूप से निर्देशन मंचन किया गया। इन छह कहानियों को एक सूत्र में ढाल कर उन्होंने रंगमंचीय आलेख तैयार किया और उन्हें मंच पर प्रदर्शित किया- पहला प्रदर्शन नवंबर 2014 में, चार

कहानियों से लेकर पजाबी में और दूसरा प्रदर्शन नवंबर 2019 कलकत्ता में हिंदुस्तानी में। इसमें अदालती ब्यौरे और मंटो के तहरीरी बयान नाटकीय शिल्प के हिस्से के तौर पर शामिल रहे। मुख्य बात यह कि इन कहानियों के ज़रिए मंटो की लेखकीय छवि को, उसकी तकलीफ़ों, संतापों को भी पेश किया गया। यह ऐसा रंगमंचीय आलेख बना जिसमें सृजनात्मक कृतियों पर प्रतिबंध लगाने की राजनीति को ही नहीं, हिंसा और सैक्स, धर्म और दंगों के मनोविज्ञान, मंटो के तनावों को बिंबों-प्रतिबिंबों (विज़्वुल) के ज़रिए मार्मिकता से प्रस्तुत किया गया। ज़ाहिर है मंटो को लेकर थियेटर पर यह कहानी के 'रंगमंच' से अलग तरह का काम है। यौन संबंधों के बीच की खामोशी को जहाँ पकड़ा गया *(बू, धुंआ, काली सलवार कहानियाँ)* वहीं इस प्रस्तुति में विभाजन की त्रासदी से जुड़े भयावह दृश्यों के बीच *खोल दो, ठंडा गोश्त* कहानियाँ खामोशी के स्पंदनों की निशानदेही रंगमंचीय आकर्षण लिए हुए थी। यह प्रस्तुति हमारे आज के संदर्भो से जुडती-टकराती ही नहीं रहीं, देर तक दर्शकों की चेतना में गूंजती रही।

मंटो की कहानियों के जो कोलाज बने हैं, उनमें कई कोलॉजों में मंटो के *'सियाह हाशिए'* की लघु कथाएँ भी शामिल हैं। ऐसा कम हुआ है कि *'सियाह-हाशिए'* की सभी कथाओं को लेकर कोई प्रस्तुति खड़ी की गयी हो। एक प्रस्तुति मुझे याद आ रही है- सुशील शानबाग के निर्देशन में युवा कलाकारों की एक टीम के साथ। यह प्रस्तुति मुझे पिछले दिनों मुंबई में देखने का अवसर मिला। कचोटती हुई विसंगति के साथ- *सियाह हाशिए* की लघु कथाओं की इस प्रस्तुति ने कहानी के पूरे पाठ के साथ बल्कि उसी के भीतर से अभिनय को खींच लाने वाली युवा अभिनेताओं की टीम ने गजब के अभिनय से दर्शकों को निखालिस रूप में मंटो तक पहुँचा दिया। दर्द के साथ व्यंग्य की तेज धार ने आवाज़, दृश्य और अभिनय के साथ 1948 में लिखी गयीं इन लघु कथाओं को आज की स्थितियों से जोड़ दिया- लगा विभाजन की त्रासदी छोटी-छोटी कथाओं के ज़रिए आज की हमारी त्रासदी से आ जड़ी हों। सुशील शानबाग के निर्देशन की विशेषता यह थी कि बिना किसी तामझाम के, मूल कथाओं के एक भी शब्द को छोड़े बग़ैर उन्होंने इन कथाओं के अभिनय में रंग-विधान किया था। कहानी का पाठ कैसे रंगमंचीय कल्पना का रूप लेता है यह उस की बेहतरीन रंग प्रस्तुति थी। तब मुझे लगा था कि सुशील शानबाग या मंटो का कोई शैदाई रंगकर्मी तानाशाहों के आखिरी दिनों पर लिखे मंटो के नाटक और *'रोज़ एक कहानी'* की कहानियों का कोलॉज़ मंचित करे तो बात बने।

मंटो की कहानियों के प्रयोग हिंदी-उर्दू-हिंदुस्तानी में ही नहीं, मराठी, बांग्ला, पंजाबी, कन्नड़ और तेलुगु, गुजराती, उड़िया जैसी भारतीय भाषाओं में

भी किसी न किसी रूप में होते रहे हैं। पंजाबी में मंटो की कहानियों पर खूब काम हुआ है। मंटो की कहानी टोबा टेकसिंह पर आत्मजीत के नाटक *'रिस्तियां दा की रखिए नां'* प्रस्तुति गजब की है। लोक मुहावरे के प्रयोग ने विभाजन और बिशन सिंह की त्रासदी को नयी अर्थ-ध्वनियाँ प्रदान कर दी है। पूरी प्रस्तुति दो कौमों के सिद्धांत को बड़ी नाटकीयता से बेपर्द करती है।

एक रंगकर्मी के नाते वसुधा सहस्रबद्धे अच्छा काम करती रही हैं मगर इधर उन्होंने मंटो को मराठी में लाने का महत्त्वपूर्ण काम किया है। मंटो की सौ से अधिक कहानियों का उन्होंने मराठी में अनुवाद किया है और इनके रंगमंचन में भी वे सक्रिय रही हैं। उनकी 'शब्द-रंग' संस्था (मुंबई) हिंदी और मराठी में मंटो की कहानियों पर रंग-कार्यक्रम करती रहती है। *'मंटो और औरत'* का एक प्रयोग 5 जनवरी, 2019 को ठाणे में किया गया जिसमें *'दस रुपये का नोट', 'बाँझ', 'निक्की'* और *'सौ पावर कैंडल का बल्ब'* कहानियों का कोलाज प्रस्तुत किया गया, सखाराम सावंत के निर्देशन में। अभिनयात्मक पाठ ने समा बाँध दिया। इस अवसर पर मंटो पर लिखी मेरी पाँच कविताओं का अक्षर शिंपी ने रंग-पाठ किया। इस प्रस्तुति ने शब्द और अभिनय की सम्मिलित जुगलबंदी को मंटो के दर्शकों की चेतना-स्लेट पर अंकित कर दिया।

अभिनय के क्षेत्र में विभा रानी एक लंबे अरसे से काम करती रही हैं। उन्होंने नाटक लिखे ही नहीं है, निर्देशन में भी नए प्रयोग किए हैं। रूम थियेटर के ज़रिए उन्होंने रंगमंचीय डिजाइन में स्पेस और कला का संतुलन साधा है। एक बार मंटो के संदर्भ में उन्होंने कविता, कहानी, नाटक और विचार-विमर्श का कार्यक्रम रखा था और उसमें मुझे भाग लेने का अवसर मिला। मंटो की तीन कहानियों का मंचन किया गया कमरे की एक तरफ़ की जगह को स्टेज बना कर। इंटीमेट थियेटर का यह एक नया रूप था। प्रस्तुति पर बातचीत के दौरान कई प्वाइंट-कांउटर-प्वाइंट बनते-उठते गए और मंटो अमूर्त से मूर्त होता गया।

रंगमंच के अलावा फिल्मों में, नृत्य और पेंटिंग जैसे कला माध्यमों में भी मंटो ने बड़ी तेजी से प्रवेश किया है। हिंदुस्तान में ही नहीं पाकिस्तान के सिनेमा माध्यमों में भी उनकी कहानियों पर और समग्र रूप में भी फिल्में बनी हैं। नृत्य के माध्यम से मंटो की कहानी खोल दो को लेकर कथक नृत्यांगना माया कृष्णाराव की प्रभावशाली नृत्य प्रस्तुति का जिक्र मैं कर आया हूँ। सतीश गुजराल ने पेंटिंग के ज़रिए विभाजन और मंटो की कहानियों को रंग-रेखाओं के शिल्प में जिस मार्मिकता से प्रस्तुत किया, उस के बारे में मैं लिख चुका हूँ। कई बार *'टोबा टेकसिंह'* कहानी पढ़ते हुए या उसका मंचन देखते हुए मुझे लगा जैसे रेखाओं-रंगो में पाब्लो पिकासो की 'गरर्निका' हो। दरअसल, यह कहानी कई

ध्वनियों से भरपूर है जिसकी विभिन्न धरातलों पर कई कला माध्यमों में व्याख्या-पुनर्व्यख्या की जा सकती है। मंटो की कहानियाँ भारतीय भाषाओं की कथा-चेतना में ही नहीं, विश्व की कथा चेतना में दाखिल हो चुकी हैं। विश्व की कई भाषाओं में, अनुवाद के ज़रिए मंटो की कथा ध्वनियाँ दूर-दूर तक फैल रही हैं और रंगमंच के साथ-साथ फिल्मों और प्रदर्शनकारी कलाओं में अभिव्यक्ति पा रही हैं।

बातचीत

(क) एक बेचैन रूह का नाम है मंटो

(ख) विभाजन के अंधेरे में चीख

(ग) मंटो तुम कब आओगे

(घ) अफ़सानानिगार के रहस्य को जानने की मुहिम

एक बेचैन रूह का नाम है मंटो

(मोहम्मद असदुल्लाह के साथ लेखक की बातचीत)

मंटो की जीवन-कथा *'मंटो ज़िंदा है'* जिन दिनों मैं लिख रहा था, मुझे मोहम्मद असदुल्लाह की किताब *'मंटो मेरा दोस्त'* पढ़ने का मौका मिला। मंटो के आख़िरी कुछ सालों को उन्होंने बड़े विस्तार से पुस्तक में समेटा है। पिछले दिनों असदुल्लाह साहब किसी काम से जर्मनी से दिल्ली आए हुए थे। मैंने फोन पर उनसे मिलने का वक्त तय किया। 24 फरवरी, 2012 शाम पाँच-छह बजे, पंजाब भवन (नई दिल्ली) में उनसे मुलाकात हुई। वे बड़े तपाक से मिले। इधर-उधर की बातों के बाद मंटो को लेकर उनके साथ बात से बात निकलती गयी- उन्होंने बताया *'मंटो मेरा दोस्त'* किताब जब लिखी गयी तब वे सोलह साल के थे।

'सोलह साल की उम्र में मंटो पर किताब!' मैंने हैरानी से कहा। 'यही सच है- नरेन्द्र मोहन साहब', उन्होंने कहा। 'तब मैं 16 साल का ही था और मंटो 42 साल के थे। मेरे जैसी चढ़ती उम्र के लेखकों को वे दोस्त कहकर पुकारते थे।'

'उनके साथ आपकी पहली मुलाकात कैसे हुई?' मैंने पूछा- 'मुझे ठीक से याद नहीं', असदुल्लाह ने कहा। हो सकता है किसी अदबी बैठक में उनके करीब होने और उनके घर आने-जाने का मौका मिला हो'। कुछ पलों के लिए जैसे वे अतीत में खो गए और फिर एक नए अंदाज़ में मुझे संबोधित करने लगे, 'उन दिनों एक बड़े अदीब के तौर पर उनका बड़ा रुतबा था। और मैं फख्र महसूस करता था कि मैं उनकी सोहबत में हूँ. . .(एकपल रुकते हैं)। समाज के हर तबके में उनके फैन थे- बड़े ओहदे पर बैठे कई लोग उनके मुरीद थे जो उनकी बात कभी नहीं टालते थे। उनकी वजह से उस कच्ची उम्र में मैं बड़े-बड़े अदीबों से मिला। उनके करीब होना मेरे लिए एक बड़ी नेमत साबित हुआ?'

'समाज में उन्हें किस तरह देखा जाता था', मैंने पूछा।

'दोनों तरह के लोग थे। उनसे प्यार करने वाले थे तो नफ़रत करने वाले भी। असदुल्लाह ने कहा, 'उनके कद्रदानों की तादाद हजारों-लाखों में थी। उनके अफ़सानों को ढूंढ-ढूंढ़ कर चाव से पढ़ा जाता था, हालांकि उन्हें मज़हब का ही नहीं, हुक्रूमत का भी दुश्मन कहने वाले कम नहीं थे।

'मंटो की कहानियों पर चलाए गए मुकदमों के बारे में क्या कुछ कहना चाहेंगे?' मैंने पूछा।

'मुकदमों के दौरान उन पर मुसीबतों का पहाड़ टूट पड़ा, मगर उन्होंने किसी के सामने हाथ नहीं फैलाए। जिस राह को एक बार चुना, उस पर निडर होकर चलते रहे। कई अदीबों और दानिश्वरों को उन्होंने गवाह के तौर पर बुलाया, लेकिन न उनसे मिले, न उन्हें अपनी कहानी की पैरवी करने को कहा हाँ, उन लोगों की ज़रूरत के वक्त, उन्होंने हर संभव मदद की जो उनके पास मदद के लिए आते। उनमें नौजवान पीढ़ी का एक मैं भी (और भी होंगे) जिसके लिए उन्होंने सिफारिशी खत लिखे और आड़े वक्त पर उनकी मदद की।

मोहम्मद असदुल्लाह ने मेज पर पड़ी एक किताब उठाई और कहने लगे- 'यह मोहम्मद असलम परवेज की किताब है *'मंटो के ख़ुतूत'*। पुस्तक पलटते हुए उन्होंने तीन ख़तों का हवाला दिया जो मंटो ने उनके लिए लिखे थे और जिनका हामिले-रूक्का (पत्र वाहक) वे खुद थे। अचानक वो कहने लगे, 'सुनो यह है 5 जनवरी 1952 का खत डॉ. मोहम्मद बाकर के नाम?' मेरा सारा ध्यान उनकी आँखों और होंठो पर टिक गया। वे पढ़ने लगे-

बरादरे मुकर्रम,

जनाब डाक्टर!

असलामुवालेकम। मैंने बहुत कोशिश की आपके दौलतखाने का पता मिल जाए, मगर न मिल सका। आज इतवार है, इसलिए आप से कालेज में भी मुलाकात नहीं हो सकती। हामिले-रूक्का असदुल्लाह मेरे अजीज़तरीन दोस्त है। इनको बोर्डिंग में दाखिला चाहिए और इसके लिए आपकी सिफारिश की ज़रूरत है।

उम्मीद है आप मेरी खातिर यह काम कर देंगे। कभी 'हल्के' में मुलाकात हुई तो मैं शुक्रिया अदा करूँगा। आपके खुलूश के पेशेनज़र चंद सूरत (लाइनें) लिखी हैं। खुदा करे आप मेरा यह काम बग़ैरे किसी तकलीफ़ के कर सके।

उम्मीद है आप बखैर होंगे। अब अगर 'हल्के' में मुझे अफ़साना पढ़ना हो तो आप सदारत फरमाइएगा जरा लुत्फ आता है।

खाकसार, सआदत हसन, (6 फरवरी 1952 ई)

खत पढ़ने के बाद कुछ पलों के लिए वे रुके, फिर कहने लगे, 'आपने

देखा तेज अंदाज़ और तल्ख जुबान वाला मंटो यहाँ बहुत खुलूश भरा है। 'हल्के'[1] का ज़िक्र भी आया है जहाँ वे उन दिनों नियमित तौर पर अफ़साना पढ़ने जाते थे। मैंने देखा असदल्लाह की आंखों में चमक आ गयी है। कहने लगे, 'तब मैं 14-15 साल का था और वे चालीस साल के। आपने देखा-क्या निराला अंदाज़ था मंटो का?'

मैंने देखा उनकी नज़रें दूसरे ख़त पर टिक गयी है जो अजीज अहमद के नाम था। वे पढ़ने लगे:

प्यारे अजीज, सलाम वालैकम।

मैं बहुत अरसे से बीमार हूँ। इसलिये 'माहे नो' के लिए कुछ न लिख सका? और भी बहुत कुछ वजूह (कारण) हैं जो आपको मालूम हो गयी होंगी। बहरहाल, अब आपसे एक काम लेना है। हामिले रूक्का मेरे अजीज दोस्त मोहम्मद असदुल्लाह हैं, जो कराची के किसी होस्टल में जगह चाहते हैं। मुझे पूरी उम्मीद है कि आप उनकी मदद करेंगे। देखिए मुझे मायूसी न हो।

उम्मीद है आप बख़ैरियत होंगे। मैं 'माहे नो' के लिए, दो अफ़साने बहुत जल्द आपकी खिदमत में रवाना करूँगा।

खाकसार, सआदत हसन मंटो, (1 अगस्त 1953)

देखिए दोस्ती का क्या पुरख़ुलूस हवाला है कि मेरी खातिर वे 'माहे नो' के लिए अफ़साने भेजने के लिए तैयार हो गए। मैं उनका न हो जाता तो क्या होता। मैंने उनकी तरफ़ देखा। मुझे लगा जैसे वे अभी सोलहवें साल की दहलीज पर खड़े हैं। उनकी आवाज़ में मुझे उसी उम्र का कम्पन महसूस हुआ।

उन्होंने तीसरा खत पढ़ना शुरू किया जो बी.ए. हलीम, वाइस चांसलर, कराची यूनिवर्सिटी के नाम था।

मुकर्रमी और महोतरमी जनाब, हलीम साहब,

तसलीमात। आपको शायद याद न हो, मैं किसी ज़माने में, जबकि आप अलीगढ़ यूनिवर्सिटी में थे, मैं वहाँ का एक बदकिस्मत तालिबेइल्म (विद्यार्थी) था क्योंकि मुझे अलालत के बाइस तीन महीने के बाद यूनिवर्सिटी छोड़ना पड़ा था।

मैं इस छोटे से रिश्ते की बिना पर आप से एक अज़ीज़ दोस्त, मोहम्मद असदुल्लाह की सिफारिश करता है।

यह एम.एम. कालेज में दाखिला चाहते हैं। तफ़सील वे खुद जुबानी अदा कर देंगे। अगर हो सके तो इनके लिए होस्टल का बंदोबस्त भी फरमा दीजिएगा।

---

1. हल्का-ए-अरबाबे जौक (साहित्यिक संस्था) जहां मंटो ने नियमित तौर पर कई कहानियाँ पढ़ी।

मैं ममनून और मशगूल हूँगा।

अगर ज़िंदगी हुई तो आपसे नियाज़ हासिल करूंगा। आपको यकीनन अपनी यूनिवर्सिटी का सबसे (शरीर, उपद्रवी, चपल) तालिबेइल्म विद्यार्थी सरदार खाँ बलोच याद होगा। खुदा जाने वो कहाँ हैं? खुदा आपको खुश रखे।

नियाजकेश, सआदत हसन मंटो, (1 अगस्त 1953)

देखा आपने, इस खत में मंटो ने किस अंदाज़ में मुझे 'एक अजीज दोस्त' कहा है और मेरे लिए, एक छोटे से रिश्ते के बावजूद, बी.ए. हलीम साहब से मेरी सिफारिश की है। देखिऐ जरा किस अदा से अपने साथी विद्यार्थी सरदार खाँ बलोच को याद कर रहे हैं। मैंने देखा असदुल्लाह साहब के चेहरे पर 16 साल की मासूमियत और चमक आ गयी है और उनकी आँखे नम हैं। कहने लगे- 'नरेन्द्र मोहन साहब, जब भी मैं लाहौर में रहा, रोज़ उनके घर आता-जाता रहा। उस घर में मैं एक मेंबर की तरह से रहा। मंटो साहब और सफ़िया भाभी ने मुझे कभी बेगाना न समझा।'

'मंटो के घर में आप मेंबर की तरह से रहे- उनके बेहद करीबी। सफ़िया के प्रति आपकी हमदर्दी किताब से भी छलकती है मगर. . .?'

'आप ठीक फरमा रहे हैं। उन दिनों सफ़िया भाभी जिस तकलीफ़ और दर्द को महसूस कर रही थी, उसे मैंने तहेदिल से महसूस किया और वैसा लिखा भी। मंटो की राइटिंग का मैं बेशक मुरीद था मगर जब मैं उन्हें शराब के लिए बेबस देखता तो मैं न कुछ कह पाता, न कर पाता। उस हाल में मैं अंदर ही अंदर कुढ़ता रहता और साफिया भाभी के लिए मेरी हमदर्दी ज़ाहिर हो जाती।'

मेरे ज़हन में अचानक यह सवाल कौंधा और मैंने पूछ ही लिया- 'मंटो की मौत के वक्त आप कहाँ थे?'

'मंटो की मौत के वक्त मैं क्योटा में था- एक रोग में मुब्तिला, जब मुझे उनके इंतकाल की खबर मिली, मैं उसी पल लाहौर भाग जाना चाहता था, लेकिन बीमारी ने मुझे इस कदर जकड़ा हुआ था कि फौरन न जा सका। मैं जानता था वे बेहद पीने लगे थे और ऐसा करते हुए भी लगातार लिख रहे थे। लिखने के बिना उनके लिए जीने का कोई मायने न था। नरेद्र मोहन साहब, एक बेचैन रूह का नाम है मंटो।' एक पल वे चुप रहे, फिर कहने लगे, 'मैंने उन्हें टूटते देखा। मैंने उन्हें एक ट्रैजिक हीरो की तरह खुद के खिलाफ खड़ा देखा। तब मुझे समझ न आता कि वे क्यों ऐसा कर रहे हैं, बाद में समझ आया, किताब लिख लेने के अरसा बाद कि जब जीने की कोई राह न रह जाये तो आदमी यही करता है। मौत का एक दिन मुअय्यन है और मौत ने उन्हें अपने जबड़ों में भींच लिया। जैसे ही मैं थोड़ा ठीक हुआ, वहाँ पहुँचा। बुरी तरह डिस्टर्ब हुआ।

कई दिनों तक मंटो मुझे हांट करता रहा। सफ़िया भाभी और बच्चों से मिला। मंटो की ज़िंदगी के आखिरी दो-तीन साल के पन्ने मेरे सामने फड़फड़ाते रहते और मैं एक तरह की छटपटाहट महसूस करता रहता कि उनके बारे में कुछ लिखूँ।'

'क्या उसी छटपटाहट की हालत का नतीजा है *'मंटो मेरा दोस्त'*, मैंने पूछा।

हाँ, शायद उस ज़नूनी कैफ़ियत में, 'मंटों के दुनिया से रूखसत हो जाने के बाद, तीन महीनों में मैंने यह किताब लिखी थी जो अगस्त 1955 के आसपास छपकर आ गयी।'

मैंने देखा ऐसा कहते-कहते किताब जैसे उनके सामने रील की तरह घूमने लगी हो। अचानक वे उठे और राइटिंग टेबल से एक कवर डिजाइन उठाकर मेरे हाथों में देते हुए कहा, *'मंटो मेरा दोस्त'* किताब तो इस वक्त मेरे पास नहीं है मगर यह कवर आप देख सकते हैं। मैं कभी कवर देखता, कभी कवर के पीछे मंटो की तस्वीर और कभी बुजुर्ग मोहम्मद असदुल्लाह के चेहरे पर झलमलाते 16 साल के असदुल्लाह को देखता।

मंटो के बम्बई छोड़कर लाहौर चले जाने की बात उठी तो असदुल्लाह कहले लगे, 'मंटो को बम्बई छोड़कर लाहौर नहीं जाना चाहिए था।'

मैंने कहा- 'वह कैसे न जाते, बीवी और बच्चों को वह 7-8 महीने पहले ही लाहौर भेज चुके थे और बम्बई में दंगों की दहशत के मारे उनका बुरा हाल था।'

'ठीक है', वह कहने लगे, 'वह उस सब के खिलाफ़ था जिसकी बिनां पर पाकिस्तान बना. . .अपने विचारों और उसूलो के खिलाफ़ थी उसकी यह हरक़त', उसने कहा और मेरी ओर देखकर हँसने लगे, 'यह बात और है कि पाकिस्तान जाकर भी वह अपने बर्ताव, ख्याल और अदबी लेखन में कभी पाकिस्तानी न हुआ और बंटवारे को उसने कभी कबूल न किया।' दरअसल 'हिन्दुस्तानी और पाकिस्तानी' जैसी कैटेगरीज का उसके लिए कोई वजूद नहीं था। वह सरहदों को लांघ दुनियाभर में अदीबों और पढ़ने लिखने वालों की बिरादरी का हिस्सा बन चुका है।

मोहम्मद असुल्लाह ने बताया वह 19 साल की उम्र में इंग्लैण्ड और बाद में जर्मनी (बर्लिन) चले गये। रूस भी आते-जाते रहे। कई तरह की मजबूरियों और सेंसरों के चलते वे पिछले 40 साल से पाकिस्तान नहीं गये। वे पक्के लेफ़्टिस्ट (कम्युनिस्ट) हैं और इस बारे में वह फख्र से बताने लगे कि उसने कभी कोई समझौता नहीं किया।

'मंटो के मिजाज के बारे में कुछ बतायेंगे।' मैंने पूछा।

वे हंसते हुए कहने लगे 'वे एब्नार्मल लोगों में ज्यादा नार्मल महसूस करते थे।'

'एब्नार्मल में नार्मल', मैं सोचने लगा। यह कहाँ तक सच हो सकता है? यानी असहज से दिखने वाले लोगों के साथ सहजता का एहसास क्या जीवन कथा और अफ़सानानिगारी के कई अनछुए पहुलओं को नहीं खोल सकता?

मंटो की कहानियों की बात चली तो कहने लगे: मंटो एक बड़ा अफ़सानानिगार है, इसमें कोई शक नहीं। उसकी कहानियाँ *'टोबा टेकसिंह'*, *'खोल दो'* और *'ठंडा गोश्त'* शाहकार कहानियाँ है।

मंटो के साथ बेदी और कृष्ण चन्दर की कहानियों की बात चली तो असदुल्लाह कहने लगे, 'मंटो के मुकाबले में कृष्ण चंदर को मैं अव्वल कहानीकार मानता हूँ क्योंकि वह इंसान और समाज की बेहतरी का कहानीकार है।' यह कहते हुए वे हँसे और धीमे से कहा, 'मंटो ने यह सुन लिया तो मेरा गला पकड़ लेगा।' मैंने भी हँसते हुए कहा, 'असदुल्लाह साहब, मंटो तो क्या गला पकड़ेगा, मगर आपकी जुमलेबाजी के एवज़ में मंटो के पाठक आपकी तरफ़ एक टेढ़ी नज़र से ज़रूर देखेंगे', और हम खुलकर हँसने लगे थे।

मंटो : विभाजन के अंधेरे में चीख
(लेखक से महेश दर्पण की बातचीत)

किस्तबाशी पंडितों की जात से मंटो आया हो या मंट यानी बाट से, क्या उर्दू अदब में सआदत हसन मंटो जैसा कोई दूसरा अदीब है?

जहाँ तक मेरी समझ और जानकारी है, मंटो जैसा दूसरा अदीब कथाकार उर्दू अदब में नहीं है, न पहले न बाद में, मंटो से पहले उर्दू कथा-साहित्य में और हिंदी में भी प्रेमचंद एक बड़े साहित्यकार हैं जिन्होंने उर्दू और हिंदी में श्रेष्ठ कथा साहित्य लिखा। अब्दुल्ला हुसैन भी एक बड़ा नाम है जिसने 'उदास नस्लें' उपन्यास लिखा। इस्मत चुगताई उसकी समकालीन ही थी। बाद में हिंदी-उर्दू में कई-बड़े लेखक हुए जैसे कुर्तरल-एन-हैदर, इंतज़ार हुसैन, जैनेन्द्र, अज्ञेय, यशपाल जो उन दिनों लिख ही रहे थे। वैसे हिंदी और उर्दू भाषाओं के बड़े लेखकों की तुलना करना सरलीकरण होगा तो भी इतना कहा जा सकता है कि विषयवस्तु, ट्रीटमेंट और दृष्टिकोण के हिसाब से देखें तो मंटो की राह अलग ही है और उस राह पर चलना हरेक के बूते की बात नहीं है। दूर-दूर तक नज़र दौड़ाइए उस जैसा कोई और लेखक हिंदी या उर्दू में नज़र नहीं आएगा।

क्या इसी वजह से उसे कुछ लोग अपना दुश्मन या दोस्त मानने लगे थे?

हो सकता है एक वजह यह भी रही हो। लेखकों में ईर्ष्या-द्वेष स्वाभाविक ही है. अपने साथी लेखक को लंबे-लंबे डग भरते देख, आगे बढ़ता देख कई साथी लेखकों में कुछ-कुछ होता ही है और अगर वह मंटो जैसा लेखक हो तो परेशानी और बढ़ जाती है। मंटो को अपनी राह पर अकेला और बेखौफ़ चलता देख, दोस्तों को रश्क तो होगा ही- खासतौर पर उस वक्त जब उस राह पर चलने में वे खुद फिसड्डी साबित होते हों। ऐसे लेखक खीझ में या कमतरी के एहसास में मंटो से जलने लगे हों या उसे दुश्मन मान बैठे हों तो कोई ताज्जुब नहीं। शायद मंटो खुद किसी के लिए बीच का रास्ता नहीं छोड़ता। ऐसे लेखक को दोस्त मानने या स्वीकार करने में बड़ा गुर्दा चाहिए- ऐसा गुर्दा कृशनचन्दर में था, इस्मत चगुताई में था, बाकी लोग तो दोस्ती-दुश्मनी के पलड़ों में झूलते रहे। इस संबंध

में मैंने *'मंटो ज़िंदा है'* में कहीं संक्षेप में तो कहीं विस्तार से लिखा भी है।

'मंटो ज़िंदा है' लिखने का ख्याल, कैसे आया? कहीं हमवतनी तो इसकी वजह नहीं?

एक लंबे अरसे से पता नहीं कौन मेरे दिल-दिमाग पर दस्तकें दे रहा था और मैं जानबूझ कर अनसुनी कर रहा था। मगर वह कहाँ मानने वाला था- दस्तक-दर-दस्तक! दस्तकों की तेज-तुर्श आवाज़ें दरवाजे-खिड़कियों को ही नहीं, मेरे दिल-दिमाग को झकझोर रही थीं। जानता था कि दिल-दिमाग के दरवाजे और खिड़कियां न खोलीं, तो भी वह अंदर धंस ही आएगा। आखिर मैंने बेमन से ही सही, दरवाजा खोल दिया। और देखा वह ठीक मेरे सामने है, जी हाँ, मंटो ही। उसने आव देखा न ताव, मुझे लपेट में ले चुनौती देते हुए कहने लगा, 'बड़ा लेखक बना फिरता है, मेरी ज़िंदगी लिख तो जानूँ।' बड़ा बीहड़ आदमी है- किसी को नहीं बख्शता। उससे पार पाना मुश्किल है। मैं उसे थोड़ा-थोड़ा जानता था- ज्यादातर टुकड़ों में, कभी उसकी कहानियों, नाटकों का संपादन करते हुए तो कभी उसकी कहानी *'टोबा टेकसिंह'* को धुरी बनाकर उस पर नाटक लिखते हुए, लेकिन अब तो उसकी ज़िंदगी लिखने, उसे लगभग मुकम्मिल रूप में पेश करने की चुनौती थी और चुनौती स्वीकार करना मेरे स्वभाव का हिस्सा है। शुरू में घबराया ज़रूर, मगर जैसे-जैसे काम करता गया, मैंने उसे स्तर-स्तर जानना शुरू किया और मैं उसकी ज़िंदगी में दाखिल होता गया। उसके अंतर्मन से मेरी पहचान होती गई और इस तरह मंटो की जीवनी आकार लेती गई।

इसके बावजूद मंटो के भीतर इंसानियत का ऐसा जज़्बा है जो उसे सिर्फ मार्क्सवादी नहीं रहने देता। वह अपने भीतर विचारों से भी लड़ता रहता है. . .

मंटो ने मार्क्सवादी दर्शन की चेतना को आत्मसात किया था। इंसानियत के उसके जज़्बे में मार्क्सवादी विचार का गहरा हाथ है। वह सिर्फ़ मार्क्सवादी नहीं है तो महज़ मानवतावादी भी नहीं है। उसे कोरा आधुनिकतावादी कह सकते हैं न कोरा मार्क्सवादी। उसमें आधुनिकता और प्रगतिशीलता की धाराएँ कुछ इस तरह घुल-मिल गई हैं कि उन्हें अलग-थलग नहीं किया जा सकता। कहना चाहें तो आप उसे आधुनिक प्रगतिशील मानवतावादी कह सकते हैं। यह बात उसकी कहानियों की विषयवस्तु के आधार ही नहीं, भाषा, शिल्प और दृष्टिसंगत आधारों पर भी कही जा सकती है। आपने देखा होगा कि इंसानियत के जज़्बे से भरपूर उसकी कहानियों के विकास के साथ प्रखर से प्रखरतर होते गए हैं।

हाँ, यह सही है कि वह तयशुदा विचारों को या तो स्वीकार नहीं करता या उन्हें भीतर से फोड़ता है। दूर तक उनके अंदर झांककर देखता है कि वे

कितने काम के हैं। वह अपने आत्म-द्वंद्व को यों ही खारिज़ नहीं करता, वह उसे आत्म-संघर्ष में बदलता जाता है। अपने भीतरी द्वंद्वों और संघर्षों से वह निरंतर दो-चार होता रहता है। अपने से लड़ते हुए विचारों को अर्जित करने की उसकी कला, निश्चय ही, बड़ी आकर्षक और अनूठी है।

आपकी जुबान में क्रांति और प्रेम मंटो के लिए एक ही सिक्के के दो पहलू थे। क्या इन दोनों को उसकी तरह साधना आसान है?

दोनों को एक साथ साधना बहुत कठिन है- जान हथेली पर रखने के बराबर। खुद प्रेम ही इतना जानलेवा है कि कबीर को कहना पड़ा, 'यह तो घर है प्रेम का खाला का घर नांहि/शीश उतारे भुई धरे, सो पैठे घर मांहि'। खतरे लिए बिना न प्रेम का कोई मतलब है न क्रांति का। मंटो ने खतरे लिए, सच की कीमत चुकाई क्योंकि उसके लिए प्रेम और क्रांति एक ही सिक्के के दो पहलू हैं।

जब आप यह जीवनी तैयार कर रहे थे, उस वक्त उससे जुड़ी तमाम चीज़ें तो आपने देखी ही होंगी, लेकिन कुछ लोग ऐसे भी मिले क्या जो मंटो के करीब रहे थे?

मंटो के करीब रहे दो लोगों से मेरी मुलाकात हुई एक-मोहम्मद असदुल्लाह जिन्होंने मंटो की पहली जीवनी *'मंटो मेरा दोस्त'* लिखी- है और दूसरे इंतज़ार हुसैन जिन्होंने मंटो को अलग तरह से देखा-पड़ताला, उसके समय में ही नहीं, बाद में भी। साल पहले जब असदुल्लाह साहब जर्मनी से दिल्ली आए तो उनके साथ पंजाब भवन में लंबी बातचीत हुई थी जिस पर मैंने विस्तार से लिखा भी है। असदुल्ला 15-16 साल के रहे होंगे जब मंटो के परिवार के साथ उनकी घनिष्ठता हो गई थी। मंटो और सफ़िया के आखिरी दिनों का बयान उन्होंने अपनी पुस्तक में किया भी है। कई जगह मंटो ने उनके नाम सिफारिशी खत भी लिखे थे, जिनका ज़िक्र मेरे साथ बातचीत में भी उन्होंने किया और मोहम्मद असलम परवेज की किताब 'मंटो के खतूत' से वे खत उन्होंने पढ़कर भी सुनाए। मंटो के इंतकाल के बाद असदुल्लाह साहब अमेरिका और जर्मनी चले गए और पक्के कम्युनिस्ट बन गए, उनके साथ बातचीत में एक कम्युनिस्ट के रुझान और विचार झलक मारते रहे। बातचीत में वे कृशनचंदर को मंटो से बेहतर कहानीकार मानते हैं मगर खुलकर वैसा कहते हुए झिझकते भी हैं।

इंतज़ार हुसैन से मुलाकात 'सहमत' द्वारा आयोजित मंटो संबंधी अंतर्राष्ट्रीय संगोष्ठी में हुई। उनके विचार भी सुने और उनसे बातचीत भी हुई। मंटो के दौर की कई बातें और प्रसंग और उसके बाद की कथाधारा के बारे में उन्होंने कई बातें सुनाई। मंटो के महत्व को स्वीकारते हुए भी वे मानते हैं कि उर्दू कहानी

अपने सरोकारों में ही नहीं, शैली-शिल्प में भी आगे निकल चुकी है। और मंटो से अपने प्रयोगों में अलग है।

मंटो की बेटियों से मिलना मेरे लिए एक यादगार अनुभव रहा। उस दौर की बहुत-सी बातें हुई और अनुभव बिंब तैरते हुए मुझ तक आते रहे।

क्या उपेंद्रनाथ अश्क और हंसराज रहबर से आपकी बातचीत कभी नहीं हो पाई इस सिलसिले में. . .

रहबर साहब और अश्क जी से ही नहीं, सत्यार्थी जी से भी मुलाकातें होती रहीं। रहबर साहब से टी हाउस में 1967 से जब तक टी. हाउस रहा, हर शनिवार मुलाकात होती ही थी। मंटो पर बातचीत भी, कभी-कभी, चलते-चलते। खुलकर नहीं, उनके उस दौर के लहज़े को देखकर कि कहीं वे मंटो बेनकाब पर न उतर आएं। अश्क जी कभी-कभार इलाहाबाद से दिल्ली आते तो रेडियो, टी. हाउस में मुलाकात हो जाती। उनकी बातचीत में उस्तादी टपकती रहती- एक पल मंटो के साथ अपनी दोस्ती और मंटो की अदबी ऊंचाई पर तान तोड़ते और दूसरे पल मंटो के प्रति अपनी ईर्ष्या को कुछ इस तरह लपेटकर कहते कि हँसी आने लगती।

वे दिन भी क्या दिन थे। एक से एक युवा, बुजुर्ग, कई पीढ़ियों का वहाँ जमघट लगा रहता। बहस-मुबाहिसे, विचारों आंदोलनों की गहमागहमी, उठा पटक। बीच-बीच में उर्दू पंजाबी लेखकों का आना-जाना लगा रहता। तेज-तुर्श युवा बलराज मेनरा, रमेश गौड़ की तरह उन दिनों मुझे अपने बेधक, बेलाग अंदाज़ से प्रभावित करता, अपनी कहानी के तेवर को संभाले, मंटो की गहरी समझ रखने वाला एक युवा लेखक और देवेंद्र सत्यार्थी अक्सर कॉफी हाउस में मिलते।

उनके पास अपने और मंटो के किस्सों का बेहतरीन खजाना रहता- रेडियो पर मंटो के 19 महीने, उनसे दोस्ती, लड़ना-झगड़ना, रूठना-मनाना, कृश्नचंदर, अश्क और मंटो के झगड़े और दिलचस्प प्रसंग, उनकी बातों में लिपटते चले जाते-बंबई मंटो के घर, मंटो की हेकड़ी, सफ़िया भाभी की समझदारी और स्नेह मंटो पर किसी मुकदमे के सिलसिलों में गवाह के तौर पर लाहौर जाना- जैसे एक रील खुलती जाती।

मंटो के समकालीनों ने तो उस पर कलम ज़रूर चलाई लेकिन बाद में उसका जो समग्र मूल्यांकन होना चाहिए था, वह नहीं हो पाया। ऐसा क्यों?

इसके कई कारण रहे। जानबूझ कर या शरारतन मंटो को लेकर कई सवाल खड़े कर दिए गए जिससे दिक्कतें पैदा हुई। पहला सवाल यह कि मंटो पाकिस्तानी है, ऐसे लेखक को हिंदुस्तान में क्यों पढ़ा-पढ़ाया जाए? इस बिनां

पर मंटो को यूनिवर्सिटियों के उर्दू विभागों के बी.ए., एम.ए. के पाठ्यक्रमों से एक लंबे समय तक बाहर रखा गया। जहाँ उसे कोर्स में शामिल करने की कोशिशें हुई, वहाँ भी अच्छा-खासा विरोध हुआ, बिना यह जाने-समझे कि मंटो कितना पाकिस्तान परस्त है या हिंदुस्तान परस्त। यह समझने की ज़हमत किसी ने न उठाई कि मंटो ज़िंदगी भर यहाँ रहा, सिवा आखिरी सात सालों के उसकी लेखकीय साइकी को समझने की कोशिश किसी ने न की कि पाकिस्तान जाकर भी वह पाकिस्तान के निर्माण का, दो राष्ट्रों के सिद्धांत का अपनी कहानियों में जबरदस्त खंडन करता रहा। पाकिस्तान के प्रति उसकी वफादारी की आड़ लेकर जो लोग उसके विरोध में माहौल बनाते रहे हैं या ऐसी ही कोई खुंदक पाले रहे हैं, वे लोग ही एक बड़ी हद तक मंटो के समग्र मूल्यांकन में बाधक रहे हैं। उसकी साइकी को समझने के बजाय उसे भारतीय जन-मानस से अलगाने की कोशिशें हुई, यह बात अलग है कि इसके बावजूद वह हिंदुस्तान में खूब पढ़ा जाता रहा।

मंटो का विरोध कट्टर मजहबी लोगों ने कुछ इस तरह किया कि बड़ा बनता है इंसान परस्त, अंदर से तो सांप्रदायिक ही है- पक्का मुसलमान-मुसलमानों का पक्षधर और हिंदुओं का विरोधी। ऐसे लोग मंटो की कहानियों में गहराई में उतरे बिना ढूँढ़-ढूँढ़ कर उन हिंदू पात्रों को सामने लाते हैं जो मुसलमानों के अत्याचारों का शिकार हुए। हैरत होती है ऐसे आरोप लगानेवालों पर जो सांप्रदायिक दृष्टि से पात्रों की परिस्थिति और मानसिकता को समझे बिना, उन पात्रों को हिंदू और मुसलमान में बाँट कर देखते रहे और कटाक्ष करते रहे। ऐसे लोगों ने अपने संकीर्ण नज़रिए और सांप्रदायिक मनोवृत्ति से मंटो की कहानियों का कबाड़ा करने में कोई कसर नहीं छोड़ी। मंटो पर इस तरह के इल्ज़ाम लगाने वालों ने मंटो के दिल-दिमाग तक जाने वाली राहों को भले ही कितना तंग या बंद करने की कोशिश की हो, मंटो लोगों के दिलो-दिमाग में लगातार घुसता रहा है, उन्हें अंदर से बदलता रहा है। अपने वक्त में मंटो को प्रगतिशीलों के विरोध का भी सामना करना पड़ा। वामपंथी पत्रिकाओं ने उसकी कहानियों के प्रकाशन पर रोक लगा दी। अहमद नदीम कासमी जैसा उसका दोस्त उसके विरुद्ध खड़ा हो गया। *'जैबे कफ़न'* में मंटो ने इस संबंध में मार्मिक संकेत किए हैं। प्रगतिशील लेखकों और बुद्धिजीवियों के रुझानों से भी मंटो के व्यापक अध्ययन में बाधाएँ आती रहीं, हालांकि पाठकों ने उसे हमेशा सिर-माथे बैठाए रखा।

मंटो उर्दू के एक बड़े लेखक हैं। इसे विडंबना ही कहिए कि उस पर संपूर्णता में नहीं अंशों में काम हुआ है, उर्दू की एक लॉबी मंटो को उर्दू में सीमित

रखने पर जितना सिर खपाती रही, उतना वक्त अगर उन्होंने मंटो के साहित्य की मुकम्मल पड़ताल करने में लगाया होता या कई खंडों में उनकी रचनावली तैयार की होती, तो एक बड़ा काम हो गया होता। मंटो को उर्दू के घेरे से बाहर लाने और भारतीय साहित्य का हिस्सा बनाने में कमलेश्वर, अश्क, देवेंद्र इस्सर, बलराज मेनरा, शरददत्त और एक हद तक मैंने भी अनुवाद, लिप्यंतरण और आलोचना के ज़रिए जो भूमिका अदा की है, उससे मंटो की रचनाशीलता के कई खंड आने की संभावना बनी है और उसके समग्र मूल्यांकन की भी।

वामपंथियों पर मंटो के विरुद्ध माहौल बनाने का आरोप लगाया जाता है। उनमें से कुछेक मंटो से घबराते रहे होंगे। लेकिन बाद में कई वामपंथियों ने उनकी कहानियों और व्यक्तित्व पर बातचीत की. . .

आप जानते ही हैं कि शुरू-शुरू में मंटो और वामपंथियों में कोई विरोध नहीं था। मंटो के प्रति वामपंथियों का गहरा लगाव और झुकाव था और मंटो भी उस विचारधारा के प्रति आकृष्ट था। मार्क्सवादी लेखक उसके करीबी दोस्त थे। वामपंथी पत्रिकाओं में मंटो की कहानियाँ छपती रहती थीं और मार्क्सवादियों में उसकी अच्छी-खासी साख थी। जब इस तरह के संबंध हों तो यह कहना मुश्किल हो जाता है कि खटपट कहाँ से शुरू हुई? ऐसा क्या था कि उस दौर के प्रगतिवादियों को मंटो के विरुद्ध खड़ा होना पड़ा और मंटो को भी 'जैबे कफन' में उनके अंतर्विरोधों को उघाड़ना पड़ा? क्या वामपंथियों का विरोध मंटो द्वारा विचारधारा के घालमेल को लेकर था? क्या मंटो द्वारा विचारधारा के चौहद्दी में बंधने से इंक़ार इसकी वजह थी? क्या उस वक्त के कई प्रगतिशील अपनी कथनी-करनी के अंतरालों में अपनी साख गवां बैठे थे और क्षतिपूर्ति के नाते मंटो को नगण्य ठहराने पर तुल गए थे? मंटो की प्रतिभा की आँच से और फटकारकर सच कहने के उसके साहस से क्या वे घबराने लगे थे और घबराहट या खिसियाहट में कुछ का कुछ कर जाते थे? जो हो, कालांतर में वामपंथी मंटो के प्रति नर्म पड़ते गए। उन्होंने मंटो के साहित्य और व्यक्तित्व पर काम भी किया। मंटों जन्म शताब्दी वर्ष में 'सहमत' द्वारा जिस अंतर्राष्ट्रीय संगोष्ठी का आयोजन किया गया, उसमें ये सभी बातें उभरकर आईं। उन्हें लगा मंटो की सामाजिक-राजनीतिक और सांप्रदायिकता विरोधी सोच ज्यादा पुख्ता आधारों पर खड़ी है और अपेक्षाकृत अधिक मानवीय भी है।

'खलक' में प्रकाशित मंटो की पहली कहानी 'तमाशा' ने अंग्रेजी हुकूमत को सचेत कर दिया था। यह जलियाँवाला बाग़ के रेफरेंस वाली कहानी है। उस वक्त मंटो की क्या उम्र रही होगी? इस कहानी को लिखने के बाद मंटो पर क्या गुजरी?

'तमाशा' मंटो की पहली कहानी है जो 'खलक' पत्रिका में प्रकाशित हुई थी। इस कहानी में मंटो ने सात साल के बच्चे की निगाह से जलियाँवाला बाग़ के नर-संहार को दिखाया था। यही वजह है कि छपते ही इस कहानी ने सबका ध्यान खींचा। मंटो और उसके साथियों के क्रांतिकारी मंसूबों की धमक तब अमृतसर के गली-कूचों में सुनाई देती थी। उन्होंने अमृतसर में ही मास्को तसव्वुर कर लिया था। अंग्रेजी हुकूमत पहले से चौकस थी। मंटो ने 'तमाशा' कहानी 18-19 साल की उम्र में लिखी थी। इस कहानी के प्रकाशन ने आग में घी का काम किया। इस डर के मारे कि पहली कहानी न जाने कैसी हो उसने बतौर लेखक अपना नाम कहानी पर नहीं दिया था। हो सकता है उसे यह डर भी रहा हो कि जलियाँवाला बाग़ के खूनी हादसे से जुड़ी कहानी कहीं उसके लिए आफत का सबब न बन जाए।

मंटो में एक ललक तो थी ही कि वह दुनिया के बेहतरीन अदब से परिचित हो, लेकिन रूसी और फ्रांसिसी विशेषांक एडिट करना सचमुच एक बड़ी बात थी। मंटो ने यह कैसे किया?

इसमें बारी अलीग का बहुत बड़ा रोल है। वहीं था जिसने मंटो की आवारागर्दी को एक दिशा दी, उसे सस्ते साहित्य के चस्के से गंभीर साहित्य के अध्ययन की तरफ़ मोड़ दिया। उसे दुनिया के बेहतरीन अदब से परिचित कराया। बारी ही था जिसने मंटो को युवावस्था में (18-19 साल की उम्र में) रूसी कहानियों और फ्रांसीसी रचनाओं के अनुवाद कार्य में लगाया। उसके संपादन में सबसे पहले *'आलमगीर'* का साहित्य विशेषांक आया और उसके जल्द बाद *'हुमायूं'* का फ्रांसीसी साहित्य विशेषांक। कई अनुवाद उसने बारी अलीग की निगरानी में अंग्रेजी से उर्दू में अपने बचपन के दोस्त हसन अब्बास और अबू सईद कुरैशी के साथ मिलकर किए। इन अनुवादों और संपादनों की तब धूम मच गई थी और तब का लेखक और बुद्धिजीवी वर्ग उसे सम्मान से देखने लगा था।

'रूसी अफ़साने' किताब भी क्या इसी दौर में सामने आई?

जी हाँ, यही वह दौर था जब उसने रूसी कहानियों का अनुवाद किया और रूसी अफ़साने नाम से किताब प्रकाशित हुई। इस किताब ने बुद्धिजीवी तबके में मंटो की साख स्थापित की।

नजीर लुधियानवी के कहने पर मंटो मुंबई चले आए तो वहाँ बसर कैसे हुई?

1936 की बात है- नजीर लुधियानी ने मंटो को बाकायदा 'मुसव्विर' साप्ताहिक के संपादक का नियुक्ति पत्र भेजा था और 40 रुपए मासिक वेतन मुक़र्रर हुआ था।

'आतिशपारे' की भूमिका में मंटो ने लिखा था, 'ये अफ़साने दबी हुई चिंगारियाँ

हैं। इनको शोलों में तब्दील करना पढ़ने वालों का काम है।' मंटो के कहानीकार को आप किस रूप में देखते हैं?

'आतिशपारे' मंटो का पहला कहानी-संग्रह है जो 1996 में प्रकाशित हुआ और इसी की भूमिका की पक्तियों है जो आपने उद्धृत की हैं। इसी संग्रह में 'तमाशा' और 'इंकलाब पसंद' कहानियाँ शामिल हैं जो मंटो के सामाजिक-राजनीतिक रुझान को नुमायां करती है, मंटो की कहानी-कला का यह पहला दौर उसके आगामी दौरों से और अतिम दौर से भी जुड़ा हुआ है। मंटो के कथा-दौरों में बिना किसी फाँक के एक सिलसिला नजर आता है। जलियाँवाला बाग और भगतसिंह जैसे प्रारंभिक संदर्भ उसके दूसरे दौर और अंतिम दौर की कहानियों में ज्यादा सघन, सांकेतिक, कलात्मक और ध्वन्यात्मक होते गए हैं, परिस्थिति और यथार्थ की जो मिली-जुली वैचारिक कौंध शुरुआती दौर की कहानियों में है, वह जीवन के अन्य पक्षों की कहानियों जैसे वेश्या जीवन से संबंधित कहानियों में प्रतिरोध-प्रतिकार के आयामों को छूती नजर आती है। पहली कहानी 'तमाशा' में जिस हादसे का जिक्र है, परिस्थितियों और संदर्भों के अनुरूप उसी का सांकेतिक और ध्वन्यात्मक ट्रांसफार्मेशन क्या विभाजन जैसे खूनी हादसे का बोध कराने वाली कहानियों में नहीं है? बाहरी घटना का उसके लिए अंदरूनी हादसा बन जाना उसकी कथा-कला की ऐसी विशेषता है जो उसे अन्य कहानीकारों से अलग कर देती है। आप ही बताइए क्या 'तमाशा' और 'टोबा टेकसिंह' हादसों की एक लंबी श्रृंखला में बिंधी हुई कहानियाँ नहीं हैं? सामाजिक-राजनीतिक कहानियाँ लिखता हुआ भी वह उसके फ्रेम में बंधता नहीं है, उसे तोड़ता चलता है। कथ्य और कला के किसी एक पैटर्न में वह खुद को बंधने नहीं देता बल्कि ऐसा करते हुए वह नई अर्थ-ध्वनियों का संचार करता है। यही मंटो की कथा राह है जिस पर चलना आसान नहीं है।

राजकमल चौधरी पढ़ते हुए कभी मंटो की याद आती है?

खूब आती है, खासतौर पर उसकी लंबी कविता 'मुक्ति प्रसंग', मंटो और राजकमल चौधरी पाठकीय चेतना को बुरी तरह झकझोरते हैं। दोनों नैतिक, धार्मिक, रूढ़ियों और पाखंडों पर जमकर चोट करते हैं। दोनों ने 'गूंगे आत्मसंघर्ष के मुँह में जुबान डालने' (कुमारेन्द्र पारसनाथ सिंह) की कोशिश भी है और बाहरी घटना को अंतरंग सच्चाई के ताप के साथ अभिव्यक्त करना चाहा है। राजकमल मंटो की याद दिलाता है क्योंकि मंटो अपने अफ़सानों में बाहरी घटना को गहरी आंतरिक तड़प प्रदान करता है। राजकमल कहता है, क्यों एक ही युद्ध मेरी कमर की हड्डियों में और कभी वियतनाम में होता है, मंटो ने भी बाहरी परिवेश की भयावहता को एक चीख की फैलती हुई ध्वनियों के रूप में '*टोबा*

टेक सिंह' और अन्य कहानियों में अभिव्यक्त किया है, राजकमल को पढ़ते हुए मंटो की याद इसलिए भी आती है कि दोनों में असहमति और अस्वीकार की पैनी धार है। दोनों ही शामिल नहीं रहना चाहते, 'इस धरती से आदमी को हमेशा के लिए खत्म कर देने की साजिश में।'

आपने लिखा है कि प्रगतिशील पत्रिका के लिए 'नया अदब' नाम मंटो का ही दिया हुआ है। क्या आप यह नहीं मानते कि हिंदुस्तानी जुबान को नई कहानी देने का काम भी उसी ने किया।

भाई महेश दर्पण, आपने सही मार्क किया है। हिंदी में और भारतीय भाषाओं में 'नई कहानी' आंदोलन के शुरू होने से पहले, दरअसल, मंटो ही था जिसने हिंदुस्तानी जुबान को नई कहानियाँ दी थीं। विभाजन भारतीय इतिहास का एक बहुत बड़ा प्वाइंट ऑफ डिपार्चर, विच्छेद बिंदु ही नहीं है, यहीं से नए साहित्य या नई कहानी की शुरुआत होती है। इतिहास के जिस मुकाम पर मंटो ने विभाजन की त्रासदी को लेकर जो कहानियाँ (टोबा टेकसिंह, खोल दो, ठंडा गोश्त आदि) लिखी हैं, वे पहले की कहानी से कई मायनों में, अपने कथा-मुहावरे में, कथ्य और शिल्प में भिन्न ही नहीं हैं, नई भी हैं। निर्मल वर्मा ने, काफी बाद में, नई कहानी को 'अंधेरे में चीख' कहा था जबकि मंटो ने विभाजन की त्रासदी को जिस तरह प्रस्तुत किया है, उसे देखते हुए ये कहानियाँ बहुत पहले, विभाजन के अंधेरे में चीख का दस्तावेज बनी थीं। अंधेरे की संवेदनात्मक परतों से जुड़ने से जिस नए भावबोध का, भय और करुणा के संयोजन का, अनुभव से उसे सीधे एक तान होने का और अनुभव की प्रामणिकता का जो एहसास होता है, उसे देखते हुए हिन्दुस्तानी जुबान को नई कहानी देने का श्रेय मंटो को दिया जा सकता है।

अगर हिन्दी की नई कहानी को मंटो के आइने में देखने की कोशिश की जाए तो नई कहानी के कई बड़े नाम गिरते-पड़ते नजर आएंगे. . .

इससे पहले के प्रश्न के उत्तर में मैंने हिन्दुस्तानी जुबान को नई कहानी देने का श्रेय मंटो को दिया है जिसके वे सचमुच हक़दार हैं। रही बात मंटो के आईने में हिन्दी की नई कहानी को देखने की तो जनाब, हिन्दुस्तानी जुबान को नई कहानी दे वाला अगर मंटो है तो हिन्दी की नई कहानी उससे अलग कहाँ है? इससे नई कहानी के कई बड़े नाम- कहानीकार और आलोचक- गिरते-पड़ते नज़र आएं तो आप और मैं क्या कर सकते हैं? जनाब, आपने तो सवाल में जवाब गूंथ दिया है और मेरे लिए कहने के लिए कुछ भी नहीं छोड़ा है।

मंटो को अपना सब्जेक्ट बनाना आसान काम नहीं है। उसके अफ़साने, स्कैच,

लैटर, मेमोयर, ड्रामे और रिपोर्ताज जगह-जगह पकड़ लेते होंगे आप को।

मंटो की जीवनी लिखते हुए, उसकी ज़िंदगी की घटनाओं और प्रसंगों से गुजरते हुए मंटो के अफ़सानों, संस्मरणों, खतों और ड्रामों आदि से टकराना ही पड़ा है। ज़िंदगी और उसकी रचनाओं को एक-दूसरे के सामने रखने से, उन्हें डी-कांस्ट्रक्ट और री-क्रियेट करने से उसकी ज़िंदगी की ही नहीं, अदब की भी कई गुत्थियाँ अनायास खुलती गई हैं, जीवनी लिखते हुए मंटो की रचनाएँ मुझे पकड़ती ही नहीं रही हैं, जकड़ती भी रही हैं। ये रचनाएँ मंटो की ज़िंदगी का अंत: साक्ष्य हैं, एक तरह का आंतरिक आलाप जो बाहरी प्रसंगों, घटनाओं को गहरी आंतरिकता प्रदान करता है, मंटो के अफ़सानों और ख़तों के बग़ैर कई प्रसंगों को समझना मुश्किल है, ध्यान से देखें तो अफ़साने संस्मरणों में खुलते हैं और संस्मरणों में ड्रामे झांकने लगते हैं। मंटो की बेचैन रूह के तन्हा सफर को ख़तों के ज़रिए भी बड़ी प्रामाणिकता से आँका जा सकता है, बड़ी बात यह है कि मंटो की सभी प्रकार की रचनाओं ने एक साथ मिलकर, समन्वित होकर मंटो को संपूर्णता में समझने की मुझे सहूलियत और दृष्टि दी है।

मंटो ने कई रूपों में खुद को डेवलप कर लिया था। उसके अदीब का कौन-सा रूप आपको सबसे ज्यादा इंप्रेस करता है?

मंटो के अदीब का सर्वाधिक प्रभावशाली रूप उसके अफ़सानानिगार का ही है, हालांकि समय के साथ उसने अपने लेखन को कई रूपों और विधाओं में नाटकों, संस्मरणों आदि में डेवलप कर लिया था। अफ़सानानिगारी की विशेषता उसके कई संस्मरणों में दिखती है। उसने कई रेडियो नाटक कहानियों को आधार बनाकर लिखे हैं। इसी तरह उसके अफ़सानों में कई जगह दृश्यों की बंदिश नाटकीय है। ज़ाहिर है कि उसकी कहानी-कला ने अन्य विधाओं में उसके लेखन को प्रभावित किया है और अन्य विधाओं ने उसकी कहानी कला को अछूता नहीं छोड़ा है। हाँ, केंद्र में तो अफ़सानानिगारी ही है और वही मंटो की ख्याति और लोकप्रियता का आधार भी है।

तवायफों की ज़िंदगी के अंधेरे कोनों तक मंटो के ज़हन की रोशनी इतनी प्रामाणिकता से कैसे फैलती चली गई।

मंटो ने तवायफ को हर रंग में देखा था, हर हाल में जाना था, कुरूपता और सुंदरता की विरोधी अवस्थाओं में उसके भीतर की स्त्री को पहचाना था। वह उसकी काया तक ही नहीं, रूह तक पहुँचा था। मंटो के ज़हन की सर्च लाइट में तवायफ की ज़िंदगी का रोयाँ रोयाँ इस प्रामाणिकता से उजागर होता गया है कि लगता है जैसे वह सामने खड़ी हो।

मंटो के अवचेतन में अमृतसर का बाजारे हुस्न बहुत पहले शामिल हो गया

था जिसके साथ बाद में जी.बी. रोड, दिल्ली और फारस रोड बंबई की परत भी जुड़ती गई और उसने तवायफ के ठेठ, खरे, सच्चे रूपों को टोह-टाह के देख लिया। वेश्या उसके लिए कोई समस्या नहीं थी जिसका हल पेश किया जाना हो या जिसके सुधार के लिए किसी आश्रम की स्थापना की जानी हो। यह वह वेश्या है जिसमें ताल्लुकेदारी व्यवस्था का कोई निशान नहीं हैं। रोमानियत और शेरो-शायरी भी गायब है। उसके लिए वेश्या कई अंतर्विरोधी भावनाओं और विचारों से जूझती-टकराती एक मानवीय उपस्थिति है जिसे एक खास रवैये के तहत समझा जाना चाहिए। यह रवैया है वेश्या की ज़िंदगी के अंधेरे बंद कमरों में दाखिल होना, उसके ज्ञात या कम ज्ञात पहलुओं को बड़ी बेरहमी और बेबाकी से प्रस्तुत कर देना। यह प्रस्तुति कुछ ऐसी है कि वेश्या की ज़िंदगी का कोई भी कोना मंटो की नज़र से छिपा नहीं रहा है। *'हतक'* की सुगंधी, *'काली सलवार'* की सुल्ताना में मंटो ने उनकी बाहरी-भीतरी परतों को जिस तरह से देखा-भाला और फेंटा-पलटा है, उससे पता चलता है कि मंटो ने वेश्या जीवन को कितनी गहराई, यथार्थपरकता और संपूर्णता में देखा था।

स्त्री विमर्श का शोर तो आज हुआ है, अपने वक्त में औरत की अस्मिता को पहचानने का काम क्या मंटो ने शुरू नहीं कर दिया था?

वेश्या जीवन से संबंधित कहानियों की चर्चा ऊपर कर आया हूँ। उनके अलावा औरत-मर्द, पति-पत्नी के संबंधों को लेकर मंटो ने जो कहानियाँ लिखी हैं, वे स्त्री की सामाजिक-नैतिक मनोवैज्ञानिक स्थितियों-मन:स्थितियों की चीर-फाड़ करने वाली कहानियाँ हैं। औरत की अस्मिता इन संबंधों में चाहे-अनचाह लिपटी हुई है। मंटो ने स्त्री अस्मिता के कई पहलुओं को बड़े टटकेपन और बारीकी से ऐसी कहानियाँ में पेश किया है। इस अस्मिता के साथ जुड़ा हुआ है सेक्स, औरत की देह, उसका मनोविज्ञान और नैतिकता की कई तरह की धारणाएँ। मंटो ने एक जगह लिखा भी है, औरत और मर्द में जो एक लरजती हुई दीवार बीच में है, उसे संभालने और गिराने की कोशिश हर सदी, हर युग में होती रहेगी। जो इसे उरियानी (नग्नता) समझते हैं, उन्हें अपने एहसास के नंग पर अफसोस होना चाहिए कि अखलाक जंग है जो समाज के उस्तरे पर बेएहतियाती से जम गया है। औरत की अस्मिता की राह में आने वाली इस तरह की दीवारों को मंटो ने अनूठे ढंग से गिराया-संभाला है। उसने झूठी नैतिकता में सेंध लगाई है और समाज के उस्तरे पर लगे जंग से स्त्री मन को मुक्त करने की भरपूर कोशिश की है। 'स्वराज्य के लिए', 'मोजेल', 'मेरा नाम राधा है', 'सड़क के किनारे', 'बू' और 'ऊपर-नीचे' और 'दरम्यान' जैसी मंटो की अनेक कहानियों में इसे देखा जा सकता है। इसमें संदेह नहीं कि गले-सड़े इख़लाक

के चुंगल में और सामाजिक तंत्र की घुटनभरी कंदराओं में दबी-घुटी अपने समय की औरत को मंटो ने पहचाना है, उसके वजूद को रेखांकित किया है, एक कलाकार की नजर से उसे कई आयामों में प्रस्तुत किया है और नैतिक शब्द को स्त्री के पक्ष में मानवीय अर्थवता प्रदान की है।

मंटो में अजब किस्म का खिलंदड़ापन था जो उसकी शरारतों में झलकता था। दूसरों को तो खैर क्या बख्शता, वह तो अपने दोस्तों को भी नहीं छोड़ता था। किसी क्रिएटिव राइटर में यह जरूरी न सही, कुछ ऐड ज़रूर करता है।

आचरण और व्यवहार में खिलंदड़ापन, शरारतें, बंदिशों के खिलाफ विद्रोह एक तरह की मुक्ति के ही लक्षण हैं जो मंटो की ज़िंदगी के प्रारंभिक दौर से लेकर उसके आखिरी दौर तक अलग-अलग रूपों में नज़र आते हैं। यह उसका अंदाज़े ज़िंदगी है जिसमें खुद को छिपाया भी जाता है, दिखाया भी जाता है। जिस अंदाज़ में वह दूसरों को फ्रॉड कहता है, वह बड़ा बेधक तो है ही, मोहक भी कम नहीं है। मंटो का 'फ्रॉड' कहना कई ध्वनियों में लिपटा हुआ है जिसे सत्यार्थी ने अपनी एक टिप्पणी में कबूल भी किया है, 'फ्रॉड' मुझे पहली बार मंटो ने कहा था और बड़ी मुहब्बत से।' ध्यान दें खिलंदड़ेपन की ओट में वह इतना कुछ कह जाता है जितना वैसे कहना मुश्किल है। वह तेज तर्रार है, तल्ख है, पाखंड-आडंबर से परे, खरा इंसान है, इसलिए न खुद को बख्शता है, न दोस्तों को, खुदा को भी नहीं। बड़ा बीहड़ व्यक्ति है, खिलंदड़ा और मानवीय। है न अद्‌भुत विरोधाभास। मंटो की सिरजना में यह सब बाहरी नहीं, भीतरी सतहों तक गुथा हुआ है जो उसे मंटोइयत प्रदान करता है, उसकी एक अलग-सी अनोखी राह बनाता है। किसी क्रिएटिव राइटर में यह ज़रूरी हो न हो, इसका कुछ न कुछ अंश हर लेखक में रहता ही है। मंटो का यह ज़रूरी हिस्सा ही है।

सांप्रदायिकता के विरुद्ध मंटो खुद एक बड़ी आवाज़ थे। फिर ऐसा क्या हुआ कि वह पाकिस्तान चले गए? 'टोका टेकसिंह' का राइटर क्या वहाँ जाकर सकून से रह सका होगा?

जो मंटो सांप्रदायिकता के विरुद्ध लड़ता रहा, दो राष्ट्रों के सिद्धांत का खंडन करता रहा, अपने आचरण और व्यवहार में जो कहीं भी सांप्रदायिक नहीं था, आखिर उसकी क्या मजबूरी रही कि वह बंबई से पाकिस्तान (लाहौर) चला गया, यह प्रश्न बार-बार उठता रहा है और वही आज भी उठा दिया जाता है। महेश दर्पण, इस प्रश्न से मैं मंटो की जीवनी लिखते हुए दो-चार हुआ हूँ। मैंने उन कारणों की भी निशानदेही की, जिनसे मंटो पाकिस्तान जाने पर मजबूर हुआ। दरअसल, उन दिनों के बंबई के दंगों से वह बुरी तरह आहत हुआ था और उसने असुरक्षित और डरा हुआ महसूस किया था। उसका पक्का दोस्त श्याम दंगों के

मनोवैज्ञानिक असर में उसके साथ क्या कर बैठे और वह श्याम के साथ किस बेजा हरक़त में मुब्तिला हो जाए, इस आशंका मात्र से वह दहल गया था। इस पृष्ठभूमि में और उस वक्त की दहशतज़दा मन:स्थिति में उसके पाकिस्तान चले जाने को इस बात से बेहतर समझा जा सकता है कि उसका परिवार आज़ादी या तकसीम से 2-3 महीने पहले लाहौर जा चुका था और वह बंबई के फ्लैट में अकेला डोलता रहता था। मंटो का पाकिस्तान चले जाना उन परिस्थितियों की देन था जिनसे वह घिर गया था।

आप जानते ही हैं कि लाहौर जाकर उसे सकून नहीं मिला। दंगों की विभीषिका, बरबादी और शरणार्थी कैंपों में लोगों की बदहाली देखकर उसकी रूह कांप उठी। उसे समझ न आता कि वह कहाँ आ गया है? मजहबी कट्टरपंथियों और सियासी कुचक्रों को देख उसका माथा ठनका। उसने दोनों की मिली-भगत को भांपा और उनके खिलाफ हो गया। उसके पाकिस्तान चले जाने को एक लाठी की तरह उसके खिलाफ़ भांजने वाले कई लोग हैं जो यह कहते नहीं थकते- 'बड़ा धर्मनिरपेक्ष बनता था, आखिर मुसलमान ही निकला और पाकिस्तान भाग गया'। ऐसे लोगों के लिए जो यह सोचना ही गवारा नहीं करते कि वहाँ जाकर उसने बंटवारे की जड़ों पर आघात करने वाली विश्व प्रसिद्ध कहानियाँ लिखीं, बंटवारे की कालिमा को धोने के लिए अद्‌भुत संस्मरण लिखे। इन रचनाओं ने उसे भाषाओं और सरहदों के पार खड़ा कर दिया।

मंटो का लेखन उसके पैशन से जुड़ा था। ऐसा दौर भी रहा जब उसने रोज़ एक कहानी लिखी। इसे उसकी आर्थिक मजबूरी से जोड़ना ठीक है क्या? उसकी कहानियों में महज़ लिखने के वाली बात नहीं है।

मंटो के लिए लिखना गहरी इन्वाल्वमेंट का बोध कराता है, साथ ही इतना सहज कि बात में से बात निकलती जाए और कहानी पूरी हो जाए। संवाद शैली में लिखी गई उसकी अनेक कहानियाँ हैं, जो भीतर ही भीतर स्थितियों-मन:स्थितियों को काटती चलती हैं और अपना क्लाईमैक्स रचती जाती है, उसकी कहानियों के दो सिलसिले ऐसे भी मिले हैं जब वह रोज़ एक कहानी लिखता रहा। यह उन दिनों की बात है- जब वह भयंकर आर्थिक तंगी के दौर से गुज़र रहा था। इसीलिए लिखने की मजबूरी के साथ आर्थिक तंगी की मजबूरी भी उससे लिखवाती रही होगी। उन दिनों शाम को शराब पीने और सांस लेने के लिए, पैसों का जुगाड़ करने के लिए भी वह कहानियाँ लिखता रहा। उसकी कहानियों में महज़ लिखने के लिए लिखने वाली बात नहीं है, उन कहानियों में भी नहीं, जो उसने मजबूरी में लिखी। मंटो था तो मंटो, कहानी कला का उस्ताद, कहानी कहने की कला में बेजोड़। ऐसी कहानियों पर भी मंटो की छाप बराबर दिखाई देती है।

'गंजे फरिश्ते' में मंटो ने पाकिस्तान चले जाने की वजह जिन धमकियों को बताया है, उनमें कहीं उसकी 'अफ़सानानिगारी' तो शामिल नहीं थी? जो शख़्स पूरी सोसाइटी से न डरे, वह कुछ चिठ्ठियों से घबरा जाएगा, यह बात हज़्म नहीं होती।

धमकियों से डरने वाला मंटो नहीं था। अपने खिलाफ कुछ चिट्ठियों से घबरा जाने वाला भी वह नहीं था। धमकियों की वजह तो ऊपरी बात लगती है जिसकी ओट में मंटो बहुत कुछ कहना चाहता है और मित्रों से बातचीत करते हुए उसने कहा भी है। यह तो है ही कि दंगों की दहशत उसके भीतर दाखिल हो गई थी और अफ़साना लिखना उसके लिए मुश्किल हो गया था। उन दिनों बलवंत गार्गी से उसने जो कहा, वह उस वक़्त की उसकी सोच को दर्शाता है, उसने दो बातें कहीं- एक, 'मेरे दोस्त मुझसे पूछते हैं कि पाकिस्तान क्यों जा रहा हूँ। क्या मैं डरपोक हूँ, मुसलमान हूँ, लेकिन वे मेरे दिल की आवाज़ नहीं समझ सके। मैं पाकिस्तान जा रहा हूँ ताकि वहाँ की सियासी हरामज़दगियों का पर्दाफाश कर सकूँ।' दूसरी बात, जो उसने उतनी ही शिद्दत से कही वह यह थी कि 'हिन्दुस्तान में उर्दू का मुस्तक़बिल खराब है। अब तो हिंदी छा रही है। मैं लिखना चाहता हूँ और उर्दू में लिख सकता हूँ। ज़ुबान की अपनी मुनतिक होती है, कई मर्तबा ज़ुबान ख़यालात भी देती है। उसका ताल्लुक लहू से है। एक मंटो बंबई में रहा। दूसरा लाहौर में होगा।' देखिए, दोनों बातें यहाँ एक साथ हैं, एक दूसरी से जुड़ी हुई। हिन्दुस्तान में उर्दू का मुस्तक़बिल खराब होना और पाकिस्तान जाकर उसका सियासी हरामज़दगियों का पर्दाफाश करना एक ही सिक्के के दो पहलू हैं और इन दोनों के साथ लिपटी हुई है उसकी अफ़सानानिगारी जिसमें उसकी जान बसी है। अन्य कारणों के अलावा, इस जान को बचाने की खातिर भी वह पाकिस्तान चला गया।

वह सच्चे अर्थों में एक आज़ाद ख्याल लेखक था। उस पर मुकदमे चले, उसकी वजह से पत्रिकाएँ बैन हुई, लेकिन उसने अपने मिजाज को न बदला। उसकी इस अदीबी जिद को आप कैसे देखते हैं?

इस अदीबी जिद ने ही सआदत हसन को मंटो बनाया है और उसकी कथा-राह को औरों से अलग और निराला। वैसे तो, जिसे आप 'अदीबी जिद' कहते हैं, उसके बिना लेखन संभव नहीं है, मगर मंटो जैसे कम लेखक हैं जो अपने लेखक होने का हक़ अदा करते हों, अपनी 'जिद' के लिए खतरे उठाते हों, बिना समझौते किए जान पर खेल जाते हों। मंटो पर मुकदमे चले- एक नहीं पाँच-पाँच। पत्रिकाएँ बैन हुई, उसे बदनाम करने की साजिशें रची गई मगर वह टस से मस न हुआ, बिना डरे अपनी राह चलता रहा। ज़रूर-

दरअसल, जिसे हम 'ज़िद' कहते हैं, वह हर लेखक का सच का तसव्वुर है। यह सच जब किसी इंसान के समूचे व्यक्तित्व का हिस्सा बन जाता है तो सारी हदें पार कर जाता है। वही सच उसे जीने-मरने के लिए प्रेरित करता है। यह सच अमूर्त और हवाई नहीं है, सामाजिक-राजनीतिक सरोकारों से लबरेज़ है। सच के साथ जुड़ी यह जिद-अदीबी जिद हमें बार-बार मंटो के पास ले जाती है।

एक सवाल हल करना हो तो कैसे करेंगे- मंटो = कासमी + कृश्नचंदर + इस्मत + अश्क-बेदी।

महेश दर्पण, जमा-नफी, जर्ब तक़सीम के सवाल हल करने में मैं अक्सर मात खा जाता हूँ। बंटवारे के दिनों का प्रभाव कहें या कुछ और, मैं जर्ब के नाम पर तक़सीम करने लगता हूँ और जमा के बजाय नफी में उलझ जाता हूँ। मंटो को फोकस में रखें तो इस्मत और अश्क - भी है+भी हैं कृश्नचंदर पूरे+हैं। बेदी+--के चक्कर से परे हैं। रह गए कासमी जो कई+के साथ अंततः नफी के एक गहरे गड्ढे में गिरते दिखते हैं जिससे शायद कोई निज़ात नहीं है।

मंटो की मौत पर कृश्नचंदर ने कहा था, 'आज के बाद कोई नई कहानी न लिखेगा।' मुझे लगता है, 'यह कमेंट मंटो की राइटिंग के प्रति सबसे बड़ा सम्मान है।

मैं आपसे सहमत हूँ यह कमेंट वहीं कर सकता है जिसने मंटो को भीतर-बाहर से जाना हो, जिसने मंटो की कहानियों से गुजरकर यह जांचा-परखा हो कि मंटो ने नई कहानी का उत्कर्ष रचा है। यह कमेंट वही कर सकता है जिसने किसी नाटकीय क्षण में घटना को उसके भीतर वारदात बनते हुए देखा हो, जिसने उसकी कथा-दृष्टि के फलक को पहचाना हो।

हिंदी में आज के लेखकों को मंटो को पढ़ना ज़रूरी नहीं है क्या?

बहुत कम लेखक हैं जो भारतीय उपमहाद्वीप की साइकी का हिस्सा बन चुके हैं। मंटो उन्हीं में से एक हैं। वह सीधा हमसे जुड़ता है और हमें कुरेदता है। वह अपने समय अपनी पीढ़ी तक रुका हुआ लेखक नहीं है, समकालीन समय और आज की पीढ़ी से, उसकी समस्याओं और सरोकारों से जुड़ा हुआ लेखक है। मंटो आज के लेखक की तलाश का हिस्सा है जो निरंतर कई रूपों, कई राहों की तरफ़ उन्मुख है। हिंदी के ही नहीं, किसी भाषा के लेखक के लिए मंटो को पढ़ना बेहद ज़रूरी है।

मंटो के बुखार से बाहर निकलने में आपको कितना वक्त लगा? क्या यह किताब 'मंटो ज़िन्दा है' आसानी से छप सकी?

मंटो के बुखार से बाहर आने में मुझे छह महीने लगे लेकिन वह ताप आज

भी महसूस कर रहा हूँ। मंटो का दर्जा हरारत जब आपका दर्जा हरारत बन जाए तो बड़ी मुश्किल पेश आती है, मेरे साथ ऐसा ही हुआ है। हरारत से बाहर आने में अभी वक्त लगेगा। पता नहीं मंटो मुझसे और क्या लिखवाना चाहता है? आपके साथ बातचीत क्या उसका कोई छिपा हुआ एजेंडा तो नहीं जिसे वह पूरा कर रहा है?

जहां तक *'मंटो ज़िंदा है'* के छपने की बात है, शायद आप यकीन नहीं करेंगे, देखते-देखते छप गई। जैसे ही यह खबर लीक हुई कि मैं मंटो की जीवनी लिख रहा हूँ तो कई प्रकाशक इसे प्रकाशित करने के लिए तत्पर हो गए और वह भी मेरी शर्तों पर, मुझे खुशी है कि यह किताब रिकार्ड टाइम में अच्छे ढंग से प्रकाशित हुई, पेपर बैक संस्करण भी आया और यह पुस्तक तत्काल चर्चा के केंद्र में आ गई। मराठी, गुजराती, पंजाबी, उर्दू और अंग्रेजी, तेलुगु में इसके अनुवाद हो गए हैं और इस तरह इस पुस्तक के बहाने मंटो भारतीय भाषाओं में दाखिल हो गया है।

मंटो तुम कब आओगे?

(लेखक से मोहम्मद असलम परवेज़ की बातचीत)

मोहम्मद असलम परवेज: मंटो की कहानियों को हिंदी कथा संस्कार में आप कहाँ प्लेस करते हैं।

जहां तक कथा-संस्कार की बात है, मुझे नहीं लगता हिंदी, उर्दू कथा-संस्कार में कोई ख़ास अंतर है। दोनों की कथा परंपराएं कॉमन न भी हों, (जैसे भारतीय भाषाओं की कथा परंपराएं भी एक जैसी नहीं है) तो भी उन्हें जोड़ने वाले जीवन-तत्व, सांस्कृतिक और सभ्यतामूलक सरोकार खासे मजबूत हैं। उनमें विरोध के बजाय सहयोग ही है। हिंदी और उर्दू कथा परंपराओं में एक मजबूत कड़ी हैं प्रेमचंद जो हिंदी के ही नहीं, उर्दू के भी एक बड़े कहानीकार हैं।

मंटो की ख़ासियत है कि वह पाठकों के पूर्वाग्रहों को तोड़ते चलते हैं। भाषाओं के बीच जाने-अनजाने पैदा हो जाने वाली कन्डीशनिंग को वह बुरी तरह झकझोरते हैं और पाठकों को बरबस साथ ले चलते हैं।

हिंदी और उर्दू कथा को समान धरातल पर लाने में प्रेमचंद के बाद मंटो का बहुत बड़ा हाथ है- कहानी-कला और भाषा के धरातलों पर ही नहीं, सामाजिक-सांस्कृतिक सरोकारों की अभिव्यक्ति के धरातलों पर भी। दरअसल, हिंदी कथा-संस्कार भारतीय कथा-संस्कार ही है जिसके मंटो उसी तरह हिस्से हैं जैसे प्रेमचंद, अब्दुल्ला हुसैन, कुरतुल-एन हैदर, कृष्णा सोबती, इंतज़ार हुसैन आदि लेखक।

भारतीय कथा में मंटो की स्वीकृति का मुख्य आधार यह मिला-जुला संस्कार ही है जिसका न आधुनिकता से विरोध है न प्रगतिशीलता से। इसे प्रगतिशील आधुनिकता भी कहा जा सकता है। मंटो को पढ़ने में, इसीलिए आज भी दिलचस्पी बनी हुई है। इनकी कहानियाँ आधुनिक से उत्तर आधुनिक स्थितियों को वस्तु और कला दोनों धरातलों पर व्यंजित करने में समर्थ हैं। मंटो की ख्याति किसी ग्रुप, लॉबी, विचारधारा, भाषाई दकियानूसी के प्रति समर्पण

की वजह से नहीं है। उन्होंने किसी परिपाटी का अनुसरण भी नहीं किया है। इसमें संदेह नहीं कि प्रेमचंद के बाद वह एक बड़े लेखक माने जाते हैं- उर्दू में ही नहीं, हिंदी में और भारतीय भाषाओं में भी। ध्यान दें, बंटवारे या आज़ादी के पहले उनकी ज़िंदगी के 36 वर्षों की अवधि के संस्कारों को यहीं रहते हुए रूपाकार मिला। उनका अवचेतन, उनका लेखन भी अविभाजित हिंदुस्तान में ही बना-संवरा। इस तरह से देखें तो आज़ादी या विभाजन बहुत बड़ी घटना है जिसने दोनों तरफ़ की मानसिकता और कथा-प्रवाहों को प्रभावित किया है। इन कथा-प्रवाहों को, वे हिंदी के हों या उर्दू के, भारतीय कथा से अलग-थलग नहीं किया जा सकता। भारतीय भाषाओं के साहित्य में उन्हें जिस तेजी और उत्सुकता से पढ़ा जा रहा है, उससे भी ज़ाहिर है कि वे भारतीय ईथॉस (लोक-नीति, संस्कार) के काफी करीब हैं।

बहुत सारी दूसरी भाषाओं के लेखकों ने मंटो की तुलना सलमान रुश्दी से की है। आपकी राय?

सलमान रुश्दी के 'मिडनाइट चिल्ड्रन' और 'सेटेनिक वर्सिज' जैसे उपन्यास शायद कुछ लोगों को उकसाते रहे हों यह देखने के लिए कि मंटो और सलमान रुश्दी में कॉमन क्या है? मंटो ने टोबा टेकसिंह और अन्य कई कहानियों में बंटवारे के दौर की हौलनाक स्थितियों का जो चित्रण किया है, उसे पढ़कर, हो सकता है किसी को 'मिडनाइट चिल्ड्रन' की याद आती हो, पर ध्यान से देखें तो दोनों बिल्कुल अलग ढंग की कृतियां हैं। दोनों में दो युगों का ही नहीं, अंतर्वस्तु और ट्रीटमेंट का भी अंतर है। मज़हबी पाखंडों और आडंबरों को उधेड़ने वाली मंटो की कहानियों के बरक्स 'सेटेनिक वर्सिज' जैसे उपन्यास को रखकर देखना और मज़हबी हठधर्मिता के विरोध के तर्क के आधार पर उनकी तुलना करने लग जाना, दूर की कौड़ी लाना है। दोनों, बेशक बड़े लेखक हैं, मगर उनमें तुलना करना ग़ैर ज़रूरी खींचतान है। मंटो ने मज़हबी आधार पर दो राष्ट्रों के सिद्धांत पर जोरदार आघात किया है, उसकी खिल्ली उड़ाई है, एक नहीं अनेक कहानियों में। बंटवारे के दौर के दंगों को केंद्र में रखकर मंटो ने *'गुरमुख सिंह की वसीयत'*, *'यज़ीद'*, *'ठंडा गोश्त'* आदि कहानियों के साथ *'स्याह हाशिए'* की जो मार्मिक कहानियाँ लिखी हैं, उन्हें अगर एक साथ रखकर देखें तो ढीली संरचना वाली एक बड़ी कृति बनती दिखती है जिसकी संवेदना की गहराई, सघनता और व्यापकता के सामने किसी अन्य कृति को रखना मुश्किल है।

यह सच है कि हर भाषा का लेखक उसी भाषा की संवेदना के साथ पैदा होता है, इसलिए किसी एक भाषा में जन्मे लेखक के बारे में यह सवाल अहमकाना है कि वो उसी भाषा में क्यों पैदा हुआ? लेकिन फिर भी अगर इस सवाल को

मैं इस तरह से पूछूँ कि तुलनात्मक आधार पर हिंदी का कौन सा कथाकार है जिसे हम मंटो कह सकते हैं तो आप क्या जवाब देंगे?

आपने सही फरमाया, जनाब कि हर भाषा का लेखक अपनी भाषा की संवेदना के साथ, उसके स्पंदनों के साथ पैदा होता है। मंटो भी अपनी भाषा की संवेदना के साथ पैदा हुए और उन्होंने सीधी, डायरेक्ट भाषा को अभिव्यक्ति का माध्यम बनाया कुछ इस तरह कि उसमें नाटकीय भाषा की हरकतें और ध्वनियां शामिल हो गई। खैर, भाषा संस्कार के सूक्ष्मतम रेशों के साथ-साथ सामाजिक-सांस्कृतिक परिवेश और भूगोल भी उसके बनने-बिगड़ने में मददगार होता ही है। एक लेखक के पिछवाड़े में पता नहीं क्या-क्या पड़ा रहता है। लेखन परंपराएं और एक लेखकीय माहौल भी उसके साथ जुड़ा ही रहता है। उसी से उसकी एक निजी पहचान बनती है। किसी बात के स्पष्टीकरण के लिए था या सुविधा की दृष्टि से दो लेखकों की तुलना बेशक कर ली जाए, कायदे से या बुनियादी तौर पर तुलना करने का कोई मतलब नहीं है। लोग-बाग प्रेमचंद और मंटो की तुलना देशी या विदेशी लेखकों से करते रहते हैं। मगर आप ही बताइए क्या प्रेमचंद या मंटो की तुलना किसी दूसरी भाषा के लेखक से की जा सकती है? प्रेमचंद एक ही हैं उसी तरह मंटो भी एक ही हैं। विषय-वस्तु और शैली के आधार पर प्रेमचंद की परंपरा की चर्चा तो की जाती है पर परंपरा के नाम पर हम उनके अनुवर्तियों के नाम गिनाते रह जाते हैं। दूसरी तरफ़ मंटो है जिसने अपनी राह खुद बनाई-मंटो की राह-उनकी राह पर चलने वाला दूर-दूर तक कोई नज़र नहीं आता। उनको छूकर निकल जाने वाले कई नज़र आएंगे, मगर मंटो जैसा दूसरा नहीं दिखेगा, उर्दू में न हिंदी में।

हिंदी में मंटो का आज तक जो अनुवाद हुआ है क्या उसके आधार पर मंटो को आंकना ठीक होगा? (कहा यह जाता है कि मंटो की पॉपुलर और बदनाम कहानियों का ही ज्यादातर अनुवाद हुआ है) यह सवाल इस कारण पूछ रहा हूँ।

मंटो की पॉपुलर और बदनाम कहानियों के संकलन प्रकाशकों ने व्यावसायिक कारणों से धड़ाधड़ प्रकाशित किए थे लेकिन यह बहुत पहले की बात है। जब यह सब हो रहा था, उस वक्त भी मंटो की अच्छी कहानियाँ पत्रिकाओं और संकलनों में आ रही थीं। कालांतर में मंटो की जिन कहानियों के अनुवाद हिंदी में हुए (और वे कहानियाँ सैकड़ों की तादाद में है) वे मंटो की कहानी-कला के कई दौरों को प्रस्तुत करने वाली हैं। इस प्रस्तुति से मंटो मुकम्मल रूप से बेशक सामने न आए हों, उनकी कहानी के लगभग सभी पहलुओं, प्रवृत्तियों और रंगों का प्रतिनिधित्व हो ही जाता है। इससे मंटो को

आंकने में सुविधा हुई है। *'दस्तावेज़'* और *'सआदत हसन मंटो की कहानियाँ'* में प्रकाशित सभी कहानियों को एक साथ रखकर देखें तो मंटो की जो तस्वीर बनती है, उसके आधार पर मंटो को आंकने की कई दिशाएं खुलती हैं। इन कहानियों ने मंटो के मूल्यांकन का एक विश्वसनीय आधार प्रदान किया है। हिंदी से दूसरी भारतीय भाषाओं में अनूदित होकर ये कहानियाँ अन्य भाषाओं और प्रदेशों की संवेदना का हिस्सा बनी हैं। विभिन्न भाषाओं के पाठकों ने अपने-अपने आस्वादन के धरातलों से भी इन कहानियों को देखा-परखा है। ज़ाहिर है कि इनके आधार पर मंटो का एक नई तरह का मूल्यांकन शुरू हुआ है जो उर्दू या हिंदी की मूल्यांकन विधियों से कई बार अलग-सा भी दिखता है।

यह एक अलग मुद्दा है कि मंटो की कम चर्चित या अचर्चित कहानियों का अनुवाद कितना हुआ है या नहीं हुआ है। मंटो को समग्र रूप में समझने के लिए वे कहानियाँ सामने आनी चाहिए जिन पर ध्यान नहीं दिया गया है। इससे मंटो की कहानी-कला के कई और पक्ष उद्घाटित हो सकते हैं। सशक्त कहानियों के साथ कमजोर समझी जाने वाली कहानियों को रखने से कोई बड़ा लेखक छोटा या कमजोर नहीं होगा बल्कि इससे उसे कई अन्य पहलुओं से देखने-समझने की संभावना बढ़ जाती है। और यह भी कौन कह सकता है कि जिन कहानियों को कमजोर कहा जा रहा है, वे कमजोर ही हों। हो सकता है, उनमें से कई कहानियाँ अच्छे और ऊंचे स्तर की सिद्ध हो जाएं। इस तरह से देखने से उस लेखक की कई तस्वीरें एक साथ उभर सकती हैं और उसकी कथा और जीवन-कथा के कई नए सूत्र हाथ लग सकते हैं। कहानियों के अनकहे को, भीतरी आशयों को समझने में इससे आसानी हो जाती है और कहानियाँ एक विस्तृत फलक पर फैलती दिखने लगती हैं। मंटो के छोटे-बड़े जो संकलन आए हैं, उन से वे एक तरह के प्रिज्म की बुनावट पेश करते हैं, एक ऐसा स्फटिक (क्रिस्टल) है जिसमें से गुजरते हुए प्रकाश रंगों को कई कोणों से देखने की सुविधा और आनंद हासिल किया जा सकता है।

उर्दू और मराठी भाषा पर एक साथ काम करने वाले स्कॉलर डा. राम पंडित का कहना है कि मराठी भाषा में राजेंद्र सिंह बेदी और कृष्ण चंदर जैसे कहानीकार तो मौजूद हैं मगर मंटो जैसा एक भी नहीं? क्या इस तरह की बात आप हिंदी के लिए भी कह सकते हैं।

डा. राम पंडित का कहना सही है कि मराठी भाषा में बेदी और कृशन चंदर जैसे लेखक तो हैं, मंटो जैसा एक भी नहीं है। मराठी में ही क्यों, मंटो जिस ज़ुबान में यानी उर्दू में लिख रहे थे, उसमें भी मंटो जैसा दूसरा लेखक ढूंढ़ने से न मिलेगा। हिंदी कथा साहित्य में दूर-दूर तक आंख गड़ाता हूँ लेकिन मुझे

कोई मंटो नहीं दिखता। अनुवाद और लिप्यंतरण के ज़रिए हिंदी में जो मंटो आया है, वही हमारा एकमात्र मंटो है। हिंदी में उनकी लोकप्रियता और स्वीकृति को देखते हुए, भाषाओं और सरहदों से परे यहाँ के लोगों ने, पाठकों ने, उसे अपना मंटो मान लिया है। अनुवाद के ज़रिए या सीधे उर्दू से जो मंटो दूसरी भाषाओं मसलन पंजाबी, मराठी, गुजराती, कन्नड़, तमिल, बंगाली आदि में गए हैं, वहाँ भी उन्हें भाषाओं के कहानी साहित्य में अलग से देखा और पहचाना गया है। मंटो हर सूरत में मंटो ही हैं, अपनी निराली मंटोयत के साथ, चाहे वह किसी भी भाषा में गए हों।

मंटो की जीवन-कथा लिखने का ख्याल आपको कैसे आया? और मंटो ही क्यों?

यह सवाल जितना सरल है उतना ही कठिन है। हो सकता है बचपन से लेकर आज तक मंटो मेरे भीतर पलता रहा हो और एक अनोखे रचना-क्षण में उसने अपनी जीवन-कथा मुझसे लिखवा ली हो। यह भी संभव है कि विभाजन मुझे मंटो तक ले गया हो। मेरे और मंटो के बीच विभाजन वह डोर है या कसा हुआ तार है जो दोनों तरफ़ से जल रहा है। मंटो और मैं विभाजन से झुलसे हुए हैं, एक हद तक उससे सुलगे हुए हैं। विभाजन से अलग हो पाना हम दोनों के लिए कहाँ संभव है?

शुरू-शुरू में मैंने मंटो को टुकड़ों में जाना-कहानियों और नाटकों का संपादन करते हुए, लेकिन समय के बीतने के साथ मैंने देखा सभी टुकड़े जैसे परस्पर जुड़ रहे हों। किशोरावस्था और जवानी के बीच के वक्फ़े में जो मंटो मेरे अंदर दाखिल हुआ था, वह एक दिन मेरे सामने आ खड़ा हुआ- 'मुझे पहचाना?' वह मुझे थोड़ा पहचाना, थोड़ा अपहचाना लगा और मैं उसे संपूर्ण रूप में पहचानने के लिए उसकी जीवनी लिखने बैठ गया।

और हाँ, मंटो ही क्यों? बाहरी तौर पर मैं मंटो जैसा नहीं हूँ? जब भी उनकी तरफ़ देखा, वे मुझे अलग ही खड़े दिखे और मैं उनकी तरफ़ खिंचता चला गया। अंदरूनी तौर पर मैंने खुद को उनके बेहद करीब पाया है। अंतर्विरोधों, विसंगतियों और विरूपताओं के भीतर से सच की खोज का जो माद्दा, सच की कीमत चुकाने का जज़्बा और प्रतिरोध का जो विचार उनमें है, कुछ-कुछ वैसा ही मुझमें भी है। हो सकता है इस तरह के बाहरी-भीतरी आकर्षण ने मुझे मंटो की जीवनी लिखने के लिए प्रेरित किया हो।

'*रोज़ एक कहानी*' शीर्षक से जो कहानियाँ आपने संपादित की हैं, वे मंटो की कोई शाहकार कहानियाँ नहीं बल्कि साधारण कहानियाँ हैं। उनको छापने का कारण?

'रोज़ एक कहानी' शीर्षक के अंतर्गत जिन कहानियों को मैंने लिया है, वे मंटो के उन दौरों की कहानियाँ हैं जब मंटो रोज़ एक कहानी लिखते थे। दो श्रृंखलाओं में लिखी गई इन कहानियों को पढ़ते हुए मुझे भी लगा था कि ये मंटो की शाहकार कहानियाँ नहीं हैं, तो भी मैंने पाया कि मंटो के पूरे कहानी-फलक को जानने के लिए इन कहानियों को अलग से संकलित किया जाए। ऐसा करते हुए मैं यह जानना-समझना चाहता था कि आखिर वह क्या विवशता थी कि मंटो को रोज़ एक कहानी लिखने पर मजबूर होना पड़ा? क्या रोज एक कहानी लिखना उनकी सृजनात्मक विवशता थी? क्या तंगहाली के दिनों में वह *'रोज एक कहानी'* लिखने पर बाध्य हुए? क्या शाम के वक्त शराब की तलब उनसे ये कहानियाँ लिखवाती रही? हो सकता है, कमोबेश, तीनों बातें रही है। पहली कम, दूसरी, तीसरी ज़्यादा।

मंटो की ये साधारण कहानियाँ हैं पर ये किसी भी सूरत में नज़रअंदाज करने लायक नहीं हैं। इनमें मंटो की मौजूदगी कई मायने लिए हुए है जिन्हें जानने-समझने के लिए इनका अध्ययन और विश्लेषण ज़रूरी है। पाठकों, लेखकों को इसी तरफ़ प्रेरित करने के इरादे से *'रोज़ एक कहानी'* का संपादन किया गया है।

मेरा ख्याल है मंटो के ड्रामे उसकी कहानियों की तुलना में किसी हद तक कमजोर हैं? फिर उनको *'सआदत हसन मंटो के नाटक'* पुस्तक में संपादित करने के पीछे आपका क्या मक़सद था?

मंटो के रेडियो नाटकों को इस दृष्टि से देखने की ज़रूरत है कि मंटो ने ये नाटक कब लिखे और क्यों? मंटो उन पहले दो-चार नाटककारों में से हैं जिन्होंने रेडियो नाटक की तकनीक को समझा और उसे एक व्यापक आधार प्रदान किया। श्रव्य के आधार पर दृश्य को खड़ा करने का मंटो का कौशल इन नाटकों में ग़ज़ब का है। ऑल इंडिया रेडियो दिल्ली की 19 महीने की अवधि में उन्होंने लगभग सौ नाटक लिखे। इतनी कम अवधि में इतनी अधिक संख्या में नाटक लिखने की प्रतिभा का परिचय देने वाले मंटो के नाटकों को यों ही चलता नहीं किया जा सकता।

इसमें संदेह नहीं कि मंटो का कहानीकार रूप अव्वल है, लेकिन क्या इसलिए उनके नाटककार रूप को कमतर आंका जाए? मुझे लगा कि मंटो के नाटकों को एक अलग किताब में संपादित करने से उनकी प्रतिभा के एक और पक्ष से साक्षात्कार हो सकता है। और ऐसा हुआ भी। यह भी महसूस किया गया कि कई ड्रामे उनकी कहानियों की तरह उच्च कोटि के हैं और कहानियों के स्तर से होड़ लेते प्रतीत होते हैं जैसे *'जेबकतरा'* नाटक। बहरहाल, हमारा मतलब

इतना भर रहा है कि कहानियों के साथ-साथ उनके नाटकों का भी समुचित जायजा लिया जाए।

मंटो ने जो रेखाचित्र लिखे थे, वे उनके ड्रामों के मुकाबले में ज्यादा अहम हैं? क्या आपको नहीं लगता कि उन्हें हिंदी में आना चाहिए था?

मंटो के रेखाचित्र या संस्मरण निश्चय ही महत्त्वपूर्ण रचनाएं हैं जो मंटो के अंतर्बाह्य व्यक्तित्व को उजागर करते हैं। इन रेखाचित्रों का अनुवाद नंदकिशोर विक्रम ने किया है और *'तस्वीरें'* नाम से ये पुस्तकाकार हिंदी में प्रकाशित हो चुके हैं।

आपकी किताब 'मंटो ज़िंदा है' शायद हिंदी में लिखा गया मंटो का पहला ज़िंदगीनामा है। इसको लिखने का ख्याल आपको कैसे जाया?

'मंटो ज़िंदा है' हिंदी में लिखा गया मंटो का पहला ज़िंदगीनामा है, इस बारे में क्या कहूँ? हाँ, मुख्य प्रेरक तो मंटो ही है। एक लंबे अरसे तक वह मुझ में पलता रहा और मैं उसे करीब से जानने-पहचानने लगा। अगर वह मुझे अपने भीतर प्रवेश न करने देता तो मैं उसे भीतर-बाहर से कैसे जान पाता? इस तरह जानने के बाद ही मैं मंटो वृत्तांत के विस्तृत कोनों में झांकते हुए उसे ज़िंदा महसूस कर सका।

आपको मंटो की कौन-सी कहानी पसंद है और क्यों?

मंटो की लगभग 250 कहानियों में से 50 कहानियों को मैं ए-वन मानता हूँ और लगभग 100 कहानियाँ मेरी पसंद की हैं। ऐसे में बताइए किस कहानी को अपनी पसंद की कहानी कहूँ? बंटवारे को लेकर मंटो की 13-14 कहानियाँ हैं जिन्हें मैं उच्च कोटि की मानता हूँ हालांकि मैं उत्कृष्टता की श्रेणियां निर्धारित करने के पक्ष में नहीं हूँ। इनमें से मेरे सर्वाधिक करीब है *'टोबा टेकसिंह'* जिससे प्रेरित होकर मैंने 1994 में एक नाटक भी लिखा था *'नो मैंस लैंड'* जो मंचित हुआ और बाद में प्रकाशित भी। क्या यह कहानी इसलिए मेरे ज्यादा करीब है कि विभाजन की त्रासदी के शिकार बिशनसिंह का चित्रण उस दौर के मेरे बालमन के खंडित चित्रों से मिलता-जुलता है? क्या यह कहानी मुझे इसलिए प्रिय है कि इसमें दो राष्ट्रों के सिद्धांत का खंडन किया गया है, विभाजन की जड़ पर आघात किया गया है? नहीं, इतना भर नहीं है बल्कि इसलिए भी कि विभाजन को एक समूचे अनुभव के रूप में, एक पेड़ के रूप में मेरे भीतर उतार देने में इस कहानी की महत्त्वपूर्ण भूमिका रही है।

मंटो की कहानियों पर एक बड़ा आरोप यह है कि वह बड़ी चौंकाऊ होती हैं। इस बारे में आपकी क्या राय है?

जो भी लेखक थीम, शैली या अंदाज़ के आधार पर हमारे अपरिचय को

तोड़ता है और बंद पड़ी, जंग खाई खिड़कियों, दरवाजों और झरोखों को खोल देता है, उसे चौकाऊं कह दिया जाता है। मंटो की कहानियाँ पढ़ते हुए कुछ लोग बुरी तरह बौखला जाते हैं, कभी थीम और शैली के स्तर पर तो कभी ट्रीटमेंट के स्तर पर। कई लोग *'खोल दो'* के अंत को चौंकाऊ कह देते हैं जबकि इस अंत को 'चौंकाऊ' कहना सर्वथा गलत है। यह अंत कहानी को कई स्तरों पर, कई संदर्भो में खोल देता है। इस कहानी का अंत पढ़ते हुए एक पल मुझे लगा मैं वह डॉक्टर हूँ जो कहता है, 'खिड़की खोल दो'। दूसरे पल मुझे लगा कि मैं सकीना हूँ जो बेजान हाथों से इजारबंद खोलती है और सलवार नीचे सरका देती है। तीसरे पल मैं सिराजुद्दीन में बदल जाता हूँ और खुशी से चिल्लाता हूँ 'ज़िंदा है मेरी बेटी ज़िंदा है' और चौथे पल मुझे लगा मैं ही वह डॉक्टर हूँ जो सिर से पैर तक पसीने से गर्क़ हो गया। कोई कहानी अपनी स्थितियों, घटनाओं के साथ अगर किसी अप्रत्याशित अंत की तरफ़ बढ़ती है तो उसे समझे बिना चौंकाऊ कह देना हद दर्जे की नासमझी है। एक बात और, विषम परिस्थितियों को उकेरते या खोलते हुए मंटो संबंधों की जिन विसंगतियों तक पहुंचते हैं, वहाँ वे कई बार शॉक-ट्रीटमैंट का रास्ता अपनाते हैं, इसे अलग-अलग कहानियों के आधार पर समझा जाना चाहिए।

क्या 'अश्लीलता का साहित्य' के साथ खास तौर पर मंटो के साहित्य के साथ कोई संबंध है? कहने का मतलब यह है कि क्या साहित्य सामग्री भी अश्लील हो सकती है?

किसी भी लेखक को लेकर, खासतौर पर मंटो को लेकर शलीलता-अश्लीलता का सवाल अक्सर उठता ही रहता है हालांकि खुद मंटो ने अपने निबंधों और तहरीरी बयानों में अपनी कहानियों पर लगे अश्लीलता के इल्ज़ामों को कई तरह से नकारा है। उन्होंने दो टूक कहा, 'हम जिन्सियात पर नहीं लिखते। जो समझते हैं हम ऐसा करते हैं, यह उनकी गलती है। हम अपने अफ़सानों में खास औरतों और खास मर्दो के हालात पर रोशनी डालते हैं'। औरत मर्द के रिश्तों का जो यथार्थ है, मंटो उसे छिपाने के पक्ष में नहीं हैं: 'अगर मैं किसी औरत के सीने का ज़िक्र करना चाहूँगा तो उसे औरत का सीना ही कहूँगा। औरत की छातियों को आप मूंगफली, मेज या उस्तरा नहीं कह सकते। यूं तो बाज हज़रात के नजदीक औरत का वजूद ही फहश (अश्लील) है। मगर इसका क्या इलाज हो सकता है।' एक अन्य स्थल पर मंटो ने लिखा है- 'औरत और मर्द में जो एक लरज़ती हुई दीवार बीच में है उसे संभालने और गिराने की कोशिश हर सदी, हर युग में होती रहेगी। जो इसे उरियानी (नग्नता) समझते हैं उन्हें अपने अहसास के नंग पर अफसोस होना चाहिए। जो उसे अख़्लाक की

कसौटी पर परखते हैं उन्हें मालूम होना चाहिए कि अख़लाक जंग है जो समाज के उस्तरे पर बेएहतियाती से जम गया है।'

मंटो के इन कथनों से साफ जाहिर है कि वे अश्लीलता का साहित्य के साथ कोई संबंध नहीं मानते। दरअसल इस्तेमाल का तरीका ही है जो पाक़ीजा से पाकीजा अल्फाज़ को भी फहश बना देता है। अश्लीलता का मुद्दा ग़ैर साहित्यिक है और यह भी कि साहित्य सामग्री कभी अश्लील नहीं होती। सारी गड़बड़ी तब पैदा होती है जब जंग खाई नैतिकता को कसौटी मानकर साहित्य को परखने या नियंत्रित करने की बेज़ा हरक़त की जाती है। मंटो की कहानियों- *'काली सलवार'*, *'धुआं'*, *'बू'*, *'ठंडा गोश्त'*, *'नीचे, ऊपर और दरम्यान'* पर जिन लोगों ने मुकदमे ठोंके उनमें एक भी ऐसा नहीं था जिसे साहित्यिक कृति की समझ हो। मंटो को ज़िन्सीज़दा (यौनग्रस्त) करार देकर वे उसे अदब, मजहब और समाज से एकदम ख़ारिज़ कर देना चाहते थे। मंटो उनकी चालों-कुचालों को समझते थे इसलिए वह अश्लीलता के इल्ज़ामों के खिलाफ़ डटे रहे और साहित्य की अपनी राह पर बेखौफ़ चलते रहे।

कहा जाता है कि मंटो की कथा की दुनिया बहुत सिकड़ी हुई थी- वेश्या और दंगे, इन्हीं विषयों के आसपास मंटो ज़िंदगी-भर कदमताल करते रहे। आपकी टिप्पणी?

मंटो का कथा संसार व्यापक है कि सिकड़ा हुआ, इस बात को तय करने के लिए मंटो की सभी कहानियों से गुजरना ज़रूरी है। ऊपर से देखने से लगता है, जैसाकि आपने कहा, 'वेश्या और दंगे जैसे विषयों के आस-पास मंटो ज़िंदगी भर कदमताल करते रहे', लेकिन उनकी कहानियों के अंदर-बाहर झांक कर देखें तो केवल इतना-भर सच नहीं है।

मंटो ने कथा लिखने की शुरुआत *'तमाशा'* कहानी से की थी जो जलियाँवाला बाग़ के कत्लेआम से जुड़ी हैं। *'1919 की एक बात'*, *'स्वराज्य के लिए'* और *'नया कानून'* कहानियों को क्या आप वेश्या या दंगों की थीम में खपा सकते हैं? *'शाहदौले का चूहा'* जैसी कहानी को आप कहाँ रखेंगे? इसी तरह अन्य विषयों पर भी उनकी दसियों कहानियाँ हैं। मंटो की उन कहानियों पर भी विचार किया जाना चाहिए जिनमें सामाजिक-राजनीतिक विषयों और विसंगतियों पर तीखे व्यंग्य हैं। इस तरह की टिप्पणी करते हुए इतिहास-बोध से जुड़े उनके नाटकों, खाकों और चचा साम के नाम उनके ख़तों (जो उनके कथा-संसार से अलग-थलग नहीं है) को क्यों नज़रअंदाज कर दिया जाता है? बाहरी घटना को अंदरूनी वारदात का रूप देने में और अंदरूनी वारदात को एक कथात्मक अनुभव के रूप में मार्मिकता से अभिव्यक्त करने में उन्हें कमाल

हासिल है, यह बात वेश्या ज़िंदगी और तक़सीम पर लिखी गई उनकी कहानियों से बखूबी नुमायां है। इन विषयों से संबंधित कहानियाँ बेहद चर्चित हुई पर इससे यह भ्रम भी फैला कि मंटो इन्हीं विषयों तक सीमित लेखक हैं। बेशक दुनिया भर के विषयों पर यों ही कलम चलाने वाले लेखक वह नहीं हैं, तो भी यह कहना उनके प्रति ज़्यादती ही है कि उनकी लेखकीय दुनिया सिकुड़ी हुई है। उनके साहित्य की विशेषता यह है कि वह व्यापकता के आयाम में नहीं, गहराई के आयाम में लिखा गया है। मंटो की यह अपूर्व विशेषता है जो उन्हें एक बड़े लेखक के तौर पर प्रतिष्ठित करती है।

दंगों और विभाजन के साहित्य पर तो आपकी बाकायदा एक किताब है। मगर एक सवाल-हिंदी में जिन कथाकारों ने कहानियों में इस विषय को छुआ है, क्या आज भी वे कहानियाँ उतनी ही अर्थपूर्ण हैं जितनी उस वक्त थीं जब वे लिखी गई?

दंगों और विभाजन पर जो कहानियाँ लिखी गई हैं, वे आज भी उतनी ही अर्थपूर्ण हैं जितनी उस वक्त थीं जब वे लिखी गई। इसका कारण यह है कि वह अग्निकांड जो दंगों की राजनीति और विभाजन से शुरू हुआ था, आज भी जगहें बदल-बदल कर ज्यादा भयावह रूप में हमारे सामने घटित हो रहा है। दूसरा कारण यह है कि विभाजन की घटना बेशक बीत गई हो लेकिन इतिहास में गुथी स्मृतियां आज भी हमारे साथ-साथ चल रही हैं। कह दिया जाता है कि विभाजन के बाद तीसरी-चौथी पीढ़ी को भला विभाजन के दुख-दर्द से क्या लेना-देना। इस संबंध में मेरा इतना ही कहना है कि विभाजन महज़ एक घटना नहीं है, विश्व इतिहास की एक बहुत बड़ी त्रासदी है जो धीरे-धीरे रिसती हुई हमारे मनस् का, हमारी साइकी का हिस्सा बन चुकी है। भारतीय उपमहाद्वीप की चेतना में विभाजन एक कील-सा गढ़ा हुआ है जिससे पैदा हुआ जख्म लगातार रिसता रहता है। इससे एक जातीय सामूहिक अवचेतन बना है जो हमारी प्रवृत्तियों और मानसिक रुझानों को प्रभावित करता रहता है। तीसरी-चौथी कोई भी पीढ़ी आए, विभाजन की घटना से वह चाहे कितनी अपरिचित क्यों न हो, सामूहिक अवचेतन में दबा हुआ यह हादसा गाहे-बगाहे, जाने-अनजाने हर पीढ़ी के अहसास में बीज रूप में बना रहता है।

आजकल पाकिस्तान और हिंदुस्तान में एक विवाद बड़े ज़ोरों से चल रहा है कि मंटो को पाकिस्तानी कथाकार कहेंगे या हिंदुस्तानी? आपके ख्याल में इस विवाद का क्या अर्थ है।

मेरे ख्याल में मंटो खुद अपने निबंधों और कहानियों द्वारा इस विवाद का निपटारा कर चुके हैं। एक जगह वे लिखते हैं, 'मैं पहले भी सोचता था, अब

भी सोचता हूँ कि मैं क्या हूँ? इस मुल्क में जिसे दुनिया की सब से बड़ी इस्लामी सल्तनत कहा जाता है, मेरा क्या मुक़ाम है? मेरा क्या उपयोग है।' मंटो 36 साल हिंदुस्तान में रहे और केवल 7 साल पाकिस्तान में। पाकिस्तान पहुंच कर भी मंटो लगातार इस सवाल पर सोचते रहे कि इस मुल्क में उनका मुक़ाम क्या है? बंबई से दहशतज़दा होकर वह पाकिस्तान चले ज़रूर गए पर वहाँ जाकर भी उनकी बेचैन रूह का सफर खत्म नहीं हुआ। अपनी कहानियों के द्वारा वह दो राष्ट्रों के सिद्धांत का खंडन करते ही रहे। *'टोबा टेकसिंह'* उनकी उस इंतहा बेचैनी को व्यक्त करती है जहां वह बिशनसिंह की तरह सरहदों के आर-पार *'नो मैंस लैंड'* पर गिरने के लिए अभिशप्त है।

दरअसल, मंटो को मुल्कों, सरहदों और भाषाओं के प्रचलित पैमानों से नहीं देखा जा सकता।

यदि एक सवाल पूछने की आपको इजाज़त मिले तो मंटो से आप कौन सा सवाल पूछना चाहेंगे?

मंटो से कई सवाल पूछना चाहता हूँ? लेकिन अगर एक सवाल पूछने की इजाजत हो तो सिर्फ यह सवाल, 'मंटो, तुम कब आओगे? तुम्हारे जैसे लेखक के दोबारा आने का इंतज़ार हम कब तक करें?'

असलम परवेज़ साहब, सवाल तो मैंने पूछ लिया, मगर सवाल की ध्वनियां कुछ ऐसी हैं कि मैं अंदर तक कांप गया हूँ। डरा-डरा सोचता हूँ- मंटो अगर आज सचमुच हमारे बीच आ गए और उन्होंने अपने अफ़सानों द्वारा समाज का पर्दाफाश करना शुरू कर दिया तो क्या उसके अफ़सानों को बरदाश्त किया जाएगा?

अफ़सानानिगार के रहस्य को जानने की मुहिम

(लेखक के साथ रजनी बाला की बातचीत)

'मंटो ज़िन्दा है' के जीवनीकार के रूप में आप की सर्जनात्मक क्षमता का एक नया और मौलिक रूप साहित्य-प्रेमियों के समक्ष उभरा है। आमतौर पर केन्द्रीय चरित्र के अन्तरंग प्रसंग, आँकड़े, तथ्य-तिथियों के संकलन का दस्तावेज़ जीवनी को माना जाता है। आप के अनुसार इस विधा के महत्त्वपूर्ण आयाम कौन-से हैं?

आपने जीवनी को दस्तावेज़ बनाने वाली जिन बातों का ज़िक्र किया है, उन के बिना जीवनी का ढाँचा खड़ा नहीं होता। ये बातें प्रामाणिकता का ऊपरी कवर है। मैं सोचता हूँ इन सबको साथ लेने के बाद भी जीवनी क्या एक रचना का दर्जा पा सकती है? आधारभूत सामग्री की खोज से जीवनी प्रामाणिक बन सकती है लेकिन प्रामाणिकता के बल पर कोई जीवनी रचना या कृति की भी हकदार हो जाए, यह ज़रूरी नहीं है। इसीलिए मेरे लिए प्रामाणिक सामग्री के साथ-साथ उसे एक कृति के रूप में पेश करना महत्त्वपूर्ण रहा है। जीवनी हो या कोई भी विधा या कला-रूप, अपनी विधागत विशिष्टताओं (अन्तरंग प्रसंग, उससे जुड़े आँकड़े, तिथियों, घटनाओं) के साथ जब, वह एक रचना में ढलती है, तभी वह एक साहित्यिक दस्तावेज़ बनती है। प्रामाणिक सामग्री संकलित कर देने से या इनकी प्रस्तुति भर से कोई जीवनी नहीं बन जाती, ज़रूरी है कि घटनाओं, प्रसंगों और तथ्यों को इस तरह रखा जाए कि आपस में चार्ज या स्फूर्त हो जाए, उन की अन्तरंगता ज़ाहिर हो जाए। घटनाओं में से घटनाएँ, प्रसंगों में से प्रसंग, तथ्यों में से तथ्य अगर नहीं खुलते तो जीवनी सतह पर ही रह जाएगी। केन्द्रीय चरित्र का मन किसी घटना से कैसे जुड़ता-बिंधता है, कैसे घटना/ प्रसंग उसके मर्म को प्रभावित करते हैं, कैसे वह घटना की ऊपरी सतहों के नीचे की सतहों से जुड़ने लगता है और घटनायें/प्रसंग उस के भीतर एक पेड़ की तरह कैसे उगने लगते हैं, इस तरह के संश्लिष्ट कला-कर्म से अगर जीवनी नहीं लिखी जाती तो एक रचना या कृति के तौर पर उस की स्वीकृति में मुझे सन्देह

है। इस तरह की जीवनी-कला को अर्जित करने के लिए, इतिहास और मनोविश्लेषण दोनों ज़रूरी हैं। इन दोनों में गहरी पैठ के आधार सहायक होते हैं जीवनी चरित्र को समझने में, उस के अवचेतन में प्रवेश के लिए, उसकी परिस्थिति और संदर्भ को समझने के लिए। चरित्र की पेचीदगियों, विरोधों-अन्तर्विरोधों, विसंगतियों, विद्रूपताओं को, उसके 'रहस्यों' को जानने-समझने के लिए, एक संतुलित और तटस्थ लेखकीय दृष्टिकोण के लिए यह ज़रूरी ही है। घटनाओं, प्रसंगों, तथ्यों में जुड़े-कसे चरित्र की व्यथा-कथा, उस की संवेदनात्मक तड़प, बेचैनी, अन्तर्वेदना और हताशा ही अगर सामने न आई तो वह कैसी जीवनी और कैसी कृति?

'मंटो ज़िन्दा है' की भूमिका में आप लिखते हैं, 'उस के साथ एक लेखक के तौर पर रिश्ते में बंधा महसूस करता हूँ।' लेखक के अतिरिक्त 'कुछ और' भी है जिस के कारण आप मंटो से बँधे हैं?

लेखक के रिश्ते से मंटो से जुड़ाव मेरे लिए कोई अलग-थलग अनुभव नहीं है। इस अनुभव में वे सारी बातें आ जाती हैं जिनसे मंटो और मंटो की ज़िन्दगी के अहम् मोड़ जुड़े हुए हैं जो हमें उम्र, भाषा और सरहद के आर-पार समान भूमि पर ला खड़ा करते हैं। उदाहरण के लिए 'विभाजन' हम दोनों की लेखकीय मानसिकता का अविभाज्य हिस्सा है मगर महज़ इतना नहीं जो मुझे मंटो से जोड़ता है। इस तरह भी कह सकते हैं कि विभाजन ने मेरी लेखकीय चेतना को प्रभावित किया और एक हद तक वही मुझे मंटो तक ले गया। इसी तरह शायद आप ने देखा हो कि मेरे अवचेतन में, मंटो के अवचेतन की तरह एक गुस्सैल पिता बैठा हुआ है, साथ ही एक स्नेही माँ जिस से मेरा और मंटो का लेखन प्रभावित हुआ है। आप जानती ही हैं कि मनोवैज्ञानिक प्रतिक्रियाएँ हमें कहाँ से कहाँ ले जाती हैं। पंजाब का संदर्भ, अमृतसर, जलियाँवाला बाग और लाहौर भी मंटो के प्रति मेरे आकर्षण के कम छोटे कारण नहीं हैं। समानता के कई धरातल हम दोनों में हैं, मगर कान्ट्रास्ट भी खूब हैं। मैं मंटो नहीं हूँ, हो भी नहीं सकता, लेकिन मंटो को पढ़ते हुए मैं कई बार संवेदना और विचार के उन क्षेत्रों में दाखिल हो जाता हूँ जो मेरे रचना-स्वभाव का हिस्सा नहीं रहे। इस तरह वह मेरी कमियों को पूरा करता है। इस से मेरी संवेदना और सोच में, निश्चय ही, इजाफ़ा हुआ है, मेरे स्वभाव और रचना-मन की खाली जगहें भरती गयी हैं।

सच के साथ जीने और सच के लिए मरने वाले जैसे कबीर, कलन्दर, तुकाराम आप के प्रिय रहे हैं। क्या मंटो से जुड़ाव का एक कारण यह भी है?

हाँ, यह सही है कि कबीर, कलन्दर और तुकाराम का भी एक सूत्र है जो मुझे मंटो से जोड़ता है। ये लोग सच के साथ जैसे जीते-मरते रहे, मंटो भी

अफ़सानानिगार की विशिष्टता के साथ, जीता-मरता रहा- उसी सिलसिले की एक कड़ी है और इस नाते मैं उस से अन्दरूनी तौर पर जुड़ा हुआ महसूस करता हूँ। सच के साथ जीने का दम-ख़म इन लेखकों को सम्प्रदायों, धर्मों और बँधी हुई विचार सरणियों से ऊपर उठा देता है। सच के साथ जीने-मरने, उसके लिए कुर्बान हो जाने की यह कलन्दराना प्रवृत्ति बड़ी आकर्षक है। यही है जो इन लेखकों को और मंटो को भी सत्ता के कुचक्रों के खिलाफ़ लड़ने का साहस प्रदान करती है। सच के लिए और उस के साथ खड़ा होने का जज़्बा मुझे इन लेखकों और मंटो के साथ किसी न किसी रूप में जोड़ता रहा है। शायद यही वह बात थी जिस ने मुझ से *'कहै कबीर सुनो भाई साधो'*, *'कलन्दर'* और *'अभंग गाथा'* जैसे नाटक लिखवा लिए।

सच के लिए जीने-मरने और सत्ता के कुचक्र के खिलाफ़ लड़ने का साहस रखने वाले जिन लेखकों और उन पर आधारित नाटकों का ज़िक्र आपने किया है तो क्या कभी मंटो पर भी नाटक लिखने का विचार मन में आया? रचनात्मक धरातल पर ऐसी कौन-सी विवशता या आकर्षण रहा जिसके तहत आप ने मंटो को जीवनी में उतारा।

- हाँ, कई बार सोचा मंटो पर नाटक लिखूं मगर हर बार टल जाता। मंटो की शख्सियत और रचना के पक्षों से इस कदर घिर जाता कि उसे नाटकीय भाषा की हरक़तों और गतियों के साथ पकड़ना मेरे लिए कठिन ही रहा। आंशिक रूप में मैंने नाटक लिखने के विचार को *'नो मैंस लैंड'* में नाट्य रूप दिया भी है। आप जानती ही हैं कि *'नो मैंस लैंड'* नाटक मंटो की कहानी *'टोबा टेकसिंह'* से प्रेरित है और इस में *'खोल दो'*, *'ठंडा गोश्त'* जैसी कहानियों का भी नाट्य-प्रयोग हो गया है। इन तीन कहानियों में मंटो की ज़िन्दगी का आखिरी दौर झलकता दिखता है। *'टोबा टेकसिंह'* कहानी में बिशनसिंह ही नो मैंस लैंड पर नहीं गिरता, एक तरह से मंटो ही नो मैंस लैंड पर ढहता है। विभाजन जैसी बड़ी त्रासदी के संदर्भ में शारीरिक-मानसिक और ज़हनी तौर पर टूटने के मंटो के अनुभव को यह कहानी बड़े प्रभावशाली ढंग से अभिव्यक्त करती है और नाटक में इस मार्मिक कथ्य को दृश्यों और गतियों में पकड़ने की कोशिश की गयी है। मंटो को मुकम्मल रूप से पकड़ने की कोशिश तो *'मंटो ज़िन्दा है'* में की गयी है जिसे पिछले दिनों मुंबई में आर.एस. विकल ने कुशल अभिनेताओं की टीम के साथ मंच पर उतारा। जीवनी में नाटक, नाटक में जीवनी यह एक अभूतपूर्व अनुभव था।

एक पाठक/आलोचक रचना/ रचनाकार से प्रभावित होता है, उसे पसन्द करता है तो इसीलिए कि कहीं न कहीं वह स्वयं को उस में पाता है। निंदर और

सआदत, मंटो और नरेन्द्र मोहन के बीच आप कैसा सम्बन्ध अनुभव करते हैं?

निंदर और सआदत में, मंटो और नरेन्द्र मोहन में गहरा अन्त:संबंध है। न निंदर, न सआदत किसी की हेकड़ी बरदाश्त नहीं करता। दोनों में स्वाभिमान या कहूँ लेखकीय ठसक कुछ ज़्यादा ही है। किसी की लीक पर चलने के बजाय अपनी लीक खींचने में दोनों की प्रवृत्ति कुछ ज़्यादा ही रमती है। विचारों में झूमते-डोलते रहते हैं दोनों, मगर किसी विचार का पिछलग्गू बनते उन्हें नहीं देखा गया है। नये-नये विचारों से प्रेरित रहते हैं लेकिन विचारों, सम्प्रदायों या पार्टियों के पट्टे लटकाए नहीं घूमते।

यह तय है कि जितना निंदर ने नरेन्द्र मोहन को सताया है, नये-नये एडवेंचरों-प्रयोगों की तरफ़ ढकेला है, उस से कहीं ज्यादा सआदत ने मंटो को तंग किया है, उस का जीना मुहाल किया है, उसे उन राहों तक ले गया है जहाँ जोखिम ही जोखिम है। निंदर ने नरेन्द्र मोहन को कई आफतों में पटका है, साथ ही उसकी झोली में कई कृतियाँ भी डाल दी हैं जो लोगों की स्मृतियों का हिस्सा रहेंगी। सआदत ने मंटो को जितना तन्हा और बेचैन किया है, वहीं मंटो ने कई अमर कृतियाँ लिखकर उसे माक़ूल जवाब दिया है। निंदर और नरेन्द्र मोहन, सआदत और मंटो दरअसल एक-दूसरे के दोस्त भी हैं दुश्मन भी-यों दोनों यारों के यार हैं लेकिन यारी की आड़ में कोई यों ही सिर पर चढ़ता जाए, यह उन के लिए बरदाश्त के बाहर है। एक-दूसरे की सफलताओं-विफलताओं पर हँसते-रोते हैं, दोनों हैं अजीब, उन से पार पाना मुश्किल ही है।

सआदत हसन और मंटो में से आप को कौन अधिक लुभाता है और क्यों?

जैसा मैंने पहले कहा दोनों का पार पाना मुश्किल है। दोनों एक दूसरे की होड़ में लगे रहते हैं कि कब मौका मिले एक को दूसरे को पछाड़ने का। मौका मिलते ही कभी सआदत हसन मंटो को आ दबोचता है तो कभी मंटो सआदत को। तभी तो एक बार मंटो को कहना पड़ा- 'सआदत हसन बेशक मर जाए, मंटो ज़िन्दा रहेगा।' अब आप ही बताइए क्या ज़रूरत पड़ी थी इस तरह का बेरहम जुमला कसने की। ज़ाहिर है कि मंटो सआदत से डरता है क्योंकि एक वही तो है जो उस की पोल खोल सकता है। अन्दर से डरा हुआ मंटो जब अपना क़तबा (समाधि लेख) लिखता है तो सआदत को साथ लेकर ही, देखिए क्या लिखता है- 'यहाँ सआदत हसन मंटो दफन है। उस के सीने में फने-अफ़सानानिगारी के सारे इसरारो-रमूज दफन हैं। वह अब भी मनों मिट्टी के नीचे सोच रहा है कि वह बड़ा अफ़सानानिगार है या खुदा।'

इतना सब लिखने का मतलब आप समझ गयी होंगी कि सआदत हसन और मंटो में से मैं किसी को नहीं छोड़ सकता। दोनों एक-दूसरे के पूरक हैं।

एक के बिना दूसरे का अस्तित्व नहीं है, हालांकि मंटो ने ज़्यादा नाम कमाया है। सआदत को पिछवाड़े में धकेलने की उस ने पुरजोर कोशिश की है। मुझे उस की यह हरक़त पसन्द नहीं है।

कई बार उस की लपेट में आ गया हूँ। सच यह है कि मुझे दोनों के साथ रहना पसन्द है। दोनों मुझे लुभाते हैं, दोनों एक-दूसरे में वास करते हैं और मैं भी वहाँ अपना एक छोटा-मोटा बसेरा बना लेता हूँ। दोनों मेरे अन्दर भी वास करते हैं हालांकि कभी एक, कभी दूसरा मुझ पर हावी होने की कोशिश करता रहता है।

मंटो ने पाताल में गर्क़ लोगों को 'डिस्क्लोजड' किया और 'मंटो ज़िन्दा है' परम्परा, मौलिकता, आचरण की आड़ में मंटो को कुख्यात करने में मसरूफ़ और मग़रूर दिमागों को नयी दस्तक देती है। इन तमाम पेचीदगियों के बीच मंटो के साथ न्याय करने में आप किस प्रक्रिया से गुजरे हैं?

मंटो को समझने-पहचानने के लिए उसके प्रति एक न्यायोचित दृष्टि अपनाने के लिए सब से पहली बात यह है कि उसे उस के सभी रूपों में खुले दिल-दिमाग से पढ़ा जाए। किसी एक विचार की गिरफ़्त में पूरा मंटो नहीं आ सकता। किसी एक तरह की मानसिकता में लदी-फदी सोच या बँधी हुई दृष्टि उसे समझने की राह नहीं खोज सकती, यह जान लेने के बाद मैंने मंटो को कई जावियों से देखना शुरू किया। मुझे लगता है इस तरह के दृष्टिकोण से मंटो को पढ़ने से मैं मंटो के प्रति, उस की रचनाओं के प्रति एक निष्पक्ष रवैया अपना सका जिस में न किसी जंग खायी नैतिकता का दखल था, न किसी परम्परा के अंधानुकरण की विवशता। ऐसे रवैये के सामने दोगलेपन की आड़ स्वतः ही ढह जाती है।

मंटो को (कहानियों को) बदनाम करने वाले वे लोग थे जो 'स्टेटस-को' बनाए रखना चाहते थे, जो मज़हबी नैतिक रिवायतों, सामाजिक ढाँचे की विद्रूपताओं और सियासी क्रूरताओं को कायम रखना चाहते थे। मंटो की कहानियाँ ठीक उन्हीं जगहों पर चोट करती हैं। ये कहानियाँ कुंद पड़े ज़हनों पर, विकृत मानसिकता पर, नैतिक रूढ़ियों पर, सामंतवादी ढाँचे पर जबरदस्त आघात करती हैं।

'जबरदस्त आघात' वाली बात मंटो की कहानियों के संदर्भ में ही सटीक बैठती है या यह प्रवृत्ति उनकी कुल लेखकीय मानसिकता का हिस्सा है?

मंटो की कहानियों में सामाजिक रूढ़ियों या विकृत मानसिकता पर जबरदस्त आघात करने की जो प्रवृत्ति नज़र आती है, दरअसल वह मंटो की संपूर्ण लेखकीय मानसिकता का हिस्सा ही है। मंटो को ढोंग और पाखण्ड

बरदाश्त नहीं है। छद्म से उसे चिढ़ है। इसीलिए वह खुले मन, बेलौस और बेलाग अन्दाज़ में किसी को 'फ्रॉड' कहने में हिचकिचाता नहीं है हालांकि 'फ्रॉड' के अनेक शेड्स उस के संबोधन में झलकते रहते हैं। मंटो का यह अन्दाज़े-बयां उस की शैली या दृष्टिकोण, उस की लेखकीय मानसिकता में गहराई तक जड़ें जमाए हुए हैं। उसकी आत्मकथात्मक रचनाएँ, नाटक या संस्मरण हों या उसके खत या निबन्ध हों, सभी में इस मानसिकता की झलक दिखती है। आघात करने की उसकी कई शैलियाँ और रूप हैं। कभी यह गहरे कटाक्ष का रूप ले लेती है तो कहीं बेधक व्यंग्य का अन्दाज़। उसकी कहानियों और नाटकों के अंत को भी इस दृष्टि से देखा जा सकता है। मंटो ने कहीं भी समाहारमूलक अंत नहीं किया है। अंत पढ़ते हुए पाठक कसमसाता या तिलमिलाता रह जाता है या अनेक तरह की संभावनाओं के बारे में सोचने लगता है।

ऐसा लगता है श्लीलता की दुहाई देने वालों ने मंटो के खिलाफ़ योजनाबद्ध तरीके से साजिश की है और आप योजनाबद्ध तरीके से मंटो से मोहब्बत करना सिखाते हैं। आप की प्रतिक्रिया?

श्लीलता की दुहाई देने वालों ने मंटो के खिलाफ़ योजनाबद्ध तरीके से साज़िश की और मैं योजनाबद्ध तरीके से मंटो से मोहब्बत करना सिखाता हूँ, इस वाक्य में योजनाबद्ध शब्द थोड़ा भारी है। साज़िश योजनाबद्ध हो सकती है लेकिन कोई योजनाबद्ध तरीके से मोहब्बत करना सिखा सकता है, या मैंने ऐसी कोई जुर्रत की है, ऐसा नहीं है। पुरानी बात है लेकिन आज भी सही है कि मोहब्बत की नहीं जाती, हो जाती है, सिखाने का तो सवाल ही नहीं। मंटो को पढ़ने वाला, मंटो की सोहबत में रहने वाला, मंटो से प्यार करने लगे तो मैं क्या कर सकता हूँ? मंटो की कहानियाँ और दूसरी रचनाएँ अगर पाठक को गिरफ़्त में लेती हैं तो यह मेरा कसूर नहीं, मंटो का कमाल है। मंटो की रचनाओं में पाठक कैसे दाखिल होता जाता है, उस प्रक्रिया को मैंने बेशक घटित होते हुए दिखाया है।

मंटो की भाषा और पात्रों की हरक़तों पर अश्लीलता के आरोप लगे हैं। आप के नज़रिए से श्लील-अश्लील की अवधारणा क्या है ?

कहानियों पर लगे अश्लीलता के आरोपों के बारे में मंटो अपने तहरीरी बयानों में इतना कुछ कह चुका है कि कुछ और कहने के लिए कोई खास गुंजाइश नहीं रह जाती। *'धुआँ'* और *'काली सलवार'* पर अश्लीलता के जो इल्ज़ाम लगे, उन के बारे में अपने बयान में मंटो ने एक जगह लिखा है : 'जबान में बहुत कम लफ़्ज फ़हश होते हैं, तरीके इस्तेमाल ही एक ऐसी चीज़ है जो पाक़ीजा-से-पाक़ीजा अल्फ़ाज को भी फ़हश बना देता है। मेरा ख़्याल है, कोई भी चीज़ फ़हश नहीं, लेकिन घर की कुर्सी और हाँडी भी फ़हश हो सकती है,

अगर उनको फ़हश तरीके से पेश किया जाए- फ़हश चीज़ें बनाई जाती हैं किसी खास गरज़ के मातहत।' ज़ाहिर है कि मंटो की निगाह में भाषा खुद में श्लील-अश्लील नहीं होती, उसे प्रयोग करने का तरीका ही उसे श्लील या अश्लील बना देता है। प्रयोगकर्ता का शिष्ट-अशिष्ट रवैया उस में छिपाए नहीं छिपता।

औरत और मर्द के रिश्ते फ़हश नहीं हैं, इस में भी दृष्टिकोण ही महत्त्वपूर्ण है। इस रिश्ते का वर्णन करने में भी कोई अश्लीलता नहीं है। अपने बयान में मंटो ने इस बारे में लिखा है : 'जब इस रिश्ते को चौरासी आसनों या जोड़दार खुफ़िया तस्वीरों में तब्दील कर दिया जाए और लोगों को कहा जाए कि वो एकांत में इस रिश्ते को ग़लत ज़ाविये से देखें तो मैं इस फ़ेल को सिर्फ़ फ़हश ही नहीं बल्कि निहायत घिनौना, मक्रूह (भद्दा, बदनुमा) और ग़ैर सेहतमन्द कहूँगा। फ़हश और ग़ैर फहश में तमीज़ करने के लिए शायद यह मिसाल काम दे सके:

एक आर्ट गैलरी में नुमाइश के लिए नंगी औरतों की बहुत-सी तस्वीरें पेश हुईं। उन में से किसी ने भी, जैसा कि ज़ाहिर है, देखने वालों का अख़्लाक खराब न किया और न उन की वासनाओं को ही उभारा अलबत्ता एक तस्वीर, जिसमें औरत का सारा बदन कपड़ों में ढका हुआ था, सिर्फ एक खास हिस्सा इस तरकीब से थोड़ा नंगा छोड़ दिया गया था कि देखने वालों के जज़्बात में गुदगुदी-सी होती हो, फ़हश करार दी गयी। क्यों? इसलिए कि आर्टिस्ट की नीयत में फर्क़ था और उस ने जान-बूझ कर लिबास को कुछ इस तरह ऊपर उठा दिया था कि देखने वालों के दिलोदिमाग़ में हलचल-सी मच जाए और वे अपने तसव्वुर से मदद ले कर उस थोड़े से नग्न हिस्से को नंगा देखने की कोशिश करें।'

इसी बयान में मंटो आगे लिखता है : "हिन्दुस्तान में बच्चों के अन्दर बहुत कमसिनी ही में यौन वासना पैदा हो जाती है। उस की वजह किसी हद तक आप को मेरे अफ़साने के अध्ययन से मालूम हो सकती है- इतनी छोटी उम्र में यौन वासना का पैदा होना मेरे नज़दीक बहुत ही भौंडी चीज़ है, यानी अगर मैं किसी छोटे बच्चे को यौन में आसक्त देखू, तो मुझे कोफ़त होगी, मेरे कलाकार की भावना को सदमा पहुँचेगा।"

मंटो को लगता है कि *'धुआँ'* कहानी लिखने से पहले उस के जज़्बात को भी कोई न कोई सदमा पहुँचा होगा। वह लिखता है : "मुझे याद नहीं क्योंकि बहुत अर्सा गुज़र चुका है लेकिन *'धुआँ'* लिखने से पहले मुझे कोई मंजर कोई इशारा या कोई वाकिआ देख कर ज़रूर ऐसा सदमा पहुँचा होगा जो अफ़सानानिगार

की क़लम को हरक़त बख्शता है।"

मंटो के बयान के इन अंशों की रोशनी में यह समझा जा सकता है कि उस की कहानियों की भाषा और पात्रों को लेकर अश्लीलता के जो इल्ज़ाम लगाए गये हैं, वे कितने ग़लत हैं। श्लीलता-अश्लीलता को किसी भी पैमाने पर कसने से मंटो की कहानियाँ अश्लील नहीं कही जा सकती।

मंटो को मनोवैज्ञानिक गहराई के साथ पकड़ने की चाह क्या मंटो की पैरवी करने की चाह से जुड़ी है या एक अच्छी जीवनी के लिए यह एक ज़रूरी विधान है?

मेरे विचार में जीवनी-लेखन के लिए केन्द्रीय चरित्र का मनोवैज्ञानिक विश्लेषण, इतिहास दृष्टि अपेक्षित ही है। आप कह सकते हैं कि यह एक अच्छी जीवनी के लिए ज़रूरी विधान है। आप ही बताइए अगर आप जीवनी लिखते हुए जीवनी-चरित्र की मनोवैज्ञानिक गहराई में नहीं जाते, उसकी विभिन्न अवधारणाओं और मन:स्थितियों का विश्लेषण नहीं करते, तो आखिर क्या करते हैं? क्या किसी चरित्र को ऊपर से टटोलते रहना, उसका खाक़ा खींचते रहना जीवनी लेखन है? किसी संकट या आपदा में घिरे हुए चरित्र के अन्तर्द्वन्द्व को, उस की भीतरी छटपटाहट को, विरोधी दिशाओं में जाती उसकी कसमसाती मानसिकता को, आत्मसंघर्ष से आत्मघात तक की उसकी मनोदशाओं को, या उसके संदर्भ में दूसरों के अध्ययन को उजागर नहीं करते तो क्या खाक़ जीवनी लिखेंगे? यह भी कि मंटो को मनोवैज्ञानिक गहराई से पकड़ने की कोशिश को मंटो की पैरवी करने की चाह क्यों मान लिया जाए? मनोवैज्ञानिक गहराई से किया गया अध्ययन केन्द्रीय चरित्र की पूर्व निर्धारित छवि/छवियों को छिन्न-भिन्न करता है/कर सकता है। मुझे लगता है मनोविश्लेषण केन्द्रीय चरित्र को उस की सभी संभावनाओं के साथ प्रस्तुत करने में सहायक होता है। मैंने यही रास्ता अपनाया है।

आप ने अनेक विधाओं में समान सामर्थ्य से लिखा है। जीवनी और अन्य विधाओं (खासतौर पर डायरी, जीवनी, आत्मकथा) की रचना-प्रक्रिया में क्या समानता-असमानता अनुभव करते हैं?

सभी विधाओं में सृजनात्मकता का तार तो एक ही है। उस के बिना हर विधा बेजान है। सृजनात्मकता है इसीलिए साहित्य या कला है और उस का एक कला-रूप भी है। इस तरह से देखें तो हर विधा की अपनी विशिष्टता भी है। एक को दूसरे के समतुल्य नहीं रखा जा सकता तो भी सभी विधाएँ एक दूसरे में आवाजाही करती रहती हैं। इसे विधाओं का एक-दूसरे में दाखिल होना या उन का अन्तरावलंबन भी कह सकते हैं। कहानी या उपन्यास में संस्मरणों और

रेखाचित्रों जैसी चीज़ों का जुड़ जाना अब कोई अनोखी बात नहीं रही है। आत्मकथा में डायरी का समायोजन और डायरी में आत्मकथात्मक जैसे अंशों का सन्निवेश होता रहता है और आज भी होता है। वृत्तान्त के बिना जीवनी संभव नहीं है लेकिन वृत्तान्त की गहराई में उतरे बग़ैर वृतान्त ही वृतान्त जीवनी को ले डूबता है, आत्मकथा को भी; अगर उस के केन्द्रीय सूत्र की तलाश साथ-साथ नहीं चलती। जहाँ तक डायरी की बात है वह तो सभी विधाओं और कलाओं का नेपथ्य है। हर कलाकार किसी न किसी रूप में वहाँ झांकता ही है। पेड़ की जड़ें जैसे दूर-दूर तक धरती में जमी रहती हैं उसी तरह एक लेखक/कलाकार की जड़ें डायरी में फैली होती हैं। आत्म में बिंधी क्रमबद्ध धड़कन को यहाँ सुना जा सकता है। इस में तिथियों की प्रामाणिकता के साथ जिस तरह का तीखापन, टटकापन, सीधी और अलग कथन-भंगिमा, तात्कालिकता के साथ ताजगी रहती है, वैसी किसी अन्य विधा में नहीं। डायरी की रचना-प्रक्रिया में ज़िन्दगी टुकड़ों में आती है जबकि आत्मकथा में खुद को मुकम्मिल रूप में पाने की और जीवनी में जीवनी चरित्र को संपूर्णता में देखने की आकांक्षा रहती है। डायरी, जीवनी, आत्मकथा एक ही 'परिवार' का आभास देने वाली विधाएँ होते हुए भी इनमें आत्म स्वीकृति की शैली और अन्दाज़ अपने-अपने ही हैं। मेरी डायरियों और डर और साहस के बीच, आत्मकथा *'कमबख्त निंदर'* और मंटो की जीवन कथा *'मंटो ज़िन्दा है'* को पढ़ते हए इन विधाओं की परस्पर सम्बद्धता, समानता-असमानता को बेहतर पहचाना जा सकता है।

मंटो का लेखन उर्दू में है। ऐसे में उन की रचनाओं के अनुवाद को लेकर आप के सामने कुछ समस्याएँ आयी होंगी। कृपया उनका ज़िक्र कीजिए।

विभाजन संबंधी भारतीय भाषाओं की कहानियों के अनुवाद-कार्य के सिलसिले में मैं कई हिन्दी-उर्दू लेखकों के सम्पर्क में आया था जो उर्दू से हिन्दी में अनुवाद करने में कुशल ही नहीं थे, अनुवाद को रचनात्मक कार्य भी मानते थे और उसे वैसी अहमियत देते थे। मंटो की रचनाओं के अनुवाद के क्रम में मुझे ऐसे ही लेखक-अनुवादकों का सहयोग मिला। जहाँ तक संभव हुआ अनुवाद को मूल उर्दू के करीब रखा गया जिससे कि अनुवाद सहज और पारदर्शी रहे और अर्थ सम्प्रेषण में भी कोई दिक्क़त न हो। मुझे देवेन्द्र इस्सर जैसे लेखक का भी सहयोग मिला जिन्होंने अनुवाद को जाँचने-परखने में बड़ी मदद की। इस तरह के अनुवाद ने मंटो की रचनाओं को भारतीय भाषाओं के पाठकों तक पहुँचाने में मेरी बड़ी मदद की है।

'मंटो ज़िंदा है' **की अन्तिम पंक्तियों में मंटो फैंटेसी के रूप में आप के कानों में फुसफुसाते हैं, 'फ्रॉड कहीं का, मेरी ज़िन्दगी लिखने बैठ गया', इस से ऐसा**

लगता है मंटो अभी भी आप का पीछा कर रहा है और यह पीछा करना आप से कुछ और लिखवाना चाहता है?

'मंटो ज़िन्दा है' लिखने के बाद मुझे लगा था मैं मंटो से मुक्त हो गया। कुछ दिन यह भ्रम रहा भी, मगर एक दिन लगा कोई है जो मुझे घूर रहा है। मैंने इधर-उधर नज़र घुमाई। देखता क्या हूँ किताबों के ढेर में से निकल कर मंटो साक्षात् मेरे सामने खड़ा है। मुझे देख वह ठठा कर हँस पड़ा, 'क्या कहता फिरता है। अरे मैं वही हूँ कमबख्त मंटो। तेरा मंटो। तू कहता फिरता है, *'मंटो ज़िन्दा है'*, तो ले झेल उसे। मैं सीधे-सीधे उस की गिरफ़्त में था। वह गलत नहीं कह रहा था। मैं ही हूँ न जो *'मंटो ज़िन्दा है'*, *'मंटो ज़िन्दा है'* की रट लगाये हूँ। और तो और थियेटर वालों को भी उस के पीछे लगा दिया और 'मंटो ज़िन्दा है' के कई प्रदर्शन मुंबई में हो गए। मंटो की जो हरारत मैंने महसूस की, वह हजारों दर्शकों ने महसूस की मंटो को स्टेज पर ज़िन्दा महसूस करते हुए।

जब से होश संभाला है उसे झेलता ही आया हूँ और जितना झेलता हूँ उतना ही उसके करीब होता जाता है। क्यों वह मेरे पीछे पड़ा है? और क्या लिखवाना चाहता है मुझ से? मुश्किल है कह पाना। क्या लिखूंगा और कैसे, किस रूप में, कौन जाने?

परिशिष्ट

परिशिष्ट-एक

मंटो पर केंद्रित मेरी पांच कविताएं

परिशिष्ट-दो

पंडित नेहरू के नाम पंडित मंटो का पहला ख़त

परिशिष्ट-तीन

मंटो पर केन्द्रित पुस्तकें

परिशिष्ट-एक :
मंटो पर केन्द्रित मेरी पाँच कविताएँ

एक : खुद आकर देख क्यों नहीं लेते

क्या हाल बताऊँ-
तुम दिल्ली से मुंबई से लाहौर पहुँच
तड़प कर पूछते रहे, 'मैं कहाँ हूँ- हिन्दुस्तान या पाकिस्तान
मेरा मुक़ाम क्या है?'
और मैं लाहौर से दिल्ली आ गया, इन्हीं सवालों से बिंधा!

मंटो! दिल्ली और लाहौर की गलियों की रौनक, यकीनन, बढ़ गई है-
खौफ़ और दरिन्दगी भी
किसी दिन खुद आकर
दोनों तरफ़ का नज़ारा देख क्यों नहीं देख लेते?

एक सौगंधी ('हतक') से काम नहीं चलेगा
सारा शगुफ़्ता और शगुफ़्ता रफ़ीक जैसे पात्र
तुम्हारी इंतज़ार में हैं, मंटो!

नये से नये कानून बने हैं।
अवाम की बेहतरी के लिए लेकिन 'नया कानून' के लिए
मंगू मोचवान जैसा ज़ज़्बा और ललकार
कहीं नहीं दिखती
उंगलियों से झरती रेत से
क्या कहीं कोई चमकीला ज़र्रा नहीं बचा, मंटो!

चचा साम की याद तुमने खूब दिलाई
शायद तुम नहीं जानते
चचा साम कितने उदार हैं इन दिनों

शांति के लिए कितने बेताब
इराक हो या अफगानिस्तान
बिन बुलाये
झोंक देते हैं अपनी फौजें
खोल देते हैं बम-बारूदों के भंडार
दूसरों के लिए
बिन मलाल

अमेरिकन गर्म कोट उधर
और पतलूने इधर
लड़ती रहीं
लहूलुहान होती रहीं
हथियारों की मार से टूटता-फटता रहा आसमान
और मचती रही तबाही
इधर भी उधर भी
क्यों सर खपाते हो
पुरानी बात है, मंटो!

अब तो कई बारूदी सुरंगे हैं ज़मीन से
आसमान की ऊंचाइयों से समुद्र की गहराइयों तक
तुमको यकीन नहीं होगा, मंटो।
एक बार खुद आकर देख क्यों नहीं लेते?
हो सकता है तुम्हारे अफ़सानों में
एक नहीं, कई *'टोबा टेकसिंह'* करवट लेने लगे!

दो : इस हाल में

आओ, मंटो, ज़रूर आओ
एक सदी बात गयी
दूसरी शुरू हो गयी
और हमारी आंखें खुलती-मुंदती रहीं
तुम्हारे इंतज़ार में

आओगे तो बाज़ कहाँ आओगे
लिखने से
वेश्या की बेचैन रुह की तल्खी और
अंदर की बेलौस औरत के बारे में

सुलताना और सौगन्धी के किरदारों को
नये रूपों में रचोगे नहीं तो आख़िर क्या करोगे?

पहले से ज़्यादा नंगी सियासी हरामज़दगियों का
पर्दाफाश करने से, मंटो, तुम खुद को रोक नहीं पाओगे
आओगे तो बेपर्द करोगे ही
लिहाफ़ों-गिलाफ़ों में दबी-घुटी सच्चाइयों को

क्या तुम समझते हो कि इस दौर में
तुम्हें बरदाश्त कर लिया जाएगा
कुछ भी कहते-करते रहोगे और बच निकलोगे
मुग़ालते में हो, मंटो
पागल क़रार दिये जाओगे जैसे पहले क़रार दिये गये
मुमकिन है एन्काउन्टर में मारे जाओ

या निर्वासन की यातना को झेलते रहो

इस हाल में, मंटो!
कैसे कहूँ कि आओ
नहीं, बेशक न आओ
बस, तुम्हारा इंतज़ार बना रहे

हो सकता है तुम्हारा आना
हथेली पर अंगारे की तरह महसूस हो
पता ही न चले और तुम दाखिल हो जाओ
एहसास की तरह
सांस की रवानगी की तरह
सभी में!

तीन : किस की यह चीख़

नहीं, मैं घबराया हुआ नहीं हूँ
मैं नर्वस नहीं हूँ
मैं आतंकित नहीं हूँ
हाँ, तुम्हारी तरह मोहब्बत से दोस्तों को फ्रॉड कहने
और अक्ल को तन्हां छोड़ने के दिन
हवा हो गये हैं, मंटो!

यकीन मानो, अब तुम्हें अपनी नाक दूरबीन की मानिंद
घुसेड़नी नहीं पड़ेगी किसी 'नरक' में
शोहदों, दलालों, क़ातिलों पर लिखने के लिए
शहर की किसी भी सम्मानित जगह पर
ये तुम्हें नज़र आ जायेंगे
इन दिनों

मंटो! उनकी तादाद बहुत बढ़ गयी है
जिन्हें आवारा हवाओं में 'वायलेंस' की बू आती है
मजे से बांटते हैं हमें हमारे खिलाफ़
और कहते हैं इत्मीनान से
'इससे ज़्यादा साबित रहे तो मारे जाओगे।'

एक पल में सुरक्षा और शांति
दूसरे पल मौत देने वालों का राज़ है, मंटो!
और मैं पूरी ठीढ़ता से होश संभाले हूँ
उस सच के साथ जिस में मुक्ति का वास है
जिसके लिए हंसते-हंसते मरा जा सकता है

मंटो! कहीं मैं तुम्हारी तरह पागल तो नहीं हो गया?

आसमाँ को कंपाती
किस की है यह चीख़?
अंतड़ियां तोड़ती
क्या मैं ही गिरा हूँ
तुम्हारे साथ *'नो मैंस लैण्ड'* में?

चार : एक ही बात

बोलियां लगती थीं पहले भी
भेड़-बकरियां और 'गुलाम' बिकते थे पहले भी
ताज़्जुब है पहली बार
पूरा इंसान आ खड़ा हुआ है
बाज़ार में बिकने के लिए

एक-एक अंग की, मांस-पुट्ठे की जांच करवाता
दौड़ता है सरपट आगे-आगे
दुतकार और लताड़ सहता
या फिर खुद को धिक्कारता
आत्महन्ता हरक़तें करने लगता

ऐन इस वक्त, मंटो!
मुझे तुम्हारी कहानी 'हतक' की सौगन्धी याद आती है
जो अदेखे किए जाने की किरच से तड़प उठी कि
कोई उसे अदना और बौना बना चला गया

उबल पड़ी वह प्रतिरोध में
अपने 'हाने' के शिद्दत भरे एहसास में
चारों तरफ़ घिर आए सन्नाटे को धुनती
ख़ारिशज़दा कुत्ते को पहलू में लिए सो गयी

कुत्ता सुगंधी के साथ या युधिष्ठर के साथ हिमालय में
क्या एक ही बात नहीं, मंटो!

पांच : फैलते हुए सियाह हाशिए

देखे थे मैंने उन दिनों
लाहौर में
आगजनी, हत्याकांड और बलात्कार के सैंकड़ों मंज़र
सियाह पड़ते ख़ूनी हाशिए
और मेरे बचपन में उतर गए थे
जिलावतनी के लंबे काफ़िले

पेड़ से टूटी टहनियों-सी टांगे और हाथ
डर से विस्फारित आंखें
जले हुए आदमी और ध्वस्त पड़ी इमारतें
उघड़े हुए नंगे घरों का अंधेरा और
लुटी-पुटी दुकानों का उजाड़
औरतों का आर्त्तनाद
और स्मृति गवां चुके बच्चे
जली-सहमी दहलीज़ें और ड्योढ़ियां
और देखता हूँ खुद को
पाब्लो पिकासो की पेंटिंग 'गुरर्निका' में दाखिल एक पल
निकलते भागते दहशतज़दा दूसरे पल

दबे कुचले हाशियों पर
कौन लिख रहा खूनी लक़ीरों-सी इबारत
अब भी
कुएं में गिरती आवाज़-सी एक ख़ला
अब भी

कैसे हुआ कि बोलने और सुनने से नफ़ी
उसने बुरी तरह हकलाते हुए देखा भर
और बयां कर दी अमानवीय यातना और त्रासदी की अकथ-कथा
रेखाओं रंगों की सिकुड़नों में
आखिरी सांस की मर्मांतक पीड़ा

और मेरी आंखों में घूमने लगी है
सतीश गुजराल की पार्टीशन पेंटिंग की सीरीज़
चक्राकार
और मैं देख रहा
अपने गिर्द
अब भी
दम तोड़ता मंटो
और फैलते हुए सियाह हाशिए. . .

परिशिष्ट-दो

पंडित नेहरू के नाम पंडित मंटो का पहला ख़त

पंडित जी,

अस्लाम अलैकुम!

यह मेरा पहला ख़त है जो मैं आप की ख़िदमत में भेज रहा हूँ। आप माशाअल्लाह अमरीकनों में बड़े हसीन तसव्वुर किये जाते हैं। लेकिन मैं समझता हूँ कि मेरे खदो-खाल (नैन-नक्श) भी कुछ ऐसे बुरे नहीं हैं। अगर मैं अमरीका जाऊं तो शायद मुझे भी हुस्न का रुतबा अता (मिल) हो जाए। लेकिन आप हिन्दुस्तान के वजीरेआज़म हैं और मैं पाकिस्तान का अज़ीम अफ़सानानिगार। दोनों में बड़ा फ़र्क़ है। बहरहाल, हम दोनों में एक चीज़ सांझी हैं कि आप कश्मीरी और मैं भी। आप नेहरू हैं मैं मंटो। कश्मीरी होने का दूसरा मतलब खूबसूरती है और खूबसूरती का मतलब जो अभी तक मैंने नहीं देखा (यानी अपूर्व)।

मुद्दत से मेरी तमन्ना थी आप से मिलूँ (शायद बशर्ते ज़िन्दगी में मुलाकात हो ही जाए)। मेरे बुज़ुर्ग तो आपके बुज़ुर्गों से अक्सर मिलते-जुलते रहे हैं। लेकिन यहाँ कोई ऐसी सूरत न निकली कि आप से मुलाकात हो सके।

यह कितनी बड़ी ट्रेजडी है कि मैंने आपको देखा तक नहीं। आवाज़ रेडियो पर अलबत्ता ज़रूर सुनी है, वह भी एक दफ़ा।

जैसा कि मैं कह चुका हूँ, मुद्दत से मेरी तमन्ना थी कि आप से मिलूं, इसलिए कि मेरा आप से काश्मीर का रिश्ता है, लेकिन अब सोचता हूँ कि इस की ज़रूरत ही क्या है? कश्मीरी किसी न किसी रास्ते से, किसी ने किसी चौराहे पर दूसरे कश्मीरी से मिल ही जाता है।

आप किसी नहर के करीब आबाद हुए और नेहरू हो गए और मैं अब तक सोचता हूँ कि मंटो मंटो कैसे हो गया? आपने तो ख़ैर लाखों मर्तबा कश्मीर देखा होगा, मगर मुझे सिर्फ बनिहाल तक जाना नसीब हुआ है। मेरे कश्मीरी दोस्त जो कश्मीरी ज़ुबान जानते हैं, मुझे बताते हैं कि मंटो का मतलब मंट है यानी

डेढ़ सेर का बट्टा। आप यकीनन कश्मीरी ज़ुबान जानते होंगे। इस ख़त का जवाब लिखने की अगर आप ज़हमत फरमाएं तो मुझे ज़रूर लिखिए कि 'मंटो' कहलाने के पीछे क्या वजह है?

अगर मैं सिर्फ़ डेढ़ सेर हूँ तो मेरा आपका मुकाबला नहीं। आप पूरी नहर हैं तो मैं सिर्फ़ डेढ़ सेर। आप से मैं क्या टक्कर ले सकता हूँ? लेकिन हम दोनों ऐसी बंदूकें हैं जो काश्मीरियों के बारे में मशहूर कहावत के मुताबिक 'धूप में ठस करती हैं'. . .

मुआफ कीजिएगा आप इस का बुरा न मानिएगा। मैंने भी यह फर्जी कहावत सुनी तो कश्मीरी होने की वजह से मेरा तन-बदन जल गया। चूंकि यह दिलचस्प है इसलिए मैंने इसका ज़िक्र तफ़रीह के लिए कर दिया, हालांकि मैं और आप दोनों अच्छी तरह जानते हैं कि हम काश्मीरी किसी मैदान में आज तक नहीं हारे।

सियासत में आप का नाम मैं बड़े फ़ख्र से ले सकता हूँ क्योंकि बात कह कर आप फौरन तरदीद करना (मुक़र-जाना) खूब जानते हैं। पहलवानी में हम कश्मीरियों को आज तक किस ने हराया है, शायरी में हम से कोई बाजी ले सकता है लेकिन मुझे यह सुन कर हैरत है कि आप हमारा दरिया बंद कर रहे हैं। लेकिन पंडित जी, आप तो सिर्फ़ नेहरू हैं। अफसोस कि मैं डेढ़ सेर का बट्टा हूं। अगर मैं तीस-चालीस हज़ार मन का पत्थर होता तो खुद को उस दरिया में लुढ़का देता कि आप कुछ देर के लिए उसको निकालने के लिए अपने इंजीनियरों से मशवरा करते रहते।

पंडित जी, इस में कोई शक नहीं कि आप बहुत बड़े आदमी हैं। आप हिन्दुस्तान के वजीरे आज़म हैं। उस मुल्क पर जिस से हमारा भी ताल्लुक रहा है, आप की हुक्मरानी है। आप सब कुछ हैं। लेकिन गुस्ताखी मुआफ कि आपने इस खाक़सार (जो काश्मीरी है) की किसी बात की परवाह नहीं की।

देखिए, मैं आप से एक दिलचस्प बात का ज़िक्र करता हूँ। मेरे वालिद साहब (मरहूम) जो ज़ाहिर है काश्मीरी थे, जब किसी हातो को देखते तो उसे घर ले आते, डयोढी पर बैठाकर उसे नमकीन चाय पिलाते, साथ कुलचा भी होता। उस के बाद वह बड़े फ़ख्र से उस हातो से कहते 'मैं भी काशूर हूं।'

पंडित जी आप काशूर हैं खुदा की कसम अगर आप मेरी जान लेना चाहे तो हर वक्त हाज़िर है। मैं जानता हूँ बल्कि समझता हूँ कि आपको सिर्फ़ इसलिए कश्मीर के साथ चिमटे हुए हैं कि आपको कश्मीर से काश्मीरी होने के कारण बड़ी मिकनाती-सी (चुम्बकीय) किस्म का प्यार है। यह हर काश्मीरी को चाहे उसने कभी कश्मीर देखा भी न हो, होना चाहिए।

जैसा कि मैं इस ख़त में पहले लिख चुका हूँ, मैं सिर्फ़ बनिहाल तक गया हूँ। कद, बटौत, किश्तबार ये सब इलाके मैंने देखे हैं लेकिन हुस्न के साथ मैंने अफलास (गरीबी) को चिपका देखा है। अगर आपने इस अफलास (गरीबी) को दूर कर दिया है तो आप काश्मीर अपने पास रखिए, मगर मुझे यकीन है कि आप काश्मीरी होने के बावजूद उसे दूर नहीं कर सकते, इसलिए कि आप को इतनी फुरसत ही नहीं।

आप ऐसा क्यों नहीं करते. . .मैं आप का पंडित भाई हूँ, मुझे बुला लीजिए। मैं पहले आप के घर श्लजम की शब देग़ खाऊंगा, उसके बाद काश्मीर का सारा काम संभालूंगा। यह बख्शी वगैरह अब बख्श देने के काबिल है। अव्वल दर्जे के चार सौ बीस हैं। इन्हें आपने खामख्वाह अपनी ज़रूरतों के मुताबिक आला रुतबा बख्श दिया है। आखिर क्यों? मैं समझता हूँ कि आप सियासतदां हैं जो कि मैं नहीं हूं, लेकिन इस का यह मतलब नहीं कि मैं कोई बात समझ न सकूँ।

बंटवारा हुआ। रैडक्लिफ ने जो झख मारना था, मारा आपने जो जूनागढ़ पर नाजायज़ तौर पर कब्जा कर लिया जो कोई काश्मीरी किसी मरहटे के जेरे असर ही कर सकता है मेरा मतलब पटेल से है। (खुदा उसे बख्शे)

हैदराबाद पर भी आपने सत्ता के घमंड में हमला किया। वहाँ हज़ारों मुसलमानों का खून बहाया और आखिर में उस पर कब्ज़ा जमा लिया। क्या यह सरसर ज्यादती नहीं आप की?

आप अंग्रेजी ज़ुबान के अदीब हैं। मैं भी यहाँ उर्दू में अफ़सानानिगारी करता हूँ। उस ज़बान में जिस को आप के हिन्दुस्तान में मिटाने की कोशिशें की जा रही हैं।

पंडित जी, मैं आपके बयान पढ़ता रहता हूँ। उन से मैंने यह नतीजा निकाला है कि आप को उर्दू अज़ीज है लेकिन मैंने आपकी एक तक़रीर रेडियो पर जब हिन्दुस्तान के दो टुकड़े हुए थे, सुनी थी।

आपकी अंग्रेजी के तो सब कायल हैं, लेकिन जब आप ने नामनिहाद (तथाकथित) उर्दू में बोलना शुरू किया तो ऐसा मालूम होता था कि आप की अंग्रेजी तक़रीर का तर्जुमा किसी कट्टर महासभाई ने किया है जिसे पढ़ते वक़्त आप की ज़बान का ज़ायका दुरुस्त नहीं था। आप हर फ़िक्रे पर उबकाइयां ले रहे थे।

मेरी समझ में नहीं आता कि आपने ऐसी तहरीर पढ़ना कबूल कैसे की? यह उस ज़माने की बात है जब रैडक्लिफ ने हिन्दुस्तान की डबल रोटी के दो टोस्ट बना कर रख दिये थे। लेकिन अफ़सोस है कि अभी तक वे सेके नहीं

गए। उधर आप सेंक रहे हैं और इधर हम, लेकिन आप की हमारी अंगीठियों में आग बाहर से आ रही है।

पंडित जी, आजकल बगू गोशों का मौसम है। गोशें तो खैर मैंने बेशुमार देखे हैं, लेकिन बगूगोशे खाने को बहुत जी चाहता है। यह आप ने क्या ज़ुल्म किया कि बख्शी को सारा हक़ बख़्श दिया कि वह बख्शीश में भी थोड़े से बगूगोशे नहीं भेजता।

बख्शी जाए ज़हननुम में और बगूगोशे. . .नहीं वो जहां हैं, सलामत रहें। मुझे आप से दरअसल, कहना यह था कि आप मेरी किताबें क्यों नहीं पढ़ते? आप ने अगर पढ़ी हैं तो मुझे अफ़सोस है कि आप ने दाद नहीं दी। अगर नहीं पढ़ीं तो और भी ज़्यादा अफसोस का मुक़ाम है, इसलिए कि आप अदीब हैं।

आपसे मुझे एक और भी गिला है। आप हमारे दरियाओं का पानी बंद कर रहे हैं और आप की देखा-देखी आप की राजधानी के पब्लिसर्ज़ मेरी इज़ाज़त के बग़ैर मेरी किताबें धड़ाधड़ छाप रहे हैं। यह भी कोई शराफ़त है। मैं तो यह समझा था कि आप की विज़ारत में ऐसी कोई बेहूदा हरक़त हो ही नहीं सकती। मगर आप को फौरन मालूम हो सकता है कि दिल्ली, लखनऊ और जालंधर में कितने प्रकाशकों ने मेरी किताबें नाज़ायज़ तौर पर छापी हैं।

फ़ुहशनिगारी (अश्लील लेखन) के इल्ज़ाम में मुझ पर कई मुकदमे चल चुके हैं मगर यह कितनी बड़ी ज़्यादती है कि दिल्ली में, आप की नाक के ऐन नीचे वहाँ का एक पब्लिशर मेरे अफ़सानों का मुज़मुआ (संग्रह) 'मंटो के फ़हश अफ़साने' के नाम से प्रकाशित करता है।

मैंने किताब *'गंजे फरिश्ते'* लिखी है। उसको आपके भारत के एक पब्लिशर ने *'पर्दे के पीछे'* के उन्वान से प्रकाशित कर दिया। अब बताइए कि मैं क्या करूँ? आप ही कुछ कीजिए न?

मैंने यह नई किताब लिखी है जिसकी भूमिका यही खत है जो मैंने आपके नाम लिखा है। अगर यह किताब भी आपके यहाँ नाज़ायज़ तौर पर छप गयी तो खुदा की कसम मैं किसी ने किसी तरह दिल्ली पहुंच कर आपको गिरेबान से पकड़ लूंगा। फिर छोड़ूंगा नहीं आप को आप के साथ ऐसा चिमटूंगा कि आप सारी उम्र याद रखेंगे। हर रोज सुबह को आप से कहूंगा कि नमकीन चाय पिलायें साथ में कुलचा भी हो। शलज़मों की शबदेग़ तो खैर हर हफ़्ते के बाद ज़रूर होगी।

यह किताब छप जाए तो मैं इसकी एक प्रति आप को भेजूंगा। उम्मीद है आप उस की रसीद से मुझे ज़रूर सूचित करेंगे और मेरी तहरीर के मुताल्लिक अपनी राय से भी ज़रूर आगाह करेंगे।

आपको मेरे इस ख़त से जले हुए गोश्त की बू आयेगी। आप को मालूम है हमारे वतन काश्मीर में एक शायर 'गनी' रहता था जो गनी काश्मीरी के नाम से मशहूर है। उसके पास ईरान से एक शायर आया। उस के घर के दरवाज़े खुले थे, इसलिए कि वह घर में नहीं था। वह लोगों से कहा करता था कि मेरे घर में है क्या जो मैं दरवाज़े बंद रखूं? अलबत्ता जब मैं घर में होता हूँ तो दरवाज़े बंद कर देता हूँ इसलिए कि मैं ही तो उसकी वाहिद (इकलौती) दौलत हूं।

ईरानी शायर उसके वीरान घर में अपनी बयाज़ (डायरी) छोड़ गया। उस में एक शेर नामुकम्मल था। मिसरा सानी हो गया था (बाद का शेर पहले हो गया) मगर मिसर ऊला (पहला मिसरा) उस शायर से नहीं कहा गया था। मिसरा सानी यह था-

कि अज़ लिबास तो बू-ए-कबाब भी आयद।

(तेरे लिबास से जो कबाब की बू आ रही है)

जब वह ईरानी शायर कुछ देर बाद वापस आया तो उसने अपनी बयाज़ देखी। मिसरा ऊला मौजूद था-

कदाम सोख्ता जां दस्तेज़ो बदामानत।

(जिसका दिल जला हुआ होता है, वह अक्सर बदअमानत की गिरफ़्त में होता है)

पंडित जी, मैं भी एक सोख्ता जान (सूखी हुई लकड़ी, दिलज़ला जैसा) हूँ। मैंने आप के दामन पर अपना हाथ दिया है, इसलिए कि मैं यह किताब आपके नाम समर्पित कर रहा हूँ।

सआदत हसन मंटो

27 अगस्त, 1954 ई.

परिशिष्ट-तीन

मंटो पर केन्द्रित पुस्तकें

हिन्दी

अल्वी, वारिस : मंटो (अनूदित, 1966) दिल्ली
अश्क, उपेन्द्रनाथ : मंटो मेरा दुश्मन (1955) इलाहाबाद
इस्सर, देवेन्द्र : (सं) मंटोनामा (1991) दिल्ली
इस्सर, देवेन्द्र : शब्द सितारे (1994), दिल्ली
इस्सर, देवेन्द्र : (सं) मंटो की श्रेष्ठ कहानियाँ (1999) दिल्ली
इस्सर, देवेन्द्र : (सं) मंटो की राजनीतिक कहानियाँ (1988) दिल्ली
करमाकर, राधू : कैमरा तीसरी आंख (2010) नई दिल्ली
बानो, जीलानी : कृश्न चन्दर (2009) दिल्ली
मेनरा, बलराज, दत्त, शरद : दस्तावेज़ : पांच खंड (1993) दिल्ली
मोहन, नरेन्द्र : (सं) सआदत हसन मंटो की कहानियाँ (1990) नई दिल्ली
मोहन, नरेन्द्र : (सं) सआदत हसन मंटो के नाटक (1991) दिल्ली
मोहन, नरेन्द्र : (सं) रोज़ एक कहानी (2002), दिल्ली
मोहन, नरेन्द्र : विभाजन की त्रासदी : भारतीय कथा-दृष्टि (2008) दिल्ली
मोहन, नरेन्द्र : (सं) विभाजन : भारतीय भाषाओं की कहानियाँ : खंड एक, दो (2009) नई दिल्ली
मोहन, नरेन्द्र : मंटो ज़िंदा है (मंटो की जीवनी) (2012) दिल्ली
मोहन, नरेन्द्र : मंटो का इन्तज़ार (2014), कानपुर
नीलाभ (चयन) : मंटो की तीस कहानियाँ (1974), इलाहाबाद
परवेज़, असलम : (सं) मंटो के ख़त (2013) इलाहाबाद
प्रताप सिंह : सिनेमा का जादुई सफ़र (2011) दिल्ली
विक्रम, नंद किशोर : (सं) उर्दू कहानीकार इस्मत चुगताई (1996) दिल्ली

विक्रम, नंद किशोर : तस्वीरें (मंटो के अदबी ख़ाकों का अनुवाद और संपादन (2001) दिल्ली

उर्दू

असदुल्ला, मुहम्मद : मंटो मेरा दोस्त (1955)
कुरैशी, अबू सईद : मंटो (1988)
कृश्न चन्दर : सआदत हसन मंटो, नये अदब के मेमार (1948)
नागी, अनीस : सआदत हसन मंटो (1984), लाहौर
बृज प्रेमी : मंटो-कथा (1994)
मित्तल, प्रेम गोपाल : मटो शख़्सीयत और फ़न
वधावन, जगदीश चन्द्र : मंटोनामा (1989) दिल्ली
शीरीं, मुमताज : मंटो, नूरी न नारी

मंटो पर केन्द्रित विशेषांक (उर्दू)

1. शऊर, दिल्ली (अंक-4, मार्च, 1980) सं. बलराज मेनरा, शरद दत्त
2. दस्तावेज़, दिल्ली (मंटो नम्बर, 1986) सं बलराज मेनरा
3. मासिक (आफ़ाक़, कराची (मंटो नंबर, 1955) सं. महेन्द्र बावा, अमरीक आनन्द
5. मासिक 'नुक़ूश', लाहौर (मंटो नंबर 1955, 1969)
6. दैनिक हिन्द समाचार (20 अप्रैल, 1986)

अंग्रेजी

1. Bhalla, Alok : Life and works of Saadat Hasan Manto (1977)
2. Bhalla, Alok : Stories about the partition of India 3 Vol. (1994)
3. Caine, Barban : Biography of History (2010)
4. Khalid, Hasan (trans) : Stars from Another sky : the film world of 1940 (1998)
5. Fleming, A. Leslie : The Urdu Short Stories of Saadat Hasan Manto (1979)
6. Jalil, Rakhshanda : (Ed.) Naked Voices : Stories and Sketches by Saadt Hasan Manto (2008)
7. Naqvi, Tahira : Another Lonely Voice (1985)

www.ingramcontent.com/pod-product-compliance
Lightning Source LLC
LaVergne TN
LVHW010925051026
849532LV00003B/850
9789390500826